KB140917

내가 사랑한 첫 문장

오랫동안 잊히지 않는 세계문학의 명장면

내가 사랑한 첫 문장

초판 1쇄 발행 2015년 7월 27일
초판 5쇄 발행 2024년 6월 3일

지은이 윤성근
펴낸이 유정연

이사 김귀분
기획편집 신성식 조현주 유리슬아 서옥수 황서연 정유진 **디자인** 안수진 기경란
마케팅 반지영 박중혁 하유정 **제작** 임정호 **경영지원** 박소영

펴낸곳 흐름출판(주) **출판등록** 제313-2003-199호(2003년 5월 28일)
주소 서울시 마포구 월드컵북로5길 48-9(서교동)
전화 (02)325-4944 **팩스** (02)325-4945 **이메일** book@hbooks.co.kr
홈페이지 http://www.hbooks.co.kr **블로그** blog.naver.com/nextwave7
출력·인쇄·제본 프린탑 **용지** 월드페이퍼(주) **후가공** (주)이지앤비(특허 제10-1081185호)

ISBN 978-89-6596-165-9 03810

한국출판문화산업진흥원 2015년 우수출판콘텐츠 제작 지원 사업 선정작입니다.

오랫동안 잊히지 않는 세계문학의 명장면;

내가 사랑한 첫 문장

윤성근 지음

my

프롤로그

첫 문장보다 앞에 쓰는 글

여러분은 지금 이 책의 첫 문장을 읽었습니다. 그럼 다음 문장도 읽게 될까요? 아니면 여기서 그치고 책을 덮을 건가요? 언제나 선택의 순간은 사람을 고민에 빠뜨리기 마련입니다. 그러는 사이에 이 책을 쓴 저는 멋지게 해냈습니다! 이 문장을 읽고 있다면 이미 여러분은 여섯 문장이나 읽은 것이니까요. 바쁜 일상을 사는 현대인에게 여섯 문장을 읽도록 만드는 건 쉬운 일이 아닙니다. 오, 벌써 여덟 문장을 읽었습니다. 지금 어디서든 이 글을 읽고 있는 당신에게 존경과 감사를 보내며 이제 이야기를 시작하겠습니다.

첫 시작 '세 줄 법칙'은 소설뿐만 아니라 다른 분야에도 적용됩니다. 모르는 사람을 처음 만날 때 '첫인상'이 중요하다는 건 누구나 아는 얘기입니다. 직장을 갖기 위해 면접을 볼 때만큼 자신이 상대방에게 어떤 첫인상을 남길지 신경 쓰일 때가 또 있을까요. 이성 친구를 소개받아 첫 데이트를 할 때는 또 어떻고요. 커피나 술처럼 음료도 혀에 닿는 첫맛이 우선 중요합니다. 새 운동화를 샀을 때도 처음 신었을 때의 착용감이 좋아야 끝까지 잘 신을 수 있습니다. 이렇게 이어가다 보면 세상 모든 관계의 시작이 사실은 아주 짧게 느껴집니다. 무엇이든 깊게 들어가 보면 제 나름의 매력을 다 갖고 있다지만, 한편으로 깊게 들어가려면 우선 첫 시작을 해야 하는 것이기 때문에 이 짧은 순간의 승부에 모든 걸 거는 사람들이 많습니다.

그런데 이게 사실은 최근에 갑자기 생긴 일이 아닙니다. 첫인상은 아주 오래전부터 사람들에게 중요한 의미였습니다. 특히 독자들에게 자신이 쓴 긴 이야기를 읽게 만들고 싶은 소설가들은 두말할 필요 없이 첫 문장을 매력적으로 보이게 만들 필요가 있습니다. 첫 문장도 시시한데 어느 누가 다음에 이어지는 글에 흥미를 가질 수 있을까요? 그러니 독자들은 가볍게 읽는 첫 문장이 소설가들에게는 커다란 짐이기도 합니다.

벨기에 출신 작가 베르나르 키리니는《첫 문장 못 쓰는 남자》라는 재미있는 단편소설에서 소설가가 얼마나 심각하게 첫 문장과 사투를 벌이는지 보여줍니다. 어떤 식으로 된 첫 문장도 결국엔 독창적이지 않으며 더구나 독자들의 흥미를 끌기 어려울 거라는 생각에 이르자 소설가는 첫 문장이 아예 없는, 말하자면 두 번째 문장부터 시작하는 글을 쓰려고 합니다. 기발한 아이디어이긴 하지만 두 번째 문장을 쓰려면 필연적으로 첫 번째 문장이 있어야 합니다. 하지만 첫 번째 문장은 도저히 쓸 수가 없습니다. 결국 작가는 첫 문장 없이 두 번째 문장부터 시작하는 글쓰기에 성공합니다. 어떻게 했을까요?

그가 생각해낸 놀라운 첫 번째 문장은 책을 직접 읽어봐야 그 진가를 알게 됩니다.

제인 오스틴이 쓴 《오만과 편견》은 그저 그런 연애소설이 될 수도 있었습니다. 하지만 독자를 한순간 사로잡는 흥미로운 첫 문장 덕분에 시대를 아우르는 사랑 이야기의 고전이 됐습니다. "상당한 재산을 가진 독신 남성에게 틀림없이 아내가 필요할 것이라는 사실은 널리 인정된 진리다." 영국 작가 찰스 디킨스는 바다 건너 프랑스에서 일어난 시민혁명을 소재로 《두 도시 이야기》를 씁니다. 다른 나라에서 일어난 일에 대해 참고할 만한 자료도 많지 않았던 그때, 디킨스는 역사에 길이 남는 멋진 첫 문장 하나로 승부를 가름합니다. "최고의 시절이자 최악의 시절, 지혜의 시대이자 어리석음의 시대였다." 디킨스가 쓴 소설이 실린 잡지가 도착하는 날이면 수많은 사람들이 마을 어귀까지 몰려

나와서 우편물을 받아갔습니다. 우리나라 작가 박상륭의 소설《죽음의 한 연구》는 복잡하고 읽기 힘든 책입니다. 그런데도 400글자에 이르는 엄청나게 긴 문장을 맨 처음에 두었습니다. 그 이유는 뭘까요? 박제가 되어버린 천재 시인 이상이 비루한 삶 속에서도 즐거운 연애를 생각하며 날개를 퍼덕일 수 있었던 힘은 무엇이었을까요? 작품성을 알아주는 사람이 거의 없어서 죽을 때까지 세관원으로 일하며 돈을 벌어야 했던 허먼 멜빌이 쓴 소설《모비 딕》의 첫 문장은 단 세 단어로 이루어져 있습니다. "Call me Ishmael(내 이름을 이슈메일이라고 해두자)." 사소하게 보이는 이야기의 시작은 오늘날 세계에서 가장 매력적인 첫 문장 중 하나로 꼽힙니다. 그 짧은 문장이 700쪽에 이르는 방대한 소설을 기가 막히게 함축하고 있기 때문입니다. 이 책은 이렇듯 소설보다 더 멋지고 흥미로운 비밀을 간직한 첫 문장들에 관한 이야기입니다.

소설가뿐이겠습니까? 저를 포함해서 우리들 모두는 삶이라는 이야기를 만들어가는 예술가입니다. 소설과 다른 점은 생활하는 동안 첫 문장을 여러 번 써야 한다는 것입니다. 첫 등교, 첫 출근, 첫 연애, 첫 여행……. 이 첫 순간에 우리들은 늘 긴장하고 두려움을 느낍니다. 그래서 주변의 친구들이나 선배 혹은 선생님, 부모님께 조언을 구하기도 합니다. 첫 시작을 누구보다 치열하게 고민했던 소설가라면 어떨까요? 사는 곳이며 활동했던 시기, 처해진 상황이 저마다 달랐던 여러 소설가들의 이야기를 통해 제가 발견한 작고 투명한 앎의 순간들이 여러분에게도 함께하기를 소망합니다. 오늘이 바로 그 첫 시작입니다.

2015년 여름

이상한나라의헌책방에서 윤성근 씁니다.

차례

일러두기 | 본문에 표기된 책의 쪽수는 해당 책의 원본이 아닌 번역본의 쪽수입니다.

"첫 문장은 신이 내린 선물이다."

변신 *Die Verwandlung*

프란츠 카프카 지음, 이주동 옮김

솔출판사, 1997년

The First Sentence

어느 날 아침 그레고르 잠자가 불안한 꿈에서 깨어났을 때, 그는 자신이 침대 속에 한 마리의 커다란 해충으로 변해 있는 것을 발견했다.

프란츠 카프카
변신

이 모든 걸 악마가 가져갔으면![01]

인터넷 라디오 방송이 한창 유행이던 때, 우리 헌책방에서도 동네 사람 몇몇을 초대해서 책에 관한 내용을 주제로 한 팟캐스트를 녹음했던 적이 있다. 그때 만들었던 방송 주제 중 기억에 남는 것 하나가 '세계 3대 단편소설'이다. 지금껏 세상엔 수많은 소설이 있었고 지금 이 순간에도 이름 모를 책들이 쏟아져 나오고 있다. 그 가운데 아무리 단편으로 범위를 좁혔다고는 하지만 딱 세 편을 골라서 사람들에게 소개하는 일이란 쉬운 게 아니었다. 출연자들과 고민을 좀 해본 결과 다음 세 편으로 의견을 압축했다. 《모비 딕》을 쓴 작가 허먼 멜빌의 작품 《필경사 바틀비》, 니콜라이 고골[02]의 《외투》, 프란츠 카프카의 단편 《변신》이다.

이중에서 《변신》은 확실히 헌책방 운영자인 나의 입김이 들어간

덕에 리스트에 포함됐다고 고백해야겠다. 이렇게 해놓고 보니 많은 사람들이 오 헨리03나 이반 투르게네프, 안톤 체호프, 기 드 모파상04 같은 작가들이 왜 포함되지 않았느냐고 따져 묻는 소리가 여기까지 들린다. 그럴 때 당당하게 말하고 싶다. "취향입니다. 존중해주시죠!" 좀 건방진 소리 같지만 내게도 다 이유가 있기 때문에 3대 단편소설에 《변신》을 넣은 거니 너그러이 용서해주길 바란다.

나는 어렸을 때부터 책 읽기를 좋아했는데, 보통 남자애들이 그렇듯이 처음엔 셜록 홈즈나 애거서 크리스티 같은 추리소설로 시작했다. 초등학교를 졸업할 때까지는 거의 그 두 종류만 읽은 것 같다. 장르소설이 아닌 쪽은 관심이 없었거나, 아니면 누구도 다른 책을 권해주는 사람이 없어서 읽지 않았다. 그래도 내 기억으로는 초등학교 졸업할 즈음부터 중학교 다닐 때까지는 추리소설에서 벗어나려고 나름 노력을 기울였다. 특히 중학생이 되어서는 나와 비슷하게 책 좋아하는 녀석들과 어울리면서 조금씩 책 읽기 폭을 넓혀갔다. 거기에 결정적인 원인을 제공한 것은 중학교 3년 내내 활동한 학급 도서부와 문예반 특별활동이었다. 또 3년 내내 꾸준하게 이런 활동을 할 수 있도록 여러모로 지원해주신 고마운 분이 있는데, 중학교 1학년 때 담임이었던 하성환 선생님이다. 국어 과목을 맡아 가르치셨던 선생님 덕분에 교과서에 실린 우리나라 작가들이 쓴 작품 대부분의 원전을 찾아 읽을 수 있었다. 도서부 활동을 하면 학교 도서관을 자유롭게 사용할 수 있다는 걸 알려 준 것도 그분이었다. 덕분에 그 시절 초·중 교과서에 나온 작품들을 포식하듯 섭렵했다. 가끔은 학교 도서관에도 없는 책이 있었는데 그런 책은 자전거를 타고 사직도서관까지 가서 빌려봤다.

한번 국내 작가 쪽으로 길을 들어서고 보니 자연스레 외국 작가가 쓴 소설과는 멀어졌다. 돌이켜보면 중학교를 졸업할 때까지 외국 작가가 쓴 작품을 읽은 기억이 전혀 없다. 알퐁스 도데의 《마지막 수업》이나 너새니얼 호손의 《큰 바위 얼굴》, 생텍쥐페리의 《어린왕자》, 오 헨리의 《마지막 잎새》, 그리고 어른이 된 후로도 작가 이름을 몰랐던 바스콘셀로스의 《나의 라임오렌지나무》는 읽었던 것 같기도 하다. 정확하지는 않다. 그때 이런 책들이 워낙 유명했으니까 그냥 나도 당연히 읽었을 거라는 느낌만 가지고 있는 것일지도 모른다.

이후 고등학교는 완전히 다른 세계였다. 고등학생이 된 나는 이제 어른이라고 믿었고 그건 다른 친구들도 마찬가지였다. 우리는 의식적으로 어른스럽게 행동하려고 노력했다. 책도 좀 어른스러운 책을 읽어야겠다고 마음먹었다. 정확히 말하면 좀 멋있어 보이고 싶었던 것이다. 우리나라 작가의 소설은 폼이 나질 않았다. 그래서 외국 작가의 책, 이왕이면 다른 친구들이 모를 것 같은 생소한 작가의 책을 손에 들고 다닌다면 더 멋있을 것 같았다. 앞서가는 몇몇 녀석들은 이미 그렇게 행동하고 있었다. 우리들 사이에서는 카뮈의 책이 그 어떤 것보다 인기가 높았다. 책을 들고 버스에 탔을 때 카뮈만큼 멋있어 보이는 책은 없다. 이름조차 멋스러운 알베르 카뮈는 남자애들의 우상이었다.

나 역시 카뮈를 피해갈 수는 없다고 생각하여 읽긴 읽었다. 동네 헌책방에서 삼중당 문고판《이방인》과《페스트》를 구해서 봤다. 줄곧 우리나라 작가들이 쓴 소설만 읽다가 진지한 마음으로 찾아 읽은 첫 번째 외국 작가 소설이기도 해서 이국적인 느낌이 신선했지만 어쩐지 나하고는 맞지 않았다.《이방인》의 주인공이자 살인을 저지른 뫼르소,《페스트》에서 전염병이 창궐한 도시에 남아야 하는가 떠나야 하는가를 고민하는 의사 리외, 그런 사람들의 고민이 내게는 실감나지 않았다. 아직까지 그런 처절한 운명 앞에 내 자신이 놓여본 일이 없기 때문이다.

그때 헌책방 한구석 그늘진 곳에서 웅크리고 숨어 이런 내 모습을 줄곧 응시하고 있던 벌레 한 마리가 있었으니, 그가 바로 프란츠 카프카다. 나는 여전히 생생하게 기억하는 그때 일을 필연이라 믿는다. 그 책은 내가 카뮈를 사러 갔을 때도 거기에 있었다. 아무도 거들떠볼 것 같지 않은 그 위치에. 책등에 쓰인 '변신'이라는 글자는 솔직히 '이방인'이나 '페스트'보다 몇 배는 더 내 감성을 자극했다. 그러나 가진 돈도 별로 없었던 나는 카뮈의 책만 사올 수밖에 없었다.

거의 의무적으로 카뮈를 읽었다. 이 실망한 마음을 달래기 위해서는 또 다른 책이 반드시 필요했다. 이번엔 확실히 괜찮은 책이어야 한다. 안 그래도 카뮈의 책 두 권을 억지로 읽었는데 세 번째 책 역시 실패한다면 무엇보다 내 자신에게 화가 날 것 같았다. 하지만 알고 있는 외국 작가가 거의 없었기 때문에 어떤 책을 선택해야 좋을지 막막했다. 그렇게 고민만 이어가다 한 달 정도 지나 다시 그 헌책방에 가기로 했다. 책등에 '변신'이라는 글자가 쓰인 그 책이 내겐 유일한 선택권이었다.

그래, 헌책방으로 가자. 가서 아직도 그 책이 안 팔리고 거기에 그대로 있으면 운명이라고 생각하자. 하지만 마음속 다른 쪽에선 이런 목소리도 들렸다. 벌써 한 달이나 지났잖아? 그렇게 오랫동안 팔리지 않고 남아 있는 책이라면 인기가 없는 걸 거야. 볼 것도 없이 빤한 것 아닌가? 헌책방 문 앞까지 가서도 이 두 생각은 여전히 싸우고 있었다.

드디어 운명의 시간. 책은 여전히 그 자리에, 이 헌책방이 처음 생겼을 때부터 지금까지 언제가 찾아올 '나'라는 사람을 기다리고 있었다는 듯 거기 있었다. 얼마나 오랫동안 그 자리에 있었던 것일까. 책을 꺼내려고 하니까 앞뒤 표지가 옆에 있는 책과 들러붙어서 찢어질 정도였다. 조심스럽게 책을 꺼내서 내용 확인도 안 하고 그대로 값을 지불했다. 헌책방 사장님은 처음엔 좀 난감한 듯 책을 들고 이리저리 살피는가 싶더니 낡고 오래된 책이라면서 천 원을 받으셨다.

책을 들고 헌책방에서 나와 걸어가면서 첫 장을 넘겼다. 여기서부터는 이야기가 너무 빨리 진행됐기 때문에 긴 설명이 필요 없을 것 같다. 이 짧은 소설의 첫 문장을 읽는 즉시 가슴이 덜컥 내려앉는 충격을 받았다. 지금까지 적어도 또래 아이들보다는 책을 많이 읽었다고 자부하는 나이지만 이런 첫 문장은 처음이다. 그레고르 잠자, 이 사람이 누군지는 모르겠다. 아마도 소설의 주인공이겠지. 그 사람은 어느 날 자고 일어나보니 자신이 벌레로 변했다는 걸 알았다. 배에 주름이 있고 다리가 여러 개 달린 징그러운 벌레의 모습을 한 자신의 모습을 알아차리는 데는 많은 시간이 걸리지 않았다. 꿈이 아니었다.

더 이상 읽을 수가 없었다. 제대로 된 책상에 앉아서 한 자 한 자눈에 담아가며 읽어야겠다는 것 외에 다른 생각을 할 수도 없었다. 카뮈가 그의 스승이 쓴 책《섬》[05]을 처음 보고 했던 행동처럼 나 역시 한참을 뛰어서 그대로 집까지 돌아왔다. 그리곤 몇 시간 만에《변신》을 다 읽었다. 아니, 카프카가 어떤 마성적인 힘을 책에 불어넣어서 내가 책을 읽도록 강제했다고 하는 편이 옳다.

책이 재미있었다고 말할 순 없겠다. 결코 재미있는 내용은 아니니까. 주인공 그레고르가 처한 상황을 생각하면 더욱 그렇다. 단순히 '재미'라고 표현하기엔 부족하다. 이 책은 그 후로 나의 책 읽기 습관을 완전히 뒤바꿔놓았기 때문이다. '소설이란 바로 이런 힘을 가지고 있구나!' 마음속으로 그렇게 외쳤다. 나는《변신》을 사랑하게 됐다. 자꾸만 보고 싶고, 보고 있을 땐 헤어질까 걱정됐다. 더 이상 말하면 괜히 과대포장 하는 것처럼 보이니까 여기서 그만하겠다. 어쨌든 헌책방에서 처음 만난 뒤 몇 달 동안《변신》의 문장을 거의 외울 정도로 여러 번 읽고 또 읽었다.

그렇게 한 책을 자꾸 읽는 것도 조금씩 지칠 즈음 나 스스로 생각해도 너무 멋진 아이디어가 떠올랐다. 카프카는 독일어로 소설을 쓴 사람이라고 들었다.《변신》도 원래는 독일어로 쓰였고 그걸 우리말로 옮긴 것이다. 그렇다면 독일어로 된 원서를 읽어봐야겠다. 나는 당시

제2외국어가 일본어라서 영어 외에 다른 외국어는 전혀 모르지만 한 번 도전해보고 싶었다. 왜냐? 벌써 잊었는가? 멋있으니까! 독일어 소설을 원서로 읽는 얼굴 뽀얀 남자 고등학생…. 그런 설정만으로도 반할 것 같은 매력이 뿜어져 나온다.

곧장 계획을 실천에 옮기기 위해 준비 작업에 들어갔다. 필요한 것은 우선 《변신》의 독일어 원서다. 독일어는 독학하기로 했다. 제2외국어가 독일어인 동네 친구에게 독일어 교과서와 참고서를 빌려 공부했다.

지금도 거기 있는지 모르겠는데 당시에 충무로에 가면 독일어로 된 책만 취급하는 '소피아서점'이라는 곳이 있었다. 이 곳은 한 동네에 살던 대학생 형들이 알려줬다. 문법을 대강 공부한 다음에는 소피아서점에 가서 《변신》 원서와 독일어 사전을 한 권 샀다. 단편소설이라 짧고 이미 우리말로 여러 번 읽어서 내용도 다 알고 있던 터라 맘 잡고 한번 시작하면 금방 읽을 수 있을 것 같았다. 내 계획은 1학년 여름방학 40일 동안 끝까지 읽는 것이었다. 우리말로 된 《변신》은 집중하면 1시간 정도에 끝낼 수 있으니까 내 딴에는 원서에 나름 넉넉한 시간을 할애한 것이다.

결과는? 예상이 완전히 빗나갔다. 우선 40일 동안 《변신》의 원서를 끝까지 읽겠다는 것이 무리라는 걸 깨달은 건 시작하고 일주일이 채 안 됐을 때였다. 집에 틀어박혀 온종일 사전과 책을 번갈아가며 보는 것만 하는데도 진도가 좀처럼 나가질 않았다. 결국 방학이 끝날 때까지 읽은 분량은 고작 다섯 쪽 정도였다. 잠시 실망도 했지만 이렇게 된 이상 어떻게든 끝까지 읽어보자는 오기가 생겼다. 학교에서 주판알을 튀기고 '대차대조표', '감가상각비' 같은 걸 공부하면서 짬짬이 독일어를 공부했고 딱 그만큼씩만 앞으로 나아갈 수 있었다. 이렇게 해서 《변신》을 다 읽게 되었을 땐 이미 고등학교 졸업반이 되어 있었다. 원서 통독은 졸업을 기념하여 스스로에게 주는 선물이 되었다.

어찌 생각해보면 카프카 때문에 내 고등학생 시절 3년이 싹둑 잘려나간 거지만 후회는 없다. 지나고 생각해볼수록 그 일로 인해 얻은 게 더 많다. 카프카를 시작으로 같은 독일어권 작가들을 많이 알게 됐고 관심은 자연스럽게 러시아 쪽으로 넘어갔다. 발을 들여놓고 보니 러시아는 그 광대한 영토만큼이나 문학의 지형도 크고 복잡했다. 도스토예프스키, 톨스토이, 푸시킨, 파스테르나크[06], 고리키, 솔제니친, 불가코프[07]……. 고등학교 졸업 후 대학 생활은 거의 러시아 망명자나 다름없는 생활이었다. 그것은 지금까지도 어느 정도 이어지고 있는 형편이다. 물론 이렇게 되니까 포기한 쪽도 있다. 한 번 추운 나라 쪽으로 방향을 틀어버리니까 미국을 포함한 중남미 쪽까지는 거의 손을 못 댔다. 이제 와서 조금씩 그쪽으로도 기웃거리고 있는 실정이다.

그만큼 카프카가 나에게 끼친 영향은 대단한 것이다. 시간은 흐르고 흘러 이제는 내가 직접 헌책방을 꾸리고 거의 10년째 운영하고 있는데, 아무래도 그동안 읽은 책들이 영향을 준 탓인지 문학 쪽은 러시아를 포함한 유럽 소설만 다루고 있다. 그때 내가 카프카를 만나지 못했다면 지금 어떻게 지내고 있을지 모르겠다. 헌책방을 하고 있지도 않을 것 같다. 어쩌면 이렇게 글을 쓰고 있는 것도 모두 카프카, 그리고 《변신》 때문이라 말하고 싶다.

《변신》의 매력을 간단히 정리하자면, 미스터리한 출발에 뒤이은 사실적인 내용 전개와 애써 꾸미지 않은 직설적인 결말이다. 어떤 사람이 자고 일어났더니 갑자기 벌레로 변해 있더라는 설정은 확실히 좀 작위적이다. 아무에게나 이런 첫 설정을 던져주고 소설을 써보라고 한다면 이야기를 엮어가기가 쉽지 않을 것이다. 왜냐하면 그레고르가 벌레로 변한 것에 대한 이유가 어느 곳에도 설명되어 있지 않기 때문이다. 어쩌면 그것이 더 현실적이다. 도대체 평범한 사람이 갑자기 벌레가 된 것에 무슨 이유나 원인을 붙일 수 있단 말인가?

이상의 《날개》와 비교해보자면, 《변신》의 그레고르는 《날개》의 주인공과 비슷한 구석이 있다. 물론 거의 모든 면에서 《날개》에 나오는 '박제가 되어버린 천재'와 '벌레가 되어버린 잠자'는 다르다. 가장 닮은 점은 둘 모두 집 안에 갇혀 있다는 것이다. 천재 씨는 기본적으로 가지고 있는 사회성이 제로에 가깝기 때문에 대부분 시간을 방 안에서 보낸다. 가끔씩 밖에 나가기도 하지만 나간다고 해서 딱히 뭘 하려는 것도 아니다. 길거리를 목적 없이 방황하다가 다시 자기만의 방으로 돌아올 뿐이다. 잠자 씨도 방 안에 갇혀 있다. 다른 것은 천재 씨와는 달리 밖으로 나갈 수가 없다는 현실이다. 외무사원이기 때문에 빨리 일어나서 기차를 타러 나가야 하지만 나갈 수가 없다. 벌레가 됐기 때문이다.

살면서 누군가에게 "저런 벌레만도 못한 놈!", "에라, 밥만 축내는 식충아!"라는 소리를 들으면 치욕이라고 할 것이다. 그런데 잠자 씨는 말만 그런 것이 아니라 진짜로 벌레다. 남에게 당장 피해를 주지 않더라도 그냥 생겨먹은 게 벌레니까 이제부터 그는 벌레 외에 다른 소리를 들을 수 없는 처지다. 흔히 '똥차는 자동차 공장에서 새로 뽑아도 똥차다'라는 우스갯소리가 있듯이 그레고르 잠자 씨는 이제 '벌레 같은 놈'이 아닌 그냥 '벌레'로 살아야 한다. 이 어처구니없는 상황을 어떻게 헤쳐나갈 것인가?

첫 출발은 황당했지만 그레고르는 그래도 꽤 현실적으로 대응한다. 밖에서 어머니가 부르는 소리에는 어떻게든 목소리를 다듬어서 대답을 한다. 급기야 회사 일을 하러 나가지 않은 직원 때문에 직장에서 관리가 찾아왔을 때는 몸이 아파서 그런다며 방 안에서 시간을 번다. 하지만 언제까지고 이런 식으로 자신의 정체를 숨길 수는 없는 법이다. 몸이 벌레로 변했을 뿐 그 자신은 여전히 열심히 일해서 가족을 먹여 살리려고 노력했던 그레고르 잠자가 아닌가. 음악에 재능을 보이는 여동생을 위해, 내년부터는 전문교육을 시켜주겠다는 비밀 계획도 가지고 있는 좋은 사람이 아닌가. 하지만 그 모든 것에도 불구하고 그레고르는 벌레가 되었다. 차라리 '벌레만도 못한 놈'이라는 소리를 듣는 게 낫다.

반면에 '박제가 되어버린 천재'는 누가 보더라도 '벌레만도 못한 놈' 소리를 듣기에 딱 좋다. 몸이 건강하지도 않은 데다가 직업이 있어서 돈을 벌어오기를 하나, 아내가 나가서 좀 돌아다니라고 돈을 쥐어주면 청승맞게 비를 쫄딱 맞고 들어온다. 그런 일이 있은 다음 날엔 감기에 걸려서 또 사람 속을 뒤집어놓는다. 때때로 아내가 주는 돈은 군말없이 받아두지만 모아놓은 걸 쓰는 일이 없고 돈을 어떻게 써야 할지도 모르는 사람이다. 그러니 생각은 제대로 박혔지만 육체가 벌레인 그레고르와 반대로 몸은 멀쩡한데 하는 행동 하나하나가 민폐인 천재 씨는 어떻게 보면 같은 처지다. 그리고 애석하게도 두 사람 모두 마지막까지 이 불행을 멋지게 돌파해내지 못한다. 해피엔딩을 원하는 독자에게는 좀 화가 나는 결말이긴 하지만 오히려 그런 쪽이 더 현실적인 결말인 것 같다.

《변신》은 여러 가지 방법으로 읽을 수 있다. 《광장》을 읽는 데도 일곱 가지 방법[08]이 있으니 카프카도 적지 않을 것이다. 나는 주제넘게도 지금까지 몇몇 곳에 가서 카프카와 《변신》에 대한 강연을 한 일이 있다. 그때마다 늘 강조했던 게 뭐냐면, 특히 외국 소설을 제대로 이해하기 위해서는 전부가 아니더라도 일정 부분은 원서로 읽어봐야 할 필요가 있다는 것이다. 방금 말했듯이 이것도 책을 읽는 여러 방법 중 하나일 뿐이지만, 그래도 자신이 읽었던 책을 새로운 시각으로 볼 수 있는 좋은 길이니 가끔은 시도해볼 만한 가치가 있다. 원서로 본문 읽기가 어렵다면 제목만이라도 한 번쯤 원어로 봐도 좋다.

《변신》은 독일어로 'Die Verwandlung(Verwandlung은 '변신'이라는 뜻이지만 동사로는 '변태'의 의미도 포함한다)'이다. 이걸 우리말로 옮길 때 '변신'이라고 한 것이다. 그런데 내가 읽으면서 느낀 것은 이 단어가 '변신變身'보다는 '변태變態'에 더 가까운 게 아닌가 싶다. 아마도 처음에 이 책을 번역한 사람도 나와 비슷한 생각을 했을 것이다. 그리고 고민에 빠졌을 것이다. '책 제목을 변태라고 한다면 과연 누가 이 책을 살까…….' 생각 끝에 찾은 다른 단어가 '변신' 아니었을까?

'변신'과 '변태'는 둘 다 모양이 바뀌는 것이지만 완전히 다른 의미다. 영어로 된 책 제목을 보면 좀 더 이해에 도움이 될 것이다. 영어 책 제목은 'The Metamorphosis(탈바꿈, 변형, 변태)'다. 이건 딱 봐도 흔한 단어가 아니다. '변신'이라면 당연히 'The Transformation'이라는 제목이어야 할 것 같은데 영어 번역에서는 그와 달리 'The Metamorphosis'를 쓰고 있다. 우리가 흔히 쓰는 말 중에 '변신 로봇'을 생각해보면 '변신'이 어떤 의미인지 더 가깝게 느껴질 것이다. 할리우드 영화 〈트랜스포머〉, 그게 바로 '변신'이다. 그에 비하면 '변태'는 애벌레가 변하여 나비가 되는 걸 뜻한다. 모습이 바뀌기는 하지만 본질이 변하는 것은 아니라는 얘기다. 겉모습은 나비가 되었지만 그 전에는 애벌레였다는 걸 부정할 수는 없다. 그레고르의 몸이 벌레로 변했지만 그는 여전히 다른 무엇도 아닌 인간 그레고르인 것이다.

대부분 독자들은 《변신》을 읽으면서 '벌레'에만 집중한다. 사실 벌레가 그렇게 중요한 건 아니다. 카프카는 소설에 등장하는 벌레가 정확히 어떤 벌레인지 말해주지 않는다. 많은 사람들이 '바퀴벌레' 따위로 알고 있지만 그건 소설 첫머리에서 이미 '수많은 다리'가 있다고 했으니 해당이 안 된다. 우리는 좀 더 그레고르에게 다가가야 할 필요가 있다. 그래서인지 카프카 본인도 자신의 책을 출판할 때 벌레의 모습을 삽화로 그리지 말아달라고 부탁했다고 한다. 실제로 프라하에서 출판한《변신》의 초판 표지를 보면 그레고르로 보이는 한 남자가 고통스러운 듯 두 손으로 얼굴을 가리고 서 있는데 전혀 벌레의 모습은 아니다.

사람이 살다 보면 벌레 같은 취급을 받을 수도 있다. 반대로 내가 상대방을 벌레처럼 무시할 때도 있다. 그레고르의 가족과 지배인, 그리고 사랑스러운 여동생마저도 끝내 그레고르의 진심을 보지 못하고 벌레로 변한 겉모습만을 받아들였다. 이것은 얼마나 무서운 이야기인가. 그러면서도 우리는 이것이 우리가 처한 현실과 크게 다르지 않다는 걸 생각하며 또 한 번 한숨을 내뱉는다. 이 소설이 지금 같은 시절에 나왔다면 연구의 대상이 되지도 못했을 것이다. 카프카는 누구도 이런 말을 꺼내기 힘든 그때, 유럽이 이제 막 지옥 불구덩이 같은 두 번의 세계대전을 겪게 될 바로 그때 우리들의 무딘 인간성에 대해서 경고 신호를 보내고 있다.

사회는 발전했고 돈만 있다면 못할 게 별로 없는 그런 시대가 되었다. 유럽의 세계대전도 어느 날 갑자기 시작된 것이 아니다. 많은 역사책들을 보면 당시 유럽 사회는 언제 큰 전쟁이 일어나더라도 별로 이상하지 않을 위태로운 시절이었다고 한다. 내가 느끼기엔 지금도 역시 그렇다. 당장이라도 무슨 큰일이 발칵 일어날 것만 같아서 불안하다. 우리는 번쩍번쩍 빛나는 고층빌딩 유리창보다, 화려한 색감에 빠른 속도를 자랑하는 스마트폰보다, 마우스 클릭 몇 번만 하면 쉽게 물건을 살 수 있는 최첨단 인터넷보다, 그 너머에 있는 사람들의 호흡에 더 관심을 가져야 한다. 아직도 늦지 않았다. 휘황찬란한 물질세계에 가려 보이지 않는 저 건너에 있는 사람들, 우리들의 이웃에게 손을 내밀어야 할 시간이다. 그렇지 않으면 우리 모두가 결국 그레고르이자 동시에 그의 가족이 되어 비참한 결말을 쓰게 될 것이다.

날개
이상 지음, 김주현 엮음
문학과지성사, 2005년

The
First
Sentence

'박제가 되어버린 천재'를 아시오?

나는 이불 속에서 좀 울었다 보다 01

많은 사람들이 첫 페이지의 세 줄 정도는 자세히 읽은 후에, 그 책을 계속 읽을지 그만둘지를 결정한다는 재미있는 연구결과를 본 적이 있다. 실제로 많은 사람들이 그렇게 책을 읽는다.

어느 날 대형 서점 신간코너에서 몇 권의 책을 훑어보며 시간을 보내다가 나 역시도 그렇다는 사실을 문득 깨달았다. 나는 이런 식이다. 괜찮아 보이는 책을 한 권 집어들고는 책 뒤표지에 쓰인 글을 한 번 보고 앞으로 돌아와 차례를 대충 눈으로 쓸어내린 다음, 본문이 시작되는 첫 페이지를 서너 줄 정도 읽고 나서 그 책을 마음속으로 판단한다.

사람들이 무언가에 할애할 수 있는 시간은 점점 줄어든다. 어떤 사람들에게 소설 읽기라는 것은 '잉여적인 행위'에 가까울 수도 있다.

소설 따위 안 읽어도 사는 데 큰 지장은 없을 것이다. 그런데 어쩐지 읽어야 될 것만 같고, 안 읽으면 사람들하고 대화도 잘 안 될 것 같다. 따지고 보면 상대방도 소설을 잘 안 읽는다. 그럼에도 사람들은 책을 읽으려고 노력한다. 짬을 내서라도 책을 읽으려 한다. 그렇다고 아무 소설이나 읽을 수 있나? 소설은 이야기가 있는 긴 글이기 때문에 중간에 읽다가 재미가 없다든지 하는 이유로 포기하면 기분이 찜찜하다.

어떤 소설을 읽을 것인지 선택하는 건 상당히 중요한 문제다. 첫 문장은 그런 의미에서 소설가에게 가장 신경 쓰이는 부분이다. 실제로 많은 사람들이 첫 부분을 조금 읽다가 재미가 없을 것 같으면 덮고 다른 책을 집어들기 때문이다. 뿐만 아니라 그런 식으로 탈락된 소설가의 다른 책은 첫 페이지도 펴보기 전에 '당연히 재미가 없겠지. 전에 봤던 것도 그랬잖아'라는 편견 속에 잊히기도 한다.

독자의 입장에서, 나 역시 '첫 문장 증후군'에서 자유롭진 못하다. 이왕이면 다홍치마라는 말이 있듯이 첫 문장에서 일단 확 끌어들이는 맛이 느껴지면 뒷부분도 기대를 하면서 읽기 마련이다. 그렇다고 무조건 첫 문장만 보고 책을 선택하는 건 무리가 있다. 이 부분을 극복하기 위한 방법이 달리 있는 건 아니다. 책을 많이 읽다 보면 어느 새 자기만의 책 판별법을 가지게 된다.

나도 몇 가지 기준이 있다. '이런 첫 문장이라면 도무지 믿음이 가지 않는다'라고 여기는 패턴을 소개한다. 소설은 물론이고 다른 글도 이런 유형에 속하면 잘 안 읽는다. 내 경험상 이런 식으로 시작되는 글이 재밌거나 유익했던 적이 별로 없었기 때문이다. 이 기준은 완전히 내 주관적인 견해일 뿐이다.

첫째, '자신만만형'이다. 예를 들면, "당신이 평생 한 권의 책만을 읽어야겠다면《○○○》을 권한다." 이런 식이다. 이건 무슨 영화 홍보문구 같기도 하고, 허접한 패션 잡지에나 나올 만한 진부한 문장이다.

둘째, 뜬금없이 유명한 사람의 글을 인용하는 것으로 시작하는 문장이다. "톨스토이는 소설《○○○》에서 '×××'라고 말했다. 그리고 나는……." 바로 이렇게. 이건 아마도 글을 시작하는 가장 쉬운 방법 중에 하나일 것이다.

세 번째는 첫 문장에 사람 이름이 나오는 경우다. 그것도 3인칭으로 나온다면 경계의 대상이다.《모비딕》의 첫 문장 '내 이름을 이슈메일이라고 해두자'는 1인칭인 데다가 '이슈메일'이라는 성경 속 인물과 똑같은 이름이 등장하기 때문에 호기심을 불러일으킨다. 카프카의 단편《변신》의 첫 문장에도 '그레고르 잠자'라는 사람이름이 등장하는데, 뒤따라오는 문장을 보면 잠자 씨가 벌레로 변했다고 설명한다. 이건 충분히 호기심이 생길 만한 설정이다. 그런데 '스미스 씨는 오늘 식료품점에 갈 계획이었다.' 이것은 어떤가? 스미스라는 흔한 이름이 우선 흥미를 떨어뜨린다. 그런 사람이 식료품점처럼 평범한 곳에 간다고 한들 무슨 흥미로운 일이 기다리고 있을 것 같지 않다. 스미스가 누군지도 모르는데 그 사람이 식료품점에 가든 골프장에 가든 아무런 감흥이 안 생긴다.

네 번째는 그렇게 많은 유형은 아니지만 한 번 만나면 그대로 책을 덮어버리게 만드는 마력을 지닌 문장이다. '아아, 사월을 잔인한 달이라고 말한 시인은 엘리엇이었던가?'[02] 이건 정말 용서가 안 된다. 이럴 바에는 차라리 엘리엇의 시를 그대로 가져와서 인용하는 게 그나마 낫다. 보라, 저 문장에서 뚝뚝 흘러넘치는 기름기 가득한 허세를!

그러면 과연 좋은 첫 문장은 무언가? 내 기준에서 좋은 첫 문장은, 우선 미스터리한 느낌이 있어야 한다. 공포영화에나 나올 법한 그런 서늘한 분위기가 아니라, '도대체 이렇게 첫 시작을 떼면 다음은 어떻게 이어갈지 궁금해지는 걸?' 하는 생각이 절로 들게 만드는 묘한 느낌이면 좋다. 더불어 소설을 다 읽고 난 다음에도 첫 문장이 의미하는 것이 무엇이었는지 알쏭달쏭하게 만들어야 한다. 이건 좀 어려운 부분이다. 소설을 다 읽었는데 첫 문장과 완전히 연결고리가 끊어져 있다면 실패다. 반대로 첫 문장의 의미가 너무 적나라하게 드러나 있어도 역시 실패다. 모름지기 일급 요리사는 간 조절을 잘해야 한다. 마지막으로 여기에다가 작가나 등장인물이 적당히 '중2병'[03]같은 냄새를 풍기면 슬슬 구미가 당긴다.

이제 내 나름으로 요모조모 생각해서 선정한 최고의 첫 문장을 가진 소설을 발표하겠다. 바로 일제강점기 시절 작가, 이상의 단편《날개》다. 아마 이 소설의 첫 문장을 모르는 사람은 많지 않을 것이다. **"박제가 되어버린 천재를 아시오?"** 이거야말로 우리나라 문학 역사상 가장 멋진 첫 문장이다. 내가 아는 범위 내에서 그렇다. 설마 '이상'이라는 작가를 잘 모르더라도,《날개》라는 짧은 소설을 모르더라도 저 위대한 첫 문장을 모르는 사람이 있을까? 적어도 우리나라에서만큼은 '박제가 되어버린 천재'가 엘리엇의 '사월은 잔인한 달'과 버금가는 위치에 놓여 있다고 말하겠다.

말했던 대로 이 첫 문장은 아주 미스터리하다. '박제가 되어버린 천재'는 무엇을 뜻할까? 게다가 작가는 독자에게 대뜸 물어본다. '박제가 되어버린 천재를 아시오?' 아무런 정보도 없는 독자 입장에서는 당황스럽다. 그런데 여기서 기가 막힌 사실은, 이런 질문을 받았을 때 독자가 "모르겠는데요?"라고 단박에 끊기 어렵다는 것이다. 이 질문은 "이차방정식의 근의 공식을 아시오?" 따위와는 다르기 때문이다. 그 원인은 '박제가 되어버린 천재'에 있다. 재치 있는 독자라면 거의 순간적으로 그 천재가 다름 아닌 이 소설의 주인공이 아닐까, 하는 궁금증을 품는다. 그러니까 이 질문에 대한 답변을 당장은 못하지만 소설을 읽고 나서는 할 수 있을 것만 같다.

바로 다음에 이어지는 것 역시 이상한 문장이긴 마찬가지다. **"나는 유쾌하오. 이런 때 연애까지가 유쾌하오."** 시작부터 알 듯 말 듯한 질문을 던지더니 갑자기 유쾌하단다. 그냥 유쾌한 게 아니라 연애까지가 유쾌하다. 미스터리의 연속이다. 하지만 이 역시 잠깐 눈길을 멈춰놓고 생각을 끌어올려보면 재미있는 문장이다. 맨 처음 문장에서 독자는 이 소설의 주인공이 '박제가 된 천재'일 거라고 어렴풋이 짐작했다. 그리고 다음에 이어지는 곳에서 연애가 유쾌하다고 하는 걸로 봐서, 어쩌면 이 소설의 내용은 '박제가 된 천재가 누군가와 연애하는 것'이 아닐까, 하는 흥미로운 짐작이 가능하다.

세상에 연애소설은 많다. 따지고 보면 대부분의 소설에는 사랑 이야기가 나오니까 사랑이란 그리 특별한 소재가 아니다. 그런데 이 소설에 나오는 사랑 이야기는 분위기가 좀 다르다. 천재가, 그냥 천재가 아니라 박제가 되어버린 천재가 사랑을 하면 어떤 이야기가 펼쳐질까? 작가 이상은 이 짧은 세 문장으로 독자를 사로잡는 데 성공했다.

모름지기 잘 지은 첫 문장은 소설을 읽어가면서 계속 머릿속에 남아야 한다. 《날개》는 그런 점에서도 후한 점수를 줄 만하다. 독자는 이 애매모호한 소설을 읽으면서 계속 생각한다. '대체 왜 이 사람이 천재인거지?', '그래, 천재라고 치자. 그러나 무엇 때문에, 어떻게 박제가 되어버렸다는 걸까?', '소설에 나오는 사랑 이야기는 전혀 유쾌하지 않은데 왜 유쾌하다고 한 것일까?' 하지만 작가는 끝내 시원스런 답을 내놓지 않는다. 요즘 말로 하면 '열린 결말 기법'이라고 해야겠다. 요즘은 이런 소설이 흔하지만 지금으로부터 100년 전에는 획기적이었다.

특히 마지막 장면은 압권이다. 사회는 물론 가정에서도 소속감을 거의 느끼지 못하던 주인공은 어느 날 거리를 방황하다 서울 시내에 있는 한 백화점 옥상에 올라간다. 거기서 또 저 유명한 문장이 등장한다. 박제가 되어버린 천재는 두서없이 이런 말을 한다. **"날자, 날자, 한 번만 더 날자꾸나."** 그리곤 소설이 끝난다. 어떤 사람들은 이 장면을 두고 주인공이 아내의 부정을 알고는 백화점 옥상에서 뛰어내려 자살을 하는 게 아니냐고 해석한다. 반대 해석도 있다. '날개'라는 소재가 작품의 제목이기도 하고, 보통은 날개란 희망을 상징하는 것이니까 '내게 처한 상황은 이렇지만 다시 한 번 맘을 다잡고 살아보자'는 다짐이 아니겠냐는 거다.

두 가지 모두 그럴 듯하지만 또 한편으로는 맞지 않는 부분도 있다. 뉴스에 자살 사건이 보도되면 사람들은 이렇게 말한다. "죽을 용기가 있으면 그 용기를 가지고 살아 볼 것이지……." 삶에 희망이 보이지 않아서 스스로 죽음을 선택하는 것이지만 죽음에도 역시 큰 용기가 필요하다. 그런데 우리들의 주인공은 그런 용기조차 없는 것 같다. 도무지 이걸 어떻게 표현하면 좋을까? 이 사람은 삶이건 죽음이건 세상 모든 것에 조금의 의지조차 없어 보인다.

세계문학을 통해 보더라도 이 정도 레벨을 가진 희한한 주인공은 흔치 않다. 박제가 되어버린 천재는 흡사 《인간실격》04의 오바 요조를 떠올리게 하지만 나이로 보면 그보다 한참 선배 격이다. 혹은 《잉여인간》05의 천봉우와 비슷하지만, 역시 삶을 비관하는 자세만큼은 《날개》의 주인공을 넘지 못한다. 천봉우는 그래도 날마다 출근도장 찍을 수 있는 치과병원이라도 있으니까 거기서 친구와 유유자적 놀기라도 하지, 《날개》의 주인공은 도무지 곁에 말상대가 없을뿐더러 스스로도 사람 만나는 걸 싫어한다. 도대체 이 천재를 어떻게 이해해야 좋을까? 대입 논술 문제에 나올 법한 전문적인 해석은 여기서 더 해봐야 별로 재미가 없을 테니까 조금 다른 길로 가도록 하자. 나는 마지막 문장에 등장하는 '날개'가 '삶의 희망'이라든지 '자유'나 '자아실현' 따위라고 생각하지는 않는다. '허세의 끝판' 정도라 생각한다.

앞서 말했듯이 소설 속 주인공이 약간은 중2병 같은 분위기를 풍겨야 이야기가 재밌다. 그런데 《날개》의 주인공이 딱 그런 캐릭터다. 중2병의 증상은 여러 가지가 있지만 핵심적인 몇 가지는 다음과 같다. 첫째, 나는 대단한 사람이고 마음만 먹으면 못할 게 없지만 사회가 나를 억압하고 있다는 강한 믿음을 갖고 있다. 둘째, 무모할 정도로 자의식이 강하다. 셋째, 알고 그러는지 모르고 하는 소리인지 아무도 모르지만 남들이 쉽게 내뱉지 못할 멋진 말을 자주 하고 본인도 그걸 자랑스럽게 여긴다. 넷째, 이게 중요한 건데, 어느 곳에 가든지 구석 자리에서 다른 사람을 관찰하는 걸 은근히 즐긴다. 여러 가지로 늘어놨지만 종합해보면 허세를 좀 부린다는 얘기다.

《날개》의 주인공과 더불어서 이런 기준에 어울릴 수 있는 사람은 크누트 함순 정도가 유일하다. 그의 자전적 이야기인 《굶주림》[06]은 《날개》와 쌍벽을 이루는 '비루한 생활'을 다루고 있다. 도대체 이 사람은 구제가 불가능하다. 세 들어 살던 누추한 집에서 마저 쫓겨난 데다가 연심이는 고사하고 말동무 삼을 개 한 마리조차 곁에 없다. 며칠씩 밥도 못 먹은 상황인데 자신의 조끼를 전당포에 맡기고 받은 돈을 다른 사람에게 줘버린다. 팔아먹을 거라고는 외투에 있는 단추 몇 개 밖에 남지 않은 상황인데도 자존심은 있어서 신문사 편집장의 도움은 단박에 거절한다. 이게 허세라고 한다면 도와주고 싶은 마음도 안 들 정도로 이상한 사람이다. 하지만 허세와 중2병은 미묘하게 다른 구석이 있다.

어쨌든 이제 《날개》의 주인공이 과연 어느 정도 중2병 증상에 부합하는지 알아보자. 우선 자신을 천재라고 상정해두는 자세 자체가 가장 핵심적인 요소에 딱 들어맞는다. 게다가 그냥 천재가 아니라 박제가 된 천재, 그러니까 세상이 알아보지 못하는 천재, 혹은 세상이 두려워할 만한 수준의 천재다. 천재지만 사회로부터 격리당하고 억압된 상황이라 지금은 그저 집 안에만 처박혀 있을 뿐이다. 집에선 거의 잠만 잔다. 이불 속에서 만큼은 절대적인 행복을 느낀다. 하지만 그건 그냥 빈둥거리는 게 아니다. **"이불 속에서 참 여러 가지 발명도 하였고 논문도 많이 썼다. 시도 많이 지었다"**(275쪽) 이런 멋진 일은 아무나 할 수 있는 게 아니다.

그러다 아내가 외출하면 그제야 일어나서 어슬렁거리며 밤거리를 배회한다. 거리를 걷는 건 아무런 목적이나 의미가 없다. 사람들은 저마다 할일을 가지고 거리를 오가지만 천재에게 그런 건 없다. 한 가지 목적이 있다면 바로 이것, **"목적을 잃어버리기 위하여 얼마든지 거리를"**(282쪽) 쏘다닐 뿐이다. 그러다 들어가 쉬는 곳은 **"경성역 일이등 대합실 한 곁 티룸"**(290쪽)이다. 그가 여기에 오는 이유는 이곳에서라면 아무도 자신을 알아보지 못하기 때문이다. 아는 사람이 오더라도 급하게 차만 마시고 나가버리기 때문에 누구도 천재에게 신경을 쓰지 않는다. 게다가 여기에 있는 시계는 아주 정확하다. 천재는 거기 앉아서 사람들을 구경하며 **"잘 끓은 커피를 마셨다."**(291쪽) 커피를 마시며 이 좋은 분위기를 즐기고 있노라면 **"이따금 들리는 날카로운 혹은 우렁찬 기적 소리가 모차르트보다도 더 가깝게"**(291쪽) 느껴진다. 아아, 이 장면을 머릿속에 그대로 영화처럼 떠올려보면 몸서리가 처질 정도로 멋있다. 모차르트의 음악이 흐르는 찻집에서 커피를 마시는 가운데 들려오는 우렁찬 기차소리라니…….

가게 영업이 끝날 때까지 그렇게 앉아 있다가 다시 거리로 나오면 하늘에선 비가 내리고 있다. 코르덴 양복을 입은 천재는 그대로 비를 맞고 집으로 간다. '허세'라는 차원에서 이 장면을 그려보면 마치 에드워드 호퍼의 작품 〈밤을 지새우는 사람들〉07이 떠오른다. 호퍼의 그림이 허세적이라기보다는, 멍한 상태로 그림을 보고 있으면(호퍼의 그림을 오래 보고 있으면 꼭 이렇게 멍한 기분이 든다) 저쪽 길모퉁이 어디서 진짜로 허세 가득한 인물이 버버리코트를 어깨에 걸치고 등장할 것 같은 우스운 생각이 들곤 한다. 그 사람이 어쩌면 박제가 되어버린 천재 씨라고 하면 잘 어울릴 것 같다.

이런 말을 하염없이 쏟아내고 있자니 여기저기서 원성이 들리는 듯하다. 천재작가 이상의 작품을 고작 중2병 증상이라고 이해하면 쓰겠나? 그렇다. 이렇게 저렇게 뭘 갖다 붙여 우스운 꼴로 만들어버리더라도 '이상'이라는 사람은 확실히 시대를 잘못 타고난 작가임에는 틀림이 없다. 아니면 시대를 뒤바꿔놓기 위해 신이 미리 예비한 세례 요한 같은 사람일지도 모르겠다.

어떤 시대에나 그런 이유로 고통 속에 살다 가는 사람은 있기 마련이다. 만약 우리 주변에 이런 사람이 없다면 세상이 살기 좋아져서 그런 게 아니라 오히려 그 반대다. 우리가 박제로 만들어버린 천재를 발견할 수 있는 여유조차 없다는 얘기가 된다. 지금이 딱 그런 시대가 아닐까. 이상이 이 땅에서 짧은 삶을 유랑하다 떠난 것도 80년 가까운 시간이 흘렀다. 우리들은 지금 어떤 세상에 살고 있나? 세상은 확실히 병 들어 있다. 감기인지, 몸살인지, 두통인지 누구도 알려주지 않지만 사람들에게 꼬박꼬박 알약을 주고 있다. 그걸 먹으면 병이 나을 수도 있다는 거다. 사람들은 전문가라고 하는 또 다른 사람들이 주는 약을 잘도 받아먹는다. 그러다 문득 깨달을 날이 온다. 내가 먹고 있던 게 아스피린이 아닐지도 몰라. 아달린일까? **"아스피린, 아달린, 아스피린, 아달린, 맑스, 말사스, 마도로스, 아스피린, 아달린."**(295쪽) ○8

이런 생각이 들기 시작한다면 드디어 세상에 저항해야 할 준비가 된 것이다. 자본의 상징인 백화점 꼭대기에 올라갔던 천재 씨의 행동은 아주 멋있다. 소설 이후를 생각해보면, 천재 씨는 결국 지금까지의 삶에서 해방되지 못했을 가능성이 크다. 작가 이상의 고단했던 삶이 그랬고 소설 속에서 딱 한번 등장하는 아내의 이름 '연심이'는 실제로 연인 관계였던 '금홍이'였으니까. 금홍이도 결국은 이상의 곁을 떠나고 말았다. 나라를 뺏긴 거친 시대 속에서 영원히 박제로 남게 된 이상은《날개》를 발표한 뒤 도쿄로 유학을 떠났다가 거기서 폐결핵이 악화되어 삶을 마감한다. 다행인 것은 아직도 많은 연구자들이 '박제가 되어버린 천재' 이상을 살려내기 위한 노력을 멈추지 않고 있다는 사실이다.

시대는 자꾸만 더 많은 천재를 잡아다가 박제로 만들어서 TV나

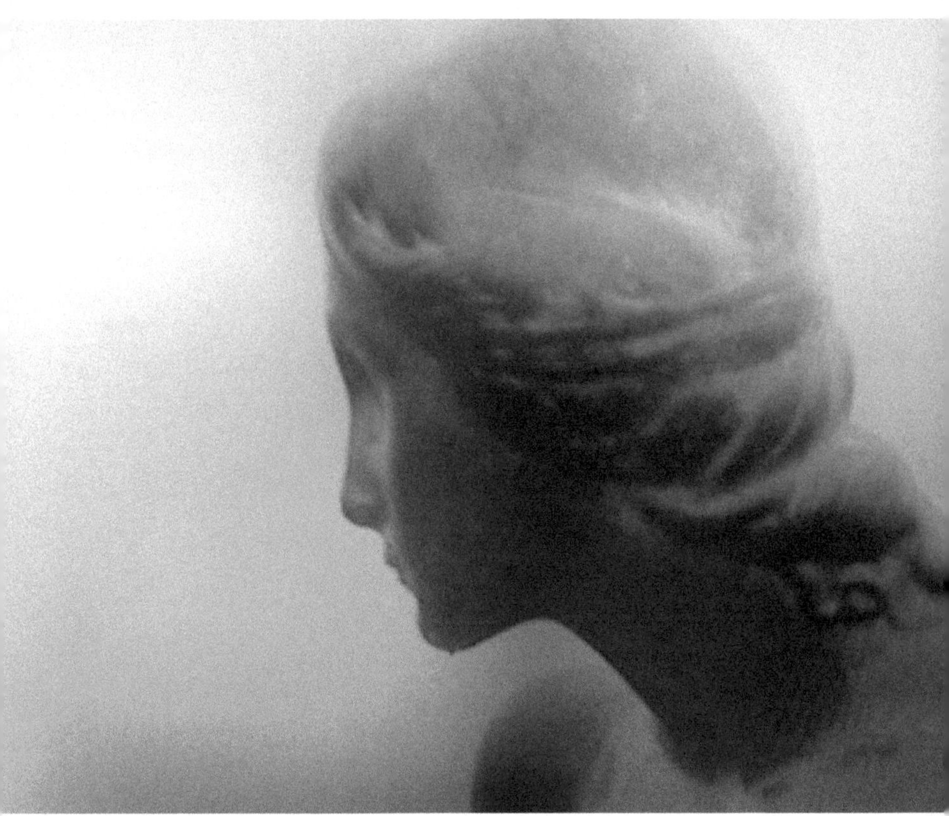

© Thomas Berg, The little mermaid, 2012

'박제가 되어버린 천재'를 아시오?

이상

신문이라고 부르는 박물관에 걸어놓으려고 한다. 그들은 세상을 바꿔 놓을지도 모르는 무한한 힘을 갖고 있기 때문이다. 우리들 중 어떤 사람은 천재다. 그러나 많은 천재들이 자신의 정체를 아직 모르고 있다. 이상의 소설에 나온 주인공처럼 처절한 몸부림은 아닐지라도 조금씩 우리들의 정체성을 찾아가려는 노력이 필요하다. 어쩌면 내가, 당신이 이 시대의 천재일지도 모른다. 세상을 뒤흔들어놓을 만큼 위험한 사람들 말이다. 어깻죽지 밑에 숨겨진 날개를 펼칠 때가 곧 다가온다. 그럴 때 우리들은 한꺼번에 날아오를 수 있다. **"날자, 날자꾸나!"**(300쪽)

나는 고양이로소이다吾輩は猫である

나쓰메 소세키 지음, 송태욱 옮김

현암사, 2013년

The

First

Sentence

나는 고양이다. 이름은 아직 없다. 어디서 태어났는지 도무지 짐작이 가지 않는다.

나쓰메 소세키
나는 고양이로소이다

그런데 올해가 고양이 해던가?[01]

지금부터 아무 짝에도 쓸모없는 순위 정하기 놀음을 시작하겠다. 주인공은 '고양이'다. '문학사를 통틀어서 가장 유명한 고양이는 누구인가'가 오늘의 한가로운 연구 주제다. 우선 후보를 발표하겠다. 편의상 작품 발표를 기준으로 가장 오래된 고양이부터 등장시킨다. 첫 번째 후보는 E.T.A 호프만[02]이 쓴 《수고양이 무어의 인생관》(1819년)에 나오는 뛰어난 교양인이자 천재 작가인 '무어'다. 그 다음은 에드거 앨런 포의 암울한 정신을 물려받은 《검은 고양이》(1843년)다. 그리고 마지막으로 어슬렁거리며 들어오는 고양이는 일본을 대표하는, 이름은 아직 없지만 나쓰메 소세키가 키웠다고 전해지는 《나는 고양이로소이다》(1905년)의 '무명無名 고양이'다. 이제 다섯 항목으로 순위를 정하고 각 항목

마다 1위 3점, 2위 2점, 3위 1점을 준 다음 모든 점수를 합쳐서 가장 많은 점수를 얻은 고양이를 1등으로 선정한다.

TV 예능 프로그램에서는 '출연 분량'이 많은 사람이 우선은 급수가 높은 법이다. 그래서 고양이들도 가장 쉬운 방법으로 먼저 1단계 심사를 준비했다. '분량'으로 따지면 단편소설인 '검은 고양이'가 한참 밀린다. '천재 무어'와 '무명 고양이'는 장편이고 분량도 엇비슷하다. '천재 무어'는 총 2부 구성이고 '무명 고양이'는 3부로 이루어진 작품인데, 둘 다 고양이가 주인공으로 처음부터 끝까지 등장하기 때문에 우열을 가리기는 쉽지 않다. 그래도 점수를 주기 위해 굳이 따져보자. 일단 '천재 무어'가 쓴 책은 자전적 성격을 띠고 있다. 이 양반은 대단히 자부심도 강하고 자신을 위대한 인물이라 믿고 있기 때문에 곳곳마다 자기 자랑 일색이다. 반면에 소세키의 '무명 고양이'는, 물론 자기와 자기 주변 동료들에 대한 이야기도 나오지만 대부분은 자기를 데려다 키워준 주인에 대한 일화를 소개한다. 따라서 1차 심사인 '분량'에서는 '천재 무어'에게 가장 높은 점수가 돌아간다. 그 뒤로 '무명 고양이'와 '검은 고양이'가 따른다.

처음부터 좀 무리수를 둔 것 같다. 이건 예능이 아니라 문학작품이기 때문에 분량으로 순위를 정한다는 것은 작가는 물론 고양이에게도 큰 실례다. 그래서 다음은 대중적인 인지도를 2차 심사 기준으로 정했다. 인지도로 보자면 역시 '검은 고양이'가 단연 앞선다. 짧은 이야기지만 임팩트가 강해서 한 번 읽으면 잘 잊히지 않는다. 만화, 영화, 드라마, 연극 등 오랫동안 이 이야기는 여러 형식으로 변형되어 꾸준한 인기를 누렸다. 나머지 두 고양이는 독자들에 따라서 의견이 많이 갈릴 것으로 예상된다. 일본 문학에서 소세키의 위치는 무시할 수 없다. 그를 일약 유명 스타 작가로 만들어준 게 바로 '무명 고양이'다. 그런가 하면 호프만의 '천재 무어'는 말년에 쓴 작품으로, 복잡하고 그로테스크한 기법은 후대 작가들에게 많은 영향을 끼쳤다. 명실상부 '천재 무어'는 독일 환상문학의 기반을 닦은 고양이라 할 만하다. 아주 근소한 점수 차이로 2위는 '무명 고양이'가 차지한다. 아무래도 우리나라에 소개된 작품으로는 호프만보다 소세키의 고양이가 더 알려졌기 때문이다. 아쉽지만 '천재 무어'가 3위다. 천재는 언제나 외로운 법이니까 너무 실망하지 않기를.

다음 심사 기준은 '매력'이다. 아무리 분량과 인지도에서 앞서더라도 작품을 이끌어가는 주인공이기 때문에 매력이 중요할 수밖에 없다. 1위는 모두의 예상대로 '무명 고양이'에게 돌아간다. 이름도 성도 아직 없지만 이 고양이에겐 벗어나기 힘든 매력이 있다. 말하자면 '귀여운 마초'라고 할까? 아는 것도 많고, 스스로도 인간보다 한 수 위라고 생각하지만 역겨울 정도로 허세를 일삼는 성격은 아니다. 그에 비하면 '천재 무어'는 한 대 쥐어박고 싶을 정도로 자기 자랑이 심하다. '검은 고양이' 역시 무어와는 다른 의미에서 매력이 떨어진다. 그는 사람을 미쳐서 죽게 만들 정도로 사악한 기운을 갖고 있지 않은가! 따라서 매력 점수는 '검은 고양이'가 가장 낮다. '천재 무어' 역시 매력 부분은 고민이지만 그나마 사악한 느낌은 없어 부전승으로 2위에 올린다.

이제 '감성지수'를 확인해볼 차례다. 고양이라면 무릇 사람의 감성을 자극하는 매력이 출중해야 하기 때문이다. 이번에도 '검은 고양이'는 최하위를 기록한다. 예상한 독자들도 있겠지만 이 사악한 기운을 내뿜는 고양이는 인간과 제대로 된 교류를 하지 못하고 끝내 죽임을 당한다. 그것도 아주 비참하게. 그에 비한다면 '천재 무어'는 좀 재수 없는 성격의 소유자이긴 하지만 나름의 철학도 있고, 뜯어보면 괜찮은 구석이 아주 없지도 않다. 뛰어난 교양인, 아니 교양묘猫답게 감성도 풍부한 편이다. 그러나 그 감성이라는 게 진심보다는 허세 쪽에 가깝기 때문에 부득이 점수를 조금 덜어내야 했다. 이들에 비하면 '무명 고양이'의 감성지수는 심지어 '진짜 교양인'인 고양이 주인보다도 높다. 주인은 사람들로부터 이 시대를 이끌어가는 교양인이자 지식인이라는 소리를 듣고 본인도 일정 부분 그렇게 믿고 있다. 하지만 고양이가 몰래 지켜보니 이 주인이라는 –사람들이 '선생'이라고 부르는– 양반 하는 짓이 영락없이 허점투성이다. 느긋한 성격으로 매사에 조심스럽고, 심사숙고하는 습관이 태어날 때부터 몸에 밴 '무명 고양이'가 차라리 선생보다 더 교양과 감성에서 앞선다. 결국 '무명 고양이'에게 가장 높은 점수가 돌아간다.

마지막 경합 부분은 '존재감'이다. 존재감은 사람들에게 인지도가 높다고 해서, 등장 분량이 많다고 해서 반드시 높은 점수를 얻을 수 있는 게 아니다. 작품 속에서 얼마나 큰 존재감을 발휘하고 있는가, 그 작품을 얼마나 지배하고 있는가는 소설 속에서 주인공이 가져야 할 가장 큰 덕목이다. 여기서 가장 높은 점수를 받을 고양이는 당연히 '검은 고양이'다. 물론 작품 전체에서 차지하는 비중은 그렇게 크지 않다. 어떻게 보면 고양이 때문에 미쳐가는 인간 쪽에 더 집중해서 읽을 수도 있는 작품이 《검은 고양이》다. 하지만 미쳐버린 등장인물은 물론, 책을 읽는 독자들마저 오싹하게 만드는 사악한 고양이를 창조한 포의 능력은 다른 무엇에 견줄 바가 못 된다. 여기까지 말한다면 '천재 무어'는 화를 낼지 모르겠다. 인류의 모든 역사를 통틀어서 자신이 가장 뛰어난 신의 피조물이라 굳게 믿고 있는 무어 선생은 자신이 쓴 책 서문에서 **"진정한 천재에게 천부적으로 주어진 자신감과 침착성", "나의 탁월함을 알아보고…… 숭배하기까지 하도록"**[03] 같은 말을 아무렇지도 않게 늘어놓는다. 하지만, 그러거나 말거나 우리 주변에도 이 같은 사람은 차고 넘친다. 본인의 존재감을 일부러 뽐내는 사람에게 굳이 높은 점수를 줄 필요는 없을 것 같다. 그래도 타고난 소심함으로 무장한 '무명 고양이'보다는 조금 앞선다. 이름이 없는 데다가 어디에서 태어났는지, 부모가 누구인지, 혈통은 어떻게 되는지 등 출생에 대한 이력도 모호한 소세키의 고양이는 책의 주인공이라기보다는 교양인이네 하면서 거드름을 피우는 인간들의 뒷모습을 은근히 훔쳐보고 폭로하는 임무에 더욱 충실하다. 소설 속에서 꼭 필요한 위치이긴 하지만 고양이로서의 존재감을 드러내는 부분에선 아쉽게도 가장 낮은 점수를 받는다.

드디어 종합 점수를 발표할 시간이다. 먼저 독일 대표, 호프만의 작품 《수고양이 무어의 인생관》의 주인공이자 자서전을 쓴 작가 고양이 '천재 무어'는 총 10점을 얻었다. 미국을 대표하는 작가 에드거 앨런 포의 《검은 고양이》는 인지도와 존재감으로 가장 높은 점수를 얻은 반면, 단편이라 분량이 적은 것은 물론 매력과 감성지수에서 애석하게도 낮은 점수를 받아 9점에 그쳤다.

동양 대표이자 일본이 낳은 최고의 작가 나쓰메 소세키의 작품 《나는 고양이로소이다》의 '무명 고양이'는 작품 속에서 드러나는 특유의 매력과 감성을 뽐내며 이 두 부분에서 가장 높은 점수를 받았다. 다른 부분에서도 고르게 높은 점수를 받아 총점 11점으로, 독일에서 온 '천재 무어'를 근소한 차이로 제치고 종합 1위를 차지했다.

영광스러운 1위를 차지한 '무명 고양이'에 대해서 몇 마디 덧붙이자면, 우선 이 책은 고양이가 썼다. 문학 시간에 배운 유식한 단어를 빌리면 '1인칭 고양이시점'의 작품이라는 거다. 물론 이 분야에서라면 이미 독보적인 책이 있긴 하다. 관심 있는 독자들은 폴 갈리코가 고양이 언어를 영어로 번역해서 펴낸 《고양이가 쓴 원고를 책으로 만든 책》(조동섭 옮김, 윌북, 2010)[04]을 살펴보길 바란다. 이 원고를 정말로 고양이가 도톰한 발로 타자기를 두드려 완성한 책이라고 믿든지 혹은 그렇지 않든지 상관없다. 세상엔 그보다 믿기 어렵지만 사실인 것들이 얼마든지 있으니까. 하지만 이 책은 고양이가 재미있는 이야기를 들려주는 것이라기보다는 일종의 '생존 지침서' 같은 것이기 때문에 오늘은 살짝 옆으로 치워두도록 한다. 그보다는 어쩌다 우리 인간 세상을 관찰하게 된 한 '무명 고양이'가 털어놓는 진짜 우스운 얘기에 귀를 기울여보자.

별것 아니라고 생각될지 몰라도 이 소설의 첫 문장은 아주 유명하다. “**나는 고양이다. 이름은 아직 없다. 어디서 태어났는지 도무지 짐작이 가지 않는다.**” 우리말로 옮기니까 맛이 좀 덜하지만 나쓰메 소세키가 썼던 실제 첫 문장을 보면 아, 그렇구나, 싶을 것이다. “吳輩は猫である。名前はまだ無い。どこで生れたかとんと見当がつかぬ。(와가하이와 / 네코데 / 아루. / 나마에와 / 마다 / 나이. / 도코데 / 우마레타카 / 톤도겐토우가 / 츠기누.)” 운율이 마치 시처럼 잘 맞고 소리 내어 읽었을 때 입안에 맴도는 울림이 마치 고양이가 담 위를 걸어가듯 조심스런 느낌이다. 그러나 더욱 놀라운 것은 소세키가 이 짧은 세 문장에 주인공 고양이의 핵심적인 성격을 그대로 드러냈다는 것이다.

소설은 내용도 재밌어야 하지만 등장인물이 마치 책 속에서 튀어나온 것처럼 생생해야 한다. 그래서 많은 소설가들이 가장 노력을 기울이는 부분이 바로 인물 설정이다. 소설 속 인물이 어떤 부류인지 작가들은 독자에게 이해시키려고 무던히 애를 쓴다. 어떤 작가들은 장황하게 인물에 대한 설명을 늘어놓는데, 이런 방법은 오히려 지루한 느낌만 줄 때가 많다. 할 수 있다면 되도록 간결하게 핵심만 뽑아내서 독자를 끌어들이면 좋은데 이거야말로 쉬운 일이 아니다.

더구나 이 책에서 소세키는 첫 문장부터 사람이 아닌 고양이를 등장시켰다. 그리고 바로 **이름은 아직 없다**라고 간단하게 자신을 소개한다. 그저 '이름이 없는 고양이'가 주인공이구나 하고 끝낼 수도 있지만, 소세키는 '아직'이라는 말을 넣어서 고양이가 어떤 생각을 가진 캐릭터인지 단번에 드러낸다. 이름이 '없다'와 '아직 없다'는 완전히 다르다. 아직 없다는 것은 언젠가 이름이 생기기를 고대하고 있다는 뜻이다. 이름은 다른 이가 그를 부르는 수단이다. 이름은 그가 누구인지 나타내는 것이기 때문에 자기 입장에서는 스스로 어떤 식으로 불리고 싶은지, 즉 정체성을 갖고 싶어 한다는 말이다. 그러니까 이 고양이는 단순한 고양이가 아니라 자기가 누구인지를 확실히 드러내고 싶은 주체성이 있는 고양이다.

그 다음은 자신이 태어난 장소에 대한 이야기다. 고양이는 자기가 어디에서 태어났는지 모른다. 여기서도 중요한 부분이 있다. 그냥 모르는 게 아니라 '도무지' 모르는 것이다. 도무지 모르겠다는 말은 태어난 장소에 대해 관심이 있다는 얘기다. 어쩌면 소설이 시작되기 전에 자기가 태어난 장소에 대해서 알아보려고 노력했던 적이 있었을 거다. 그런데 몇몇 시도에도 불구하고 '도무지' 모르겠다는 게 지금의 상태다. 태어난 곳을 탐구해봤다는 것은 자신이 어디서부터 어떻게 시작되었는지 그 근본에 대한 궁금증도 갖고 있다는 뜻이다. 이름이 아직 없고 태어난 곳 역시 도무지 알 수 없다는 이 짧고 쉬운 첫 문장만으로 소세키는 이제부터 이야기를 이끌어갈 고양이가 어떤 캐릭터인지 분명하게 설명했다.

자, 이제 이 정체성 뚜렷하고 교양 넘치는 고양이가 이끌어가는 이야기를 들어보자. 소설은 총 3부, 11장으로 구성되어 꽤 길게 느껴지지만 실상 내용은 거의 개그 수준이다. 국수를 먹듯이 후루룩 읽다 보면 자꾸만 웃음이 나온다. 이 소설은 소세키의 등단작이자 동시에 출세작이라고 할 수 있는데, 그 시작은 서른일곱 살 때 소세키가 사는 집으로 낯선 고양이 한 마리가 들어왔던 일이었다. 실제로 제1고등학교와 도쿄제국대학 영문학과 교수를 겸직하고 있던 소세키는 고양이의 눈으로 본 인간 세상에 대한 이야기를 재미있게 각색해서 1905년 〈호토토기스〉에 발표한다. 이 작품은 발표와 동시에 대단한 인기를 얻어서 1회분으로 끝날 예정이었던 이야기를 11회까지 이어가도록 권유받는다.

읽어보면 그게 이해가 간다. 뭐라 설명할 길이 없다. 읽어봐야 안다. 앞서 말했다시피 이 소설이 처음 발표된 것은 1905년, 그러니까 지금으로부터 100년도 더 전에 쓰인 것인데, 어쩌면 이렇게 재기발랄한 이야기를 풀어낼 수 있었는지 2000년대에 살고 있는 독자의 한 사람으로서 그저 신기할 따름이다. 도대체 이렇게 생생하고도 재미있는 갖가지 일화들은 어디에서 힌트를 얻은 것일까? 눈치 빠른 독자들은 소설 초반부에 벌써 알아차릴 수도 있다. 그렇다. 이 소설에 주로 등장하는 '멍청하고 게을러빠진 선생'은 소세키 본인을 모델로 삼고 있다.

소설 속에서 고양이의 주인이기도 한 구샤미는 중학교 선생이다. 직업도 선생이지만 무엇보다 많은 사람들이 구샤미를 선생님이라 부르고 본인도 나름 자기를 그렇게 평가하고 있다. 지금도 그렇지만 당시에도 역시 '교양인'이라고 하면 꽤나 괜찮은 호칭이 아니던가. 어쨌든 구샤미는 주변에서 보기에 좋은 사람으로 비춰진다. 하지만 이 모습을 은근히 훔쳐보는 고양이는 주인의 비밀을 낱낱이 알고 있다. 식구들도 구샤미가 대단한 면학가라고 생각한다. 하지만 고양이만은 진실을 안다. 그는 서재에서 공부를 하고 있는 게 아니다. **"대체로 그는 낮잠을 자고 있다. 가끔은 읽다 만 책에 침을 흘린다. 그는 위장이 약해서 피부가 담황색을 띠고 탄력도 없는 등 활기 없는 징후를 드러내고 있다. 그런 주제에 밥은 또 엄청 먹는다. 배터지게 먹고 나서는 다카디아스타제라는 소화제를 먹는다. 그다음에 책장을 펼친다. 두세 페이지 읽으면 졸음이 몰려온다. 책에 침을 흘린다. 이것이 그가 매일 되풀이하는 일과다."**(19쪽) 고양이라서 다른 사람들에게 이런 말을 퍼뜨리고 다니지 못하는 게 얼마나 애석한 일이란 말인가! 이 바보 같은 선생이란 작자의 면면은 이를 훔쳐보는 고양이를 제외하면 독자들만이 알고 있는 우스운 비밀이 된다. 더 재미있는 것은 여기서 묘사한 선생의 모습이 작가인 나쓰메 소세키와 완전히 일치한다는 점이다. 소세키 역시 평생 위장병으로 고생을 했고 그 때문에 안색이 늘 좋지 않았던 건 널리 알려진 사실이다.

요즘 일본 청년들 사이에서는 100년 전에 나온 문학작품을 다시 찾아 읽는 것이 유행이라고 한다. 나쓰메 소세키나 다자이 오사무, 아쿠타가와 류노스케[05] 같은 작가들의 작품이 여기에 속한다. 청년들이 할아버지, 할머니가 읽었던 작품을 다시 읽는 것이다. 그저 옛날 소설이 다시 유행을 일으키고 있는 것에서 조금 더 의미를 넓혀보자면 세대 간에 벌어진 의식 차이를 서로 좁혀갈 수 있는 계기라고도 볼 수 있다. 일본은 지난날 '거품경제'가 무너지면서 온 국민이 '각성해야 한다'는 목소리를 내고 있다. 이와 맞물려 문학과 음악, 미술 등 예술계에서는 지난 세대의 문화유산을 발굴하고 지속적으로 이야깃거리를 만들어내고 있다. 그 중심에는 늘 나쓰메 소세키가 있다.

그는 그저 뛰어난 문학인으로서 이름을 알린 것만이 아니다. 사실 소세키가 작가로 활동한 시간은 그리 길지도 않다. 한참 늦은 나이인 서른여덟 살 때《나는 고양이로소이다》로 본격적인 작가 활동을 시작했고, 1916년 마흔아홉 살이 되던 해에 숨졌으니 고작 10년 동안 창작을 했을 뿐이다. 이런 소세키의 가장 큰 공로가 일본 문학에서 '교양인 붐'을 만들어낸 것이다. 이를 계기로 많은 사람들이 문학을 통해서 교양을 쌓았고, 교양인들이 또다시 작품을 만들어낼 수 있는 토대를 마련했다. 한 시대의 문화적 저변은 어느 한순간 번쩍하고 생기는 것이 아니다. 많은 작가들, 그리고 그보다 더 많은 독자들이 한층 한층 퇴적물을 쌓아야 나중에 비로소 두터운 지층을 만들 수 있다.

소세키는 단순히 이런 교양인에 머무른 것이 아니라 한발 더 나아가 이것을 비판적인 시선으로 볼 수 있도록 독자들을 이끌었다는 데 큰 의의가 있다. 대학 교수에 영국 유학까지 다녀온 소세키는 누구라도 인정하는 교양인일 수밖에 없었다. 하지만 일본 사회는 여전히 근대화로 넘어가는 과도기적인 시기였다. 서양에서 들여온 여러 사상들이 넘쳤지만 한편으론 아직까지 천황을 중심으로 한 협소한 국가 체제에서 벗어나지 못하고 있었다. 이것은 당시를 살았던 소세키 자신도 어쩔 수 없는 부분이었다.

그래서였을까. 소세키는《나는 고양이로소이다》에서 인간이 아닌 고양이를 관찰자 위치에 세워놓고 소위 교양인이라며 거드름을 피우는 선생과 주변인들을 속속들이 비판한다. 읽기에 따라서는 이 책을 그저 '고양이가 바라본 인간들의 우스운 일면' 정도로 평가할 수도 있겠지만, 치열하게 메이지시대를 살았던 영원한 교양인 나쓰메 소세키의 목소리에 귀를 기울여보는 것도 의미 있는 일이다. 변혁의 시대를 살았던 작가의 깊은 고민과 비판 정신에 조금 더 무게를 두고 읽어본다면, 이름 없는 고양이가 하는 말과 행동이 오직 우스개인 것만은 아님을 알게 된다.

노인과 바다*The Old Man and the Sea*

어니스트 헤밍웨이 지음, 이종인 옮김

열린책들, 2012년

The

First

Sentence

그는 걸프 해류에서 조각배를 타고서 혼자 낚시하는 노인이었고, 고기를 단 한 마리도 잡지 못한 날이 이제 84일이었다.

어니스트 헤밍웨이
노인과 바다

고통은 인간에게 아무것도 아니야 01

헤밍웨이처럼 특별한 작가는 문학사에서 찾아보기 쉽지 않을 것이다. 어쩌면 앞으로도 이런 작가는 나오지 않을 수도 있다는 생각마저 든다. 그는 사냥과 전쟁을 좋아했고, 여자를 좋아했고, 투우를 찬양했다. 낚시를 하러 다녔고, 세계를 돌아다니면서 갖가지 경험을 한 뒤 그것을 글로 풀어내는 것을 즐겼다. 어쩌면 이다지도 문학과 동떨어진 삶을 살았을까 싶은 헤밍웨이는, 그럼에도 불구하고 이미 마흔 살이 됐을 때 글쓰기로 이룰 수 있는 거의 모든 걸 다 이룬 것처럼 보였다. 저 유명한 소설 《무기여 잘 있거라》를 썼을 때 작가의 나이는 고작 서른 살이었다. 10년 후에는 또 다른 명작 《누구를 위하여 종은 울리나》를 써냈다.

사람들은 이제 그가 갈 길은 두 가지뿐이라고 말했다. 첫째는 지금까지 그래왔듯 영원히 대작가로서 멋진 작품을 써나가는 것이다. 훌륭한 작가들의 전성기가 대부분 50대 정도임을 감안하면 헤밍웨이가 더 발전할 수 있는 여지는 충분했다. 그는 아직 젊고, 다양한 경험을 했으며, 무엇보다 삶을 즐기며 긍정적으로 바라볼 줄 아는 당찬 성격을 지녔다. 게다가 '헤밍웨이' 하면 곧바로 머릿속에 떠오르는 그 턱수염을 기르면서부터는 멋진 외모까지 한몫해서 독자들을 끌어들일 힘은 충분했다.

한편 회의적인 목소리도 컸다. 물론 그가 좋은 작품을 쓰는 건 맞지만 너무 이른 나이에 이룬 성공 탓에 더 이상 그런 작품을 써낼 수 없을 거라고 말했다. 실제로 많은 평론가들이 《무기여 잘 있거라》와 《누구를 위하여 종은 울리나》 같은 책을 예로 들면서 40대 이전에 썼다고는 믿기 힘든 연륜이 묻어나온다며 칭찬을 거듭했다. 이런 논쟁이 오고가는 사이 시간이 흘러 1950년에 이르렀을 때, 헤밍웨이를 좋아하든 혹은 그렇지 않든 그를 알고 있는 모든 사람들은 과연 이번엔 헤밍웨이가 무슨 소설을 발표할지 기대감을 부풀리고 있었다.

마침내 《누구를 위하여 종은 울리나》 이후 10년 만에 헤밍웨이는 《강 건너 숲속으로》라는 소설을 발표했다. 기대가 크면 실망도 큰

법. 새 소설 출간 후 헤밍웨이에게는 더 이상 희망이 없다는 신문기사가 쏟아졌다. 이 소설 속 주인공은 50살의 미국 군인으로 제1차 세계대전의 치열한 격전지이기도 했던 베네치아를 전쟁이 끝난 후 다시 방문해서 오리 사냥을 즐긴다. 그리고 거기서 만난 어린 여성과 어울려 육체관계를 탐닉하며 시간을 보낸다.

여기저기서 비난의 목소리가 쏟아져나왔다. 헤밍웨이는 경험한 것을 글로 쓰는 작가로 알려져 있었고, 본인 스스로도 그렇게 말해왔다. 이번에도 소설 속 주인공과 헤밍웨이는 모든 게 일치했다. 소설 속 주인공은 헤밍웨이와 나이가 비슷하고, 헤밍웨이도 세계대전에 참전한 경험이 있다. 또 그는 사냥을 즐겼고 여성 편력이 대단했다. 뿐만 아니라 당시에 헤밍웨이가 나이 어린 여성과 부적절한 관계를 가지고 있다는 소문도 돌고 있었기 때문에 이번에 발표한 소설은 더욱 추잡한 것으로 여겨졌다. 거기에 더해 소설을 발표할 즈음 헤밍웨이의 몸과 정신 상태 역시 퇴물이 되어가고 있었다. 세계대전을 치르며 군인과 기자로 활동했던 때 입은 부상의 고통을 달래기 위해 술에 의지했고 우울증도 심각한 수준에까지 이르렀다. 헤밍웨이에게는 작가로서, 그리고 한 인간으로서도 별다른 희망이 보이지 않았다.

제1차, 제2차 세계대전에 실제로 뛰어들어 활동했던 이력을 바탕으로 쓴 '전쟁소설'을 통해 젊은 나이로는 이루기 힘든 큰 문학적 업적을 세운 헤밍웨이는 그만큼 빨리 잊혀졌다. 이제 독자들이 원하는 것은 실감나는 전쟁 이야기보다는 이후 냉전 시대를 해석한 책이었다. 그즈음 《동물농장》과 《1984》를 써서 전제주의 국가의 위험을 고발한 조지 오웰 같은 작가가 새로운 분위기를 이끌었으나 그는 너무 일찍 죽고 말았다. 헤밍웨이는 변화해야 할 필요를 느꼈다. 전쟁으로 폐허가 된 세계에 희망을 주기 위해, 무엇보다 망가져버린 자신의 신체와 정신을 극복할 방법을 스스로에게 제시해야겠다고 다짐했다. 그리고 얼마 후 독자들은 바로 이런 역사적인 한 문장과 마주하게 된다.

"그는 걸프 해류에서 조각배를 타고서 혼자 낚시하는 노인이었고, 고기를 단 한 마리도 잡지 못한 날이 이제 84일이었다."

사람들이 소설의 첫 문장을 읽었을 때, 분명히 이 노인은 헤밍웨이 자신을 가리키는 것이라고 여겼다. 지금까지 그래왔듯이 작가는 스스로 경험한 것을 소재로 삼아 소설을 쓰기 때문이다. 오랫동안 고기를 잡지 못한 노인, 게다가 누구의 도움도 받지 못하게 된, 조각배 한 척밖에 가진 게 없는 이 홀로 된 노인의 처지는 당시의 헤밍웨이와 꼭 같았다. 소설은 길지 않았고, 문장 역시 간결했다. 노인은 그 담담한 문체 안에서 자기가 탄 배보다 큰 청새치와 사투를 벌였고 마침내 승리했다.

사실상 작품 줄거리는 이것이 전부다. 헤밍웨이는 마치 불필요한 모든 것을 없애려고 했던 것처럼 최대한 간단한 문장만으로 노인이 겪어야 했던 불운과 무심한 바다, 그리고 그 안에서 이뤄낸 인간 승리라는 거대한 주제를 이끌어냈다.

완벽이란 모든 걸 다 갖췄기 때문에 더 이상 추가할 것이 없을 때 달성되는 게 아니라 오히려 덜어낼 것이 없는 상태라는 말이 있듯이, 얼마 전 퇴물 판정을 받은 헤밍웨이가 쓴 이 짧은 소설은 당장 전 세계에 충격을 주었다. 이것은 완벽한 문체, 완벽한 소설이었다. 《노인과 바다》는 1952년에 출간됐고 그 다음 해에 퓰리처상을 받았다. 그리고 1954년에는 노벨문학상까지 받게 된다.

헤밍웨이의 독보적인 간결한 문체는 너무도 유명해져서 오늘날까지도 연구하는 사람이 있을 정도다. 많은 작가들이 이런 글쓰기 방식에서 영감을 얻었고 문체를 흉내 내는 것을 넘어서 그것을 발전시키거나 뛰어넘기 위해 노력하고 있다.

문장의 간결함에 있어서, 헤밍웨이는 단순히 짧은 호흡으로 문장을 이어가는 것에서 그치지 않았고 그 안에 치밀한 계산을 심어놓는 걸 좋아했다. 아주 오래전, 문학은 독자에게 즐거움을 주는 도구 정도로 여겨졌기 때문에 작가들은 자신이 소설에 깊이 관여하는 서술 방법을 사용했다. 제인 오스틴의《오만과 편견》은 세대를 아우르는 명작으로 평가받지만 작품 속에서 인물들의 행동이나 심리 상태를 보여주는 대목은 항상 작가의 몫이었다. 독자들은 이야기의 흐름뿐만 아니라 시시콜콜한 모든 것을 작가를 통해 듣고 이해했다. 그런 게 책을 읽는 즐거움이었다. 헤밍웨이는 반대로 작가가 모든 것을 다 설명해주는 것이 작가와 독자 모두에게 좋지 않다고 생각했다. 작가가 소설 속 등장인물의 심리 상태 등을 그대로 설명하는 것은 쉬운 일이지만, 그렇게 되면 예술의 한 부분을 감당하는 문학의 기능이 별 의미가 없다고 생각한 것이다.

이런 예를 잘 드러내는 일화가 하나 있다. 헤밍웨이가 파리에 머물면서 여러 다른 작가들과 교류하던 시절, 여느 때처럼 카페에 앉아 있는 그에게 한 사람이 이런 흥미로운 놀이를 제의했다. "당신이 미국 최고의 소설가라고 들었소. 그러면 시합을 하나 합시다. 열 단어 이내로 된 짧은 소설을 하나 써서 사람을 눈물짓게 만들 수 있다면 당신이 이긴 거요." 헤밍웨이는 잠깐 고민하다가 이렇게 썼다. "For sale: Baby shoes. Never worn(팝니다: 아기 신발. 한 번도 안 신었음)." 단 여섯 단어로 된 이 한 줄을 보고 내기를 제안했던 사람은 곧장 헤밍웨이의 승리를 선언했다. 널리 퍼진 유명한 이야기이긴 하지만 이 문장을 실제로 헤밍웨이가 썼는지는 알 길이 없다. 하지만 이 짧은 소설 짓기 일화는 헤밍웨이 문장의 훌륭함을 잘 드러낸다. 이 문장을 쓴 사람이 실제 헤밍웨이가 아니라면, 그는 분명히 헤밍웨이에 버금가는 재능을 갖고 있는 사람일 거다.

헤밍웨이가 쓴 짧고 슬픈 이야기는 모두 여섯 단어다. 두 단어씩 끊어 읽으면 운율을 느낄 수 있으니 그것만으로도 문학적인 수법을 사용한 멋진 예시가 된다. 그러면 이 짧은 문장이 어떻게 소설이 될 수 있을까? 헤밍웨이는 문장으로 사람들을 이해시키는 작가가 아니다. 문장을 통해 독자들 스스로 그 의미를 알아차리도록 만든다. 우리가 가장 먼저 알 수 있는 것은 누군가 아기 신발을 판매하려고 쓴 글이라는 것이다. 미루어 짐작해보면 이 사람에게는 지금 현재 어린 아기가 있거나 혹은 아직 태어나지는 않았지만 배 속에 아기가 자라고 있다. 그 아기를 위해서 신발을 샀을 것이다. 하지만 그것을 팔아야 한다. 한 번도 신지 않은 신발을. 이 사람에게는 어떤 사연이 있는 것일까? 여기서부터 독자는 여러 가지 상상을 할 수 있다. 임신한 것을 축하하기 위해서 아기 신발을 샀는데 불행히도 유산한 것일까? 어쩌면 정말 가난한 부부가 아기를 일부러 지웠을 가능성도 있다. 아기 신발까지 사놓고 온갖 기대를 갖고 있었는데 무슨 이유 때문인지 그 아기가 사라진 것이다.

판매글을 쓴 사람이 부부가 아니라 엄마 혼자인 상태라면 상황은 더욱 비참해진다. 헤밍웨이는 단 여섯 단어만을 사용해서 독자가 이처럼 슬픈 이야기를 상상하도록 만들었다.

《노인과 바다》의 첫 문장을 보고도 독자는 많은 것을 상상해볼 수 있다. '**걸프 해류**'는 흔히 '멕시코만류'라고도 부르는 곳으로 찬물과 따뜻한 물이 섞이는 지점이다. 이런 곳은 유속이 빠르기 때문에 '**조각배**'를 갖고 고기잡이를 한다는 것 자체가 위험한 일일 수 있다. 게다가 조각배의 주인은 혈기왕성한 청년도 아니고 '**노인**'이다. 더 상황이 안 좋은 것은 40일 전까지만 하더라도 한 소년이 노인과 함께 고기 잡는 일을 거들고 있었으나 그 이후는 혼자가 되었다는 사실이다. 소년의 부모는 이렇게 오랫동안 고기를 못 잡는 어부에게는 분명 불길한 징조가 있는 것이라며 노인의 배에 타는 걸 막았다. 어쩔 수 없이 노인은 혼자가 되었고 그 후로도 고기는 잡히지 않았다. 지금은 아무것도 낚지 못한 지 84일째다.

노인은 오랫동안 어부로 살았다. 84일이나 되는 긴 시간 동안 고기를 한 마리도 낚지 못했다는 것은 자연스러운 일이 아니다. 어쩌면 다른 목적이 있기 때문에 일반적인 낚시를 아예 포기한 건지도 모른다.

그런데 **고기를 단 한 마리도 잡지 못한 날**이라고 쓴 것을 보면 고기를 잡으려는 의지는 있다. 이 노인에게는 어떤 사연이 있는 것일까?

이렇게 생각해볼 수 있다. 노인이 잡으려고 하는 것은 흔한 물고기가 아니다. 크고 사나운 물고기, 어부로 인정받을 수 있는 그런 고기를 잡고 싶은 것이다. 그 이유는 뭘까? 헤밍웨이는 몇 년 전 실패한 소설을 내놓으면서 한물간 작가라는 소리를 들었다. 노인 역시 젊었을 때는 세계를 돌아다니며 여러 모험을 하고 어부로도 어느 정도 실력을 인정받았을 거다. 지금은 늙었고, 가진 것이라곤 조각배뿐이다. 거친 걸프 해류를 이겨낼 수 있을지 장담할 수 없는 조각배를 가진 노인은 지금 인생을 통틀어 최악의 상황에 놓여 있는 것이다. 그렇다고 포기할 수는 없다. 그는 어부고, 그 이전에 살아 숨 쉬는 위대한 인간이다. 인간이기 때문에 포기보다는 도전한다.

그러나 현실은 노인에게 호의를 베풀 생각이 없는 것 같다. 고기를 잡지 못한 84일이라는 시간은 40일을 두 번 보내고 나서 4일을 더 흘려보낸 긴 시간이다. 마치 당시 인기를 끌었던 조지 오웰의 소설 《1984》의 제목을 연상시키는 '84'라는 숫자는 한 시절 전체를 뜻하기도 한다. 84일은 석 달이 조금 안 되는 날수인데, 노인이 결국 커다란 물고기와의 싸움 끝에 승리를 거둔 4일까지 포함하면 석 달, 즉 물고기를 잡을 수 있는 기한인 한 계절을 전부 자신이 목표로 삼고 있던 큰 물고기에게 바친 셈이다. 이처럼 어부이자 한 인간으로 명예를 회복하고 싶다는 당찬 의지는 헤밍웨이 자신의 문제이기도 했으며, 전쟁 후 큰 고통을 겪고 있는 세계 전체에 전하는 희망의 메시지인 것이다.

"저놈이 곧장 물 아래로 처박히면 어쩌지? 그건 나도 모르겠군. 이놈이 물속으로 잠수해 죽어 버린다면? 그것도 모르겠군. 하지만 난 뭔가 할 거야. 내가 할 수 있는 많은 것들이 있어."(43쪽)

84일째 되는 날, 노인은 드디어 커다란 물고기 주둥이에 낚싯바늘을 거는 데 성공한다. 하지만 그걸 어떻게 잡아야겠다는 기술적인 생각은 중요하지 않다. 그에게 더욱 절실한 것은 무엇을 해야 하고, 할 수 있다는 신념이다. 그러나 이런 확신에 찬 믿음은 《모비 딕》에서 향유고래를 쫓는, 광기에 사로잡힌 선장 에이해브와는 다르다. 그는 자신의 개인적인 복수심 때문에 다른 선원들을 죽음으로 몰아넣는다. 결국 스스로도 고래를 잡기 위해 던졌던 작살 밧줄에 엉켜서 시커먼 바닷물 속으로 빨려 들어가며 최후를 맞는다. 그에 비하면 노인은 물고기에게 원한을 갖고 있지 않다. 다르게 말하면, 노인은 굳이 큰 물고기를 잡으려 하지 않더라도 여생을 평범한 어부로 보내기에는 부족함이 없는 생활을 누리고 있다. 노인이 목숨까지 내걸고 물고기에 도전하는 이유는 개인적인 성취를 이루기보다 바다처럼 넓고 깊은 역사와 맞서는 인간 전체의 담대한 의지를 상징적으로 드러내는 것이다. 조각배를 타고 망망대해에 홀로 남겨졌지만, 여기서 무엇을 해야 할지 알 수 없는 상황이지만, 그럴수록 뭔가를 해야 한다. 할 수 있는 많은 것들이 우리들 앞에 있다.

결국 노인은 사투 끝에 커다란 물고기를 작살로 찌르는 데 성공한다. 여기서 이야기를 끝냈다면《노인과 바다》는 위대한 작품이 되지 못했을 것이다. 노인은 죽을지도 모르는 싸움을 벌였지만 사실은 물고기를 잡아서 그 고기를 갖는 것이 진정한 목적이 아니었다. **"난 저놈을 보고 싶고, 만지고 싶고, 느끼고 싶어. 저놈은 내 재산이야. 하지만 그 때문에 저놈의 몸을 만져 보자는 건 아니야. 내가 작살 자루를 두 번째로 저놈의 가슴에 박아 넣었을 때, 난 그 가슴을 느꼈어. 그 가슴을 한번 만져 보자는 거지."**(89쪽) 이렇게 큰 물고기를 잡았다는 것은 큰돈을 벌 수 있다는 얘기도 된다. 이제 이 물고기를 배에 묶고 항구로 돌아가기만 하면 많은 돈을 받고 팔 수 있다. 처음에 노인은 **"무게가 1천 5백 파운드는 나가겠는 걸 …… 내장을 빼내 그 무게의 3분의 2만 남는다고 해도 1파운드에 30센트면 돈이 얼마야?"**(90쪽)라며 혼잣말을 한다.

그러나 이야기는 노인 뜻대로 흘러가지 않는다. 우리들의 인생,

이 시대의 역사도 그렇다. 무엇을 성취했다고 하더라도 곧장 그대로 이어지지 않는 게 인간의 삶이다. 노인은 조각배보다도 큰 물고기를 잡아 배에 묶기까지 성공한다. 대단한 성취다. 하지만 금세 피 냄새를 맡은 상어가 배 주위를 어슬렁거린다. 노인은 이제 물고기를 강탈하려는 상어와 싸워야 한다. 과연 두 번째 싸움에서도 노인은 승리할 수 있을까?

노인은 상어를 막는 데 실패했다. 며칠 동안 밤낮으로 사투를 벌여 얻은 선물인 커다란 물고기다. 남은 인생의 마지막일지도 모르는 그것을 한순간 상어의 공격에 빼앗긴 노인은 상심했다. "**너무 좋은 일은 오래가지 못하는 구나, 하고 노인은 생각했다. 차라리 이게 꿈이었더라면, 저 고기를 낚지 않고 차라리 신문지를 깐 침대 위에 그냥 누워 있었더라면.**"(96쪽) 하면서 한숨을 내쉬는 것이다. 하지만 거기서 생각을 멈추지 않았다. 바로 다음 순간 노인은 자신을 향해 이렇게 말한다. 아니, 이 말은 인류를 향해 하는 말이다.

"**하지만 인간은 패배하기 위해 태어난 것이 아니야. 인간은 파괴될 수는 있지만 패배하지는 않는 거야.**"(96쪽)

노인은 이내 평온한 마음을 되찾고 항해를 계속한다. 얼마 있으면 항구에 닿는다. 이제 노인에게 필요한 것은 커다란 물고기가 아니라 자신과의 대화가 남았을 뿐이다. "**희망을 버린다는 건 어리석은 일이야.**"(98쪽)

노인은 자신을 향해 그렇게 말하고 마을로 돌아왔다. 사람들이 몰려들어 노인의 배를 보았을 때는 그저 앙상한 물고기 뼈만 남았을 뿐인데, 뼈 크기만으로도 그가 얼마나 큰 물고기를 잡았는지 가늠할 수 있을 정도였다. 노인은 집으로 돌아와서 어느 때보다도 편하게 잠을 청할 수 있었다. 노인은 사자가 나오는 꿈을 꾸었다.

살면서 실천해야 할 많은 덕목들이 있다. 그리고 그것을 위해 희망과 용기를 버리지 않고 끝까지 투쟁하는 것이야말로 인간이며, 투쟁하는 정신은 지켜야 할 가장 귀중한 보물이다. 때론 상처를 입을 수도 있고 상어처럼 사악한 존재가 나타나 가진 걸 빼앗아갈 수도 있다. 성취한 모든 것을 잃을지도 모른다. 지금까지의 역사가 그래왔다. 하지만 이 모든 것을 비극으로 받아들이며 상심만 할 것인가? 고통을 이겨내며 기어코 또 다른 성취를 향해 나아가는 것이야말로 인간을 가장 아름답게 만드는 일이다.

《더 컬러 퍼플》로 1983년에 퓰리처상을 받은 작가 엘리스 워커는 '고문'이라는 시에서 고통받은 공동체를 향해 위로의 말을 건넨다. 시인은 좌절과 폭력의 한가운데 있더라도, 그럼에도 불구하고 희망의 나무를 심고 가꾸라고 말한다. 폭도들이 몰려와 숲을 파괴하면 포기하지 말고 끈질기게 또 다른 숲을 만들어내는 것이다.

인간이 고통에서 해방될 수 있는 방법은 끊임없는 고통에 맞서 매번 새로운 희망과 용기를 키워나가는 길이다. 어두움이 빛을 이길 수 없다는 말이 있듯, 숲은 언제나 파괴자들을 이긴다. 모든 사람들이 저마다 갖고 있는 작은 희망의 묘목을 심는다면 온 세상을 푸른 숲으로 변화시킬 수 있다. 필요한 것은 자기가 서 있는 발아래, 거친 땅바닥을 파헤치고 그곳에 나무를 세울 수 있는 작은 용기와 결단이다.

눈먼 부엉이*Die Blinde Eule*

사데크 헤다야트 지음, 배수아 옮김

문학과지성사, 2013년

The

First

Sentence

삶에는 마치 나병처럼 고독 속에서 서서히 영혼을 잠식하는 상처가 있다.

사데크 헤다야트
눈먼 부엉이

삶에서 기대할 게 무엇이 더 있는가?[01]

한 남자가 있다. 그는 가난한 화가이다. 화랑에 걸리는 멋진 작품을 그리는 것은 아니고, 그저 필통에 색칠을 해서 파는 그런 사람이다. 그는 지금 글을 쓴다. 자기가 겪은 어떤 체험을 사람들에게 말하고 싶다. 그러나 곁에는 아무도 없다. 누구를 위해서 글을 쓰는가? 그는 몽롱한 정신 상태로 이렇게 중얼거린다. **"지금 기름 램프의 불빛이 맞은편 벽에 만들어낸 내 그림자를 위해서 나는 글을 쓰고 있다. 그에게 나는 알리기 위해서, 나는 쓴다."**(10쪽) 남자는 다른 누구도 아닌 자기 자신에게 쓴다. 남자가 이런 시도를 하는 것은 이번이 처음이다. 그가 겪은 것은 그만큼 강렬하고 더없이 아름다운 것이다. 그것은 살아 있는 사람이라면 누구라도 한 번은 겪어야만 할 일이다. 오직 한 번뿐이다. 두 번 다시 그런 일을 겪을 수 없다. 그럴 필요도 없고. 하지만 아무도 그 일을 피할 수 없다. 그것은 바로 죽음이다.

우리나라에는 잘 알려지지 않았지만 유럽에서 오랫동안 재평가를 받아 높은 입지를 굳히고 있는 중동출신 작가 사데크 헤다야트는 프란츠 카프카에 비교될 만큼 그 독특한 문학성을 인정받았다. 헤다야트의 작품 세계를 한마디로 표현하자면 '염세주의'라고 할 만하다. 그 중에 가장 뛰어난 작품이《눈먼 부엉이》다. 염세주의라고 하면 흔히 삶에는 아무런 의미가 없으니 되도록 젊은 시절에 세상을 등지라고 가르치는 철학이라 알고 있는 사람들이 많다. 하지만 진짜 내용은 전혀 다르다. 염세주의는 다른 어떤 것보다도 치열하게 삶에 대해서 말한다. 염세주의 철학의 최고 권위자로 알려진 쇼펜하우어가 꽤 오랫동안 살았던 것만 봐도 염세주의가 단순히 자살 따위와 관련이 있다는 속설에 반박할 만한 충분한 이유가 된다.

지금껏 많은 작가들이 자신이 속한 세대의 암울한 역사를 폭로했고 그 안에서 생명을 부지해야 했던 평범한 이들의 수고를 문학작품으로 남겼다. 이런 작가들의 역할이 없었다면 우리는 여전히 권력자들이 만들어놓은 거짓말투성이 역사를 배워야 했을 것이다. 그런 의미에서 암담한 삶을 그린 작품은 유머와 긍정으로 넘치는 소설보다 더 큰 문화유산으로 대접받는다. 도스토예프스키의 《지하생활자의 수기》를 보면 도무지 이 사람에게서 작은 희망이라도 찾는 건 불가능한 것처럼 보인다. 수기의 주인공은 삶을 긍정적으로 바꿔볼 시도조차 하지 않는다. 1900년 이후, 유럽이 큰 전쟁에 휘말리면서 문학작품은 더욱 어두운 색깔로 뒤덮였다. 더 나아가 사뮈엘 베케트[02]와 알베르 카뮈는 세상이란 부조리하며 그것은 우리가 어찌할 도리가 없는 것으로 규정했다. 카프카의 작품은 마치 좁은 감옥처럼 독자를 부조리한 세계 속에 가둬버린다. 그런 고통은 스스로 끝낼 수 없으며, 해결 방법은 오직 두 가지뿐이다. 지금 당장 죽거나, 혹은 죽음을 얼마간 유보하는 것이다. 일본 작가 다자이 오사무는 《인간실격》을 발표한 직후 그 소설이 유서라도 되는 양 젊은 나이에 자살해버렸다. 헤다야트 역시 파리에서 자살로 삶을 마감했다. 그러나 이런 작가들이 쓴 글을 읽고 충동적으로 자살을 하는 독자는 없다. 소설가들은 죽음에 대한 이야기를 쓰고 있지만 그 안에서 드러내려고 하는 진짜 주제는 삶이다. 작가는 독자들이 그 비밀스런 삶의 이야기를 발견해주길 조용히 기다린다.

쇼펜하우어와 염세주의 철학 역시 나는 이런 맥락에서 이해한다. 삶을 가장 숭고하고 아름답게 만드는 것은 죽음이다. 마치 가장 어두운 곳에 있는 한줄기 가느다란 촛불이 더욱 밝게 타오르는 것처럼 말이다. 솔직히 말하자면 나도 거의 매일이다시피 죽음에 대한 생각을 하는데, 그건 사실 더 건강하게 살고 싶은 욕구인 것 같다. 어쩌면 헤다야트 그 자신일지도 모를 《눈먼 부엉이》의 '필통화가'도 그런 점에선 나와 비슷한 구석이 있다. 세상에 대한 아무런 미련도 없이, 죽음을 통해 삶을 저주하고 싶은 사람이라면 굳이 이런 글을 쓸 필요도 없다. 게다가 글은 자기 자신을 향하고 있다. 끊임없이 속마음과 대화를 시도한다. 삶에 대한 애정이 없다면 이런 일은 쉽지 않다.

헤다야트는 자신을 닮은 필통화가의 입을 빌어, **"삶에는 마치 나병처럼 고독 속에서 서서히 영혼을 잠식하는 상처가 있다."**고 선언한다. 작가는 이처럼 쓴 뒤 주장을 확실하게 해두기 위해 일부러 거기서 문장을 끊고 다음 줄로 넘긴다. 만약 유명한 작가가 아닌 사람이 – 예를 들면 나 같은 사람이 – 어느 날 느닷없이 이런 말을 했다면 그의 친구로부터 다음과 같은 두 가지 반응을 예상할 수 있다. 첫 번째는, "오, 멋진데?"라는 반응. 대다수 사람들이 여기에 포함될 것이다. 두 번째는, "뭐야, 중2병인가?" 경우에 따라선 이 사람의 고통을 함께 나누고 싶다는 생각이 들 수도 있다. 필통화가는 그런 손길을 처음부터 외면한다. 세상엔 자신의 고통을 제대로 이해할 수 있는 사람이 없으며, 있다고 하더라도 그것을 **"다른 누구와도 나눌 수 없다"(7쪽)**며 다시 한 번 선을 긋는다. 이로써 이 비참한 사나이는 완전히 혼자가 되었다. 그가 할 수 있는 것이라곤 그저 **"술을 마시고 망각해버리는 것, 혹은 아편이나 약물에 취해 인공적인 잠에 빠져드는 것"(7쪽)**이다.

그러나 이것도 좋은 방법이 아니라는 것을 알고 있다. 그건 고통을 속여 잠깐 진정시키는 효과가 있을 뿐 오래 지속되지 못한다. 살아 있는 사람은 크게 두 가지 상태로 존재한다. 깨어 있거나, 잠들어 있거나. 필통화가에게는 두 가지 모두가 고통일 뿐이다. 만약에, 할 수만 있다면, 깨어 있으면서 동시에 잠들 수 있다면 얼마나 좋을까? 반대로 잠들어 있지만 동시에 깨어 있음을 느낄 수 있다면 어떨까? 고통을 벗어날 수 있는 방법은 오직 그 불가능할 것만 같은 좁은 틈 사이에 아슬아슬하게 존재한다. 벼랑 끝에 핀 꽃처럼 위험하지만 그래서 더욱 아름답다. 그는 이제 쓴다. **"잠과 의식 사이에 있는 황량한 지대, 혼수에 빠진 영혼이 겪는 그림자의 세계, 그 초자연적 체험의 비밀"(8쪽)**이 바로 이 책에 담겨 있다. 바로 이 점이 헤다야트가 문학으로 이룬 가장 놀라운 경지다.

이란의 테헤란에서 1903년에 태어난 사데크 헤다야트는 어려움 없는 어린 시절을 보냈다. 집안은 가문 대대로 귀족으로 대접받았고 선

조 중에는 왕자의 가정교사를 했던 사람도 있었다. 부족함 없는 환경에서 자란 헤다야트는 테헤란의 프랑스계 학교인 생루이 학원에서 프랑스 문학을 만났다. 유럽이 강대국이 되기 전 중동은 뛰어난 문학가들을 많이 배출했었다. 아름다운 시와 신비한 옛이야기들이 일상처럼 널리 퍼져 있었다. 그러나 현대 중동 문학은 오랜 독재시절을 겪으며 철저하게 무기력한 길을 걸을 수밖에 없었다. 그러는 동안 문학을 포함한 거의 모든 예술 장르는 유럽을 중심으로 돌아갔다. 중동의 작가들은 점점 힘을 잃어갔다. 바로 이런 때에 이란이라는 나라에서 태어났다는 것부터가 헤다야트를 고통으로 몰아가는 계기가 되었다. 그가 학교에서 배운 프랑스 문학은 전혀 새로운 세계를 보여줬다.

헤다야트에게 드디어 외국으로 나갈 수 있는 기회가 주어진다. 1925년, 그는 국가에서 지급하는 장학금을 받고 벨기에로 유학을 떠난다. 단, 조건이 있다. 공학을 배워 엔지니어가 되어 돌아오는 것. 기대를 가지고 떠난 유학생활에서 헤다야트는 어떠한 것에도 적응할 수 없었다. 예술가가 되고 싶은 그에게 공학이란 전혀 어울리지 않았다. 게다가 이제껏 경험해보지 못한 유럽의 고약한 날씨는 심약한 젊은이의 정신을 막다른 곳으로 몰아갔다. 헤다야트는 유학생활에 적응하지 못한 채 유럽 여러 곳을 돌아다니다가 1927년에 파리에 이르러 강에 몸을 던져 자살을 시도한다. 다행히 그는 강에 배를 띄워놓고 사랑을 나누던 연인에 의해서 극적으로 구조된다. 신이 허락한 생명이 아직 다하지 않았던 모양이다.

헤다야트가 결국 이란으로 돌아온 것은 1930년이다. 학업도 끝마치지 못한 상태였다. 그의 예술적 감수성은 공학이나 엔지니어와는 도저히 어울리지 않았다. 여전히 달라진 게 없는 조국에서 헤다야트는 생계를 위해 은행에서 일하는 한편 소설 창작과 유럽 문학 번역에 몰두한다. 그러나 여기서도 삶의 희망은 보이지 않았다. 정치적 현실은 더욱 어두워져서 자유롭게 예술 활동을 할 수 있을 거란 기대는 점점 희미해져갔다.

테헤란에 거점을 둔 진보 예술가들과 '라바'라는 그룹을 만들었지만, 정부는 이를 가만두지 않았다. 이들이 낸 출판물은 나오는 즉시 엄격한 검열을 거쳐야 했다. 이란의 보수 문단은 라바를 '과격파'라고 규정짓고 비판의 목소리를 높였다. 헤다야트는 몇몇 작품집을 내서 잠시 문단의 주목을 받기도 했지만 삶은 여전히 불안했다. 은행을 그만두고 여러 직장을 전전하던 그는 결국 1936년에 모든 것을 그만두고 인도로 떠난다. 헤다야트에게 인도는 기회의 땅이 되었다. 인도는 자유로웠고 검열도 없었다. 그는 1939년까지 인도에 머물면서《눈먼 부엉이》

를 완성했고 여러 지역을 여행하며 다양한 사람들을 만났다.

힘을 얻은 헤다야트는 1940년에 고국으로 돌아왔지만 기다리고 있던 것은 떠나기 전보다 더욱 악화된 정치 상황이었다. 또다시 생계를 위해 은행에 취직할 수밖에 없었다. 그러나 늘 나쁜 날만 계속된 것은 아니다. 1941년에 새로운 지도자인 팔레비 2세가 즉위하면서 잠시나마 검열에서 자유로운 시기를 맞게 된다. 이때 일간지에《눈먼 부엉이》를 연재했다. 하지만 이것도 잠깐뿐인 봄날이었다. 정부의 노선에 부합하지 않는 예술은 철저하게 억압받았고 절망에 빠진 날들을 보내던 헤다야트는 결국 약물에 손을 대기 시작한다. 1940년대 이후에 쓴 글들은 거의 빛을 보지 못했다. 1950년 또다시 이란을 떠나 파리로 가기 전까지 헤다야트는 작품을 거의 쓰지 않았고 카프카, 체호프, 모파상 등 유럽 작가의 작품을 읽고 번역하는 일에 매달렸다. 파리에 정착한 다음 해인 1951년 4월 4일, 그는 숙소에 가스를 틀어놓고 자살로 생을 마감한다. 더 이상 신의 도움은 없었다.

헤다야트가 죽고 수십 년이 흘렀다. 이제 평론가들은 그를 금세기 최고의 중동문학가로 꼽는다. 하지만 여전히 중동에서는 그를 용납하지 않고 있다. 1993년 이란에서《눈먼 부엉이》를 다시 펴냈지만 검열로 인해 빛을 보지 못했다. 불운은 수십 년이 지난 지금까지 이어지고 있다. 2005년 제18회 테헤란 국제도서전에서는 헤다야트의 책이 금서 목록에 올랐다. 그리고 다음 해, 이란 정부는 헤다야트의 모든 작품에 대한 출판권을 몰수했다. 서구에선 헤다야트에게 찬란했던 과거 페르시아 문학을 다시 전 세계에 알릴 인물이라는 권위를 인정했지만 정작 중동에선 그의 작품을 읽을 수 없다. 참으로 아이러니하게도 작가가 소설에 쓴 '눈먼 부엉이'라는 표현이 지금 그의 현실을 말해주고 있다.

부엉이는 맹금류에 속하며 조류 중에서는 독수리, 매 등과 함께 먹이사슬 가장 위에 있는 강한 동물이다. 부엉이는 밤에 먹이를 사냥하는 야행성으로, 특별하게 진화한 시력을 이용하여 어두운 곳에서도 쉽게 목표물을 덮칠 수 있다. 부엉이의 야간 시력은 인간이 상상할 수 있는 범위를 뛰어넘는다. 그런 부엉이가 눈이 멀었다고 하는 것은 모든 것을 잃은 거나 마찬가지다. 부엉이에게 눈은 생존의 문제다. 지혜의 상징이기도 한 부엉이는 이제 어둡고 좁은 방 안에서 아무것도 볼 수 없는 상태가 되어, 단지 내면 깊숙이 내려가 있는 자기 자신을 하염없이 불러낼 뿐이다. 어떤 사람에게 이것은 환각이나 죽음을 뜻하기도 한다. 그러나 헤다야트는 이 순간 커다란 깨달음에 도달한다.

"나는 이제 알았다. 나는 드디어 반신반인이 되었고, 그리하여 인간들의 모

든 저열하고 하찮은 욕망을 넘어서게 되었음을. 내 안에는 영원의 강물, 무한의 강물이 도도하게 흐르고 있었다."(164쪽)

보잘것없는 필통화가는 신과 인간의 경계에 도달하여 모든 욕망에서 벗어난 자신과 마주앉았다. 더 이상은 아무것도 필요 없다. 만약 우리가 모든 욕망과 그것으로 인한 고통에서 벗어날 수 있다면 삶이란 더없이 하찮게 느껴질 것이며, 동시에 삶은 영원한 것이다. 불교 경전에서 말하는 '색즉시공공즉시색色卽是空空卽是色'03이 이와 같은 깨달음이 아닌가. 또한 이것은 그 옛날 그리스 철학자 아리스토텔레스가 도달했던 마지막 생각 즉, **모든 것이 하나가 됨**04을 뜻한다.

우리들 삶의 근본이 끝없는 욕망의 추구라고 했을 때, 그 욕망의 실체를 밝혀낼 수 있다면 영원한 삶에 다다를 수 있다. 그런데 한편 다시 생각해보면 영원한 삶에 이른다는 것 자체가 또한 인간이 가질 수 있는 최고의 욕망이다. 결국 불교철학은 이 덧없는 무한회기에서 탈출하는 것을 가장 높은 경지의 깨달음으로 친다. 이는 곧 해탈이다.

헤다야트가 인도에 머물던 때 과연 해탈의 수준까지 다가갔는지는 의문이다. 《눈먼 부엉이》의 화자는 확실히 뭔가에 취해 있는 상태다. 술이나 아편 등 외부적인 수단이 동원된 해탈은 진정한 해탈과는 거리가 있다. 소설인 듯 수기인 듯 모호한 이 책의 마지막 부분은 필통화가가 도달했던 최고의 경지가 사실적으로 기록되어 있다. 해탈이라고 할 수는 없더라도 고통과 욕망이 사그라져 삶 속에 녹아버리는, 모든 것이 하나가 되는 신비한 경험이 놀라운 문장력 아래 낱낱이 드러난다. 체험이라면 누구라도 할 수 있겠지만 그걸 다른 것도 아닌 글로 풀어낸다는 건 또 다른 문제다.

"내 그림자가 벽에 커다랗게 비쳤다. 그림자는 나 자신의 몸보다 더 존재감이 있고, 더 강해보였다. 그림자는 나보다 더 사실적이었다. 아마도 내가 만드는 그림자는 늙은 고물상과 정육업자, 난듄과 창녀, 그들 모두의 제각각 다른 그림자들이며 나는 그들에게 사로잡힌 포로에 불과할지도 모른다. 이 순간 나는 한 마리 부엉이와 같았다 …… 나는 곁눈질로 내 그림자를 쳐다보았다. 나는 그가 두려워 몸을 떨었다."(165-166쪽)

필통화가는 살아오면서 여러 일을 겪었고 사람들과의 관계는 그에게 절망과 고통을 안겨주었을 뿐이다. 그런데 문득 그런 고통 속에서, 어두운 방 안에 홀로 켜진 램프를 통과한 그림자를 발견했을 때 깨달음이 찾아왔다. 그 모든 고통의 실체가 사실은 자신의 그림자였다. 그는 그림자를 보고는 놀라고, 그림자와 사랑에 빠지고, 그림자 때문에 절망하고, 그림자에게 헛된 위로를 기대하고 있었던 거였다. 그것들이 다 자신으로부터 나온 것임은 전혀 알지 못하고…….

화가는 그림자를 죽이기 위해선 우선 자신이 죽어야 한다는 데까지 이른다. 늘 몸에 붙어 있는 그림자를 무엇으로든 잡아뗄 수 있는 방법은 없다. 그림자를 없애려면 그것이 생겨나도록 한 실체, 그림자가 뻗어나온 본래 육체를 죽여야 한다. 이런 깨달음은 박상륭의 《죽음의 한 연구》와 비슷하게 읽힌다. 헤다야트가 인도에서 발견한 보물이 바로 이것이다. 죽음을 통해 삶으로 연결된 문을 하나씩 여는 일이다. 무엇보다 그가 처한 상황을 엿보면 그렇게 하는 것 외에 다른 길이 없어 보인다. 절망 앞에서 죽음을 선택하는 건 오히려 쉬운 해결책일 수 있지만 헤다야트는 그런 길을 가려고 하지 않았다. 어떻게든 절망과 죽음을 딛고 올라서 그 위에 예술혼이라는 깃발을 올려놓으려고 한 것이다.

영광을 누렸던 페르시아 시인의 감수성을 물려받고 태어났지만 이를 펼쳐 보일 수 있는 길을 단호하게 막고 선 현실 앞에서 헤다야트는 날마다 절망했다. 겉으로 드러나지 않지만 그의 삶엔 영혼을 갉아먹는 깊은 상처가 있었다. 다시 필통화가가 쓴 첫 문장으로 돌아온다. 그는 상처를 나병에 비유한다. 나병은 요즘에는 보통 '한센병'이라고 부르지만, 옛적에는 '문둥병' 혹은 하늘이 내리는 형벌이라 믿어 '천형병'

이라며 낮춰 말하던 고약한 질병이다. 치료법이 없던 때, 나병에 걸리면 그는 신의 저주를 받은 것으로 취급했다. 발병하면 빨리 죽는 것도 아니고 손과 발을 시작으로 얼굴, 그리고 온몸이 천천히 썩어 들어간다. 그러고 나서야 가장 마지막으로 죽음이 찾아온다.

헤다야트에게 조국의 현실은 영혼을 병들게 하는 상처였다. 그의 몸과 마음은 치유될 수 없었고 삶이란 "**죽음이 나직하게 노래를**"(167쪽) 불러주기까지 그대로 지니고 살아야 할 고통에 지나지 않았다. 이 고통을 이겨낼 수 있을까? 이란을 떠나 유럽의 여러 나라를 방황했던 헤다야트는 절망과 고통을 이길 수 있는 방법을 찾아다녔다. 혹은 그것들을 피할 수 있는 곳으로 자꾸만 옮겨 다녔다. 그러나 고통은 제 몸에 붙은 소리 없는 그림자와 같아서 어딜 가든 결코 물리칠 수 없었다. 그러던 헤다야트가 마침내 인도에 가서 찾은 깨달음이 바로 죽음의 철학이다.

이는 단순히 자살 따위를 뜻하는 건 아니다. 불교에는 '부처를 만나면 부처를 죽이고 조사를 만나면 조사를 죽여라殺佛殺祖'는 가르침이 있다. 해탈에 이르는 수행에서 걸리는 것이라면 설령 그것이 부처나 조사가 될지라도 가차 없이 죽이고 나아가야 하는 것이다. 그리고 마지막에 가서는 자기 자신을 죽이는 일, 이것이 최종적인 관문이며 동시에 가장 열기 힘든 문이다. 자신의 그림자 속에서 무시무시한 눈먼 부엉이를 찾는 순간, 평범한 필통화가는 죽음과 삶의 경계이자 그 두 가지가 하나로 되는 영원의 강물에 뛰어드는 감격을 누린다.

이제 확실하다. 헤다야트는 삶에 지쳐 자살을 선택한 나약한 예술가가 아니다. 소설가로, 지식인으로, 그리고 이러한 시대에 이란이라는 곳에서 태어난 한 인간의 자격으로 짧은 생애 동안 무던한 노력을 쏟아내며 깨달음을 향해 걸어간 수행자다. 우리는 그가 이뤄낸 문학적 성취를 단 몇 시간 만에 읽어볼 수 있지만, 그 안에 촘촘히 스민 고통의 흔적까지 찾아내는 일은 더 오랜 시간을 투자해야 한다.

지금 어두운 방 내 책상 위엔 전등이 하나 켜져 있다. 그 뒤로 내게서 삐어나온 게 틀림없는 커다란 그림자가 넓은 어깨를 벽에 기대고 서 있다. 그림자는 감정 없는 울림으로, 이미 오래전부터 수많은 사람들에게 했던 질문을 똑같이 반복한다. 너는 삶에서 어떤 의미를 찾고 있느냐고.

어두운 상점들의 거리 *Rue des boutiques obscures*

파트릭 모디아노 지음, 김화영 옮김

문학동네, 2010년, 무선판

The

First

Sentence

나는 아무것도 아니다. 그날 저녁 어느 카페의 테라스에서 나는 한낱 환한 실루엣에 지나지 않았다.

파트릭 모디아노
어두운 상점들의 거리

글자들이 춤을 춘다.
나는 누구일까? 01

프랑스 작가 파트릭 모디아노가 2014년 노벨문학상 수상자로 선정되었다는 소식이 들렸을 때 아무도 그것을 이상하게 여기지 않았다. 모디아노는 1970년대 이후 유럽에서 받을 수 있는 유력한 문학상은 모조리 섭렵했고 사람들은 당연히 그가 노벨문학상도 받을 거라고 예견했다. 평론가들은 그가 노벨문학상을 받느냐 아니냐가 아니라 언제 받느냐를 두고 의견을 달리했다. 독자들 역시 모디아노의 노벨문학상 수상 소식을 반겼다. 그는 무엇보다 진지함과 깊이, 거기에 재미를 함께 엮어낼 수 있는 작가이기 때문이다. 세상엔 문학작품을 쓰는 사람들이 많지만 독자와 평론가들로부터 동시에 사랑받은 작가는 드물다.

노벨문학상은 알프레드 노벨[02]의 유언에 따라 '이상理想적인 방향으로 문학 분야에서 가장 눈에 띄는 기여를 한 분께' 수여한다. 여기서 중요한 것은 두말할 것 없이 '이상적인 방향'이다. 추상적인 말이기 때문에 해석하기에 따라 천차만별의 의견이 나올 수 있지만, 지금까지 이 상을 받은 작가들의 면면을 볼 때 스웨덴학술원의 회원들은 역사라는 이름으로 불리는 기억의 덩어리를 훼손시키지 않고 예술의 경지까지 끌어올린 작가들을 노벨문학상 수상자로 선정했던 것 같다. 특히 노벨상 제도가 시작된 1901년 이후 지금까지 세계의 역사를 볼 때, 인류는 전쟁이라고 부르는 거대한 폭력을 스스로 만들어왔고 한편으론 그것 때문에 고통받았다. 각 나라의 기록자들은 늘 승리자의 입장에서 역사를 쓰기에 바빴고, 그 결과 어떤 것이 우리가 진짜로 겪었던 일인지 모호하게 되었다. 이런 때 문학가들은 저마다의 방법으로 진짜를 밝혀내기 위해 노력했다. 그들은 때로 자신이 속한 공동체의 역사가 사실은 잘못된 방향으로 쓰였다는 걸 폭로했다. 그 때문에 적지 않은 작가들이 자기가 태어나 살던 나라에서 추방되거나 심하면 숙청의 대상이 되기도 했다. 노벨문학상은 종종 이런 용감한 작가에게 수여됐다. 1970년에 상을 받은 러시아 작가 알렉산드르 솔제니친[03] 같은 경우가 여기에 속한다.

일본의 노벨문학상 수상자 두 명 역시 그와 비슷한 선상에서 이해될 수 있다. 제국주의 패권을 노리며 무기를 앞세워 세계로 진출하려던 국가가 패전한 후 일본의 정신 역시 완전히 황폐한 것이 되었다. 1968년 노벨문학상은 창작에 12년이나 걸렸다고 알려진 《설국》을 포함하여 작가의 전체 작품에 대하여 탁월한 예술성이 인정된다는 평가와 함께 가와바타 야스나리에게 주어졌다. 이때 함께 발표된 스웨덴학술원의 수상 평가는 '일본인의 심정의 본질을 섬세한 표현으로 그려냈다'는 것이었다. 그 뒤에 두 번째로 노벨문학상을 받은 오에 겐자부로는 전쟁 체험과 그로 인한 후유증을 앓는 인간 정신의 문제를 비판적으로 드러냈다. 작가의 대표 작품인 《만연 원년의 풋볼》과 《개인적 체험》 등은 모두 한 개인의 기억을 통해 일본 정신 전체의 보편적인 내면을 깊이 통찰한 수준 높은 소설이다.

일본이 가해자로서의 기억을 가지고 있다면 유럽 대부분의 국가는 나치 독일에 의해 짓밟힌 경험을 역사로 공유하고 있다. 역사는 한 번 겪고 난 뒤에는 다시 그 전으로 돌이킬 수 없다. 다만 인간들이 할 수 있는 일은 그것을 기록하고 끊임없이 해석해내는 일이다. 잊어버리지 않는 일이다. 지나간 역사를 잊었기 때문에 다시 똑같은 실수와 고통을 겪어야 했던 때가 얼마나 많았는가. 그런 교훈은 어느 곳에서라도 흔하게 찾을 수 있지만, 그럼에도 사람들은 더 망각하고 실수하는 삶을 산다. 우리들은 과연 이 모진 기억들을 어찌해야 할까?

2014년에 스웨덴학술원은 파트릭 모디아노에게 노벨문학상을 수여하면서 그 이유를 다음과 같이 언급했다. "가장 이해하기 어려운 인간의 운명을 환기시키는 기억의 예술을 보여주고, 나치 독일 점령기의 생활 세계를 파헤쳤다." 모디아노는 아주 오래전부터 '기억의 예술가'라는 별명으로 불려왔다. 노벨문학상은 어떤 특정한 작품을 지목해서 그를 쓴 작가에게 주어지기도 하는데 모디아노의 경우 작가가 쓴 모든 작품을 대상으로 선정했다는 것도 중요한 의미를 갖는다.

프랑스가 나치 독일로부터 해방된 직후인 1945년, 불로뉴 비양쿠르에서 태어난 파트릭 모디아노의 부모는 유대인 혈통의 아버지와 벨기에 여배우 출신인 어머니였다. 아버지는 무역상으로 거의 집에 있지 않았고 어머니 역시 다른 지역으로 공연을 다녔기 때문에 모디아노는 대부분의 어린 시절을 기숙학교에서 생활했다. 2년 후 남동생이 태어나 한동안 외로움을 함께 나눌 수 있었지만 모디아노가 12살 되던 해 동생 뤼디는 병으로 죽게 된다. 부모님의 부재와 남동생의 죽음은 모디아노가 쓰는 거의 모든 소설에서 그 모습이 변형되어 나타난다. 그의 작품 속에서 늘 반복적으로 나타나는 기억과 추억의 실마리는 작가의 어린 시절에 대한 향수와 맞닿아 있다.

소설의 줄거리를 만드는 방법적인 측면에서 볼 때 '어린 시절 기억'이라는 소재만큼 흔한 것도 없는데, 프랑스인들은 유독 이런 이야기를 즐긴다. 그러니 프랑스에서 가장 위대한 작가를 꼽을 때는 마르셀 프루스트가 언제나 맨 앞에 나온다. 프루스트는 평생을 바친 소설《잃어버린 시간을 찾아서》에서 끊임없이 어린 시절을 떠올리고 그 안에서 아주 사소한 것이라도 건져 올리기 위해 무진 애를 쓴다. 길고 긴 기억과의 사투 끝에 마침내 프루스트는 성공했다. 프루스트가 찾은 것은 어린 시절의 희미했던 추억이 아니다. 그를 통해 발견한 자신의 정체성 앞에 당당하게 마주할 수 있는 자아를 발견한 것이다.

반면 모디아노는 소설 속에서 실패와 실수를 반복한다. 자꾸만 같은 자리를 맴돈다.《어두운 상점들의 거리》의 첫 문장은 이렇게 시작한다. **"나는 아무것도 아니다."** 자신의 진짜 이름을 밝히지는 않지만 어쨌든 '이슈메일이라고 불러 달라'는《모비 딕》이나 자신만만하게 '나는 고양이다'라고 말하는《나는 고양이로소이다》의 첫 문장을 기억하는 독자라면 이 소설의 첫 문장은 시작부터 힘이 빠지게 만든다며 한 소리 할 만하다.

주인공은 탐정이고 '기 롤랑'이라는 이름이 있다. 그럼에도 자신이 아무것도 아니라고 말하는 이유는 그게 진짜 이름이 아니기 때문이다. '기'는 오래 전 어느 특정 시기의 기억을 잊은 상태로 지금까지 살아왔다. 흥신소를 운영하고 있던 위트는 기억을 잊은 한 남자에게 자기 사무실에 출근해서 탐정 일을 해보는 게 어떻겠냐며 권한다.

"'기 롤랑' 씨, 지금부터는 뒤를 돌아보지 말고 현재와 미래만을 생각하시오."(14쪽) 위트는 이렇게 남자에게 한 가지 삶의 해법을 제안한다. 이게 현실이라고 생각해보면 그것도 딱히 나쁠 건 없다. 위트는 기억상실증에 걸린 사람에게 나름 괜찮은 삶의 태도를 제시한 것뿐이다. 기 입장에서 봐도 그렇다. 그는 단순히 어떤 특정 시기의 기억만 사라진 상태이기 때문에 앞으로 살아가는 데 지장이 있는 건 아니다.

크리스토퍼 놀란 감독이 연출한 영화 〈메멘토Memento〉를 떠올려보자. 영화 속 주인공 레너드는 심각한 기억상실증에 걸린 상태다. 그의 기억력은 고작 10분이 한계다. 무엇을 듣거나 보더라도, 어떤 경험을 하든 10분이 지나면 잊어버리고 만다. 이런 경우라면, 영화를 본 사람이라면 알겠지만 숨 쉬고 사는 거 자체가 고통이다. 그런데 이런 레너드에게는 살인사건을 밝혀내야 할 막중한 임무가 있다. 10분간만 지속되는 기억력을 가지고 어떻게 이 일을 해낼 수 있을 것인가? 그는 자신에게 일어나는 모든 일을 빠짐없이 적어두는 걸로 '기억력 10분'이라는 불리함을 극복하려고 한다.

"기억은, 기록이 아니라 해석이다." 영화 속에서 레너드가 했던 말이다. 모든 것을 기록해둔다고 해서 그것을 기억했다고 말할 수 있을까? 영화는 기억이라고 부르는 뇌의 작동과 그것을 해석해내는 인간의 심리를 집요하게 파고든다. 기억과 기록을 최대한 같은 위치까지 끌어올려놓는다고 하더라도 그것을 해석하는 일은 또 다른 어려움이다. 파트릭 모디아노가 소설을 쓴 이후로 꾸준하게 제기한 문제가 이것이다. 기 롤랑이 잊어버린 기억을 찾으려는 이유는 단순히 그때 자신이 어떤 일을 했는지를 재구성하려는 것에서 그치지 않는다. 이 탐색은 지금 '기 롤랑'이라고 불리는 한 사람의 자아와 정체성을 밝혀내기 위한 치열한 연구이다.

정체성이 불분명한 사람은, 기 롤랑 스스로 그렇게 표현했듯이 **한낱 환한 실루엣**일 뿐이다. 그림자를 통해 그의 존재를 확인할 수는 있겠지만 누구도 그런 식으로 존재하길 원하지는 않는다. 하물며 이것이 한 시대의 역사라고 한다면 의미는 더없이 중요해진다. 스웨덴학술원은 모디아노의 소설에서 바로 이런 점을 높게 평가했다. 겉으로 드러나 보이는 그의 소설은 거의 기억이나 추억과 연관되어 있다. 이렇게만 판단하면 이야기는 아주 단순하다. 그러나 집착에 가까운 행동을 보이며 기억에 의존하는 소설 속 인물들이 말하려고 하는 것은 과거의 회상에서 머무르지 않는다. 모디아노는 그런 기억의 파편들을 그물처럼 엮어 한 시대를 지탱했던 프랑스인들의 정신과 역사성을 드러냈다.

지금까지 모디아노가 쓴 30편 정도 되는 소설들의 시간 배경은 대부분 1940년에서 1950년대까지다. 《어두운 상점들의 거리》에서도 기 롤랑이 잊어버린 기억의 범위는 1943에서 1955년까지의 기간이다. 1943년은 1945년에 태어난 모디아노가 결코 경험해보지 못한 세계다. 나는 이 소설의 첫 문장인 "**나는 아무것도 아니다.**"를 그런 식으로 이해한다. 실제로 1943년에 모디아노는 아무것도 아닌 존재다. 다만 작가의 아버지는 거기에 있었다. 그 비참했던 나치 독일의 점령 시기에 유대인의 신분으로 유럽에 있었던 아버지. 그런 아버지가 어린 시절 모디아노의 기억 속에서는 **한낱 환한 실루엣**일 뿐이다. 그러므로 아버지의 실체를 탐구하는 것은 자신의 정체성과, 나아가서 아픈 시절을 함께 겪었던 프랑스 민중의 역사를 다시 쓰는 일이 된다.

기 롤랑은 탐정, 즉 무언가를 찾아내어 해결하는 일을 전문으로 해왔다. 그런데 정작 자신의 과거 중 일부분을 모른 채 산다. 마침 그의 상사인 위트는 은퇴를 결심하며 기 롤랑에게 자신이 갖고 있던 모든 자료들을 넘긴다. 조건은 완벽해졌다. 더 이상 다른 사람의 일을 처리하지 않아도 되고 사무실과 탐정 일에 쓰이는 여러 도구들은 자유롭게 활용할 수 있도록 위트에게 넘겨받았다. 이제 능력을 발휘하여 마지막 업무를 처리하면 된다. 바로 자기 자신을 찾아내는 일이다.

마치 탐정으로 일했던 시절을 이어가고 있는 듯 기 롤랑은 차분하게 그 시절 자신을 기억하고 있을지도 모르는 사람들을 찾아내고 만난다. 그러나 무슨 일인지 소설 중반에 이를 때까지 기 롤랑에 대해서 제대로 말해주는 사람이 없다. 그들은 기 롤랑이 알고 싶어 하는 것을 어렴풋이 기억하고 있지만 오히려 자신들의 추억에 대해 이야기를 늘어놓는다. 기 롤랑이 갖고 있는 가장 유력한 증거인 낡은 사진 속에 있는 여자인 게이 오를로프를 알고 있는 한 남자를 찾아갔을 때 그는 이렇게 말한다. **"게이 이야기를 할 수 있게 되다니 기쁘군요……."(63쪽)** 월도 블런트는 한때 게이 오를로프와 결혼한 사이였지만 지금은 헤어졌고 호텔 로비에서 신청곡을 받아 피아노를 연주하는 것으로 생계를 이어가고 있다. 남자는 마치 자신의 삶 어느 부분에 묶인 매듭이 있는 것처럼 기 롤랑을 상대로 추억을 풀어놓는다. 그리고 마지막에, 게이 오를로프는 오래전에 죽었다고 말한다.

그런 다음 찾아 간 클로드 하워드 역시 마찬가지로 기 롤랑보다는 자신의 과거를 이야기하며 미묘한 위안을 받는다. **"우리 불행한 가문에 대하여 관심을 가져주셔서 감사합니다."**(84쪽) 이야기는 점점 기 롤랑의 과거를 찾는 게 아니라 그를 통해 다른 사람의 과거 그림을 맞추는 쪽으로 흘러간다. 과연 맨 처음 만났던 소나쉬체의 말대로 그들 모두가 이제는 사라지고 만 것일까? 기 롤랑 한 사람을 빼고 모두 해체된 기억 속에서 흔적도 없이 사라진 것일까? 도대체 연결될 것 같지 않은 증거들은 그저 수첩에 적은 기록으로만 존재할 뿐이다. 그는 과연 한때 어떤 영사관에서 일했던 적이 있었을까? 진짜 이름은 무엇이었을까? 페드로? 비엔베니도 카라스코? 안토니오 마투리브? 프레데리코 무르고? 그가 만났던 사람들이 모두 제대로 된 기억을 갖고 있는지도, 정직하게 증언했다는 확신도 없다.

어쩌면 그 모든 게 다 기 롤랑이었을지도 모른다. 우리는 여러 모습으로 세상에 존재하기 때문이다. 타인이 보기에 '나'는 한 사람이지만 이를 모두 모으면 서로 다른 '나'는 여럿이 된다. 직장에선 '김 대리'라는 이름으로 기억되고, 가정에선 남편 혹은 아빠로, 친구들과 있을 때는 우스운 별명이 나를 대신하기도 한다. 고등학생 때 내 별명은 이름과 비슷하게 '당근'이었다. 그때 나를 알았던 친구들은 지금도 나를 '당근'으로 기억하고 또 그렇게 부른다. 대학 다닐 때는 한때 비틀

즈 카피밴드를 했던 적도 있는데, 그 시절 모습을 기억하는 이들은 나를 '레논'으로 부른다. 직장 생활을 하며 만났던 이들은 내게 그런 이름이 있었다는 것조차 모른다. 대신 다른 이름으로 불렸다. 그러나 이 모든 것들 중에서 진짜 나는 무엇이며 그것은 삶의 어디쯤에 존재하고 있을까? 기 롤랑과 마찬가지로 우리들도 '진짜 나'를 굳이 찾지 않더라도 생활에 불편함은 없다. 위트가 처음에 했던 말처럼 과거는 찾지 말고 이제부터 현재와 미래만 바라보며 살아도 된다.

하지만 현재와 미래가 아무리 탄탄하게 쌓아올린 탑이라고 하더라도 그것을 지탱하는 과거가 없으면 모래 위에 지은 집과 같다. 현재와 미래는 스스로 존재할 수 없다. 그것들은 모두 과거가 있었기 때문에 말할 수 있게 된 것이다. 현재라고 부르는 오늘은 과거인 어제의 미래가 아니던가. 현재와 미래는 남겨둘 수 없는 것들이다. 남아 있는 것은 오직 과거뿐이며, 우리들 모두는 결국 남겨진 것으로 평가받는다. 나는 무엇으로 남게 될 것인가? 이런 질문을 스스로에게 던져본 사람은 안다. 과거가 얼마나 중요한 것인지를. 그런 순간에 기 롤랑은 위트가 자주 했던 '해변의 사나이' 일화를 떠올린다.

"그 남자는 사십 년 동안이나 바닷가나 수영장 가에서 여름 피서객들과 할 일 없는 부자들과 한담을 나누며 보냈다. 수천수만 장의 바캉스 사진들 뒤쪽 한구석

에 서서 그는 즐거워하는 사람들 그룹 저 너머에 수영복을 입은 채 찍혀 있지만 아무도 그의 이름이 무엇인지를 알지 못하며 왜 그가 그곳에 사진 찍혀 있는지 알 수 없다. 그리고 아무도 그가 어느 날 문득 사진들 속에서 보이지 않게 되었다는 것을 알아차리지 못할 것이다. 나는 위트에게 감히 그 말을 하지는 못했지만 나는 그 '해변의 사나이'는 바로 나라고 생각했다."(76쪽)

모디아노가 쓴 소설은 모두 기억과 추억에 관한 내용이며 파리라는 공간을 배경으로 삼는다. 《어두운 상점들의 거리》만 하더라도 이야기 곳곳에 아나톨 드 라포르주 가街, 뤼토 다리, 리샤르 발라스 가, 상젤리제 공원, 트로카데로 공원, 캉바세레스 가 등등 파리의 여러 지명이 그대로 등장한다. 기 롤랑은 그곳의 이름을 하나하나 불러가며 파리의 과거 모습을 기억 속에서 끄집어낸다. 그곳은 아직도 소설 속 모습과 똑같이 그대로 남아 있어서, 모디아노의 책을 들고 파리를 여행했던 사람도 있다고 들었다. 자고 일어나면 하루가 다르게 과거의 모습을 지우고 새 건물, 새 도로를 건설하는 서울과 괜히 비교하게 된다.

"따지고 보면 우리는 모두 '해변의 사나이'들이며 모래는 우리들 발자국을 기껏해야 몇 초 동안밖에 간직하지 않는다."(76쪽) 위트가 기 롤랑에게 했던 말이다. 어쩌면 자신의 진짜 과거를 찾는 일이란 모래를 헤집어 걸어왔던 발자국을 더듬는 것처럼 아무런 소용이 없는 일이다. 영원히 끝낼 수 없는, 시지포스의 노동과 같다. 그럼에도 불구하고 기 롤랑은 과거 탐색을 멈추지 않는다. 모디아노의 소설이 늘 그렇듯 해결이란 불가능하다. 마르셀이 잃어버린 시간을 찾는 데 성공한 것은 '콩브레'가 여전히 존재하기 때문인데, 기 롤랑에게는 콩브레, 그러니까 잃어버린 시간을 찾을 수 있는 시공간 자체가 기억 상실로 인해 사라진 상태다. 그가 지금 하려는 것은 자신을 제외한 다른 사람들의 기억에 의지하여 콩브레를 재구성하려는 시도다.

기 롤랑이 소설 마지막 부분에서 다다르는 곳은 그의 옛 주소지인걸로 추정하는 이탈리아 로마의 '어두운 상점들의 거리 2번지'라는 장소다. 이곳은 작가가 정확히 언급하지 않지만 주인공이 기억을 잊어버린 시기에 실제로 이탈리아 공산당 사무실이 있던 주소지다. 기 롤랑은 유럽이 전쟁의 불길로 뒤덮였던 당시에 파시즘에 대항하여 조직된 어떤 혁명단체와 관련된 일을 했던 게 아닐까? 확실한 것은 아무것도 없다. 지금까지 계속 그래왔듯이 기 롤랑은 그곳으로 갈 것이다. 그리고 거기서 또 어떤 사람을 만나서 얘기를 듣고 그것을 한 조각으로 하여 커다란 기억의 퍼즐조각을 조금씩 완성해나갈 뿐이다. 파트릭 모디아노는 해결을 제시하지 않고 대신 여지를 남겨놓았다. 우리들의 삶이

ⓒ 빈센트 반 고흐, 아를 포룸 광장의 카페 테라스, 1888

나는 아무것도 아니다.

그날 저녁 어느 카페의 테라스에서 나는 한낱 환한 실루엣에 지나지 않았다.

Patrick Modiano

또한 그렇지 않은가? 살아가는 것에 정답이란 없다. 인생은 언제까지나 진행형일 뿐이고 그 안에서 얻을 수 있는 가장 빛나는 가치는 결과가 아닌 과정에 있다.

The First Sentence

어느 날 갑자기 인생을 송두리째 뒤흔들어 놓았던 비둘기 사건이 터졌을 때 조나단 노엘은 이미 나이 오십을 넘겼고, 아무런 일도 일어나지 않았던 지난 20여 년의 세월을 뒤돌아보며 이제는 죽음이 아니고는 그 어떤 심각한 일도 결코 일어날 수가 없으리라는 것을 믿어 의심치 않았었다.

파트리크 쥐스킨트
비둘기

그는 자유 속으로 걸어 나갔다[01]

파트리크 쥐스킨트처럼 유명한 작가이면서 동시에 그만큼 오랫동안 은둔 생활을 한 사람도 드물 것이다. 물론 어느 분야에나 경쟁자는 있기 마련이다. 우선은 그 목록부터 살펴보는 게 좋겠다. 은둔이라고 하면 쥐스킨트에 필적할 만한 이들이 몇 명 있기는 하다. 우리나라에서도 잘 알려진 하퍼 리[02]는 1960년에 발표한 단 한 편의 소설《앵무새 죽이기》로 퓰리처상을 받으며 일약 스타 작가가 됐다. 하지만 작가는 그 이후 언론에 자신을 드러내지 않았고 아흔에 가까운 나이가 된 지금까지도 은둔을 이어가고 있다.《호밀밭의 파수꾼》으로 거의 신화적인 명성을 얻은 제롬 데이비드 샐린저도 1950년대 이후로는 모습을 나타내지 않았다. 심지어 몇 해 전 그가 죽었다는 기사가 났을 때 많은 사람들이 이와 같은 반응을 보였다. “그 작가가 살아있었단 말이야?” 해마다 노벨문학상 수상자 후보로 지목받고 있는 토머스 핀천 역시 은둔이라고 하면 둘째라고 하기 미안할 정도로 모습을 드러내지 않는 작가다. 핀천은 인터뷰도 하지 않고 심지어 사진 촬영조차 꺼린다. 그래서 사람들은 그가 진짜로 노벨문학상을 받게 되더라도 당연히 수상식장에는 나타나지 않을 거라고 말한다.[03]

이런 쟁쟁한 은둔의 고수들 가운데서 쥐스킨트가 유난히 빛나는 것은, 그의 작품 속에 등장하는 인물들이 마치 작가 자신을 비추는 것 같은 은근한 매력이 있기 때문이다. 예술가들은 종종 작품 속에 자기 모습을 숨겨놓는다. 마치 히치콕 감독이 연출한 영화 속에서 카메오로 출연한 단역배우 히치콕을 우연히 발견하듯 소설 속에서 작가의 모습을 찾아보는 건 또 다른 책 읽기의 즐거움이다. 물론 쥐스킨트를 실제로 만나본 적도, 인터뷰 기사를 자세히 본 적도 없지만 그가 쓴 소설 속에 나온 사람들은 하나같이 비슷한 점을 갖고 있다. 그 모습을 퍼즐처럼 짜 맞추면 작가의 모습이 나올지도 모른다. 이런 면에서 쥐스킨트는 다른 은둔 작가들의 소설을 읽는 것과는 달리 수수께끼를 풀어가는 재미가 있다.

잘 알려진 쥐스킨트의 사진 – 예의 그 대머리에 손가락 하나를 아랫입술에 갖다 대고 있는, 그리고 어딘지 모르겠지만 화면 바깥쪽 어딘가를 바라보고 있는 – 을 보면 그가 쓴 짧은 소설들이 한 장면씩 떠오른다.

연약해 보이는, 어떻게 보면 너무나도 예민해 보이는 사진 속 남자는《콘트라베이스》에 나오는 한 명뿐인 등장인물이 독자들을 향해 내뱉는 대사를 닮았다. 별 특징이 없어 보이는 남자는 사람들에게 방금 자기가 냈던 소리를 들었는지 묻는다. 하지만 당연히 누구도 그 소리를 눈치 채지 못 했을 거라는 걸 안다. 그는 오케스트라에서 가장 큰 악기를 연주하지만 아이러니하게도 들려오는 음악 안에서 만큼은 존재감이 거의 없다.

《좀머 씨 이야기》에는 소심한 데다가 기이한 행동까지 곁들인 캐릭터가 나온다. 그 주인공 역시 묘한 딜레마에 빠져 있다. 이름은 따뜻함[04]을 품고 있지만 주변사람들은 그를 쌀쌀맞고 좀 이상한 늙은이로 보고 있다. 좀머 씨는 나를 좀 그냥 내버려두라고 소리친다. 그는 사람들의 관심을 거부하고 늘 무엇으로부터 도망치듯 호숫가를 걸어 다닐 뿐이다. 모자를 쓴 좀머 씨는 대머리라는 설정부터 작가를 빼닮았다. 십수 년 전, 처음《좀머 씨 이야기》를 읽었을 때부터 나는 좀머 씨가 다름 아닌 쥐스킨트 본인일 거라고 믿어왔다. 그보다 나중에 만난

《비둘기》에 와서 확신했다. 쥐스킨트가 쓰는 소설은 모두 자기 자신을 주인공으로 삼고 있는 것을. 이런저런 세부 설정을 바꿔놓기는 했지만 특유의 소심한 성격은 사진 촬영조차 허락하지 않고 은둔하는 작가를 그대로 보여준다.

《비둘기》의 주인공은 나이 쉰을 넘긴 평범한 은행 경비원 조나단 노엘 씨다. 그의 일상은 첫 문장에서 이미 암시하듯 단조로움 그 자체였다. 조나단 역시 그런 단조로움을 즐기고 있으며, 그렇게 어떠한 심각한 일도 벌어지지 않는 삶을 좋아했다.

"문이나 가끔 열어주거나, 지점장의 차를 향해 경례를 하는 등 매일 똑같은 일을 반복하고, 휴가도 조금 받고, 월급도 쥐꼬리만큼 받으면서도, 월급의 대부분은 세금이니, 임대료니, 사회 보장 보험 분담금 등으로 흔적도 없이 빳기며 인생의 3분의 1을 은행 앞에 서서 허송하는 일"(61쪽)이 바로 조나단이 여태 해왔던 일이다. 게다가 이제 몇 개월만 있으면 은행에서 일하며 번 돈으로 지금 살고 있는 집을 구입하여 완전히 자기 것으로 만들 수 있다. 그러면 정말로 아무런 일도 일어나지 않는 여유로운 일상을 맞이하게 될 것이다. 확실히 지난 20여 년은 그렇게 순조롭게 흘러왔다. 그러나 운명의 1984년 8월의 그날, 조나단의 이런 소소한 희망을 송두리째 흔들어버리는 '대사건'이 터졌다. 그의 앞에 어디에서 날아왔는지 모를 비둘기 한 마리가 나타난 것이다.

우리는 늘 인생이 안정되기를 원한다. 불안한 삶을 원하는 사람은 없다. 조나단 역시 보통사람들과 다르지 않다. 그는 약간 더 집착적으로 안정을 원하고 있을 뿐이다. 하지만 완전하게 안정된 인생, 언제나 모든 게 다 잘 풀리는 삶이란 없다. 예수나 부처라고 하더라도 삶 속엔 늘 고통과 좌절, 절망의 시간이 있었다. 조나단은 그런 것을 거부하고 피할 수 있다고 생각했다. 그가 선택한 방법은 되도록 어떤 것과도 관계를 맺지 않는 것이다. 이런 점에서 조나단은 도시에 살고 있는 좀머 씨라고 할 만하다. 관계를 거부하고 혼자가 될수록 그는 모든 것에서 소외된다. 이것은 마치 은행을 경비하지만 아무 존재감도 주지 못하는 콘트라베이스 연주자와 같다.

은행 경비원이라는 직업은 조나단이 여러 번 말했듯이 피라미드 앞을 지키는 스핑크스를 닮았다. 그 앞을 지나가려는 나그네에게 스핑크스는 무시할 수 없는 존재다. 스핑크스는 커다란 얼굴에 몸은 맹수처럼 듬직하다. 육중한 앞발을 들어올려 사람을 후려치면 누구도 당해내지 못할 것 같다. 하지만 스핑크스는 그렇게 하지 않고 수수께끼를 낸다. 이것을 풀면 나그네는 지나갈 수 있고 틀리면 못 지나간다. 전설은 나그네가 수수께끼를 풀어내는 것으로 끝난다. 만약 풀지 못했다면? 어쩌면 질문에 대답을 하지 못했더라도 나그네에겐 아무런 일도 일어나지 않았을지 모른다. 아주 오래전부터 지금까지 수많은 관광객이 아무런 탈 없이 그 앞을 지난다. 스핑크스 자체는 사실상 커다란 모래덩어리에 지나지 않기 때문에…….

언제나 은행 앞에 서 있기만 하는 경비원 역시 스핑크스와 마찬가지로 그저 상징적인 존재일 뿐이다. 규정상 은행에 꼭 있어야 하지만, 아무도 신경 쓰지 않는 그런 역할이 조나단에게 맡겨진 임무다. 심지어 은행 강도라 할지라도 이 늙은 경비를 무서워하지 않을 것이다. 조나단 역시 달려드는 강도를 향해 어떤 행동도 하지 못할 것이라는 걸 알고 있다. 이 나약한 한 인간은 오케스트라 한쪽에 늘 존재하지만 아무도 신경 쓰지 않는, 그러나 단원들 중에서 가장 큰 악기를 가지고 있는 콘트라베이스 연주자와 다를 게 없다.

그런 그에게 오늘 아침엔 비둘기가 나타나서 자신을 위협한 것이다. 그의 존재를 위협했다. 조나단은 아침에 비둘기 사건을 겪고 나서 자신이 지금껏 일궈온 '안정'이라는 목표가 흔들리고 있는 걸 깨닫는다. 오랫동안 사막에 서 있었던 스핑크스는 언젠가는 바람에 휩쓸려 사라지고 말 것이다.

"5천 년의 세월을 보낸 돌 스핑크스처럼 사그라지고, 피폐해지고, 열에 찌들고, 부서진 것 같았다. 그리고 그것은 세월이 얼마 흐르지 않아 완전히 말라비틀어지고, 전소하고, 오그라들고, 부서져서 마치 먼지나 재처럼 가루가 되어, 거기 그가 그렇게 힘겹게 서 있는 바로 그 자리에 한 무더기 쓰레기로 소복이 떨어져 있다가, 바람이 한 줄기 불어오거나, 청소부가 비질을 하거나, 비라도 오면 그제야 마침내 그곳에서 멀리 날아가 버리게 되리라는 상상이 되었다. 그렇게 그의 인생은 마감될 것 같았다."(90-91쪽)

조나단은 삶의 후배들에게 인정받고, 은퇴하고 연금을 받으면서 아무렇지도 않게 살다가 오랫동안 사용하던 익숙한 침대에서 삶을 마감하고 싶었다. 지금까지 그런 인생을 위해 크고 작은 삶의 관계맺음을 거부해왔다. 관계는 결국 생활을 복잡하게 만들고 골치 아픈 일들을 생겨나게 할 뿐이다. 그런 그의 앞에 느닷없이 비둘기가 나타났다. 조나단은 어떻게 이해해야 할지 당황스러웠다. 비둘기가 위협적이라기보다는 자신이 일궈온 안정과 평온을 파괴하는 행동에서 큰 충격을 받았다. 그건 지금까지 착실하게 살아온 조나단에게는 있을 수 없는 일이다. 그는 비둘기가 거기, 자기 방문 앞에 있도록 허락한 일이 없고 실수로라도 비둘기가 날아들어 올 수 있도록 복도 창문을 열어놓지도 않았다. 말하자면 비둘기 사건은 조나단이라는 모래더미, 스핑크스 앞에 갑자기 나타난 거대한 위협이다. 비둘기는 스핑크스의 수수께끼를 풀 것이고 그 순간 조나단의 삶은 모래처럼 흩어진다.

게다가 비둘기는 깨끗한 복도에 똥까지 쌌다. 어떻게 이럴 수 있는가! 조나단의 삶에서 이런 상황은 절대 일어나서는 안 된다. 비둘기의 행동은 이야기 뒷부분에 등장하는 은행 근처 광장의 거지 사건과 미묘하게 대치를 이룬다. 광장에 혼자 나와 점심을 먹고 있는 조나단 앞에 나타난 거지. 그는 늘 이 거지를 측은하게 생각했었다. 그런데 오늘 거지는 충격적이게도 광장에서, 그것도 사람들이 지나다니는 사방으로 열린 공간인 바로 그곳에서 아무렇지도 않게 바지를 내리더니 용변을 보는 것이다! 비둘기가 집 앞 복도에서 그랬던 것처럼. 조나단은 이 광경을 똑똑히 목격했다. 그는 더 이상 거지가 측은하게 생각되지 않았다. 오히려 자기 자신이 불쌍하게 여겨졌다.

조나단은, "**평생토록 착실했고, 단정했고, 욕심도 안 냈고, 거의 금욕주의자에 가까웠고, 깨끗했고, 언제나 시간을 잘 지켰고, 복종했고, 신뢰를 쌓았고, 예의도 잘 지키며 살아왔건만…… 그리고 단 한 푼이라도 스스로 일해서 벌었고, 전기세나 임대료나 관리인에게 주는 성탄절 보너스도 언제나 제때 꼬박꼬박 현금으로 지불했으며…… 빚이라고는 진 적이 없고, 남에게 폐를 끼친 일도 없고, 병에 걸렸던 적도 없고, 사회 보장 기관에 신세를 진적도 없고……. 언제 그 누구에게라도 마**

음을 아프게 하지 않았고, 일생 동안 마음이 평안한 작은 공간을 갖는 것 말고는 절대로, 결코 더 이상의 것을 바라지 않았건만"(66-67쪽) 지금은 심지어 자신보다 훨씬 자유로운 영혼인 것처럼 보이는 거지의 용변을 앞에 두고 달팽이 모양 빵을 먹고 있다. 이건 지금까지 어렵게 살아온 조나단에게만큼은 절대로 일어나서는 안 되는 일이다.

도시에 사는 사람들은 서로를 완전한 타인처럼 여기면서 살지만, 한편으론 모든 것이 공개된 광장과 같아서 행동에 제약이 많다. **"한 번도 제대로 어두워지지 않는 도시에서"**(62쪽) 적응하며 살기 위해 조나단은 자신 이외의 모든 것을 소외시키며 살았는데 그 결과는 참담했다. 어디서 날아들었는지 모를 비둘기는 그의 방문 앞에 버티고 앉아서 똥까지 쌌다. 거지는 도시의 규칙을 우습게 여기는 듯 광장에서 바지를 내릴줄도 안다. 그에 비하면 조나단은 아무런 힘이 없다. 언젠가 바람에 날려버릴 사막의 모래 같은 존재다. 이제 어찌하면 좋을까? 완전히 자신의 삶에 실망한 조나단은 그날 아침 아예 짐을 싸서 집을 나와버렸다. 비둘기 똥이 문 앞에 버티고 있는 집으로 다시 돌아갈 수 없었다. 광장도 마찬가지다. 그는 더 이상 거기서 한가롭게 점심을 먹지 못할 것이다.

그가 '안정의 추구'라고 믿으며 해왔던 일이란, 실제로는 도시라는 시스템에 완전히 들어맞는 부품이 되는 것이었다. **"조나단 노엘이라고**

불리는 꼭두각시 인간 기계"(93쪽)는 퇴근 후 집으로 가는 대신 갖고 나온 짐을 들고 근처 호텔로 향한다. 숙소는 그가 살던 집보다 훨씬 작아서 **"방의 모양새가 말하자면 관 같았다."**(98쪽) 이야기의 첫 문장에서 벌써 예고했듯이 이제 조나단에게는 **"죽음이 아니고는 그 어떤 심각한 일도 결코 일어날 수가 없으리라"**(99쪽)는 생각이 더욱 가까이 다가왔다. 그는 퇴근할 때 가게에서 사온 정어리와 빵, 레몬, 포도주를 탁자에 풀어놓고 마지막이 될지도 모르는 저녁식사를 했다. 조나단은 **"그것이 그의 인생의 마지막 식사가 되리라는 것을 잘 알고 있기 때문"**(99쪽)에 최대한 천천히, 좋은 맛을 음미하려고 노력하면서 음식을 먹었다. 비록 가게에서 사온 통조림이지만 너무나도 맛이 좋았다. 정어리를 다 먹고 남은 빵조각으로 정어리 통조림에 남은 기름까지 다 훑어 먹은 다음 후식으로 배와 치즈를 먹었는데, 그 역시 조나단이 지금껏 살아오면서 맛본 그 어떤 음식보다 훌륭했다.

"내일 자살해야지."(101쪽)

조나단은 난생처음으로 경험한 훌륭한 저녁식사를 마치고 잠자리에 들기 위해 침대에 누워 그렇게 혼잣말을 했다. 그러고는 곧 잠에 빠져들었다. 그날 밤엔 날씨가 고약해서 천둥과 번개가 온 도시를 집어삼킬 듯 요란했다. 사정없이 퍼붓는 비는 비둘기나 거지처럼 조나단이 어찌할 수 없는 것이었다. 이윽고 아침이 왔을 때 밤새 내리던 비는 그

쳤고 죽음 외에 다른 것을 기대하지 않았던 조나단은 조금 다른 사람이 되어 있었다.

호텔을 나와 다시 돌아가지 않으리라고 마음먹은 곳으로 향했다. 바로 어제까지 먹고, 자고, 생활했던 그의 집이다. 비둘기가 버티고 있는 바로 그 집이다. 복도에 여전히 비둘기 똥이 있을지도 모르는 바로 그 집이다. 간밤에 온 비 때문에 거리에는 물웅덩이가 많다. 평소의 조나단이라면 모든 물웅덩이를 피해갔으리라. 그러나 오늘 그는 **"신발과 양말을 훌러덩 벗어 버리고 맨발로 가고 싶은 강한 충동을"**(107쪽) 느꼈다. 대신 더욱 그답지 않은 행동을 했다. 오히려 웅덩이를 찾아다니며 걸었고 거기 고여 있는 물을 발길로 차기도 했다. 신발과 바지가 다 젖고 튀긴 물은 가게 쇼윈도와 그 옆에 세워진 자동차에 튀기도 했지만 그는 이게 **"정말 신나는 짓"**(107쪽)이라고 생각했다.

호텔 문을 나설 때 이미 조나단은 마치 자유 속으로 걸어 나가는 것 같은 감정을 느꼈다. 지금까지 그는 자신이 이뤄놓은 세계인 방 안이 진정한 자유와 안식, 평온의 공간이라고 믿었다. 그런 공간을, 달마다 주인에게 사용료를 내는 대신 큰돈을 들여 완전히 자기 것으로 만들기 위해 기계처럼 일하며 살아온 것도 사실이다. 조나단에게 방은 누구도 침범할 수 없는 유토피아였다. 오히려 그 문 너머에 있는 광장은 자신을 보호해주지 못하는 타락한 땅이다. 그러나 최고의 저녁식사를 한 다음 편안한 마음으로 내일 자살해야겠다는 다짐까지 한 조나단에게 폭풍우가 지나간 '다음 날'이라고 하는 것은 또 다른 삶이 시작되듯 새로운 자유를 선물해주었다. 여기서 독자들은 전날 밤 조나단이 말했던 자살이 사실은 신체의 죽음을 뜻하지 않는다는 걸 깨닫는다.

여러 문학작품에서 이 문제를 진지하게 얘기하고 있듯, 진정한 삶은 죽음을 통해 이룰 수 있다. 목을 매달거나 독극물을 마시는 그런 죽음이 아니다. 지금까지의 자신과 헤어지고 새로운 자기를 만나는 극적인 경험을 말한다. 사뮈엘 베케트의 희곡《고도를 기다리며》에서 에스트라공은 자살해야겠다는 말을 입에 달고 산다. 그러나 정작 실행에 옮기지는 않는다. 그 이유는 고도를 기다려야 하기 때문이다. 두 사람은 우리들 삶의 가장 큰 부조리 상황을 우습게 재현한다. 아무리 기다려도 고도가 오지 않기 때문에 자살하려는 것인데, 한편으론 고도가 올지도 모르기 때문에 자살할 수 없다. 이 쳇바퀴 같은 일상은 에스트라공과 블라디미르를 수십 년 동안 앙상한 나무 아래에 붙잡아두고 있다.

조나단 역시 영원히 다다를 수 없는 자신만의 유토피아를 꿈꾸며 스핑크스처럼 그곳에 웅크리고 앉아 평생을 보냈다. 이런 현실을 파괴하고 자유 속으로 당당히 걸어 나갈 수 있는 유일한 방법은 자살이다. 지금까지 익숙했던 자신을 죽이고 새로운 영혼의 옷으로 갈아입는 일이 없다면 조나단의 삶은 딱 거기에서 멈춰버릴 것이다. 어디서 날아왔는지 모를 비둘기 한 마리. 처음 그것을 발견했을 때 조나단 노엘이라는 사람이 할 수 있는 것이라곤 절망뿐이었다. 그러나 우리가 전혀 손쓸 수 없는 다양한 일들이 일어나는 게 삶이다. 비둘기는 그런 일들 중에서 떨어져 나온 아주 작은 한 조각이다.

날마다 발생하는 인생의 소소한 사건들을 어떻게 받아들이는가 하는 문제는 때론 우리들 각자의 삶을 어떤 방향으로 진행시키느냐하는 중요한 계기를 마련한다. 쥐스킨트는 짧은 이야기 한 편을 통해 사람들이 보지 못하고 지나치는 작고 사소한 것들에 눈을 돌려보라며 나직이 속삭인다. 사람의 인생은 커다란 의미를 가지는 한 덩어리가 아니라 작은 별빛으로 가득한 캄캄한 밤하늘이다. 거기 별 마다 갖고 있는 아름다운 이야기들이 촘촘하게 이어져 신비한 힘으로 가득한 우주를 만든다. 마음 가득 밤하늘을 담아두고 내일이면 새롭게 바뀔지도 모르는 삶에 대해서 생각해본다. 기대와 예감으로 가득 찬 삶이야말로 가장 아름다운 작품이다.

뉴욕 3부작 *The New York Trilogy*

폴 오스터 지음, 황보석 옮김

열린책들, 2009년

The

First

Sentence

그 일은 잘못 걸려온 전화로 시작되었다.

폴 오스터
뉴욕 3부작

우연히 말려들게 된 이상한 사건의

미국 작가가 쓴 소설은 시시하다. 이것이 내가 오랫동안 갖고 있던 미국 문학에 대한 믿음이었다. 어렸을 적 집근처 대학교에서 거의 매일이다시피 데모를 했는데, 스피커에서 울리는 소리가 워낙 커서 온 동네에 쩌렁쩌렁 울릴 정도였다. 그 소리를 들어보니 데모하는 대학생들은 미국을 싫어하는 것 같았다. 학교 건물에 걸린 걸개그림 속 미국사람은 짐승처럼 침을 질질 흘리며 한복 입은 사람을 괴롭히고 있었다. 그런 모습을 보며 자랐으니 내가 학창시절 내내 미국에 대한 편견을 가지게 된 것도 무리는 아니다. 그러니 무슨 일이든 처음이 중요하다.

이런저런 이유로 해서 나는 처음에 독일어권 작가인 프란츠 카프카를 시작으로 서쪽으로는 알베르 카뮈, 에밀 졸라, 오노레 드 발자크 같은 프랑스 작가로 관심을 이어갔고, 반대편으로는 유수의 러시아 작가들 소설을 읽었다. 프랑스까지 갔던 관심은 바다를 건너 영국으로 옮아갔다. 찰스 디킨스와 버지니아 울프, 다니엘 디포를 읽었고, 제임스 조이스, 사뮈엘 베케트, 오스카 와일드 같은 아일랜드 작가들도 만났지만 거기서 바다를 또 한 번 건너 미국까지 갈 생각은 전혀 하지 않았다.

하필이면 그 즈음 미국 작가가 쓴 소설을 처음 만난 게 마크 트웨인의《허클베리 핀의 모험》이었다. 내가 읽었던 책은 같은 작가가 쓴《톰 소여의 모험》이 함께 편집된 조악한 판본이었는데, 전체 내용이 들어있는 것도 아니고 적당히 두 소설을 엮어 하나의 이야기처럼 만든 책이었다. 어렸을 때 TV에서 봤던 디즈니 영화의 원작이라고 해서 찾아서 봤던 것인데, 결과는 완전히 실망이었다. 내가 싫어하는 내용이 '모험'과 '성장'인데 이 책의 줄거리가 딱 그랬다. 읽는 동안 전혀 즐겁지 않았다. 그저 흔해 빠진 버릇없는 어린 녀석이 모험을 통해서 멋진 가치관을 갖게 된다는 내용이 내가 이해한 전부였다. 무엇이든 첫인상이 중요한 법인데 애초에 이런 소설로 미국 문학을 만났으니 더 큰 편견이 생기게 되었다.

대학을 졸업하고 회사를 다니면서는 억지로라도 미국 작가들

소설을 찾아 읽어야겠다고 생각한 끝에 잡히는 대로 몇 권 읽기는 했으나 모두 마음에 들지 않았다. 잭 케루악은 허세를 부리는 듯 느껴졌고, 노벨문학상을 받았다고 해서 읽어본 윌리엄 포크너가 쓴 책은 도무지 무슨 소리인지 이해가 되지 않았다. 주변 사람들이 워낙 극찬해서 읽게 된 존 스타인벡 역시 나하고는 잘 맞지 않았다. 이대로 미국과는 멀어지는 것인가? 미국이 지금껏 나한테 뭘 잘못한 것도 없는데 정녕 이렇게 끝인가? 좀 우스운 얘기처럼 들릴지도 모르겠지만 당시 내게는 이런 걱정이 제법 스트레스가 됐다. 세계여행은 못할지언정 세계 작가들은 다 한 번씩 만나보고 싶은데, 그중에서 미국이 빠진다는 건 안 될 말이다. 땅덩어리도 넓은 미국인데 이중에서 나와 궁합이 맞는 작가 한 명을 찾아내지 못한다는 것도 자존심이 상했다.

그럴 때 헌책방은 많은 도움을 준다. 보통 헌책방에는 책이 분야별, 작가별로 깔끔하게 정리되어 있지 않아 그냥 책장을 훑어보면서 뭔가 괜찮을 것 같은 책을 하나 뽑아 들기 좋다. 어떤 사람에게는 귀찮고 비효율적인 독서법일 수 있겠지만 헌책방을 자주 다니다보면 안다. 때론 이렇게 카오스Chaos적인 공간에서 코스모스Cosmos를 발견할 수도 있다는 것을. 그것을 우연이라고 불러도 좋다. 신의 섭리 속에 우연이란 없다고들 하지만 나는 사람과 책 사이에는 분명히 ‘우연의 음악’[02]

을 연주하는 천사가 있다고 믿는다. 그날 헌책방에 간 것은 내 의지였지만 그곳 한쪽 구석에서 들려오는 희미한 선율을 들었던 것은 순전히 우연이었다. 아무런 목적도 없이 책장을 둘러보다가《뉴욕 3부작》이라는 제목을 달고 있는 책을 발견했다. 웅진출판에서 1996년에 펴낸 판본이다.[03] '뉴욕이라니! 미국이잖아?' 한 번도 뉴욕에 가본 일은 없지만 뉴욕이 미국에 속한 한 도시라는 건 어릴 적 부루마블 게임을 할 때부터 알고 있었다. 책을 뽑아서 작가를 보니, 옳지, 미국 사람이다. 이름은 '폴 오스터'. 마음에 든다. 늘 그래 왔듯이 구입하기 전 첫 장을 펼쳐서 읽었다.

"그 일은 잘못 걸려온 전화로 시작되었다."

이런 느낌이라면 괜찮다. 모름지기 소설의 첫 문장은 독자를 끌어들이는 힘을 갖고 있어야 한다. 나는 이렇게 미스터리한 분위기로 시작되는 이야기를 좋아한다. 이 정도 첫 문장이라면 더 볼 것도 없다. 뒤에 이어지는 글이 별로 재미가 없더라도 첫 문장만으로 본전은 뽑은 셈이니까 괜찮다. 그것은 운명적인 만남이었다. 바로 그날 저녁부터 나는 폴 오스터라는 미국 작가의 팬이 되었다. 책을 다 읽고 서점에 나가 찾아보니 폴 오스터의 다른 책은 모두 절판되고 없었다. 하는 수 없이 가끔씩 헌책방에 샀던 책을 꺼내 처음부터 다시 읽었다.

고맙게도 몇 년 후 다른 출판사에서 폴 오스터와 전속 계약을 맺었는지 그의 책을 줄줄이 번역한다는 소식이 들려왔다. 그리고 첫 책은 당연히 폴 오스터의 초기 작품이기도 한《뉴욕 3부작》이었다. 이미 헌책방에서 구입한 책이 있지만 새로운 번역으로 만나보는 것도 흥미로운 일이라 출간이 되자마자 서점에 달려가서 그 책을 구입했다. 이미 여러 번 읽은 소설이지만 새 책으로 읽으니까 마치 처음 읽는 것처럼 마음이 설렌다. 그 후로《달의 궁전》,《우연의 음악》,《거대한 괴물》,《폐허의 도시》까지 나오는 족족 모두 구입해서 읽었다. 1990년대에 나왔다가 절판된 책들도 다시 번역됐다.

《뉴욕 3부작》은 제목 그대로 대도시에서 일어나는 이상한 사건 세 가지를 엮은 소설집이다. 각 작품은 중편 분량이고 출판된 시기도 서로 다르다. 다만 세 작품을 한 책으로 모아도 될 만한 개연성이 충분히 있기 때문에 미국에서도 같은 제목으로 책을 만들었다. 세 작품은 우선 탐정소설 기법을 사용했다는 것에서 비슷하다. 그리고 세 작품을 아우르는 큰 주제가 '우연'이라는 점도 닮았다. 등장인물들은 어느 날 우연히 겪게 된 사건 때문에 삶이 뒤엉켜버리는데, 마지막에 가서는 어쩌면 그것이 '우연'이 아니라 '운명'이었을지도 모른다는 모호한 대답을 들려준다.

'유리의 도시'는 세 작품 중에서도 특별하다. 이 소설은 마치 폴 오스터의 모든 소설을 하나로 압축한 느낌을 준다. 작가의 소설 속에서 거의 매번 반복적으로 나오는 요소들 -우연, 아버지의 부재, 추적, 메타픽션 등- 이 '유리의 도시' 속에 빽빽하게 들어가 있다. 첫 문장은 **"잘못 걸려온 전화"**로 시작하는데 이 자체가 우연이다. 상대방이 전화를 잘못 걸었기 때문에 우연히 주인공이 연락을 받게 된 것이다. 하지만 이 장면 바로 다음에서 밝히듯이 폴 오스터 소설에 나오는 인물들은 늘 나중에야 이 우연이 무엇을 뜻하는지 깨닫게 된다.

"자기에게 무슨 일들이 일어났는지를 생각해 볼 수 있게 되었을 때, 그는 우연 말고는 정말인 것이 아무것도 없다는 결론을 내리게 될 터였다. 하지만 그것은 훨씬 뒤의 일이다. 처음에는 단지 사건과 결과가 있었을 뿐이다."(9쪽)

한밤중에 걸려온 전화를 받은 사람은 서른다섯 살의 '대니얼 퀸'이라는 탐정소설 작가인데, 상대방이 찾는 사람은 퀸이 아니라 '폴 오스터'라는 사설탐정이다. 퀸은 자신이 폴 오스터가 아니라고 말하고 전화를 끊는다. 하지만 폴 오스터를 찾는 전화는 세 번이나 계속된다. 늘 한밤중에 그런 전화가 온다. 퀸은 급기야 자신이 폴 오스터라고 말하고 사건 의뢰를 받는다. 어차피 상대방은 이쪽을 폴 오스터라고 알고 있으며 자신은 실제 탐정은 아니지만 탐정소설을 쓰고 있기 때문에 안 될 것도 없다고 생각했다. 어디까지가 이 사건 전체에서 우연에 속하는 것인지 알 수 없는 소설의 첫 시작은 이런 식으로 출발한다. 따지고 보면 상대방이 전화를 잘못 건 것은 우연일 수 있지만 전화벨이 울렸기 때문에 연락을 받은 것은 필연이 아닌가.

대니얼 퀸이며 동시에 폴 오스터인 주인공은 의뢰를 받아 피터 스틸먼이라는 사람의 일거수일투족을 감시하고 미행하게 된다. 하지만 몇 주가 지나도록 스틸먼에게서는 특별한 점을 발견할 수 없었다. 그저 호텔을 나와 하루 종일 뉴욕의 거리를 방황하다가 다시 호텔로 들어갈 뿐이다. 퀸은 스틸먼이 매일 지나다니는 길에 어떤 규칙이 있는 것 같다는 의심을 품게 되고 지도에 길을 따라 선을 이어봤더니 놀랍게도 "THE TOWER OF BABEL(바벨탑)"[04]이라는 글자가 된다. 이런 글자를 스틸먼이 의도한 것인지 아니면 우연의 일치인지는 끝내 밝혀지지 않는다. 얼마 후 스틸먼은 호텔에서 사라져버리고 혼란에 빠진 퀸은 실제 폴 오스터를 찾아가서 도움을 요청한다. 하지만 폴 오스터는 사설 탐정이 아니라 평범한 작가였다.

이제부터는 미로 속에서 헤매는 것처럼 점점 이야기가 복잡해진다. 독자가 이 미로를 헤집고 밖으로 나갈 수 있는 방법은 그저 우연에 몸을 맡기고 길을 하나하나 더듬어나가는 것뿐이다. 그러면서 동시에 길 위에 있는 사소한 정보들을 찾아 종합해야 한다. 어쩌면 우연히 길에서 발견한 것들이 통로를 찾을 수 있는 운명적인 도구가 될 수도 있기 때문이다. 폴 오스터가 작품을 탐정소설 기법으로 쓴 것에는 그럴 만한 이유가 있는 것이다.

"탐정은 눈여겨보고 귀 기울여 듣는 사람, 사물과 사건들의 늪을 헤치며 그 모든 것을 하나로 통합해 의미가 통하게 해줄 생각과 관념을 찾는 사람이다. 그러므로 작가와 탐정은 서로 바뀔 수 있는 존재이다."(14쪽)

곧이어 독자에게 조언한다.

"독자는 탐정의 눈을 통해 세상을 보면서 지엽적인 사건들이 연달아 일어나는 것을 마치 처음인 것처럼 경험한다. 그리고 마치 주위의 사물들이 자기에게 말을 걸기라도 하듯, 자기가 이제 그것들에 주의를 기울이고 있기 때문에 그것들이 단순히 존재한다는 사실 이상의 다른 의미를 띠기 시작하기라도 하듯, 그런 것들을 알아차리게 된다."(14쪽)

어려운 말 같지만 생각해보면 우리가 책을 읽을 때마다 늘 겪는 일이다. 작가는 이야기를 만들기 위해 여러 가지 상징적인 요소를 소설 속에 배치하고 독자는 그것을 찾아 의미를 부여한다. 작가는 소설을 쓸 때 우연히 쓰지 않는다. 그렇지 않은 방법으로 글을 쓰는 작가도 있겠지만 보통의 작가들은 대부분 문장을 쓸 때 치밀하게 계산을 해두는 법이다. 어떤 작가는 단어 하나도 허투루 쓰지 않는다. 그러니 독자가 소설을 읽을 때 어떤 문장이나 단어가 우연히 거기 나왔을 거라고 생각하면 잘못이다. 이런 특징은 하드보일드 문체의 대가인 헤밍웨이 같은 작가들에게서 두드러지게 나타난다. 간결한 문장을 구사하고 있지만 하나도 버릴 게 없다. 심지어 제임스 조이스는 문장을 이루는 단어 하나를 선택할 때도 전체의 운율까지 고려하며 썼다고 하니 이 정도라면 독자에겐 책 읽기가 아니라 험난한 대장정이나 마찬가지다.

폴 오스터의 소설이 높이 평가받는 이유는 문학성과 대중성 사이를 교묘하게 오가는 글쓰기 기술 때문이다. 특이하고 평범하지 않은 사건들로 가득 차 있지만 작가는 그것이 사실은 독자들이 있는 현실세계와 다르지 않다는 걸 보여준다. 잘못 걸려온 전화를 받은 대니얼 퀸과 사설탐정 폴 오스터가 실은 누구인지 정확히 알지도 못한 채 거액의 사건을 의뢰하는 스틸먼 부인, 자신의 이름이 사실은 스틸먼이 아니라고 주장하는 그녀의 남편, 무슨 이유인지 알 수 없지만 뉴욕의 거리를 방황하며 쓰레기를 줍는 스틸먼의 아버지까지. 퀸이 이런 일을 겪으면서 결국 다다른 곳은 **"이 세상 어디에도 없는 파편의 나라, 이름 없는 사물과**

실체 없는 이름의 나라"(85쪽)였다.

이 소설에서 특히 중요하게 쓰이는 소재는 단연 '이름'이다. 이름이란 무엇인가? 이름은 온전히 자기 자신의 것이다. 태어날 때부터 이름은 나의 소유다. 하지만 그 이름을 불러주는 것은 대부분 다른 사람이다. 그렇다면 이름이 내 것이라는 의미는 희미해진다. 마치 휴대전화번호 같다. 나에게 할당된 전화번호는 내가 돈을 지불하고 쓰는 것이라 내 것인 것 같지만 사실상 그 전화번호를 내가 쓸 일은 별로 없다. 내가 써야 할 일이라곤 휴대전화를 잃어버렸을 때 내 번호로 전화를 걸어보는 정도일까? 퀸 역시 처음에 전화를 받는다. 그 전화번호는 자신의 것이 맞지만 상대방은 다른 사람으로 오해하고 있다. 이름도 마찬가지다. 전화번호를 오해했으니 이름도 역시 잘못 알고 있다. 그러나 전화를 건 사람은 퀸을 폴 오스터라고 확신하고 있다. 그런데 폴 오스터는 누구인가? 소설을 쓴 작가 자신이다. 소설은 이제 작가가 자신의 잃어버린 이름을 찾아 떠나는 '우연의 여행'이 된다. 퀸은 사건을 접수한다. 그렇다면 이제부터 그는 폴 오스터가 되어야 한다. 그는 공책에 이렇게 쓴다.

"내가 누구인지를 상기할 것. 내가 어떤 사람이 되어야 하는지를 명심할 것.

나는 이 일이 게임이라고 생각하지 않는다. 그런 반면, 명확한 것은 아무것도 없다. 예를 들자면, 너는 누구인가? 그리고 만일 네가 누구인지 알고 있다면 어째서 계속 거짓말을 하는 것인가? 그에 대한 대답을 나는 알지 못한다. 내가 할 수 있는 말은 이것뿐이다. 내 말에 귀를 기울이자. 내 이름은 폴 오스터다. 그것은 내 진짜 이름이 아니다."(51쪽)

이것은 마치 작가 폴 오스터가 직업 작가로서의 자신에게 들려주는 이야기처럼 들린다. 소설가는 자신의 이야기를 써야 하지만 그것이 자기 것이 되어서는 안 된다. 수많은 독자들이 자기가 쓴 책을 보며 오해와 오독을 반복할 것이기 때문이다. 그것 역시 우연에 맡겨질 뿐이다. 하지만 삶이 그러하듯 글쓰기와 작가의 정체성조차 우연이라는 안개 속으로 내던져버릴 수 있을까? 퀸은 이제 스틸먼의 아버지를 미행하면서 한편으론 자기 속에 있는 복잡한 미로를 탐색해야 한다. 그런 후에야 진정한 폴 오스터를 만날 수 있다. 물론 그의 이름 역시 진짜인지 가짜인지 단정 지을 수 없지만.

장 폴 사르트르는 자기에게 주어진 삶을 스스로 개척하라고 말한다. 자신의 삶을 자기가 만들어나가지 않는다면 다른 사람이 만들어 놓은 대로 부품처럼 맞춰져 살아갈 뿐이다. 하지만 사르트르 이후에 많은 작가들이 '부조리'에 대해 말했다. 《고도를 기다리며》에 나오는 두 친구 에스트라공과 블라디미르의 삶처럼 우리들의 처지는 부조리한 기다림의 연속이다.

부조리함은 아직까지도 우리들의 삶을 지배하고 있다. 이 부조리함을 벗어날 수 없을 것 같다. 여러 예술가와 종교인들이 '희망'과 '힐링'을 외치고 있지만 그 자체가 '고도'처럼 느껴지는 건 어쩔 수 없다. 나 역시 이 세상이 부조리하다고 느낀다. 집에 가만히 있으면서도, 길거리를 걸어 다니면서도, 직장에 나와 일을 하면서도 부조리, 부조리다. 그럴 때 작은 생각의 출구를 알려주는 게 폴 오스터의 소설이다.

내 삶은 어차피 잘못 걸려온 한 통의 전화로 시작된 우연한 여행이 아닐는지. 하지만 폴 오스터가 얘기를 거기까지만 했더라면 더 이상 그의 책을 읽고 싶지는 않았을 거다. 내가 계획하지 않은 수많은 우연들이 주위를 가득 채우고 있다. 마치 공기처럼. 눈에 보이지는 않지만 미세한 우연들이 나를 이리저리 흔든다. 이것을 내 힘으로 어떻게 할 수는 없다. 그렇지만 내가 누구인지 그 이름을 확실히 기억할 수 있다면, 그런 의지를 갖고 있다면 우연의 음악은 내 편이 된다.

오래전 헌책방에서 우연히 발견한 폴 오스터의 책은 이제 더 이상 그걸 우연이라고 믿지 않아도 될 만큼 나를 성숙한 길로 인도했다.

문제는 부조리함이라든지 우연한 사건에 있는 게 아니다. 그 사건을 대하는 태도에 달렸다. 대니얼 퀸은 우연히 맡게 된 이상한 사건 속에서 진정한 자신을 발견했다. 거슬러 올라가 보면 그건 사건 때문에 가능했던 일은 아니다. 잘못 걸려온 전화가 아니더라도, 또 어떤 우연한 힘이 대니얼 퀸에게 닥쳤을지 모르는 일이다. 그런 순간에도 퀸은 절망하지 않고 우연을 운명으로 바꾸어나갈 것이다.

그러나 분명히 말해두지만 쉬운 일이 아니다. 언제든 길을 잘못 들 수 있고 그 길 위에는 또 다른 우연들이 무수히 많을 것이기 때문이다. '유리의 도시' 마지막 부분에서도 퀸이 완전히 성공을 거뒀는지에 대한 언급은 없다. 그는 지금도 계속해서 여행을 하고 있다. 왜냐하면 우리들의 삶은 언제나 진행형이기 때문이다. 멈추지 말고 자기만의 길을 계속 가는 게 중요하다. 아주 오래전 단테가 《신곡》에서 했던 말은 현대를 살아가는 이들에게 여전히 큰 울림을 준다. "너의 길을 걸어라, 누가 뭐라 하든지!"

롤리타*Lolita*

블라디미르 나보코프 지음, 김진준 옮김

문학동네, 2013년, 무선판

The
First
Sentence

롤리타, 내 삶의 빛, 내 몸의 불이여. 나의 죄, 나의 영혼이여. 롤-리-타. 혀끝이 입천장을 따라 세 걸음 걷다가 세 걸음 째에 앞니를 가볍게 건드린다. 롤. 리. 타.

블라디미르 나보코프

롤리타

그러나 나는 시인이 아니다.
대단히 성실한 기록자일 뿐이다[01]

정신분석이나 심리학 쪽에서 쓰이는 용어 중에는 문학작품에서 그 이름을 가져온 것이 많다. 상대방을 구속하거나 폭력을 가하면서 성적인 쾌락을 즐기는 '사디즘Sadism'이라는 용어는 프랑스 소설가 '사드'[02]의 이름에서 따온 말이다. 그 반대로 상대에게 가학적인 행위를 당해야 성적으로 만족하는 욕구를 '마조히즘Masochism'이라고 한다. 마조히즘은 오스트리아 작가 '자허마조흐'[03]에서 나왔다. 그리고 남성이 미성숙한 어린 여자아이에게 성적인 매력을 느끼는 것을 '롤리타 증후군Lolita Syndrome'이라고 부르는데 이는 러시아 소설가 블라디미르 나보코프가 1955년에 쓴 소설 제목《롤리타》에서 비롯된 말이다. 다른 말로는 '아동성애자'라고 한다.

롤리타 증후군은 학술용어처럼 들리는 데 비해 아동성애자는 확실히 범죄자, 혹은 변태적인 정신병자에게 붙이는 이름 같다. 실제로 우리가 살고 있는 세계에서는 미성년자와 성적인 접촉을 하면 죄가 된다.

하지만 이런 경우라면 어떨까. 어떤 아동성애자들은 자기가 좋아하는 아이에게 성적인 접촉은 하지 않는다. 그저 바라보고 동경할 뿐이다. 그런 상태, 어린 여자아이를 숭고한 존재로까지 끌어올리는 정신상태는 어떻게 봐야 할까. 그건 나도 잘 모르겠다. 너무 복잡한 얘기이고. 나는 프로이트(심지어 나보코프도 프로이트의 이론을 좋아하지 않았다.) 전문가도 아니고 라캉에 대해서는 거의 아는 바가 없다. 그렇다면 소설 《롤리타》는 어떻게 읽어야 할까? 우리들의 가련한 주인공 험버트 씨는 또 어떻게 달래줘야 하는가. 결론부터 말하자면 작가인 블라디미르 나보코프는 이런 면에서 참으로 친절한 사람이다. 우리는 《롤리타》를 읽기 전이나 읽으면서, 혹은 다 읽고 나서도 그 안에서 어떤 의미도 찾을 필요가 없다. 나보코프는 늘 이렇게 말했다. 자신이 쓴 소설에는 아무런 교훈이나 의도가 없다고. 특히 사회를 둘러싸고 있는 도덕이나 윤리 같은 것은 애초에 나보코프의 관심사가 아니었다.

그러나 작가의 적극적인 해명에도 불구하고 독자들은 출간 이후 지금까지 이 책을 그저 '유명 작가가 쓴 야한 소설' 정도로 생각해왔다. 요즘도 '롤리타'라는 말을 들으면 야한 상상부터 하는 사람들이 많은데 1950년대라면 오죽했을까. 실제로 러시아 작가인 나보코프가 고국의 말을 버리고 미국에 들어와 살며 영어로 쓴 작품이 《롤리타》인데, 정작 미국에선 출판조차 할 수 없었다. 결국 《롤리타》는 1955년 프랑스 파리에서 초판을 펴냈다. 이 선정적인 작품은 출간됨과 동시에 유럽 전체가 술렁거렸다. 논란이 일자 나보코프는 언론에 해명 글을 발표해야 했고 미국에서는 1958년에서야 출판이 가능했다. 물론 작가가 직접 쓴 해명 글을 작품 뒤에 덧붙이고 말이다. 그 이후로 나온 《롤리타》 판본은 대부분 이 '작가의 글'을 함께 싣고 있다. 우리나라에서도 최근에 번역한 책 속에는 이 글이 들어 있다.

나보코프가 이미 죽고 없으니 이렇게라도 작품에 대한 작가의 해설을 읽을 수 있는 건 흔치 않은 행운이다. 하지만 문학동네 판에서 나보코프의 글 바로 뒤에 해설을 쓴 로쟈 이현우 작가의 말처럼, 작가가 직접 해설한 것에 또 해설을 해야 하는 난처한 일도 있다. 게다가 문학동네는 로쟈 이현우 작가의 글 뒤에 번역자의 소감도 덧붙였다. 소설을 이루는 장치이기는 하지만 나보코프가 소설 맨 앞에 붙인 이 소설의 편집자인 존 레이 주니어 박사의 머리말까지 더하면 《롤리타》라는 한 남자의 긴 수기에 무려 네 편의 해설이 붙은 셈이다. 이런 우여곡절을 겪으며 험난한 시대에 내던져진《롤리타》라는 이 부도덕한 외설 작품은, 출간된 시점에서부터 수십 년이 흐른 지금 아이러니하게도 '고전'이라는 이름으로 불리게 되었다.

이제 비로소 롤리타의 이름을 사랑스럽게 불러볼 때가 되었다. **"롤리타, 내 삶의 빛, 내 몸의 불이여. 나의 죄, 나의 영혼이여."** 이렇게 이어지는 첫 문장은 내가 알고 있는 그 어떤 소설의 첫 시작보다 아름답고 달콤하다. 험버트는 롤리타의 이름을 발음한다. 그래, '발음'한다. 롤리타의 외모나 나이, 성격, 이런 것은 중요하지 않다. 가만히 눈을 감고 그 이름을, 혀끝에 감각을 집중하고 그 이름을 부른다. **"혀끝이 입천장을 따라 세 걸음 걷다가 세 걸음째에 앞니를 가볍게 건드린다. 롤.리.타."** 이 문장은 눈으로만 따라가지 말아야 한다. 무미건조하게 아무런 느낌도 없이 소리 내서 국어책 읽듯이 하지도 말지어다! 험버트가 했던 대로 천천히, **"롤.리.타"**라고 부르면 이내 상상 속 님프[04]가 눈앞에 현실처럼 다가오는 것을 느낀다.

롤리타를 발음하는 험버트의 혀는 묘한 리듬감에 우리는 우선 매료된다. 나보코프는 이를 표현하기 위해 첫 문장에 의미심장한 리듬을 실제로 심어놓았다. 험버트가 '롤리타'라는 이름을 발음하는 모습을 작가는 이렇게 썼다. "Lo-lee-ta: the tip of the tongue taking a trip of three steps down the palate to tap, at three, on the teeth." 우리말로 옮긴 것을 읽었을 때는 알 수 없지만 원문엔 시처럼 운율이 있다. '롤리타'를 발음할 때 소리 나는 'T'를 각 단어마다 반복하도록 문장을 만들었다. 나보코프는 단지 나열된 글자만으로 험버트가 롤리타를 어떻게 여기고 있는지 독자들에게 설명한다. 어떨 땐 이런 방법이 사진이나 움직이는 영상보다 더 실감 나는 법이다. 실제로 존재하지도 않는 상상 속 요정 님프를 달리 어떻게 표현할 수 있을까.

소설 속에 등장하는 '님펫' 롤리타는 열두 살이다. 험버트는 님펫의 기준을 꽤 정확하게 제시한다. **"아침에 양말 한 짝만 신고 서 있을 때 키가 4피트 10인치"(17쪽)** 그러니까 키는 약 147센티미터다. **"꿀빛으로 물든 가녀린 어깨도, 맨살을 드러낸 매끄럽고 유연한 등도, 밤색 머리카락도"(65쪽)** 님펫의 기준이다. **"팔뚝을 따라 반짝거리는 저 고운 솜털"(68쪽), "발끝을 조금 안쪽으로 모으면서 걷는다."(69쪽)** 등등, 님펫의 요건은 아주 까다롭다.

물론 이렇게 가녀리고 귀여운 모습을 모두 갖추었다고 하더라도 님펫이라는 지위를 얻을 수는 없다. 진정한 님펫은 '이중성'이 있어야 한다. 이것이 중요하다. 험버트가 말한 대로, **"야릇한 기품, 종잡을 수 없고 변화무쌍하며 영혼을 파괴할 만큼 사악한 매력"(29쪽)**이 있어야 한다. **"이 님펫**

의 이중성이 -아마도 모든 님펫의 공통적 특징이겠지만- 나를 미치게 한다. 나의 롤리타는 꿈 많은 천진함과 섬뜩한 천박함을 동시에 지녔다."(74쪽) 장미는 가시가 있기 때문에 더욱 아름답다고 그랬던가? 이 미칠 듯 변덕스러운 이중성은 정말로 험버트를 미치게 만든다.

님펫의 이중성이 중요한 이유는 역설적으로 그런 이중성을 없애거나 교육시키고 싶은 마음에서 비롯된다. 실제로 험버트는 롤리타와 몇 년 동안 여행을 다니면서 못된 행동이나 거짓말하는 버릇, 추잡한 말투 따위를 교정하려고 노력한다. 물론 그런 노력은 다음 순간 님펫의 마력에 힘을 잃고 만다. 그럼에도 불구하고 또다시 바꾸려고 한다. 이런 일은 롤리타와 함께 있는 동안 계속 반복된다.

진정한 님펫은, 그저 멀리서 두고 지켜보는 것에는 의미가 없다. 어쨌든 그 안에 개입해야 한다. 자꾸만 접촉하고 관계를 맺을 수 있는 기회가 있어야 한다. 그러기 위해서는 귀엽고 예쁜 여자아이라는 설정 이외의 어떤 흠집이 필요하다. 천상의 요정에게는 있어서는 안 될 그런 흠집 말이다. 이런 흠집이 있는데, 교정하려는 노력을 순순히 받아들여서 결국 얌전한 '진짜 님프'가 된다면 그것도 안 될 일이다. 왜냐하면 그때부터는 그 안으로 개입할 수 있는 여지가 사라지기 때문이다.

하지만 험버트는? 중년 아저씨 험버트는 어떤가? **"장대처럼 길고**

뼈대가 굵고 가슴에 털이 수북한 험버트 험버트일 뿐이다. 눈썹은 검고 숱이 많으며, 말투는 좀 독특하고, 순진해 보이는 어렴풋한 미소 뒤에는 썩어가는 괴물들이 득시글거리는 시궁창이 숨어 있다."(73쪽) 이것이 험버트가 자신에 대해 내린 평가다. 이름을 발음하는 것만으로도 묘한 성적 매력을 풍기는 롤리타와는 달리 험버트는, 험버트다. 특별한 어떤 험버트가 아니고 '험버트 험버트'다. 특이하게도 험버트는 이름과 성이 모두 험버트다. 그러니까 아무것도 아닌 그저 험버트일 뿐이다.

《롤리타》는 단순히 중년 남자가 어린 여자애를 어떻게 해보려는 이상한 소설이 아니다. 오히려 주인공은 롤리타가 아닌 험버트라고 할 수 있으며, 나보코프가 창조한 모든 구성은 이 외로운 남자 험버트의 복잡한 내면을 향하도록 정교하게 배치되었다.

《롤리타》는 결국 살인이라는 죄를 저지르고 수감된 상태에서 험버트가 쓴 수기다. 당연히 1인칭 화법으로 자신의 지나온 삶을 고백하는 형식인데, 중간중간 책 읽기를 방해하는 3인칭 문장이 등장한다. 처음엔 단순히 작가가 실수한 것인가 싶었는데 천하의 나보코프가 그런 실수를 저지를 리는 없고, 계속 읽어나가면서 곰곰 되짚어보니 이 또한 기가 막힌 장치였다.

험버트는 롤리타를 차에 태우고 드넓은 미국 땅을 2년 동안이나 돌아다닌다. 어디 한 군데 정착할 수도 없었을 뿐 아니라 최근엔 누군가 그들 뒤를 쫓아다닌다는 생각까지 들었다. 험버트는 서서히 자신이 미쳐가고 있는 게 아닌가 싶을 정도로 혼란스럽다. 이때부터 험버트는 총을 가지고 다니기 시작한다. 언젠가는 자신이 누군가를 죽일 것만 같다는 억누를 수 없는 예감이 그를 붙잡고 흔들었다. 그리고 결심한다. **"초연한 험버트가 허둥대는 험버트에게 말했다. 상자 속의 권총을 주머니에 넣어두면 광기가 발작했을 때 기회를 놓치지 않을 테니까."**(366쪽) 여기서 험버트는 세 명이 등장한다. 두 명이 아니라 세 명인 것이 중요하다. "초연한 험버트", "허둥대는 험버트", 그리고 마지막은 이 수기를 쓰고 있는 험버트다.

이 얼마나 비참한 장면인가. 험버트는 또 다른 험버트가 되어 자신이 미쳐가는 모습을 지켜볼 수밖에 없는 처지다. 그의 이름을 다시 떠올려보자. 험버트는 이름과 성이 똑같은 '험버트 험버트'다. 두 명의 험버트. 앞쪽의 험버트나 뒤쪽의 험버트, 누구에게도 죄를 물을 수 없다. 그는 그저 자신의 님펫을 사랑한 것 외에는 아무런 죄가 없다. 《롤리타》가 오래전부터 '야한 소설'이라는 오해를 받고 있지만 책을 다 읽은 사람 누구에게 물어봐도 이 소설을 '외설적'이라든지 '저질', '부도덕'이라는 말로 표현하고 싶은 이는 없을 것이다. 비록 소설이 "롤·리

·타"로 시작해서 "나의 롤리타"로 끝나지만 그 중심엔 언제나 험버트와 또 다른 험버트의 끝나지 않는 싸움이 있을 뿐이다.

《롤리타》와 함께 우리들의 순진무구한, 신사적인, 누구보다 이성적인 남자 험버트 씨는 오늘날 '변태성욕자'를 대표하는 쓰레기 같은 인간으로 소문이 나버렸으니 이를 어째야 하나? 다시 처음으로 돌아가서 나보코프가 썼던 저 아름다운 첫 문장을 되새겨본다. 롤리타. 그 이름을 천천히 발음할 때 혀끝이 입천장을 두 번 간지럽힌다. 그리고 세 번째에서는 앞니의 뒤쪽을 가볍게 건드린다. 그 이름을 계속해서 입속에 담고 있으면 혀가 앞뒤로 움직이면서 짓궂게 장난치는 것 같다. 마치 장난스러운 님펫 롤리타처럼. 험버트는 시작과 끝이 같은, 영원히 헤어나올 수 없는 운명 속에서 점점 자신이 미쳐가는 모습을 지켜볼 수밖에 없던 것이다. 나보코프는 이미 첫 문장에서 험버트의 운명을 예고해놓았다. 이 사실을 아직 모르는 것은 독자들뿐이다.

자, 이제 '앞뒤가 똑같은 전화번호'가 아니라 앞뒤 이름이 똑같은 험버트 험버트 씨가 그의 님펫 롤리타와 아름다운 사랑을 실현할 수 있을지가 궁금하다. 그러나 그건 별로 중요한 게 아니다. 책을 읽다 보면 누구나 그런 생각에 가 닿을 것이다. 왜냐하면 이건 연애소설이 아니기 때문이다. 로맨틱코미디 장르가 아니다. 할리퀸 소설도 아니니까 제발 이 두 사람이 연결됐으면 좋겠다, 아니면 결혼이라도 하면 어떨까, 하는 바람은 꽁꽁 싸잡아 접어두길 부탁한다. 그보다 우리는 좀 더 험버트의 고독과 외로움에 집중할 필요가 있다.

소설의 첫 부분은 험버트의 어린 시절에 대한 이야기가 제법 길게 이어진다. 부모님에 대한 이야기도 나온다. 이런 전개는 후에 쓰인 《아다》에서 똑같이 반복되는데 거기서도 역시 어린 시절은 주인공의 삶을 지배하는 결정적인 요소가 된다. 그래도 《아다》의 경우는 행복한 편이라고 해두고 싶다. 꽤 나이를 먹은 주인공은 더 이상 삶에 대해 크게 아쉬운 것이 없고, 더구나 두 사람이 마주앉아 그때를 회상할 수 있을 만한 여유도 있으니까.

험버트는 첫 시작이 그랬듯 마지막도 비극이다. 제3자 입장에서 보자면 일단 그렇다. 험버트가 롤리타를 좋아했던 것만큼 롤리타 역시 그랬다면 얼마나 좋았겠느냐마는 현실에서 롤리타는 사악한 마녀일 뿐이다. 어쩌면 험버트 본인이 그걸 원했을지도 모르는 일이다. 롤리타가 님펫이 되기 위해서는 바로 그런 악마적인 매력이 필요했던 법이니까. 롤리타는 냉정하게 험버트를 떠나고 몇 년이 지난 다음에야 편지를 쓴다. 황당하게도 다른 젊은 남자와 결혼하게 되었으니 돈을 좀 달라는 내용이다. 모든 걸 예감하면서도 험버트는 롤리타에게로 간다. 그리고 자신이 가진 모든 돈을 준다.

그냥 넘길 수 있는 이 부분은 중요한 사실 하나를 기억하고 있다면 아주 흥미로운 장면이다. 험버트가 애초에 설정한 님펫의 요건을 기억하는가? 그중에서도 가장 기본적인 전제조건이 바로 나이다. 아무리 귀엽고 예뻐도 나이가 많으면 기준에서 탈락이다. 그런데 험버트와 마지막으로 병원에서 만난 뒤 2년이라는 시간이 지난 롤리타는 그 조건에서 벗어난 상태다. 이미 님펫의 최대 한계 연령인 14세를 초과했고 심지어 누군가의 아이까지 임신한 상태다. 지난 2년 동안 여러 곳에서 되는대로 살아온 롤리타는 외모마저 전과는 확연히 다른 상태다. 나이부터 외모까지 모든 게 님펫의 조건에 부합하지 않은 상태에서의 만남, 이것은 나보코프가 만든 일종의 '작전'이 아닐까. 처음부터 님펫을 통해 쾌락만 추구했던 게 목적이라면 바로 이 장면에서 험버트는 롤리타에 대한 매력이 사라진 걸 본능적으로 알아야 한다.

하지만 험버트는 여전히 롤리타를 원하고 있다. 아니 '비로소 원하게 되었다'라고 표현하는 게 맞다. 수없이 많은 일들을 겪으면서 험버트는 진짜 사랑에 조금 더 다가서게 되었다. 어린 시절 겪었던 일들에 대한 트라우마에서 벗어나 롤리타와 더불어 자기 자신을 사랑할 수 있게 되었다. 이런 상태가 영원히 계속될 수 있다면 얼마나 좋을까. 험버트는 그렇게 할 수 있는 계획의 일부로 롤리타를 농락했던 또 다른 남자인 'C. Q'를 처단하기로 마음먹는다. 그리고 자신은 이제 그 죄로 인해 처음엔 정신병동에, 지금은 독방에서 길고 긴 수기를 마무리 짓는다. 마지막 순간 험버트는 예언자처럼 읊조린다. **"그리고 예술이라는 피난처를 떠올린다. 너와 내가 함께 불멸을 누리는 길은 이것뿐이구나, 나의 롤리타."** **(497쪽)**

우리는 삶을 송두리째 흔들어놓는 사랑에 거부할 수 있는 권한이 없다. 사랑이란 처음부터 사람에게 속한 감정이 아닌 것 같다는 생각마저 든다. 그 시작은 무엇일까. 나는 그것을 외로움과 고독이 만들어낸 훌륭한 듀엣곡이라고 믿는다. 하지만 사랑을 하게 되면 동시에 외로움이 온몸을 휘감는다. 그럴 때 우리는 또 다른 사랑을 찾아 어디론가 길을 떠난다. 어딘지도 모르고, 언제 만날 수 있을지도 모르는 저 안개 가득한 숲길로 걸어 들어가야 한다. 영원불멸의 사랑을 찾는 길은 어쩌면 어디에도 존재하지 않는 걸지도 모른다. 혹은 사람마다 모두 다른 길이 있어 가는 동안 누구와도 마주치지 않을 수도 있다. 그런데 이상하게도 사랑은, 외롭고 고독한 길 위에 서 있는 사람이라야 사랑을 만난다. 험버트에게 그것은 **예술이라는 피난처**였다.

모비 딕*Moby Dick*

허먼 멜빌 지음, 김석희 옮김

작가정신, 2011년, 무선판

The

First

Sentence

내 이름을 이슈메일이라고 해두자.

허먼 멜빌
모비딕

가엾은 유랑자여!
이 피곤한 방랑을 영원히 계속할 건가요?[01]

허름한 복장을 한 남자가 볼품없이 낡은 의자에 앉아 있다. 이 남자는 많이 늙었지만 여전히 장부를 들여다보며 돈 계산을 하는 세관원이다. 은퇴할 나이가 얼마 남지 않았다. 벌써 20년 동안이나 좁은 사무실에서 세관원으로 일했지만 한편으론 자신이 죽고 나면 위대한 소설가로 평가될 운명이라는 건 아직 모르고 있다. 남자는 힘겨운 손놀림으로 오늘밤도 여전히 글을 쓴다. 이 책이 세상에 나오면 《빌리 버드》라는 제목을 붙여줄 것이다. 하지만 이 소설을 끝까지 써낼 수 있을지……. 몸과 마음을 억누르는 복잡한 생각 끝에 남자는 그만 원고 위에 얼굴을 묻고 쓰러진다.

허먼 멜빌. 이 위대한 소설가가 그렇게 조용히 숨을 거두었을 때 그를 기억하는 사람은 거의 없었다. 혹시라도 그가 죽었다는 사실을 아는 사람이라고 하더라도 멜빌은 소설가라기보다는 수많은 세관원 중 한 사람일 뿐이었다. 한마디로 소설가 허먼 멜빌은, 독자는 물론 비평가들 사이에서도 완전히 지워진 인물이었다.

그로부터 30년 정도가 지난 후, 얄궂게도 미국 문학은 최고의 전성기를 누린다. 윌리엄 포크너, 어니스트 헤밍웨이, 존 스타인벡, 그리고 F. 스콧 피츠제럴드가 비슷한 시기에 활동했다는 것은 꿈만 같은 일이다. 몇 해 전 우디 앨런이 연출한 영화 〈미드나잇 인 파리〉를 보면서 나는 흥분을 감추지 못했다. 물론 영화는 지어낸 이야기일 뿐이지만, 어쩌면 그중 대부분은 사실과 비슷할지도 모른다는 생각이 들었다. 별 볼일 없는 작가 '길'은 약혼녀와 함께 파리로 여행을 온다. 파리의 낭만을 즐기고픈 길과는 달리 여자 친구는 쇼핑에 더 많은 관심을 보인다. 결국 길은 혼자서 파리 밤거리를 산책하다가 우연히 마주친 구식 푸조 자동차를 얻어 타고 어디론가 향한다. 도착한 곳은 놀랍게도 1920년대 파리다. 거기서 길은 꿈속에 그리던 여러 예술가들을 실제로 만나 우정을 나누게 된다.

처음부터 끝까지 다 거짓말 같은 이 영화에 단 한 가지 진실이 있는데, 사실은 그 부분이 가장 거짓말 같다. 길이 만났던 유명한 예술가들이 바로 동시대 사람들이라는 것이다. 한편으론 세계대전이 몰아닥친 암울한 시기였지만 다른 쪽에선 뜨거운 예술혼이 불타오르고 있었다. 헤밍웨이와 피츠제럴드뿐만 아니다. 피카소, 장 콕토, 에릭 사티[02]……. 이들 역시 당시 파리의 길거리 카페 어딘가에서 마주칠 수 있는 젊은 예술가들이었다.[03]

만약 허먼 멜빌도 이때 활동했더라면 어땠을까. 분명 미국 문학은 지금과 많이 달라졌을 것임에 분명하다. 적어도 현대의 평론가들은 그렇게 말하고 있다. 도스토예프스키는 '러시아의 모든 작가들은 고골의 외투 안에서 나왔다'라고 선언했다. 니콜라이 고골의 단편소설《외투》의 위대함을 달리 설명한 말이다. 미국 문학도 멜빌의 포경선 안에서 비롯되었다고 말한다면 억측일까. 비록 멜빌은 아무런 주목도 받지 못한 채로 죽었지만 그의 작품은 수십 년 후 왕성하게 활동할 작가에게 건강한 양분을 제공했다.

어느 시대든지 세상을 너무 앞서갔기 때문에 인정을 받지 못한 사람이 있기 마련이다. 아니, 어쩌면 앞서 나가려는 의도 따위는 없었는지도 모른다. 그저 자기가 믿고 있는 것을 향해 우직하게 움직였을 뿐. 세상 모든 사람들이 그저 물 흘러가듯 산다면 세상은 발전, 아름다움, 모험, 즐거움, 이 모든 것이 다 빠져버린 무채색 그림이 될 것이다.

어떤 예술가들은 자기만의 색깔을 가지고 이 세상을 물들이는데 처음부터 사람들의 환영을 받는 경우는 그렇게 많지 않다. 그럼에도 불구하고 자신의 모든 것을 불살라 캔버스를 채워나갔을 때, 시간이 많이 흐른 뒤 사람들은 비로소 그 그림의 작가 의도를 깨닫게 된다. 그렇게 되기까지 예술가들은 모진 고통을 겪는다. 때로는 목숨을 내놓고 창작의 길을 걷기도 한다. 미술을 예로 들면, 한 작품 안에 인물을 그려 넣는데 그들이 서 있는 위치에 따라서 어떤 사람은 작게, 또 어떤 사람은 크게 그려야 한다는 사실을 사람들이 이해하는 데까지는 무척 오랜 시간이 걸렸다. 지금이야 '원근법'이라는 말을 흔하게 쓰지만 이런 방법을 처음으로 그림에 적용한 화가는 갖은 비난을 감수해야 했다.

멜빌이 야심차게 쓴 대작《모비 딕》이 바로 그런 운명이 될 것을 작가는 알았을까? 허먼 멜빌은 일단 대단한 집념의 소유자라고밖에는 설명할 길이 없다. 이렇게 길고 복잡한 소설이 독자들에게 인기를 얻었던 적은 거의 없다. 찰스 디킨스라면 모를까. 하지만 디킨스의 소설과《모비 딕》은 확실히 다르다. 영리한 디킨스의 소설은 독자들이 열광할 만한 신문 연재물의 특성을 제대로 이용하고 있다. 짧게 이어가는 단락과 빠른 이야기 전개, 예측하기 힘든 결말 부분의 반전까지, 디킨스의 소설은 지금 우리가 보고 즐기는 TV 드라마의 시초라고 할 만하다. 하지만《모비 딕》에서는 그런 것을 발견할 수 없다. '커다란 배를 타고 망망대해에 나가 고래와 인간이 한판 사투를 벌이는' 이야기라고 짧게 요약해보면 상당히 흥미로울 수 있겠지만 그런 이야기를 원고지 수천 장 분량으로 풀어놓는다면 즐겁게 읽어줄 사람은 별로 없을 것 같다. 실제로 소설을 읽다 보면 술자리에서 복학생 형이 들려주는 지루한 군대 이야기를 듣는 것처럼 독자를 지치게 만들기도 한다.

역설적이게도 거대한 고래처럼 긴 소설을 시작하는 첫 문장은 꽤 단순하다. **"내 이름을 이슈메일이라고 해두자."** 멜빌이 쓴 영어 원문은 여기서 더 줄어든다. "Call me Ishmael." 20세기 미국 문학의 천재성이 바로 이 짧은 문장으로부터 비롯됐다고 하면 시작부터 현기증이 일어날 법도 하다. 그런데 이 단순한 문장이 최근〈아메리칸 북 리뷰〉04가 선정한 '소설 첫 문장 베스트 100선'에서 당당히 가장 윗자리를 차지했다. 그렇다면 더 이상 이 첫 문장을 우습게 볼 수가 없다. 그 안에는 독자들을 끌어당기는 심오한 수수께끼가 들어 있다.

이 단순한 첫 시작은 우리말 번역서 판본에 따라 해석이 조금씩 달라진다. "내 이름을 이슈메일이라고 해두자."라고 하는 책이 있는가

하면 "나를 이슈메일이라고 불러다오." 혹은 어떤 오래된 번역서는 "내 이름은 이슈메일이다."라고 시작하기도 한다. 전체 내용을 봤을 때 "내 이름은 이슈메일이다."라고 단정 짓는 것은 문제가 있다. 아주 사소한 차이인 것 같지만 "이슈메일이다."와 "이슈메일이라고 해두자."는 완전히 다르다. 이건 마치 여행을 시작하려고 문을 열고 나가자마자 곧장 두 갈래 길을 만나는 것과 같다. 말하자면 주인공 '이슈메일'은 실제 이름이 아닌 것이다. 본명이 무엇인지는 소설이 끝날 때까지 밝혀지지 않지만, 어쨌든 주인공이고 이름은 필요하니까 그저 '이슈메일'이라고 해두자는 말이다.

곧 이런 의문이 따라온다. 그냥 아무 이름이나 붙이면 될 것을 왜 많은 이름 중에 '이슈메일'을 선택했느냐, 그리고 왜 이슈메일 외에 다른 사람은 전부 실제 이름으로 썼는가 하는 궁금증이다. 작가인 멜빌은 이렇게 긴 소설을 썼음에도 불구하고 이를 설명해주는 단서를 남기지 않았다. 그렇기 때문에 독자들은 깊은 심해처럼 까마득한 소설 속까지 들어가서 무엇이든 단서를 찾아내야 한다.

만약에 《모비 딕》을 쉽게 읽기를 원한다면, 한 가지 방법을 제안한다. 그저 앞부분 몇 장과 맨 뒤에 있는 향유고래 모비 딕과의 결투 장면 몇 장을 읽고 끝내면 된다. 그러면 누가 물어보더라도 이 긴 소설의 줄거리를 짧게 요약하며 너스레를 풀어놓을 수 있다. 언제나 그렇듯이 선택은 독자에게 달려 있다. 이미 이 세상 사람이 아닌 허먼 멜빌은 독자들이 자기 소설을 어떻게 읽더라도 상관하지 않는다.

소설에 나오는 이름이 지닌 수수께끼를 풀기 위해서는 좀 더 과거를 짚어봐야 한다. 멜빌은 미국 뉴욕에서 사업으로 성공한 아버지 밑에서 태어났다. 열 살이 될 때까지는 비교적 풍요로운 삶을 살았다. 그러다 아버지의 사업이 어렵게 되자 가족들 삶도 함께 빈궁해졌다. 멜빌도 10대 시절 거의 전부를 밖에 나가 돈벌이를 하는 것으로 보냈다. 독실한 기독교 집안에서 교육받은 멜빌은 청교도적인 심성을 물려받은 덕분에 어려운 시절을 큰 굴곡 없이 보냈다. 구약성서를 중요하게 여기는 청교도 정신은 후에 멜빌이 쓴 소설 이곳저곳에서 찾아볼 수 있다.

《모비 딕》은 멜빌이 쓴 모든 작품의 주제와 기법들을 한 곳에 집약한 소설이라고 부를 만하다. 《모비 딕》은 바다처럼 넓고 끝이 안보일 정도로 깊어 우리가 아직까지 밝혀내지 못한 내밀한 수수께끼를 무수히 갖고 있다. 그중 가장 먼저 찾을 수 있는 퍼즐 조각은 앞서 말했던 기독교의 경전인 구약성서에 있다. 다시 첫 문장을 보면, 우리들의 주인공을 부르는 이름이 무엇인가? '이슈메일'이다. 이슈메일은 우리나라에서 번역한 성경에 의하면 아브라함의 아들 '이스마엘'의 영어식 표기이다. 그러면 아브라함은 누구인가? 아브라함은 신, 곧 하나님이 선택한 사람이다. 하나님이 선택한 거룩한 민족 이스라엘을 대표하는 '믿음의 조상'이다.

그런데 이스마엘은 아브라함의 진정한 아들이라고 할 수 없다. 구약성서 창세기에는 이 이야기가 제법 자세하게 나온다. 아브라함은 이미 나이가 많지만 자신의 자리를 물려줄 수 있는 아들을 갖지 못했다. 하는 수 없이 아브라함은 아내가 아닌 하녀의 몸을 빌려 아들을 낳는데 그가 바로 이스마엘이다. 그런데 훗날 하나님이 약속한 대로 아브라함이 100세가 되던 때 아내로부터 아이를 얻게 된다. 이 아들이 '이삭'이고 당연히 아브라함은 친아들인 이삭을 통해 대를 잇도록 지시한다. 성경은 아브라함에서 이삭으로, 이삭에서 야곱, 그리고 요셉으로 이어지는 이스라엘 민족의 첫 역사를 기록하고 있다. 하지만 이스마엘과 그의 어머니이자 하녀는 이삭이 태어나자 사막으로 추방당했다. 그들이 지금의 팔레스타인 사막 어디쯤을 방황하다 결국 어떻게 되었는지는 성경에서 말해주지 않는다.

육지에서는 별다른 재미를 보지 못해 포경선에 올라타게 되는 이슈메일, 그는 곧 아버지로부터 버림받은 자식 이스마엘인 것이다. 여기까지만 들어가보더라도 멜빌이 소설을 여는 첫 시작에서 주인공의 이름을 이슈메일이라고 해두자, 라고 하는 데는 큰 의미가 있는 걸 짐작할 수 있다. 족장의 후계자에서 하루아침에 척박한 사막으로 내몰린 이스마엘과 육지를 떠나 바다로 향할 수밖에 없는 이슈메일은 닮은 구석이 있다. 지금도 그렇지만 당시에 바다라고 하는 곳은 사람이 살 수 없는 곳, 폭풍우라도 만나면 모든 걸 집어삼켜 죽게 만드는 곳이었다. 인간이 바다에 도전한다는 것은 불가능해보였다. 하물며 그 바다를 제 집처럼 유유히 돌아다니는 어마어마한 크기의 향유고래가 상대라면 더 할 말이 없다.

《모비 딕》에서 멜빌이 구약성서에 나오는 이름을 차용한 것은 이슈메일만이 아니다. 그렇다면 굳이 성경 이야기를 꺼낼 필요도 없었다. 이슈메일이 여관에서 만난 퀴퀘그와 함께 포경선 피쿼드호에 오르려고 할 때 어떤 사람이 경고한다. 저 배에 타면 영혼까지 모두 잃게 될 것이라고. 그는 피쿼드호의 선장인 에이해브가 어떤 사람인지도 잘 알고 있는 것 같다. 이 사람의 이름은 '일라이저'다. 이슈메일은 이 사람의 경고를 완전히 미친 사람이 하는 말처럼 무시하지만 웬일인지 이름을 물어본다. **"자, 가세, 퀴퀘그. 저런 미친놈은 내버려둬. 그런데 잠깐만. 이름이 뭐요?"**(138쪽) 그는 짧게 대답한다. **"일라이저."**(138쪽) 일라이저는 성경에 나오는 인물에서 따온 이름이며, 우리말 성경에는 이 이름이 '엘리야'라고 되어 있다.

그래서인지 일라이저가 나오는 소설 19장은 소제목도 '예언자'라고 붙였다. 성경 속 엘리야는 당시 폭군처럼 나라를 다스리던 아합왕에게 하나님의 말씀을 가지고 대적했던 대표적인 구약시대 예언자다. 아합왕 역시 《모비 딕》에 등장한다. '아합'을 영어식으로 표기하면 바로 에이해브, 일라이저가 경고한 바로 그 사람 이름이다. 에이해브 선장은 소설에서도 구약의 아합왕과 닮아서 바다 위에 떠 있는 자신의 왕국인 포경선에서 폭정을 휘두른다.

《모비 딕》은 긴 내용만큼 여러 번 읽었을 때 더욱 깊은 맛을 느낄 수 있다. 특히 예언자 일라이저가 나오는 19장은 처음 읽었을 때 발견하기 힘든 여러 가지 암시를 품고 있다. 이슈메일과 퀴퀘그는 누더기를 걸친 이상한 사람을 만난 다음, 함께 배가 있는 곳으로 가며 이런저런 이야기를 나누는데 구체적으로 어떤 이야기가 오갔는지는 나오지 않는다. 그저 두 사람이 내린 결론에 의하면 그가 괜한 공포심을 조장하는 사기꾼이라는 것이다. 그렇게 이야기를 하며 가는 도중에 이슈메일이 문득 뒤를 돌아보니 멀찍이서 일라이저가 두 사람을 따라오는 게 아닌가. 이슈메일은 퀴퀘그에게 이 사실을 말할까 하다가 그만두고 계속 걷는다. 도대체 일라이저는 왜 이 두 사람을 미행하듯 따라오고 있는 것일까? 이 역시 수수께끼다. 이슈메일조차도 그 이유를 짐작하지 못했지만 나중에야 깨닫게 된다. 이 사소한 해프닝이 조만간 배를 타고 난 다음 겪게 될 일에 대한 징조였다는 것을. 이슈메일은 그가 했던 말이 **"암시와 폭로가 반반씩 섞여"**(139쪽) 있다고 이해한다. 그렇게 보자면 일라이저는 정말로 예언자가 맞다. 하지만 이슈메일은 끝내 그를 사기꾼이라고 생각하며 포경선에 오른다.

일라이저가 미행하고 있다는 사실을 왜 퀴퀘그에게는 말하지 않은 것일까? 이 역시 소설에서 말해주지 않아 독자가 헤아려야 할 부분이다. 퀴퀘그는 이슈메일이나 다른 백인들과 달리 기독교인이 아니다. 하나님을 모르는 야만인이다. 하지만 그의 자연인다운 매력, 세상 어느 것에도, 심지어 신에게서조차도 자유로운 것처럼 보이는 퀴퀘그와 이슈메일은 단숨에 친구가 된다. 백인들은 신을 모르는 사람을 멸시하고 야만하다고 치부해버리지만 이슈메일은 그를 다르게 봤다. 퀴퀘그에게는 신이 필요 없을지도 모른다. 그것이 백인들의 신이라면 더욱 그렇다. 이슈메일과 일라이저, 그리고 에이해브 선장은 모두 성경에서 이름을 따온 인물, 즉 신성에 기반을 둔 사람들이다. 이들과 퀴퀘그는 다르다. 그래서 이슈메일은 퀴퀘그에게 일라이저의 미행에 대해서 굳이 말할 필요가 없다고 느꼈을지도 모른다.

인간과 바다, 포경선과 모비 딕의 결투는 자연의 승리로 끝을 맺는다. 멜빌이 참고했을지도 모르는 〈모카 딕〉[05]에 대한 1839년의 잡지 기사는 마침내 위대한 인간이 무시무시한 고래를 상대로 승리를 거두지만《모비 딕》은 이와 반대인 결말이다. 자신의 모든 걸 걸고 모비 딕에 대항했던 에이해브 선장은 결국 마지막 싸움에서 자신이 던진 작살 밧줄에 몸이 엉켜 고래와 함께 바다 속으로 끌려 들어가는 최후를 맞는다. 모비 딕을 잡겠다는 선장의 복수심에 이끌려 포경선에 오른 다른 선원들도 모두 배가 침몰하면서 함께 죽음을 맞는다. 살아남은 사람은 단 한 명, 바로 이슈메일이다. 오직 이슈메일만이 홀로 살아남아 이 놀라운 이야기를 글로 써서 전하고 있는 것이다.

이슈메일은 아이러니하게도 신을 모르는 야만인 퀴퀘그가 죽음을 준비하며 미리 만들어둔 관 덕분에 목숨을 건지게 된다. 죽음과 삶이 서로 다른 것이 아니라는 놀라운 지혜를 엿볼 수 있는 순간이다. 육지에서 쫓겨나 바다로 떠밀린 이슈메일과 복수의 화신 에이해브 선장은 완전히 다른 성격이다. 삶을 대하는 태도에서부터 큰 차이가 난다.

에이해브 선장은 이슈메일과 달리 자신감에 불타고 직접 눈으로 본 것 외에는 믿지 않는다. 세계의 중심에는 오직 자신이 우뚝 서 있다. 하지만 이렇게 강한 인간성과 정신력도 거대한 자연 앞에서는 그저 미물에 불과할 뿐이다.

인간이란 세상 어떤 것보다도 위대한 존재이고, 성경에 의하면 신의 형상 그대로 창조되었을 정도로 신과 닮은 유일한 생물이기도 하다. 인류는 그런 믿음을 가지고 수천 년을 살아왔다. 그리고 결국 이뤄낸 인간 중심의 사회가 바로 오늘 우리가 살고 있는 세계다. 이 모습을 조금 거리를 두고 떨어져서 객관적으로 살펴보자. 과연 우리는 신의 축복을 받은 창조물이라고 자부할 수 있을까? 오히려 신이 계획한 것을 거스르는 존재로 타락해버린 것은 아닐까?

《모비 딕》을 쓰고 몇 년 뒤, 멜빌은 또 하나의 걸작인 《필경사 바틀비》를 세상에 내놓는다. 주인공 바틀비는 그 당시에도 그랬겠지만 지금도 이해받기 힘든 이상한 인물이다. 무엇이든 하지 않겠다고 (혹은 하지 않는 편을 택하겠다고) 말하는 것밖에 할 줄 아는 게 없는 사람이다. 바틀비 역시 멜빌이 살아 있을 때에는 누구에게도 이해받지 못했다. 산업화된 현대를 향해 미친 듯이 달려가는 인간들을 향해 멜빌은 따끔하게 한소리 해주고 싶었는지도 모르겠다. 모든 사람이 그렇게 무작정 달려가지만 나는 **그렇게 하지 않는 편을 택하겠다**고.[06] 멜빌은 경고한다. 에이해브 선장처럼 공동체 전체를 자멸로 끌고 들어가는 길을 걷지 말라고.

불운하게도 사람들은 이 말을 거의 이해하지 못했고 수십 년 뒤 제국주의에 물든 강대국들은 저마다 욕심을 채우기 위해 전쟁을 일으켜 전 세계를 화염 속에 던져 넣었다. 멜빌의 소설이 주목받기 시작한 것은 세계대전이 일어난 직후다. 평론가들은 그제야 이 위대한 소설에 대해서 이야기하기 시작했다. 이제 멜빌과 그가 쓴 소설 《모비 딕》은 미국을 대표하는 위대한 문학작품으로 대접받는다. 《필경사 바틀비》는 현대작가가 쓴 가장 뛰어난 단편소설 중 하나로 평가받으며 여전히 많은 연구자들이 분석을 시도하고 있다.

허먼 멜빌이라는 이 무명작가가 집념으로 탄생시킨 고래 이야기의 인기는 수십 년 세월이 흐르는 동안 바다처럼 넓게 퍼졌다. 거대한 향유고래는 이제 우리 주변에서 쉽게 발견할 수 있다. '에이해브'라는 이름을 내건 커피전문점이 있고, 많이 알려진 '스타벅스'도 이슈메일이 퀴퀘그와 함께 올라탄 배 피쿼드호의 일등 항해사 이름 '스타벅Starbuck'에서 비롯됐다. 얼마 전 오랜 역사를 자랑하는 미국의 신발 브랜드인 '뉴 발란스New Balance'는 미국의 위대한 문학작품을 모티브로 한 신제품 라인업을 발표했다. 그중 하나인 'M998MD'는 허먼 멜빌의 《모비 딕》에서 영감을 얻어 디자인한 제품이다. 이 작품을 소재로 한 드라마, 연극, 영화, 뮤지컬도 적지 않다.

《모비 딕》은 멜빌이 살아있을 때는 거의 팔리지 않았다. 어디 그 책뿐인가. 멜빌이 쓴 거의 모든 소설은 펴내는 즉시 잊히는 수준이었다. 가난한 작가는 삶의 마지막 20년을 세관원으로 일하면서도 소설에 대한 끈을 놓지 않았다. 마지막 작품이 된 《빌리 버드》를 쓰다가 생을 마감한다. 평생 독자와 비평가들의 지독한 무관심 속에 살았으면서도 죽는 순간까지 소설을 쓰고 있었던 것이다. 만약 멜빌이 평가에 실망하여 일찌감치 소설 쓰기를 그만두었더라면 어땠을까? 위대한 소설 《모비 딕》은 세상에 태어나지도 못했을 것이다. 《필경사 바틀비》 역시 그랬을 테고, 어쩌면 미국 문학의 흐름조차 달라졌을지 모른다.

두 도시 이야기|*A Tale of Two Cities*

찰스 디킨스 지음, 이은정 옮김

펭귄클래식코리아, 2012년

The

First

Sentence

최고의 시절이자 최악의 시절, 지혜의 시대이자 어리석음의 시대였다. 믿음의 세기이자 의심의 세기였으며, 빛의 계절이자 어둠의 계절이었다. 희망의 봄이면서 곧 절망의 겨울이었다. 우리 앞에는 무엇이든 있었지만 한편으로 아무것도 없었다. 우리는 모두 천국 쪽으로 가고자 했지만 우리는 다른 방향으로 걸어갔다.

찰스 디킨스
두 도시 이야기

가서 내가 되살아났다, 라고 하더라고 전하게[01]

사람은 누구나 선택을 하며 살아간다. 딱히 우리가 역사 속 위대한 인물이 아니라고 하더라도 누구나, 언제나 삶은 선택이라는 요소를 벗어나기 힘들다. 어렵게 생각할 것도 없이, 오늘 아침 출근할 때 어떤 양말을 신어야 할지 고민하는 것도 선택이다. 약속 장소까지 버스를 타고 갈 것인지, 지하철로 갈 것인지, 아니면 자가용으로 갈 것인지 스스로 선택해야 한다. 자가용으로 간다면 어떤 길로 가야 차가 덜 막힐 것인지도 선택해야 한다. 요즘엔 온라인 지도로 서비스를 받을 수 있지만 그 역시도 선택이다. 지도를 서비스하는 업체도 많아서 그중에 어떤 걸 선택할지가 어떤 길로 가야 할지보다 앞선다.

책을 읽을 때, 특히 고전이라고 불리는 책을 보면 그 안에 사는 주인공들은 하나같이 엄청난 선택의 길 앞에 놓여 있다. 심지어 그 선택으로 말미암아 자신이나 사랑하는 사람이 죽고 사는 문제가 결정되기도 한다. 독자들은 그 이야기의 주인공 자리에 자신을 넣어보기도 한다. 나라면 그때 어떤 결정을 내렸을까? 나라면 저렇게 하지 않았을 텐데 주인공은 왜 그렇게 해야만 했을까? 이런 생각을 하면서 책을 읽다 보면 어느새 내가 소설 속 주인공이 된 듯 착각에 빠지기도 한다.

하지만 유명한 작품 속 상황이라는 게 우리가 살면서 흔하게 만날 수 있는 것도 아니고, 그런 시대적 대 격변의 중심에 – 아무리 우연이라고 하더라도 – 다른 사람도 아닌 내가 우뚝 서 있을 확률은 별로 없을 것 같다. 그러니 웬만큼 상상력과 감성이 풍부한 사람이 아니고서는 소설 속에 나오는 주인공과 나를 같은 위치에 놓고 책을 읽기는 어렵다. 바로 그런 점이 고전소설을 읽을 때 부닥치는 큰 어려움 중 하나다. 도무지 작품에 감정이입이 안 되는 경우가 발생하는 것이다.

차라리 영화라면 눈앞에 보이는 것이니까 두세 시간 동안 빠져 있으면 더 큰 감동이 올지도 모른다. 책은 다르다. 처음부터 끝까지 글자만 있으니, 그 글자를 통해서 모든 것을 상상해야 한다. 주인공이 어떻게 생겼는지, 작품의 배경은 어떤지, 차나 음식을 먹는 장면이 나오면 그건 어떻게 차려져 있는지, 어떻게 먹는지 같은 사소한 것도 일일이 다 상상해내야 하는 수고로움이 뒤따른다.

그런데 이런 상상은 또 다른 의미에서 선택이라고 부를 수 있다. 게다가 이 선택은 책을 읽고 있는 모두에게 평등하게 주어진 자유다. 영화관에 앉아서 모든 사람이 똑같은 화면을 볼 때, 거기엔 개인적인 상상력이 들어갈 틈이 별로 없다. 하지만 책을 읽는 행위는 얼마나 자유로운가. 독자 모두에게는, 독자가 아이거나 어른이거나, 남자거나 여자거나, 아니면 남자, 여자 같은 기준에 속하고 싶지 않은 사람이라고 하더라도 평등한 상상의 기회가 주어진다. 이 얼마나 멋진 경험인가.

작가의 입장을 생각해본 사람이라면 독자들이 갖는 어려움이 사실 그리 큰 것이 아니라는 걸 안다. 쉽게 생각하자. 독자는 그저 읽고 즐기면 된다. 책을 통해 삶을 풍성하게 만들고 싶은 사람은 그저 즐겁게 읽으면 되는 것이다. 즐겁지 않으면 읽다가 멈춰도 된다. 책 읽기로 머리가 아플 지경이라면 차라리 읽지 않는 게 정신 건강에 좋다.

하지만 작가라면 이야기가 다르다. 작가는 평생 창작이라는 고통 속에 산다. 어떤 작가는 그것을 자신에게 떨어진 형벌이라고 표현하기도 했다. 물론 퍼트리샤 하이스미스[02] 같은 작가는 평생 동안 글의 소재가 떨어지지 않았다는 말을 공공연히 책에 써놓기도 한다. 그런 사람은 정말이지 행운아다. 대부분 작가들은 독자들이 상상할 수 있는 범

최고의 시절이자 최악의 시절, 지혜의 시대이자 어리석음의 시대였다.
믿음의 세기이자 의심의 세기였으며, 빛의 계절이자 어둠의 계절이었다.
희망의 봄이면서 곧 절망의 겨울이었다.
우리 앞에는 무엇이든 있었지만 한편으로 아무것도 없었다.
우리는 모두 천국 쪽으로 가고자 했지만 우리는 다른 방향으로 걸어갔다.

Charles Dickens

위 이상으로 고통을 받으며 소설을 쓴다. 짧은 작가 생애 동안 100편의 소설을 써냈던 괴력의 사나이 오노레 드 발자크[03] 같은 작가도 그런 고통에서 자유롭지 못했다고 하니 말 다했다.

그런 의미에서 봤을 때 찰스 디킨스는 무엇을 어떻게 써야 하는지, 독자들이 무엇을 원하는지 늘 제대로 선택했던 작가인 것 같다.《두 도시 이야기》는 디킨스의 후반기 작품에 속하는데 나름 야심차게 그동안 시도해보지 않았던 역사 이야기를 선보였다. 물론 이번에도 대성공이었다. 디킨스의 소설은 월간 잡지에 실려 독자들에게 우편으로 배송되었는데 사람들은 우편 마차가 도착하기도 전에 이미 마을 입구에 모여 기다렸다고 한다.

디킨스는《두 도시 이야기》첫 문장에서 정확하게 이 소설이 무엇에 관한 것인지 선언한다. '최고'와 '최악', '지혜'와 '어리석음', '믿음'과 '의심', '빛'과 '어두움'. 상반되는 것들을 대치시키는 이 첫 시작은 곧장 독자들을 사로잡았다. 나아가 디킨스가 위대한 것은 시작만 거창한 그저 그런 작가가 아니라는 데 있다. 지금과 마찬가지로 당시에도 소설의 첫 문장은 대단히 중요한 것이었고, 때론 소설을 시작하기에 앞서 오래된 경구들을 넣어 그 책의 가치를 스스로 높이기도 했다.

디킨스의 인기 비결은 무엇보다 흥미진진하면서도 탄탄한 구성에 있다. 전작소설이 아니라 한 달 단위로 연재했던《두 도시 이야기》는 처음부터 끝까지 이어지는 긴장감과 일관성이 있다.

당신은 앞에 놓인 삶의 두 갈래 길 앞에서 과연 어떤 길을 선택할 것인가? 소설은 독자에게 이와 같은 질문을 계속 던진다. 물론 누구라도 좋고 편한 길을 선택하고 싶다. 하지만 그게 장차 이 세상의 거대한 역사를 만들어낼 선택이라면 어떨까? 휘몰아치는 역사의 소용돌이 속에는 그리스 신화에 나오는 영웅은 없다. 용을 물리치는 용감한 왕자도 등장하지 않는다. 만약 그런 내용이었다면 독자들의 반응은 확실히 달라졌을 것이다. 디킨스가 설정한 역사 속 주인공은 늘 평범한 시민들이었다. 디킨스는 바로 그 소설을 읽는 독자들이 작품에 동참하도록 심정을 이끄는 묘한 재주를 타고났다.

심지어 소설 중간중간 디킨스 자신이 등장하기도 한다. 이야기가 마지막으로 치달을 때 처형대인 기요틴 앞에서 뜨개질을 하던 무리를 앞에 두고 방장스가 다급하게 한 사람을 찾는다. **"누가 그녀 못 봤나요? 테레즈 드파르주!"**(195쪽) 소란한 처형장에서 사람을 부르는 목소리는 금방 공중에 흩어지고 만다. 다시 부른다. **"좀 더 크게 불러봐요."**(538쪽) 한 여자가 말한다. 이즈음을 읽고 있는 독자들도 같은 마음이 된다. 셀 수 없이 많은 귀족들의 목이 기요틴에 잘려 나가던 위급하고 잔인한 그 광장에서 그래도 사과를 하고 싶었던 인물은 방장스뿐이었으리라. 이때 그 마음을 알아차리기라도 한 듯 작가가 소설에 끼어든다. "**이봐요! 더 크게 불러봐요, 방장스. 더 크게! 그래도 그녀는 당신의 목소리를 듣지 못하니, 더 크게 불러봐요, 방장스, 욕설이라도 퍼부어.**"(538쪽) 독자들은 느닷없이 나타난 작가의 응원에 더욱 힘을 얻는다. '그래, 작가도 나와 같은 생각이었구나!'라고 느끼며 감격에 젖는다.

사실 소설 중간에 갑자기 작가 자신이 불쑥 개입해버리는 것은 예나 지금이나 위험한 방법이다. 디킨스가 잘하는 것은 적당한 순간에 딱 치고 빠지는 수법인데, 어떤 소설을 읽어봐도 위의 예처럼 아주 기가 막힌 타이밍을 잘 짚어내는 게 디킨스의 능력이다. 어쩌면 이런 능력은 타고나야만 하는 것인지도 모르겠다. 어릴 적 가정 형편이 어려워서 일찍 돈을 벌어야 했던 디킨스는 여러 직업을 전전하다 변호사 사무실과 의회에서 서류 정리하는 일을 맡았는데 이때 속기술을 익힌 것이 도움이 되었을 수도 있다. 이런 업무를 할 때는 빠르고 정확하게 글을 받아 적는 것도 중요하지만 무엇보다 필요한 건 쏟아지는 말들을 듣고 그중에서 핵심을 골라내 깔끔하게 문서로 요약하는 일이다. 그때 이미 디킨스는 작가에게 필요한 '선택'이라는 능력을 자신도 모르게 훈련했던 것이다.

《두 도시 이야기》에 나오는 주인공들은 첫 문장이 암시하고 있듯이 모두 무엇을 선택해야 하는 고민을 갖고 있다. 그 선택이라는 것은 아주 상반되는 것이다. 디킨스가 다른 소설에서도 늘 쓴 것처럼 거의 양극단에 있는 선택지를 향해 가야 한다. 한번 가면 되돌아 올 수 없는 운명 같은 길이다. 어느 시대에 살더라도 그 시대가 요구하는 선택의 문제는 늘 괴로운 법이다. 물론 생각 없이 흘러가는 대로 살아도 그만이다. 사회가 정한 규율에서 벗어나지 않고 산다면 한평생 편안하게 지낼 수도 있다. 하지만 지금 우리가 사는 세상은 왕이나 귀족, 혹은 기사단 같은 일부 단체가 권력을 갖는 대신 용기와 신념을 가진 개인들의 힘을 무시하지 못한다. 때문에 사람들 각각의 미미하지만 소중한 힘을 모으고 엮을수록 강한 목소리를 갖게 된다.

디킨스가 살았던 시대는 사람들이 힘을 모으기가 지금보다 더 힘들었을 것이다. 인터넷도, TV도 없던 시절이었지만 그래도 이것을 해낸 사람들이 있다. 그들은 바다 건너 유럽 대륙에 살고 있는 프랑스인들이다. 프랑스혁명은 세계적으로도 그 유래를 찾아보기 힘든 시민 중심의 봉기였다. 부패한 귀족과 왕을 끌어내려 광장에서 공개처형한 소식은 삽시간에 전 세계로 퍼져나갔다. 당연히 당시 그곳에 있었던 사람들을 빼면 이 장면, 이 혁명의 분위기를 제대로 알고 있는 사람은 없다. 요즘처럼 TV 중계를 하는 것도 아니고 사진기가 있어서 그 모습을 생생하게 신문에 실을 수도 없으니까. 소문은 사람들 입에서 입으로, 혹은 글에 담겨서 전파될 수밖에 없었다. 이런 와중에 어떤 것은 이야기가 더 부풀려지고, 또 다른 것은 의도적으로 삭제된 부분도 있었을 것이다.

문제는 디킨스가 하필이면 왜 책이 출간될 당시 시점에서 프랑스혁명에 관한 이야기를 소설로 썼느냐 하는 것이다. 영국은 프랑스에서 혁명이 일어날 즈음 전 세계를 휩쓸고 지나간 혁명의 분위기 속에서도 별다른 일이 일어나지 않은 거의 유일한 국가다. 게다가 《두 도시 이야기》가 출판된 때는 1859년으로, 1789년인 프랑스혁명으로부터 수십 년이나 지난 때다. 우리가 알기 쉽게 현재를 기준으로 계산해보면 1945년 일본이 패망한 사건, 아니면 그 후에 일어난 한국전쟁 때 이야기를 밀레니엄이라는 말도 어색해질 만큼 한참 시간이 지난 지금에 와서 쓴 것이다. 프랑스 작가 빅토르 위고는 이보다 몇 년 뒤인 1862년에 1830년에 일어난 7월 혁명을 소재로 삼은 방대한 소설 《레 미제라블》[04]을 썼는데 이건 그나마 시기적으로 현실성이 있다고 봐야겠다.

시간이 오래 지난 것은 둘째 치고, 프랑스에서 혁명에 관한 소설이 나온 것이라면 이해가 되지만 디킨스는 왜 영국에서 프랑스혁명을 소재로 소설을 썼을까? 그것도 이전까지 디킨스 본인이 거의 시도를 하지 않았던 역사소설을 말이다. 디킨스가 잘 쓰는 것은 《올리버 트위스트》, 《크리스마스 캐럴》, 《위대한 유산》처럼 가난하고 착한 사람들이 역경을 딛고 행복한 결말을 맺는 이야기다. 심지어 악당이었던 사람들은 교훈을 얻는다. 《두 도시 이야기》는 이런 이야기와 다르다. 게다가 당시 영국은 굳이 혁명이라는 얘기를 꺼내지 않아도 될 만큼, '해가 지지 않는 나라'라는 별칭이 있을 정도로 전 세계에서 가장 부강한 나라였고 그런 권세는 앞으로도 계속 이어질 것 같았다.

그래서인지 소설 속에 나오는 '두 도시'인 런던과 파리는 분위기가 많이 다르다. 파리는 고통받는 도시다. 관리들은 부패했고 시민은 가난에 찌들어 있다. 1부 5장에 그런 파리의 길거리 모습을 생생하게 표현한 부분이 있다. 포도주를 실어 나르던 수레에서 통이 하나 바닥으로 굴러 떨어져 깨지더니 술이 온통 길바닥에 쏟아졌다. 사람들은 너나 할 것 없이 몰려나와 바닥에 있는 포도주를 거둬 마신다.

"어떤 남자는 무릎을 꿇고 앉아 두 손으로 오므려 포도주를 떠서 홀짝거렸고 어떤 사람은 술이 손가락 사이로 빠져나가기 전에 등 뒤에서 들여다보고 있는 여

자들에게 한 모금 맛보게 해주었다. 깨진 사금파리로 바닥에 고인 포도주를 떠 마시는가 하면, 심지어 머릿수건을 풀어 포도주에 담갔다 아기 입안에 짜 넣어주는 아기 엄마도 있었다."(48쪽)

사람들은 바닥에 있는 포도주가 흘러가지 못하도록 흙으로 둑을 쌓기까지 했다. 그러고는 흙이 섞인 술을 손가락으로 훑어 마셨다. 몰려든 사람들 때문에 바닥에 있는 술을 먹지 못한 사람은 술이 배어 있는 깨진 포도주 통 조각을 주워서 질겅질겅 씹을 정도였다. 사람들이 빠져나가고 난 후 그곳은 마치 청소부가 지나간 것처럼 깨끗했다고 디킨스는 쓰고 있다. 파리는 이런 곳이다. 여기서 끝맺으면 진정한 디킨스라고 하기 어렵겠다. 이 포도주 난리가 휩쓸고 지나간 다음 어떤 남자가 오더니 남아 있던 붉은 포도주를 손가락에 찍어 벽에 '피'라는 낙서를 쓴다. 혁명의 시기가 가까웠음을 암시하는 장면이다.

런던은 파리에 비하면 나름 괜찮은 편이다. 해가 지지 않은 나라 대영제국의 수도 런던은 실제로도 세계에서 가장 살기 좋은 곳이라는 얘기를 들었다. 프랑스 귀족의 부패를 들춘 혐의로 18년 동안 감옥에 갇혀 있던 마네트 박사는 풀려나 런던으로 돌아온다. 거기서 착한 딸 루시와 함께 평화로운 나날을 보낸다. 루시는 여러 남자들에게 청혼을 받고 마네트 박사는 지난 삶에 대한 보상인 듯 아무런 걱정 없이 지낸다. 런던은 그럴 수 있는 곳이었다. 프랑스 귀족들의 횡포를 참다못한 찰스 다네이는 본인도 귀족이지만 그런 모습이 싫어서 런던으로 건너와 살고 있다. 다네이는 루시와 연인이 된다. 그리고 그들 사이에는 또 다른 한 청년, 시드니 카턴이 있다. 카턴은 방탕한 삶을 살았지만 루시를 사랑하게 되면서 마음을 고쳐먹는다. 이런 아름다운 이야기가 있는 곳이 런던이다.

소설은 프랑스 대혁명이라는 거대한 역사적 사건을 중심에 두고 있지만 그에 못지않게 루시와 다네이, 그리고 카턴의 사랑 이야기도 중요한 축을 이루고 있다. 혁명과 사랑. 여기에서 거대한 선택의 갈림길 앞에 서 있는 사람은 시드니 카턴이다. 펭귄클래식코리아에서 펴낸 《두 도시 이야기》의 표지의 주인공이 바로 시드니 카턴이다.

물론 독자들은 소설을 끝까지 읽기 전까지는 이 사람이 카턴이라는 걸 알아차리지 못한다. 디킨스가 충격적인 반전 결말을 잘 쓰는 작가로 유명하지만 카턴의 선택은 정말 예상하지 못했다. 찰스 다네이는 영국으로 건너와 살고 있지만 혁명이 터진 고국이 걱정이다. 그렇다고 다시 돌아갈 수도 없다. 돌아가면 귀족인 다네이는 즉시 체포되어 기요틴 광장에 서게 될 것이 분명하다. 그런데 프랑스에선 귀족 가문의 하인이었던 가벨도 붙잡혀 처형당할 위기에 처한다. 다네이는 이제 선택을 해야 한다. 런던에 남아 루시와 행복하게 지낼 것인가, 아니면 프랑스로 건너가 한때는 자신에게 헌신했던 하인 가벨을 도울 것인가. 다네이는 고민 끝에 결국 편지를 남기고 프랑스행을 택한다.

당연히 귀족인 다네이는 붙잡혀 처형 날짜만 기다리는 신세가 되었다. 이때 더욱 숭고한 선택의 길 앞에 자신을 내던진 카턴이 등장한다. 비록 사랑하던 사람 루시는 결국 다네이와 결혼했지만 사랑하는 마음은 그대로다. 우연인지 필연인지 카턴은 다네이와 생김새는 물론 체격까지 비슷했다. 그는 이런 점을 이용해 처형이 집행되던 마지막 순간 감옥에 있는 다네이와 자신을 바꿔치기한다. 다네이가 죽으면 루시는 평생 슬픔 속에서 살아야 한다. 카턴은 자신의 희생으로 루시의 행복을 지킨 것이다. 디킨스가 들려주는 이야기에 의하면 카턴은, 다네이를 대신해 기요틴 단상으로 올라가는 마지막 순간 예언자처럼 숭고한 모습이었다고 한다. 책 표지에 나온 그 남자의 표정. 끌고 가는 이 없이 혼자서 기요틴 계단을 올라가는 모습에서, 굳게 다문 입에서, 하늘을 올려다보는 심각한 눈빛에서 독자는 이 모든 걸 한 번에 예감할 수 있다.

디킨스가 소설가로 성공한 인생의 말년에 접어들어 당시 영국 실정에 잘 맞지 않는 오래된 프랑스 대혁명에 관한 이야기를 쓴 것도 엄청난 고민의 결과였으리라. 다시 소설이 시작되는 첫 부분으로 돌아가 보면, 디킨스는 이 부분을 확실하게 말하고 있다. **"말하자면, 지금과 너무나 흡사하게, 당시의 목청 큰 권위자들 역시 오직 극단적인 비교로만 당시의 사건들이 선인지 악인지 판단해야 한다고 주장했다."**(13쪽) 보통 사람이라면 생각하지도 못할 부분을 70년 전 바다 건너 프랑스에서 일어났던 일과 일치시킨다. 표면적으로는 모든 게 잘 풀리고 있는 영국, 세계 최강국이자 가장 부유한 국가에 살고 있는 사람들에게 지난날 프랑스 권위자들이 저질렀던 잘못에 대해 말한다. 디킨스는 안정된 듯 보이는 영국의 겉모습이 아닌 그곳을 힘들게 지탱하고 있는 힘없는 사람들의 현실을 이미 들여다보고 있던 것이다.

굳이 헤겔이나 마르크스 같은 어려운 철학자들 이름을 꺼내지 않더라도 '삶은 선택의 연속'이라는 말에 딴죽을 걸 사람은 많지 않을 것 같다.

진정한 영웅은 인류 보편적인 가치를 위해 애쓴 사람들이고, 그들은 앞으로 위인전 따위에 기록되지 않을지도 모른다. 왜냐하면 지금은 우리 각자가 선택한 길을 따라 역사가 만들어지고 있기 때문이다. 그러니 나 한사람의 선택이라는 것이 얼마나 중요한 것인가. 이런 선택이 모여 커다란 힘이 되고 그런 힘을 향해 역사는 흘러간다. 우리 모두를 위한 삶의 선택은 몇몇 유명 정치인이 하는 게 아니라 바로 우리 자신에게 달려 있다. 역사를 멈출 수 없듯이 우리들의 선택도 멈출 수 없다. 간디가 세상을 떠나기 얼마 전 외국의 저널리스트가 그를 인터뷰하며 이런 질문을 했다고 한다. "당신은 평생 동안 남을 위해 헌신하는 삶을 살았습니다. 어떻게 그럴 수 있었습니까?" 간디는 이렇게 대답했다. "나는 한 번도 남을 위해 살았던 적이 없습니다. 철저히 나 자신을 위해 살았습니다."

선택은 곧 행동이다. 아무리 자기가 옳다고 믿는 생각을 가지고 있다고 하더라도 그것을 행동하지 않으면 아무런 소용이 없다. 죽음을 각오하고 프랑스로 건너갔던 찰스 다네이가 그랬듯이, 사랑의 숙적이었지만 연인의 행복을 위해 다네이 대신 자신의 목숨을 내주었던 시드니 카턴이 그랬듯이, 숭고한 선택은 곧 행동으로 이어진다. 나는 고故 김대중 전前 대통령이 했던 이 짧은 말을 마음속으로 가장 아낀다. "행동하지 않는 양심은 악의 편입니다." 비단 디킨스의 시대뿐만이 아니라 여전히 선택의 문제는 우리들 각자의 몫이다. 디킨스는 이런 말에 익숙하지 않았던 시기에 놀랍도록 친숙한 방법으로 독자들에게 공감의 손을 내밀었던 진정한 위인이다.

진짜 영웅은 산 사람을 죽이는 게 아니라 죽어가는 사람을 살리는 이가 아닐까. 우리들 삶이 여전히 궁핍하고 어렵게 느껴질 때, 그런 현실에 굴복하지 않고 끝내 견디고 일어나서 **되살아났다!**, 라고 말할 수 있는 용기와 집념은 다른 곳이 아니라 바로 우리들 각자의 마음속에 있다. 과정은 어려울 수 있지만 결론은 쉽다. 마음속에 있는 것을 끝내 억누를 것인지, 아니면 드러낼 것인지를 선택하는 일만 남았다.

도리언 그레이의 초상*The Picture of Dorian Gray*
오스카 와일드 지음, 김진석 옮김
펭귄클래식코리아, 2008년

The First Sentence

화실은 풍성한 장미향이 가득했고, 가벼운 여름 바람이 정원의 나무들 사이를 휘젓자 라일락의 짙은 향기, 혹은 분홍 꽃이 핀 가시나무의 더욱 미묘한 향내가 열어놓은 문을 통해 안으로 들어왔다.

오스카 와일드
도리언 그레이의 초상

선하다는 건 자신의 자아와 조화를 이루는 거지[01]

움베르토 에코[02]는 《미의 역사》라는 책을 썼는데 그 내용을 한마디로 정리하자면 절대적인 아름다움의 기준이란 정해지지 않고 시대에 따라서 달라졌다는 것이다. 지금에서는 여기에서 한발 더 나아가, 아름다움의 사회적 기준 자체가 아예 없다고 해야 맞다. 무엇이 아름다운 것이냐고 백 사람에게 물어보면 백 사람 전부 다르게 말할 게 분명하다. 혹은 세상에는 아무것도 아름다운 것이 없다고 말하는 사람도 있을 텐데, 그 역시 엄밀히 말하면 자신만의 아름다움에 대한 기준이라 할 수 있다. 이렇게 모든 것이 아름다움이면서 반대로 전부 아름답지 않다면, 그건 하나마나 한 말장난이 된다.

오스카 와일드는 '아름다운 청년'이라 불렸다. 지금까지 전해지는 그의 사진을 보면 – 당시가 1800년대 후반이라는 점을 염두에 둔다면 – 정말로 '미소년'이라 할 만큼 멋진 모습이다. 사진이라는 게 흔해진 요즘이야 유치원에 다니는 애들도 휴대전화 카메라를 쓸 줄 알지만 당시엔 사진기 자체가 신비한 요술 상자 같았다. 촬영을 위해서는 복잡한 준비 과정이 필요했고 셔터를 누르는 일과 현상하는 일 모두 고도로 훈련받은 전문가의 영역이었다. 촬영을 당한다는 것 역시 아무나 할 수 있는 일은 아니었다. 그러니 카메라 앞에 서 있는 사람은 최대한 자신이 어떤 인물인지를 드러낼 수 있도록 치장하고 표정과 자세를 잡았다. 오스카 와일드의 사진을 보면 그는 늘 멋진 코트와 살짝 기울여 쓴 모자를 썼고, 고급스런 지팡이가 등장한다. 머리카락은 단발에 과하지 않을 정도로 살짝 굽었으며 윤기가 흐른다. 눈빛은 몽환적이라는 말이 어울릴 정도로 시선을 약간 위쪽에 두고 있다.

옥스퍼드 대학에 입학한 청년 오스카 와일드는 190센티미터가 넘는 키에, 잘생긴 얼굴, 그를 받쳐주는 패션 감각, 거기에 천재적인 문학성까지 갖춘 희대의 엄친아라고 불릴 만했다. 비록 대학에서 장학금을 받는 데는 실패했지만 그곳에서 탐미주의 문학운동을 주도하며 많은 이들에게 주목을 받았다. 그의 예술관은 특이했다. 말하자면 '아름다움을 위한 아름다움'이다. 아름다움을 추구하는 것에 개인적이든 정치적이든 다른 이유는 없다. 아름다움은 오직 아름다움을 발견하고 추구하는 도구로써 존재해야 한다. 또한 모든 예술은 무익하다. 이것이 오스카 와일드가 강조한 말이다. 그는 시와 단편소설 몇 편, 그리고 크게 흥행하지는 못했지만 희곡을 써서 공연했고 그것을 토대로 여러 곳에서 강연을 하며 바쁜 나날을 이어나갔다. 강연의 내용은 대부분 탐미주의, 다른 말로 유미주의唯美主義에 관한 것이었다.

수려한 용모를 가진 옥스퍼드 출신 시인이자 극작가가 사람들 앞에서 어떤 강연을 했는지는 정확히 알 수 없지만, 인기 최고 절정기에 썼던 단 한 편의 장편소설인《도리언 그레이의 초상》을 보면 오스카 와일드가 보여주려고 했던 아름다움이 무엇인지 조심스레 엿볼 수 있다. 이 작품은 확실히 작가가 강연을 통해 말하려고 했던 대부분의 내용을 알기 쉽게 풀어놓은 인상을 받는다. 마치 자기 얘기를 어려워하는 사람들을 위해 친절하게 쓴 예술론 강의라고 하면 좀 앞서 나간 상상일까? 서문을 대신하여 써놓은 예술에 대한 여러 경구들이 그렇고, 마치 이런 경구들을 말하기 위해 만들어진 인물처럼 행동하는 헨리 워튼 경의 모습 또한 이를 잘 보여준다.

작품 속에서 자세하게 묘사하고 있지 않지만, 주인공인 도리언 그레이는 상당한 미소년이며 남녀를 구분하지 않고 누구라도 단숨에 끌어들이는 신비한 매력을 가지고 있다. 소설은 옥스퍼드 대학 때부터 친구인 화가 바질과 헨리 경이 멋지게 그린 초상화를 앞에 두고 각자가 가지고 있는 예술관에 대해 나누는 이야기에서부터 시작한다. 여기서 등장하는 사람은 물론 둘이지만, 엄밀히 말하면 초상화 속의 한 인물, 도리언 그레이까지 셋이다. 작가는 주인공인 도리언을 그림 속에 넣어 둠으로써 그의 운명이 앞으로 어떻게 될 것인지 작은 목소리로 암시하고 있다. 바질은 한 사교모임에서 도리언을 처음 봤는데 그가 남자임에도 불구하고 너무도 매력적이라 한눈에 반하고 만다. 화가는 곧 그를 모델로 하여 초상화를 그렸다. 헨리 경 역시 그림 속에 있는 청년을 보고 **"그는 마치 상아와 장미 잎사귀에서 탄생한 것처럼"(45쪽)** 보인다며 감탄한다.

이렇게 서로의 예술관을 주거니 받거니 한 다음 실재하는 도리언 그레이는 2장부터 나온다. 헨리 경은 매사에 자신감이 넘치고 현실적인 사람으로, 사실상 오스카 와일드의 예술관을 그대로 드러내는 인물이다. 그에게 아름다움이란 다른 게 아니라 삶에 즐거움과 쾌락을 줄 수 있는 그 어떤 것이다. 젊고 싱싱한 상태, 향긋한 냄새, 눈을 즐겁게 만드는 화려한 색깔이 완벽한 조화를 이룰 때 예술이 완성된다. 헨리 경은 처음으로 만난 도리언 그레이에게서 바로 그런 감정을 느꼈다. 그는 도리언의 완벽한 모습을 찬양하고 그것이 변하지 않는다면 영원한 아름다움을 얻을 수 있다는 논리를 펼친다. "**젊음! 젊음! 세상에서 젊음보다 더 가치 있는 것은 단연코 없다오!**"(74쪽) 도리언은 헨리 경의 탐미주의 연설에 감동받아 초상화 속에 있는 것처럼 자신의 모습이 실제로도 영원할 수 있다면 어떤 대가라도 치를 수 있을 거라 간절히 소망한다. 이 바람은 도리언 자신을 포함하여 아무도 알아채지 못했지만 즉시 이루어진다.

어떤 대상에게 자신의 영혼을 담보 잡힌 후 그 보상으로 주인공이 욕망에 사로잡힌 이중생활을 한다는 설정 자체가 특별했던 것은 아니다. 이미 그보다 앞서《지킬 박사와 하이드 씨》[23]라는 소설이 있었고, 에드거 앨런 포가 도플갱어 소설의 원조 격인《윌리엄 윌슨》을 쓴 것은 수십 년이나 거슬러 올라간 1839년의 일이다. 포가 1846년에 쓴《타원형 초상화》는 비록 짧은 이야기지만 살아 숨 쉬는 듯 생생한 소녀의 초상을 그리는 화가의 기이한 이야기라는 점이《도리언 그레이의 초상》과 은근히 닮았다. 무엇보다 이 작품들의 가장 비슷한 점은 마지막에 선택을 후회하든 저주하든 상관없이 삶과 영혼을 거래한 자들이 모두 죽음으로 파멸을 맞는다는 것이다. 도리언의 경우는 더욱 특이한데,《행복한 왕자》에서와 마찬가지로 지난 일을 반성하며 나름의 방법으로 선한 일을 했음에도 불구하고 죽음이라는 결과는 피하지 못했다.

소설의 첫 문장은 도리언의 초상화를 그린 바질의 화실을 묘사한다. 거기엔 바질과 그의 친구인 헨리 경이 있고 도리언은 그림 속에 존재한다. 그러나 여느 평범한 그림처럼 아무런 느낌 없이 거기에 있는 건 아니다. 문을 열어놓은 화실에는 밖에서부터 들어온 풍성한 장미 향이 가득 차 있고 라일락의 짙은 향기가 코를 자극한다. 이것이 바로 도리언의 존재다. 좋은 향기와 함께 화실을 메우고 있는 **분홍 꽃이 핀 가시나무의 더욱 미묘한 향내**는 도리언 그레이가 가진 아름다움의 치명적인 매력을 암시한다. 어쩌면 오스카 와일드 스스로가 독자들에게 자신이 어떤 사람인지 드러내는 장면이기도 하다.

작가는 30대 중반을 넘긴 나이에 쓴 이 멋진 소설 속에 자신이 생각하고 꿈꾸는 모든 이상향을 담았다. 오스카 와일드는 도리언 그레이의 멋진 외모를 닮았고 헨리 경의 예술관과 수려한 말솜씨를 그대로 이어받았다. 바질은 이 둘은 더욱 완벽하게 합쳐 정당화시키는 역할을 맡았다. 도리언 그레이는 표면적으로는 늘 헨리 경에서 이것저것 물어보면서 한발 물러서 있는 느낌을 주는데 그건 오히려 헨리 경이 더 멋진 경구들을 말할 수 있는 기회를 마련해주는 것이기도 하다.

소설이 본격적으로 시작되기 전, 작가는 예술에 관한 여러 경구들을 이야기보다 앞서 배치시켰다. 많은 소설들이 작품의 완성도를 높이고 품격을 더하는 의미에서 경구들을 앞에 놓곤 하지만 그걸 작가 자신의 말로 채우는 경우는 거의 없다. 소설 앞에 들어가는 경구는 보통 역사적으로 위대한 지위에 있었던 사람이 했던 말을 인용하거나 성경의 한 구절 등을 인용한다. 그런데 이 소설의 작가는 자신만만하게 자신이 지어낸 경구들을 늘어놓는다. 이건 작품의 품격을 더한다는 의미보다는 독자들에게 작가의 미적 성취도를 보여주려는 시도처럼 보인다. 아니면 이 작품을 읽고 어떤 식으로든 그 내용을 실제와 오해하지 말라는 당부이기도 하다. 예술은 예술일 뿐이니까.

하지만 이런 우려는 당장 현실로 드러났다. 장미향과 라일락 향기, 거기에 치명적인 가시를 품은 분홍 꽃을 닮은 꽃미남 오스카 와일드는 이미 결혼해서 아이를 둘이나 둔 유부남이었지만《도리언 그레이의 초상》을 발표한 직후 동성 연인과 사랑에 빠지게 된다. 동성애자였던 시인 라이오넬 존슨의 소개로 만난 알프레드 브루스 더글러스 경, 일명 '보시'라는 이름으로 통하는 잘생긴 청년이 그 대상이었다. 오스카 와일드가 보기에 보시는 자신이 쓴 소설에 등장하는 늙지 않는 도리언을 닮았다. 게다가 그의 신분이 귀족이라는 것도 매력의 한 부분이었다. 고집이 세고 무엇이든 독점하려는 성격이 강한 보시와 젊고 싱싱

한 아름다움을 추구하는 인기 작가 오스카 와일드는 마음이 잘 맞았고 금세 연인이 되었다.

소설 속에 등장하는 도리언 그레이가 딱 보시의 나이다. 도리언은 그때의 젊음을 영원히 멈추게 하고 싶었다. 그것은 곧 오스카 와일드가 간절히 바라는 것이기도 했다. 도리언 그레이는 그의 바람대로 20대 초반의 외모를 그대로 간직한 채 18년을 보내며 세상이 주는 갖가지 쾌락을 섭렵한다. 도리언은 그 옛날 파우스트 박사의 경우와 마찬가지로 영혼 거래 이전에는 전혀 예상하지 못했던 범죄를 저지르게 된다. 영원한 젊음을 선물로 받아 최고의 경지에 다다른 예술적 성취를 이룬 대신 삶을 구성하는 소소한 즐거움을 허투루 소비해버린 것이다. 첫눈에 사랑에 빠질 정도로 매력을 느꼈던 여배우 시빌의 연기도 더 이상 예술적으로 보이지 않는다. 도리언은 시빌과 약혼까지 했지만 초상화와 영혼을 거래한 후에는 그녀에게서 어떠한 감정도 느끼지 못하고 결별을 선언한다. 시빌은 스스로 목숨을 끊고 도리언은 이 시점에서 처음으로 초상화에 미묘한 변화가 생긴 걸 발견한다. 그의 외모는 변하지 않지만 악한 일을 행할 때마다 초상화 속 자신의 모습이 조금씩 흉측하게 변하는 것이다.

한때 자신이 사랑했던 사람이 죽었다는 소식에 도리언은 충격에 휩싸인다. 그러나 그를 괴롭힌 건 그녀가 죽었다는 게 아니라, 이런 일을 겪었는데도 자신의 일상이 전혀 변하지 않았다는 사실이다. 시빌의 죽음을 알려준 헨리 경에게 도리언은 자신의 심정을 털어놓는다.

"내가 그녀의 가녀린 목을 칼로 벤 것이나 다름없어요. 그런 일이 있었는데도 장미는 더욱 사랑스러워요. 정원의 새들은 어느 때보다 행복하게 노래하고요. 그리고 난 오늘 밤 당신과 식사를 하고 오페라를 보러 가고 그런 다음 저녁을 들겠군요. 삶이란 얼마나 괴상하게 극적인가!"(184쪽)

도리언은 초상화가 점점 이상한 모습으로 변하는 모습을 보며 두려움에 떨다가 이것이 발각될까 무서워 마침내는 그림을 그린 바질까지 죽이기에 이른다. 초상화는 더욱 흉측한 모습으로 변한다. 도리언은 자신의 행동을 반성하기보다 초상화를 감추는 쪽을 택한다. 그가 나쁜 행동을 하든 말든 무슨 상관이란 말인가? 자신의 외모에는 전혀 변함이 없다. 단지 초상화가 변할 뿐이다. 그리고 바질이 사라졌으니 누구도 이 사실을 알아채지 못한다. 스스로 초상화에 눈길을 주지 않는다면 영원히 아무런 죄책감 없이 살 수도 있을 것이다. 도리언은 초상화를 아무도 보지 못하는 곳으로 옮긴다.

"그가 열쇠를 가지고 있으므로 다른 사람은 그 방에 들어올 수 없었다. 자주색 관 덮개 속의 캔버스에 그려진 얼굴은 점차 흉포해지고 무기력해지고 추잡해질

것이다. 그것이 무슨 상관이란 말인가? 아무도 볼 수 없을 텐데. 도리언 자신도 보지 않을 것이다. 자신의 영혼이 소름끼치게 타락해 가는 모습을 굳이 살펴볼 이유가 뭐란 말인가?"(217쪽)

심지어 도리언은 앞으로 다른 좋은 일이 생겨서 지금까지의 악행이 보상받고 그 결과 초상화 속 얼굴이 다시 아름다운 청년의 모습으로 돌아갈 수도 있을 거라고 생각하며 자신의 생각을 합리화시키기에 이른다. 그 다음에 이어지는 이야기가 핵심인데, 도리언은 이런 일을 겪고 그 후 몇 년 동안 초상화에 대한 일을 잊기 위해 그가 가진 최고의 재능이자 권력인 '젊음'을 배경으로 갖가지 예술을 섭렵해간다. 늙지 않기 때문에 아무리 시간이 많이 걸리는 예술적 경지라고 해도 그에게는 문제가 되지 않았다.

처음에 도리언은 종교로부터 시작했다. 로마 가톨릭 종단에 입단하고자 했는데 이유는 입회의식 자체가 예술적 가치가 있다고 믿었기 때문이다. 형식을 탐미한 다음은 '감각'으로 관심사가 옮겨갔다. 도리언은 향수 제조법에 빠져들어 아름답고 기분을 좋게 만드는 향기에 관한 모든 것을 연구했다. 그리고 오랫동안 음악에 몰입했다. 슈베르트, 베토벤의 천재적인 연주부터 아프리카의 주술적인 음악까지 모든 것을 섭렵하고 기묘하게 치장한 방에서 집시들과 함께 연주회를 열었다. 아름다움의 극치가 '보석'이라고 생각한 도리언은 그 신비로운 빛에 매료되어 보석 연구에 열을 올렸고, 진주 560개로 치장한 의상을 입고 무도회에 나타나기도 했다. 그의 관심사는 계속 이어졌다. 뒤이어 도리언의 예술 감각을 사로잡은 것은 자수품과 고급스런 융단이었다. 흡사 마약에 끌리듯 예술에 취한 이 젊은이는 아름다운 것이라면 무엇이든지 수집해 자신의 집을 치장했다. 도리언은 이 순간에도 초상화의 모습이 점점 변해가고 있으리란 사실을 알고 있었지만 그럴수록 예술에 대한 그의 집착은 심해졌다.

"이러한 보석들과 도리언 그레이가 자신의 집에 수집하는 모든 것들은 망각을 위한 수단이었고, 때로는 감당하지 못할 정도로 크게 느껴지는 공포심에서 잠시나마 벗어나려는 방편이기도 했다."(239쪽)

그렇게 18년이라는 세월이 흘렀다. 도리언은 죄책감이 들었지만 그것을 말없이 감당해내고 있을 초상화를 생각하며 묘한 쾌감을 느끼기도 했다. 세상에 존재하는 거의 모든 아름다움을 찾아 나선 긴 여행에서 돌아온 도리언 그레이의 나이는 – 물론 외모는 전혀 변하지 않았지만 – 지금 소설을 쓰는 오스카 와일드 자신과 비슷해졌다. 작가는 이제 어떤 결론을 말해야 할 때가 왔음을 직감한다. 젊음을 유지한 채로 그 모든 아름다움을 다 겪어보고, 연구하고, 가져보기도 한 다음에는 무엇이 오는가?

오스카 와일드의 내면의 목소리라고 할 수 있는 헨리 경은 아름다운 육신을 가진 도리언의 미래를 예감하듯 갖가지 경구를 동원한 조언을 아끼지 않는다. 그는 도리언이 빠져나올 수 없는 길에 접어들기 전에 먼저 말했다. 선하다는 건 자신의 자아와 조화를 이룰 때 가치가 있다고. 인간이 도달할 수 있는 모든 아름다움을 섭렵한 도리언은 끝내 만족하지 못했고 초상화가 주는 압박감으로부터 벗어나는 것에도 실패했다. 도리언을 그린 그림을 처음 본 헨리 경이 화가인 바질에게 했던 말이 정확했다. "아름다움이란, 진정한 아름다움이란 지적인 표현이 시작되는 곳에서 사라지고 만다네. 지성이란 본래 과장된 표현양식이어서, 어떤 얼굴이든 그 조화를 일그러뜨리니까 …… 자네의 수수께끼 같은 젊은 친구는 그 이름을 자네가 말해 준적은 없지만, 그 모습은 정말로 나를 매료시키는 군. 생각도 못한 일이야. 난 그 점을 대단히 확실하게 느낀다네. 아마도 그는 별반 머리는 없는 아름다운 인물일 걸세."(45-46쪽) 그리고 곧 그림 속의 실제 인물을 만나고 나서는 그의 반쯤 벌어진 입과 빛나는 눈동자[04]에서 더욱 불안한 감정을 읽어낸다. "당신 같은 인물이라면 못 할 게 없겠지. 세상은 한동안 당신에게 속할 거요……." (74쪽)

결국 도리언은 극심한 자책과 함께 어떻게든 선한 행동을 해서 초상화를 처음 모습처럼 돌려놓고자 한다. 순수한 마음을 지닌 시골 처녀를 사랑하고, 자신의 욕망을 억누른 채 그녀에게 지극한 마음으로 도움을 베풀기도 한다. 그러나 이 모든 일이 사실은 초상화 때문이라는 걸 그의 양심이 우선 인정해야만 했다. 헨리 경이 지적한 대로, 아무리 선한 행동을 한다고 하더라도 그것이 실제 자신의 자아와 조화를 이루지 않는다면 삶에 어떠한 변화도 가져올 수 없는 일이다. 흔히 본받을 만한 행실을 뜻하는 의미로 '언행일치言行一致'라는 사자성어를 쓰는데 오스카 와일드는 여기에 하나를 더 추가해 말과 행동, 그리고 그것의 주체인 속마음까지 하나가 되어야 진정한 선이라 말한다.

이제 도리언에게 남은 선택은 단 하나, 초상화에 칼을 꽂아 찢어버리는 것이다. 이 모든 일의 시작인 사악한 초상화를 없애버린다면 모든 게 제자리를 찾을 수도 있다. 그때까지도 도리언은 가장 중요한 사실을 간과하고 있었다. 영혼을 거래한 이후 지금까지 초상화와 자신이 한 몸이라는 것 말이다. 도리언은 광기 어린 몸짓으로 초상화를 향해 날카로운 칼끝을 휘둘렀다. 소동이 있고 난 후 사람들이 초상화가 있던 방에 몰려왔을 때는 모든 게 끝장난 상태였다. 초상화 속에는 처음에 그려졌던 그대로 아름다운 젊은이가 있고, 바닥엔 가슴에 칼이 꽂힌 상태로 죽어 있는 한 남자가 보였다. 사람들은 죽은 남자의 얼굴이 너무

늙고 추해서 누구인지 금방 알아차리지 못했다.

작가와 강연자로 성공의 길을 달리던 그때, 오스카 와일드는 다시는 돌아갈 수 없는 자신의 아름다운 시절을 그대로 간직하고 있는 것처럼 보이는 청년 보시와 사랑에 빠졌고 사회는 이를 용납하지 않았다. 보시의 아버지인 퀸즈베리 후작은 오스카 와일드가 자신의 아들을 유혹했다며 고소했다. 당시에 동성애는 이해받기 힘든 심각한 범법 행위였다. 이미 한 여자와 결혼해서 아이까지 두었던 오스카 와일드는 진지하게 자신을 변호했으나 참으로 아이러니하게도 법정은《도리언 그레이의 초상》에서 작가가 동성애자라는 사실이 드러난다는 증거를 채택했다. 판사는 작가를 2년 동안 형무소에 가두고 거기서 중노동을 해야 한다는 선고를 내린다.

《도리언 그레이의 초상》 첫 원고를 탈고했을 당시 그것은 누가 봐도 사실이었다. 소설 내용 안에는 아름다운 청년 도리언을 향한 화가 바질의 동경이 동성애적인 모습으로 나타난다. 오스카 와일드는 이 소설을 1890년 〈리핀코츠 먼슬리 매거진〉 7월호에 처음으로 실었는데 사람들의 좋지 않은 눈길을 의식한 것인지 다음 해 단행본으로 펴낼 때는 바질의 행동과 대사 여러 부분을 수정했다. 첫 원고에서 바질은 도리언에게 성적 매력을 느끼는 것으로 보인다. 그러나 수정본에서는 동성애적인 오해를 불러일으킬 만한 요소를 덜어내고 예술적 차원에서 도리언을 숭배하는 것으로 바뀌었다. 하지만 그런 시도에도 불구하고《도리언 그레이의 초상》은 작가 오스카 와일드가 추잡한 남색자이며 그동안 여러 소년들을 성적으로 희롱했다는 주장을 뒷받침하는 용도로 쓰였다.

탐미주의 성향을 지닌 오스카 와일드에게 수감 생활과 중노동이라는 형벌은 돌이킬 수 없는 정신적 충격을 안겨주었다. 1895년 5월에 수감 생활을 시작했고 그해 11월엔 모든 재산을 잃어 파산 선고가 내려졌다. 엎친 데 덮친 격으로 형무소에서 병까지 얻었다. 작가는 정신적, 육체적으로 완전히 파멸했고 아내와 두 아이들도 떠났다. 석방된 후 오스카 와일드는 이름을 세바스찬 멜모스로 바꾸고 프랑스와 이탈리아 등지를 떠돌며 살았다. 그러다 형무소에서 얻은 병이 악화되어 출감한 지 3년 만인 1900년 11월, 파리에서 돌봐주는 사람도 없는 상태로 외롭게 숨을 거뒀다. 오스카 와일드라는 이름이 문학사에서 다시 권위를 회복하기까지는 작가가 죽고 난 후 거의 100년이나 걸렸다.

오늘날 동성애는 일부 폐쇄적인 국가를 제외하곤 범죄의 부류에 넣지는 않는다. 또한 지극한 아름다움을 좇는 탐미주의 역시 수많은 작가들에게 영감을 주는 하나의 예술사조로 인정받는다. 어떤 사람은 오스카 와일드가 너무 일찍 태어났기 때문에 행복하지 못했다고 말한다. 그러나 광장에 서 있던 '행복한 왕자' 역시 사람들로부터 버림을 받고 난 뒤 비로소 신의 은총을 받았다.《도리언 그레이의 초상》을 시작하는 첫 문장은 풍성한 장미향과 라일락 꽃 내음을 싣고 온 가벼운 여름 바람으로 가득한 화실을 묘사한다. 해마다 따뜻해지는 계절이 오면 우리는 짙은 꽃향기 속에서 오스카 와일드를 발견할 수 있다. 자신의 삶을 통해 세상을 온전한 아름다움으로 가득 채우고 싶었던 아름다운 청년의 소망을, 신은 그렇게 이루어주었다.

내가 사랑한 첫문장

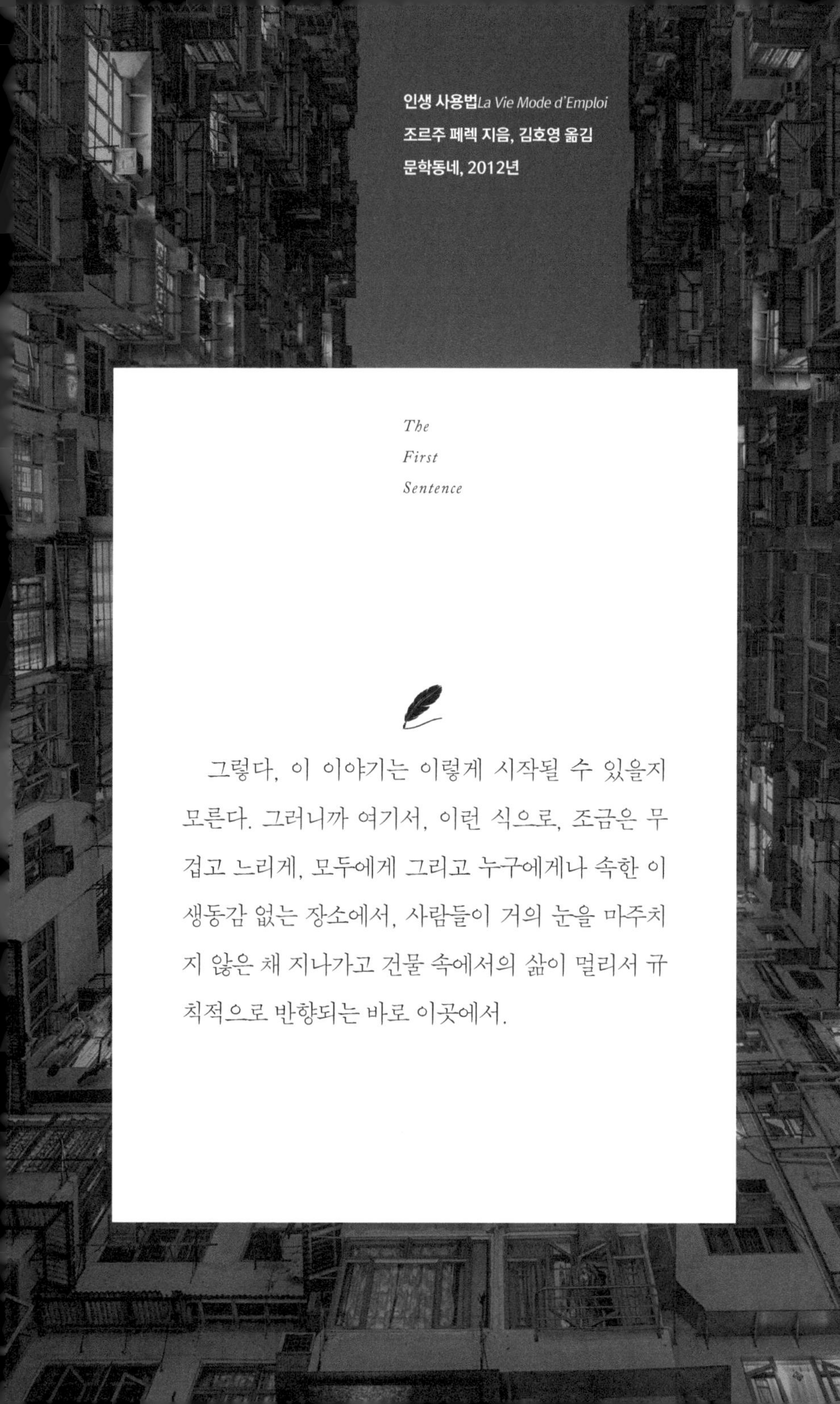

인생 사용법*La Vie Mode d'Emploi*
조르주 페렉 지음, 김호영 옮김
문학동네, 2012년

The First Sentence

그렇다, 이 이야기는 이렇게 시작될 수 있을지 모른다. 그러니까 여기서, 이런 식으로, 조금은 무겁고 느리게, 모두에게 그리고 누구에게나 속한 이 생동감 없는 장소에서, 사람들이 거의 눈을 마주치지 않은 채 지나가고 건물 속에서의 삶이 멀리서 규칙적으로 반향되는 바로 이곳에서.

어떤 것도 우연에 내맡기지 않는 정확함으로 01

'논리학'이라는 단어를 마주하면 덜컥 겁부터 난다. 아니면 뭔가 지루할 것 같은 느낌이거나. 그러면 '논리'는 어떤가? '학'이라는 한 글자가 떨어져나가니까 조금 편하다. 그래도 여전히 딱딱한 느낌 그대로다. 그런데 우리는 아주 오래전부터 이것 없이는 살지 못할 만큼 논리적인 것, 논리적인 말, 논리적인 행동 따위에 기대어왔다. 그렇게 된 시작을 찾아 역사를 거슬러 올라가보면 아마도 사람들이 자연과학에 관심을 가질 수 있었던 유럽의 르네상스 시대부터가 아니었을까. 그 이전에는 '암흑의 천 년'이라고 불리는 중세였다. 사람의 판단보다는 신의 섭리가 우선이었던 시기였기 때문에 문명은 거의 발전하지 못했다.

그 이전에 그럼 논리도 없이 살았느냐? 그건 아니다. 우리가 잘 알고 있다시피 고대 그리스에는 소크라테스, 아리스토텔레스, 플라톤 같은 철학자들이 있었는데 이런 사람들을 있게 만든 학문이 바로 논리학이다. 그리스 지역은 땅이 척박하여 농사로는 자급자족이 불가능했고 바닷길을 통한 물물교환, 혹은 장사 등으로 경제활동을 했다. 그러다 보니 자연스레 장사꾼들 사이에서 분쟁이 자주 일어났고 심하면 법정에서 만나 말씨름으로 잘잘못을 가렸다. 오늘날과 다른 점이 있다면 변호사라는 게 없었던 모양인데, 그래서 자기 주장은 본인 스스로 해야 했다. 그러니 '똑 부러지게 말 잘하는 능력'은 사람들에게 필수였다. 우리가 알고 있는 그리스 철학자들은 바로 이런 필요에 의해서 사람들에게 논리적으로 말 잘하는 방법을 가르치던 선생의 역할도 함께했다.

이렇게 논리, 논리학이라는 말은 아주 오래전부터 우리 곁에 존재해온 삶의 방식이다. 생각해보면 우리들 모두가 그리스 시대처럼 논리학을 배우고 있는 것은 아니지만, 어쨌든 친구와 이야기할 때, 혹은 회사 생활을 할 때 다들 나름의 논리를 갖고 생활한다. 흔히 우리는 이것을 '철학'이라고 부른다. 지금 당장 내 주위에 있는 사람을 떠올려봐도 좋다. 성인이 되어서도 자기 철학이 없는 사람이 있다면 인간적인 매력이 떨어진다. 철학이라는 거창한 말을 쓰지 않더라도 '너, 군대 갔다 오더니 철들었구나'라고 하는 말속에 있는 '철'도 '철학'과 같은 의미다.

어쨌든 우리는 원하든 그러지 않든 간에 논리학이 기본인 철학을 몸에 두르고 사는 거나 마찬가지다. 그건 마치 옷과 같아서 어떤 사람이 가진 생각을 보면 꽤 멋있어 보이고, 또 어떤 사람은 누더기 같다. 하지만 고대부터 내려온 철학이라면 옛날보다 조금씩 더 발전했어야 하는 것 아닐까? 아주 많이는 아니더라도, 굳이 헤겔의 '정반합'[02] 이론 같은 걸 들먹이지 않더라도 아주 조금씩이라도 앞으로 나아가고 있어야 하는 게 아닐까? 그런데 실상은 많이 다른 것 같다. 오히려 지금은 논리나 철학이 퇴보하고 무시당하는 시대다. 사람이 비행기를 타고 하늘을 날고, 운전대에 손을 올리고 있으면 시속 백 몇십 킬로미터의 속도로 빨리 달음질할 수도 있게 되었지만 사람의 생각은 거기에 한참 못 미치는 게 현실이다.

얼마 전 내가 이용하는 휴대전화 통신사 상담원에게서 걸려온 전화를 받았다. 상담원은 예의 그 과도하다 못해 부담스러울 정도인 목소리로, 게다가 잘 알아먹지도 못할 빠르기로 자기 얘기를 쏟아냈다. 들어보니 '지난 몇 년 간 우리 통신사를 이용해주셔서 고맙다. 감사드리는 차원에서 인터넷 선을 타고 들어갈 수도 있는 유해 신호를 미리 감지하여 차단하는 서비스를 해드리겠다. 단, 이 서비스를 받으려면 한 달에 3,000원씩 추가 비용을 지불해야 한다. 동의하시면 이번 달부터 서비스를 해드리겠다'라는 이야기였다. 가볍게 들어 넘기면 통신사가 추가비용을 받고 새로운 서비스를 해준다는 말인데, 천천히 뜯어보면 완전히 이상한 논리다.

논리학의 몇 가지 기본 원칙 중에 말의 앞뒤를 바꾸어보면 그게 참말인지 거짓인지 판단할 수 있는 쉬운 방법이 있다. 이건 학교 다닐 때 수학시간에 이미 배웠다. 괜히 학창시절을 떠올릴 필요도 없다. 그냥 차분히 생각할 시간만 주면 누구나 안다.

통신사 상담원의 말을 차분하게 살펴보자. '인터넷 유해신호를 차단해준다 = 그 대신 3,000원 비용 발생' 이 말을 짧게 요약하면, '3,000원을 지불하면 인터넷 유해 신호를 차단해준다'고 해도 된다. 여기까진 좋다. 상담원은 여기에 덧붙여 이건 강제가 아니라 순전히 고객의 선택사항이라고 했다. 문제는 여기에 있다. 나는 3,000원을 내도 되고 안 내도 된다. 그러면 말이 이상해진다. 3,000원을 안 내면? 인터넷 유해 신호를 차단해주지 않겠다는 말이다.

당연한 것처럼 들리지만 전혀 논리에 맞지 않다. 나는 이미 통신사에 일정 금액을 매달 지불하면서 인터넷 회선을 쓰고 있다. 말하자면 눈에 보이지도 않는 전자 신호를 빌려 쓰는 입장인데, 큰 걸 바라는 것도 아니다. 원활하고 깨끗한 인터넷 신호는 기본이 아닌가? 인터넷 신호를 수돗물이라고 가정해보자. 어느 날 수도공사 직원이 전화를 해서 '한 달에 3,000원을 추가로 내시면 불순물이 섞여 있지 않은 수돗물을 공급해드립니다'라는 말을 한다. 이 말은, 3,000원을 내고 안 내고는 고객의 선택사항이지만 안 내는 사람은 불순물이 섞인 수돗물을 공급하겠다는 말과 같다.

이런 일들이 우리 주변에서 거의 매일 일어나고 있는데도 불구하고 사람들은 늘 논리적인 세상에서 살고 있다고 믿는다. 혹은 그렇게 믿고 싶어 한다. 확신하건대 지금 이 세상은 전혀 논리적이지 않다. 움베르토 에코가 했던 말대로 차라리 '새로운 중세'[03]라고 하는 게 맞다. 이런 세상에서 정신병 없이 잘 살기 위해서는 바로 이런 점, 이 세상이 전혀 논리적이지 않다는 전제를 인정하는 것에서부터 출발하는 게 좋다. 물론 그렇게 마음먹었다고 하더라도 그 길을 혼자 가는 거라고 생각하면 외롭고 지칠 수밖에 없다. 뭔가 괜찮은 길동무라도 있으면 좋으련만. 기왕이면 프랑스 지성인에다가 문학과 영화에 두루 소질을 보이는 사람이라면? 멋있는 헤어스타일에 커다란 눈은 부리부리하고 머리가 똑똑해서 평소 천재라는 소리 좀 듣는 그런 사람이라면…….

자, 여기 그런 조건에 딱 맞는 사람이 있으니 그 이름은 조르주 페렉이다. 이 길동무가 이미 죽은 사람이어서 실망인가? 그래도 한때는 살아 있었던 사람이고, 차라리 이 세상을 떠난 사람인 것이 지금 우리들에게는 더 나은 결과일지도 모른다. 만약 여전히 살아 있다면 우리는 지금쯤 이 외계인 같은 작가와 함께 미쳐가고 있을 테니까.

조르주 페렉의 책을 읽은 사람이라면 누구나 이 작가가 엄청나게 논리적인 작품을 쓰고 있다는(혹은 쓰려고 노력했다는) 점에서 우선 놀랄 것이다. 페렉은 실험적인 작품을 추구하는 프랑스의 문학그룹인 '울리포OuLiPo'[04]의 일원으로, 여러 회원들 가운데서도 단연 악명 높은 실험정신을 가진 작가다. 특히 소설을 쓸 때면 어떤 식으로든 수학적인 개념을 그 안에 집어넣곤 했는데, 그런 논리적인 이야기 전개를 좋아하는 독자라면 페렉과 궁합이 딱 맞을 것이다.

페렉은 가지고 있는 명성에 비하면 극히 짧은 시간 동안만 작가로 활동했다. 공식적인 기록에 의하면 작가는 46세 생일을 며칠 앞둔 1982년 3월 3일 기관지암으로 사망했으니 창작 활동은《사물들》을 펴낸 1965년부터 1981년 사이 15년간으로 한정된다.《인생 사용법》은 1978년에 출간됐는데 페렉이 직접 작성한 '인생 사용법 창작노트'는 그 첫 시작이 10년 전까지 거슬러 올라간다. 그러니까 작가로 활동한 15년 중에서《인생 사용법》에 무려 3분의 2를 할애했다. 온전히 이 작품만을 위해서 시간을 보낸 것은 아니지만 페렉이《인생 사용법》을 쓰는 데 얼마나 심혈을 기울였는지 엿볼 수 있는 근거다.

이 소설은 페렉의 모든 능력과 실험정신을 쏟아부었다고 해도 좋을 정도로 거대한 책이다. 99장으로 이뤄진 방대한 분량에 수많은 등장인물, 복잡한 시간 체계, 끝도 없이 등장하는 인용문은 '아케이드 프로젝트'[05]를 연상시킨다. 또 사실인지 거짓인지 경계가 불분명한 여러 일화들까지 《인생 사용법》은 그 제목만큼이나 종잡을 수 없는 깊이를 갖고 있는, 수수께끼 같은 책이다.

작가는 독자를 위해 치밀하게 설계한 아파트를 한 채 준비했다. 그 안에서는 대체 어떤 일들이 일어나고 있는 것일까? 아파트만큼 집과 집이 조금의 틈도 없이 벽 하나만을 사이에 두고 딱 붙어 있는 주거 건축물도 없는데, 아이러니하게도 이웃이 누군지도 모를 정도로 완벽하게 차단된 생활을 할 수 있는 곳도 역시 아파트다. 아파트 문화가 사람 사는 정을 파괴한다는 얘기도 심심찮게 들었다. 정말로 그렇다. 나 역시 옆집에 누가 사는지 모른다. 그걸 당연하게 받아들이고 있다. 아마 옆집에 사는 사람도 나와 다르지 않을 것이다. 페렉이 선택한 소설의 공간은 한 아파트로 한정된다.

아파트 입구로 들어서면, 《인생 사용법》의 첫 문장은 "**그러니까 여**

기서, 이런 식으로, 조금은 무겁고 느리게" 시작한다. 첫 시작부터 알쏭달쏭한 이 문장은 사실 이렇게 말하고 있는 듯하다. "이제부터 보여드릴 내용은 엄청나게 복잡하고 논리적인 계산에 의해 탄생한 결과입니다. 그러니까 출발하기 전에 안전을 위해 벨트를 단단히 매고 심호흡을 한 번 해두시는 게 정신건강에 도움이 될 겁니다." 그리고 곧이어 쉴 틈 없이 99번이나 되는 언어의 급경사 커브를 따라 아파트 이곳저곳을 정신없이 누벼야 한다.

조르주 페렉이 고안한 소설의 무대는 말했다시피 아파트인데 가로세로 각각 열 칸씩으로 이걸 모두 합하면 100군데 장소가 나온다. 이는 그대로 하나하나 소설 속으로 옮겨진다. 작가의 치밀한 계획은, 어쩌면 아무도 예상하지 못했던 첫 문장에서부터 시작된다. 100가지 장소로 이루어진, 100가지 이야기가 등장하는 소설을 쓴다면, 그리고 같은 장소에 대한 이야기는 중복해서 쓰고 싶지 않다면 과연 어느 곳에서부터 어떻게 이야기를 시작하면 좋을까? 쉽게 생각하면 그냥 가장 꼭대기 층에 있는 맨 오른쪽(혹은 왼쪽) 장소를 1번으로 시작하여 순서대로 내려오면 그만이다.

하지만 머리 좀 굴릴 줄 안다는 사람만 모인다는 울리포 고등학교의 전교 1등 같은 천하의 페렉이 그렇게 쉬운 선택을 할 리가 없다. 아마 그렇게 책을 쉽게 썼다면 읽는 사람도 지루했을 것이다. 페렉은 우선 이 아파트를 10×10 모양의 체스판처럼 그려놓고 그 위에 체스 말 중 하나인 '기사Knight'를 올려놓는다. '기사'는 우리나라 장기의 '말馬'과 비슷하게 움직인다. 상하좌우 어느 쪽으로든 두 칸을 간 다음 거기서 다시 좌우를 선택해 한 칸을 더 움직이는 게 이동 규칙이다. 이 규칙을 어기지 않으면서 100칸 모두를 중복 없이 한 번에 움직이려면 '기사'의 최초 출발 위치는 어디여야 할까? 자, 이제 페렉과 두뇌 싸움을 해보자. 예상했겠지만 첫 위치를 아무 곳에나 잡으면 중복 없이 100곳을 방문해야 한다는 과제를 해결할 수 없다. 경쟁심이 있는 독자라면 지금 당장 종이와 연필을 꺼내 10×10짜리 네모로 이루어진 그림을 그려보라. 급할 것 없다. 하지만 머리를 좀 써야 할 거다.

다들 문제를 풀어보셨는가? 이제 페렉이 시도한 행마법을 공개한다. 아파트 맨 꼭대기 층의 가장 왼쪽 끝 장소를 좌표 (1, 1), 바로 그 옆을 (1, 2)라고 했을 때 출발 지점은 (6, 6)이다. 거기서 출발하여 첫 번째 이동은 (7, 8) 그 다음은 (6, 10) ……. 문학동네판《인생사용법》작품 해설 안에 실려 있으니 참조하기 바란다. 사실 중요한 것은 퍼즐 맞추기의 해답이 아니라 페렉이 이 소설의 첫 문장에서 "**그러니까 여기서, 이런 식으로**" 시작한다는 기가 막힌 힌트를 써놓았다는 점이다. 천재들에게는 익살스러운 점이 꼭 있기 마련인데 페렉도 예외는 아닌가보다. 노벨물리학상 수상자인 파인만[06] 씨도 농담을 잘한다고 그러지 않나.

그런데 관찰력이 뛰어난 독자라면 벌써 눈치를 챘을지도 모르겠다. 분명히 10×10, 그러니까 총 100개의 장소를 이동하며 거기에 얽힌 이야기를 풀어내는 게 이 소설의 기본적인 구성방법인데 작품의 맨 마지막 장에 붙은 번호는 100이 아니라 99다. 정확하게 말하면 아파트의 가장 아래에 있는 맨 왼쪽 장소 – 소설에서 여긴 지하창고다 – 는 방문하지 않았다. 왜일까? 99개나 되는 장소를 일일이 거치면서 이야기를 만들어낸 작가에게 거기서 하나를 더해 100개를 채우는 일은 그리 어렵지 않았을 것이다. 그런데 마치 일부러 그런 것처럼 딱 한 개를 빼놓았다. 치밀하고 논리적인 페렉이니까 다 생각이 있어서 그렇게 했겠지!

그 이유에 대해서는 좀 더 이야기를 진행시켜야 한다. 물론 이건 내 생각이니까 책을 다 읽고 난 다음 어떤 사람은 또 다른 이유를 주장해도 된다.《인생 사용법》은 아파트에 살고 있는 사람들과 그 사람들에 얽힌 다른 사람들까지 더해 굉장히 많은 등장인물들이 나오고 그중 누구도 이 소설의 주인공이라고 말하기 힘들다. 주인공이 있다면 아파트 그 자체가 아닐까. 그런 소설에서 가장 마지막에 등장하는 사람은 4층

왼쪽 공간을 임대해서 살고 있는 바틀부스다. 이 사람은 어느 날 엄청나게 많은 유산을 상속받고 평생 동안 부자로 살게 되었다.

그 많은 돈을 가지고 아무것도 하지 않았던 어떤 외로운 남자[07]와 비교해보면 나는 확실히 바틀부스가 마음에 든다. 이름은 '바틀비'[08]와 닮았지만 사고방식은 완전히 반대다. 그는 활동적이며, 주도면밀하고, 계획적이다. 그는 돈을 허투루 낭비하지 않았다. 좀 이상하게 들릴지도 모르지만 바틀부스는 직소퍼즐 맞추는 일에 평생 전념하기로 마음먹는다. 이것을 위해 일단 같은 아파트에 사는 화가에게 10년 동안 수채화 그리는 방법을 배웠다. 이 정도라면 꽤 수준급의 그림 실력을 쌓았을 것이다. 그리고 다음 20년 동안은 전 세계를 돌아다니며 멋진 항구 모습을 담은 수채화 500점을 그렸다. 집으로 돌아온 바틀부스는 직소퍼즐 만드는 장인에게 자신이 그린 그림 500점을 이용해서 퍼즐 500개를 만들어달라고 맡겼다. 이렇게 바틀부스는 퍼즐을 맞추겠다는 필생의 계획을 실행에 옮겼고 20년 동안 퍼즐장인이 만든 직소퍼즐을 맞췄다. 그러다 439번째 퍼즐을 완성하지 못하고 책상에 엎드린 채로 죽었다. 퍼즐의 남은 공간은 'X'자 모양 한 곳이다. 그러나 바틀부스가 손에 들고 있던 마지막으로 남은 조각은 'W'모양이었다. 바틀부스는 끝내 이 수수께끼를 풀지 못하고 죽었다.

비밀은 바로 비어 있는 공간, 혹은 마지막으로 남은 모양이 다른 퍼즐조각에 있다. 그리고 이것은 곧장 페렉이 그냥 지나쳐버린 아파트 지하창고와 맞닿아 있다. 《인생 사용법》은 아파트라는 공간을 활용해 수많은 사람들이 사는 모습을 보여준다. 그들의 인생은 모두 정답을 향해 가고 있는 것일까? 아니 정답이라기보다도, 이 사람들은 모두 잘 살고 있는 것일까? 잘 산다는 것은 무엇을 의미하는 걸까? 어떤 사람과 비교해서 다른 사람의 인생을 판단할 수 있는 것일까? 책을 덮고 나면 소설에 나오는 등장인물만큼이나 많은 질문이 머릿속을 가득 메운다.

정확하고 치밀한 계산 아래에서 완성한 소설 《인생 사용법》을 통해 페렉이 들려주고 싶었던 말은, 사실 우리의 인생이 그렇게 논리적이지 않다는 역설이다. 오히려 인생의 어떤 부분은 영원히 궁금증으로 남아 있어도 좋을 것이다. 살다 보면 짝이 들어맞지 않는 퍼즐 조각이 나오기도 한다. 그건 그것대로 그냥 두어도 좋다. 완벽한 사람이 없듯, 완벽한 인생도 없는 법이다. 세상은 기대만큼 그렇게 완벽하지 않다는 걸 인정하면 마음속 풍경은 사뭇 달라진다. 완벽하지 않은 세상에서 사는 것이니까 누구도 완벽한 인생을 살아내려고 힘들게 노력하지 않아도 좋다. 그것보다는 다른 사람이 사는 모습을 존중하고 있는 모습 그대로 받아들이는 노력이 더욱 소중하다.

조르주 페렉은 짧은 인생을 살다 40대 나이에 죽었다. 더 오래 살았더라면 우리에게 지금보다 많은 얘기를 들려줄 수 있었을 텐데 아쉽다. 하지만 그보다 오래 살았다면 분명히 정신이상자가 됐을 거다. 그만큼 순수한 정신을 갖고 살았던 작가이기 때문이다. 세상이 미쳐 있는데 이런 세상에 살면서 미치지 않은 사람이 있다면, 바로 그 사람이야말로 진짜 미친 사람이라고 하는 우스갯소리 비슷한 참말이 있다. 페렉이 살았다면 그런 취급을 받았겠지. 그럴 바에는 차라리 죽어서 영원히 빛나는 하늘의 별이 되는 편이 낫다.

별처럼 반짝이던 실험정신으로 매번 새로운 작품을 탄생시켰던 페렉이 죽은 바로 그해, 1982년에 발견된 2,817번째 행성에는 그의 이름을 따서 '조르주 페렉'이라는 명칭이 붙여졌다. 하늘은 어제 내린 눈 때문에 맑아졌고 창밖엔 별이 몇 개 보인다. 지금은 2014년 12월 13일이고, 새벽 두 시가 얼마 남지 않은 시각이다.[09]

오만과 편견 *Pride and Prejudice*

제인 오스틴 지음, 이미선 옮김

현대문학, 2014년

The

First

Sentence

상당한 재산을 가진 독신 남성에게 틀림없이 아내가 필요할 것이라는 사실은 널리 인정된 진리다.

실망과 울적함이여, 안녕[01]

세상엔 책이 많다. 우리나라만 하더라도 하루도 빠짐없이, 마치 아기가 태어나듯이 다 셀 수도 없을 만큼 새로운 책들이 쏟아져 나온다. 가끔 대형서점에 나가보면 나는 그곳이 사막처럼 느껴지기도 하고, 어떨 때는 그렇게 많은 책들 가운데 뚝 떨어져 미아가 된 것 같아서 가슴이 답답해지기도 한다. 이런 생각도 해본다. 세상에 있는 책을 다 모은다면 그 수가 얼마나 될까? 지구에 사는 인간들을 모두 합치면 72억 명이 조금 넘는다고 한다. 확실한 건 모르지만, 나는 오랫동안 세계에 있는 책을 다 모으면 당연히 사람보다 많을 거라고 믿는다.

아무리 책을 좋아하는 사람이라고 하더라도 태어나서 죽을 때까지 세상에 존재하는 모든 책을 다 읽을 수는 없다. 그러면 범위를 조금 좁혀보자. 우리나라에서 태어난 사람이 죽을 때까지 – 길게 잡아서 100년 동안이라고 해보자 – 우리나라말로 된 모든 책을 다 읽을 수 있겠는가? 장 폴 사르트르의 소설《구토》에 나오는 이상한 독학자[02]처럼 무모한 모험심이 강한 사람이라면 도전해볼 수는 있겠지만 현실적으로 달성하기에는 불가능하다. 그렇다면 범위를 더 좁혀서 읽어낼 책을 소설 분야에 한정 짓는다고 해보자. 이것도 역시 불가능할 것 같다. 그렇다면 더 좁혀서 하버드대학교나 뭐 그런 유명한 단체에서 선정한 위대한 소설 100선 같은 목록이 있다고 하면, 그건 어떤가? 100권 정도라면 도전해볼 수도 있겠다. 그런데 막상 호기심이 생겨 유명한 선정 목록을 살펴보면 이내 실망하고 만다. 그중에서 내가 읽은 책이 별로 없다. 또 앞으로도 읽고 싶지 않은 책들이 대다수라는 걸 봤을 때 다시 한 번 절망한다.

책 읽기 좋아하는 사람들은, 이건 아마 영화나 음악에도 해당될 것 같은데, 은근히 반골 기질이 있다. '이유 없는 반항' 같은 거라고 할까? 세계적으로 유명한 작품, 시쳇말로 전문가라고 하는 사람들이 선택한 작품은 별로 읽고 싶지가 않다. 내 경우 예를 들면《레 미제라블》,《걸리버 여행기》,《로빈슨 크루소》,《파리대왕》,《몽테크리스토 백작》,《적과 흑》,《좁은 문》등 다 열거하기도 힘든 이런 명작들을 성인이 될 때까지 읽어볼 생각도 하지 않았다. 물론 책에 관해서라면 좀 허세를 부리고 싶은 마음이 컸던 어린 시절, 대학교 다닐 때까지는 다른 사람이 물어보면 꼬박꼬박 그런 책들을 다 읽었다고 말해버렸다. 워낙 유명한 책들이기 때문에 안 읽었다고 하면 뭐랄까, 자존심이 상한다고 생각했기 때문이다. 이런 게 바로 이율배반이라고 하나? 자존심 때문에 일부러 유명한 작품을 안 읽었던 건데 한편으론 같은 이유를 들어서 읽었다고 뻔뻔스럽게 거짓말을 했으니 말이다.

돌이켜보면 내게 책에 대해 물어봤던 사람도 대부분은 저런 책을 안 읽었을 것 같다. 그렇기 때문에 우리들은 서로 외줄타기를 하듯 아슬아슬하게 대화를 할 수 있었던 거다. 솔직한 말로, 대화 당사자 모두가 책을 읽었을 때보다 안 읽었을 때 대화가 더 잘 통한다. 지금까지 경험에 의하면 심지어 두 사람 모두 책을 읽은 경우는 둘 중에 한 사람만 읽었을 때보다 더 말이 안 통한다.

나의 이런 경솔함, 혹은 오만함이라고 할 수도 있는 행동은 대학을 졸업하고 직장 생활을 하면서도 한동안 계속됐다. 주위에서는 내가 책을 제법 읽은 사람이라는 소문이 있음에도 구차하게 그걸 일부러 검증하려고 드는 사람도 딱히 없었다. 나는 신나게 읽지도 않은 책에 대해서 떠벌일 수 있었고, 물론 나중에 그렇게 했던 책들 중 대다수를 진

상당한 재산을 가진 독신 남성에게
틀림없이 아내가 필요할 것이라는 사실은 널리 인정된 진리다.

Jane Austen

짜로 읽어야 했지만(일말의 양심은 있었던 건지 내가 지껄였던 말들이 맞는지 틀리는지 나조차도 궁금할 때가 있었던 것이다!) 어느 정도 책들은 제목만 듣고 속된 말로 마구잡이 '썰'을 풀어낼 수 있는 경지에 이른 상태였다.[03] 언제고 검증될 가능성이 낮아 보이는 책들은 더욱 강한 썰을 풀어냈고 나중엔 그런 상황을 은근히 즐기기까지도 했다.

한번은 다른 팀에 근무하는, 평소에 내가 좀 재수 없는 녀석이라고 느끼고 있던 직원 하나가 회식자리에서 대뜸 이런 얘기를 꺼냈다. 사실은 바로 이런 면이 나로 하여금 그 녀석을 재수 없는 인간이라고 믿게 만들었다. 왁자하게 떠들면서 고기를 구워먹는 자리에 전혀 어울리지 않게 여직원들에게 이런 소릴 하는 거였다. "여러분, 제가 얼마 전에 '야만과 편견'이라는 책을 읽었는데 말이죠……." 하지만 예상과는 달리 그 순간 내가 보기에 몇몇 여직원들은 녀석에게 뭔가 감동한 눈길을 보내고 있는 것처럼 느껴졌다. 그런 행동을 보면서 한참을 꿍한 표정을 짓고 있었는데 갑자기 나에게 그 책에 대해서 아느냐고 묻는 것이다. 아주 당연하게도 나는 그 책을 아는 것은 물론 벌써 읽었노라고 말해버렸다.

결국 우리 둘은 죽이 맞아서 누가 이기는가 보자는 심정으로 '야만과 편견'이라는 책에 대해서 큰소리로 이런 저런 얘기를 나누게 되었다. 그것 때문에 신경을 곤두세우느라 정작 불판 위에 있는 고기는 거의 먹지도 못했다. 책 얘기는 점점 더 깊은 대화로 이어졌고 그런 책을 읽어본 적도 없는 나는 녀석이 하는 말보다 더 멋있게 이야기를 풀어내려고 무진 애를 쓰고 있었다. 내심 나의 이런 임기응변에 스스로 놀라기까지 하면서.

더 놀라운 사실은 처음에 이 대화를 시작했던 녀석이 내가 즉흥적으로 꾸며낸 가상의 책에 대한 의견에 전적으로 동의한다면서 나를 추켜세워주는 것이다. 우리들은 죽이 맞아서 거의 반 시간 동안이나 '야만과 편견'이라는 책에 대한 대화를 자연스럽게 이어나갔다. 심지어 회식이 끝날 무렵에는 우리 두 사람이 제법 말이 잘 통하는 사람이라는 걸 느꼈고 내가 지금까지 이 녀석을 재수 없는 인간이라고 생각했던 걸 속으로 반성했다.

집으로 돌아와서 나는 당장 컴퓨터를 켜고 온라인 서점에 접속해서 '야만과 편견'이라는 책을 검색했지만 아무런 결과도 얻지 못했다. 국립중앙도서관 홈페이지에 들어가서 검색을 해봤는데도 역시 그런 책에 대한 정보는 찾을 수 없었다. 말하자면 그건 애초에 존재하지도 않는 책이었다. 맙소사 실체도 없는 책에 대해서 그렇게 오랫동안 즐거운 대화를 나눌 수 있었다니! 내 자신이 한심해졌다.

그 책이 바로《오만과 편견》의 제목을 잘못 읽은 것이라는 사실을 알기까지는 채 한 달이 걸리지 않았다. 대형서점에 나갔을 때 소설 코너를 지나면서 바로 그 책을 보았고, 그 즉시 우리가 신나게 수다를 떨었던 책의 정체가 바로 저것이라는 확신은 의심의 여지가 없었다. 이런, 재수 없는 데다가 오만하기까지 한 인간을 봤나! 그렇다면 녀석도 애초에 모르는 책을 갖고 그렇게 너스레를 떨었던 게 아닌가. 나는 당장 그 책을 사들고 집으로 왔다. 저녁도 먹지 않고 내 방에 들어가서 새벽이 될 때까지 오기로 그 책을 다 읽어버렸다. 격양된 상태에서 책을 읽어서 그랬는지 오히려 책 내용이 더 마음에 잘 와 닿았다. 사실은 서점에서 그 책을 열고 첫 문장을 봤을 때 당장 이걸 끝까지 읽어야겠다는 결심이 섰다.

"상당한 재산을 가진 독신 남성에게 틀림없이 아내가 필요할 것이라는 사실은 널리 인정된 진리다."

모든 소설가들에게 첫 문장은 가장 신경 쓰이는 부분이겠지만, 특히 제인 오스틴이 쓴 이 문장만큼 짧고 담담하게 소설 전체 내용을 잘 요약한 걸 본 적이 없다. 제목처럼 이 얼마나 '오만'하고 '편견'에 가득 찬 문장인가. 재산이 많다고 해서 꼭 아내가 당장 필요한 것도 아닐

텐데 작가는 이것이 **널리 인정된 진리**라고까지 말한다. 이 첫 문장이 마음을 사로잡았다. 이 오만한 문장을 시작으로 작가가 도대체 어떤 이야기를 풀어낼 수 있을지 궁금했다.

소설은 서너 쪽 정도 되는 분량의 짧은 장을 이어 붙인 구성으로 속도감 있게 진행된다. 핵심적인 내용은 첫 문장에 이미 다 나왔다. 결혼 적령기에 접어든 청춘 남녀가 결혼에 이르는 과정이 줄거리 전부다. 분량이 이렇게 길어진 데는 그럴 만한 이유가 있다. 요즘 말로 하자면 연애를 하면서 서로 '밀당'을 하는데, 그 사연들이 아주 감칠맛 나게 소설 속에 녹아들었다. 조금은 정상적이지 않은 이유로 이 책을 읽게 되었지만 너무도 재미있게 봤기 때문에 그 후로 여러 사람들에게 《오만과 편견》 읽기를 권했다. 심지어 내가 직접 책을 사서 선물을 했던 적도 여러 번이다. 한창 연애에 관심 있는 젊은이들 치고 제인 오스틴만큼 흥미로운 이야기를 들려주는 사람이 또 있을까.

세상에는 책이 많은 것만큼 다양한 사람들이 존재하는 법. 내가 《오만과 편견》을 권했을 때 고맙다고, 정말 재미있었다고 말해주는 사람이 있는 반면, 전혀 다른 반응을 보이는 이들도 적지 않았다. 그들의 불만은 한결같이 책 내용이 너무 진부하다는 것이다. "이거 요즘 드라마에 나오는 내용하고 똑같잖아? 전혀 신선하지가 않네." 그럴 때마다 불만을 일시에 종식시키는 대답을 해준다. "이 책이 진부한 것일까? 아니면 드라마가 진부한 것일까?《오만과 편견》이 무려 200년 전에 쓰인 소설이라는 걸 생각해보면 진짜 진부한 게 뭔지 답이 나올걸?" 그러면 열에 아홉은 깜짝 놀란다. 어떻게 200년 전에 이처럼 현실적인 연애 이야기를 쓸 수 있었을까?

영국 사람들은 찰스 디킨스와 함께 제인 오스틴을 셰익스피어에 견줄 만한 작가로 꼽는다. 평생 발표한 책이 여섯 권뿐이고 그 내용도 모두 '연애소설'에서 벗어나지 않은 제인 오스틴을 이렇게 높이 평가하는 이유는 단연 놀랍도록 생생한 등장인물들의 심리묘사 때문이다.《오만과 편견》만 하더라도 소설은 전지적 작가시점으로, 작가가 소설의 흐름은 물론 인물들의 속마음까지 독자에게 모든 것을 다 알려준다. 이런 시점의 소설을 읽는 것은 뚜렷한 장단점이 있다. 일단 소설 속 인물들이 어떻게 행동하고 생각하는지 작가는 굳이 돌려서 설명할 필요가 없어 좋다. 읽는 사람 입장에서도 괜히 머리 쓸 필요 없이 술술 읽으면 그만이다. 그러나 이런 시점이 가장 위험한 것은 독자에게 소설이 너무 따분해진다는 것이다. 인간은 생각하는 동물이라고 하지 않던가. 하물며 컴퓨터 게임을 하면서도 머릿속으로는 갖가지 생각을 하기 마련인데, 소설을 읽을 때 아무런 노력이 들지 않는다면 결국 책장을 닫고 나서는 시시하다는 느낌이 들기 쉽다.

이런 면에서라면 제인 오스틴은 위험한 줄타기를 하고 있는 셈이다. 예를 들어 소설 속에서 작가는 다섯 딸들의 어머니인 베넷 부인을 이렇게 묘사한다. **"그녀는 이해력이 부족하고 무식하며 시도 때도 없이 기분이 바뀌는 여자였고, 자기 성에 차지 않으면 신경증이 도진 것이라 생각했다. 평생 과업은 딸들을 결혼시키는 것이었고, 사는 낙은 이웃집을 방문해 수다를 떠는 것이었다."**(13쪽) 특이한 사람처럼 보이지만 어쩌면 200년 전 영국의 시골 마을에 사는 딸 다섯 가진 어머니로서는 평범한 인물이라고 할 수도 있다. 그런 걸 감안하더라도 작가가 이렇게 직설적으로 등장인물에 대해 설명하는 건 위험한 일이다.

하지만 줄타기 곡예사에게는 늘 그만의 안전장치가 있기 마련이다. 이를테면 높은 외줄 위에서 균형을 잡을 때 사용하는 가로로 긴 막대기처럼 말이다. 제인 오스틴은 독자들이 인물 분석에 열중하기보다는 치밀하고 현실적인 연애 이야기에 더 관심을 갖도록 이끈다. 여기도 위험 요소는 있다. 연애 이야기는 동서고금을 막론하고 늘 있어 왔지만 이런 소설이 명작으로 대접받은 일은 별로 없다. 아무리 잘 써도 흔한 사랑 이야기에 지나지 않으니까. 따져보면 대부분의 소설에 사랑

이야기가 들어가 있긴 하다. 하지만 그건 일종의 양념이다. 제인 오스틴의 대단한 점은 남들이 그저 양념으로 이용하는 흔한 재료를 가지고 최고의 음식을 만들어냈다는 데 있다. 《오만과 편견》은 워낙 내용 전개가 빠르고 사람들 사이의 관계가 복잡하게 얽혀 있어서 읽다 보면 속도감 때문에 현기증이 날 정도다. 평소 일본소설처럼 빠른 전개가 특징인 작품을 별로 즐기지 않는 내게 제인 오스틴의 소설은 그야말로 놀이동산의 롤러코스터 수준이다.

나조차도 이 소설이 처음 시작할 때 빤한 내용일 거라고 장담했지만, 만약 정말 그랬다면 제인 오스틴이 지금처럼 유명해지지 않았을 것이다. 크게 보면 베넷 가家의 여러 딸들 중에서 맏딸인 제인과 바로 밑인 엘리자베스가 각각의 남자들과 엮여 있는 모습이 결코 단순하지 않은 재미를 선사한다. 그저 그런 재력을 갖고 있는 베넷 가에는 딸이 다섯이나 있는데 제인과 엘리자베스는 이제 혼기가 꽉 찬 처녀다. 마침 건넛마을에 부자인 데다가 아직 결혼하지 않았고, 젊고 잘생기기까지 한 '빙리'라는 청년이 이사를 온다. 당연히 베넷 부인은 자신의 딸들과 맺어지기를 바라면서 빙리가 참석하는 무도회에 가족을 이끌고 출동한다. 그런데 빙리는 혼자가 아니라 친구가 있다. 그 이름은 '다아시'. 다아시는 잘 웃고 붙임성이 좋은 빙리와는 딴판으로 무도회에서 사람들과 어울리려고 하지 않는다. 당연히 베넷 부인을 비롯한 다른 이들 모두 다아시의 첫인상을 보고 그가 너무 거만하다는 편견을 가진다. 사람의 말과 행동을 늘 관심 있게 보며 그를 통해 자신만의 결론 만들기를 즐기는 베넷 가의 둘째딸 엘리자베스만이 다아시의 이런 행동을 면밀히 관찰한다.

타인을 별 생각 없이 모두 좋아하는 언니와는 달리, 자신을 신중한 관찰자라고 평가하고 있는 엘리자베스는 첫 무도회 때부터 언니와 빙리가 좋은 관계로 발전될 것을 예상한다. 그런데 엘리자베스는 계속 빙리 곁에 붙어 있는 다아시의 오만한 행동이 무척 불만스럽다. 소설은 처음 제인과 빙리의 연애 이야기가 중심을 이루는가 싶더니 어느 순간 예상과 달리 다아시와 엘리자베스 사이에 묘한 사랑의 기류가 만들어진다. 그러나 엘리자베스는 고집이 세고 합리적인 행동을 하는 여성이다. **"바위와 산에 비하면 남자들이 대수인가요? …… 감탄보다는 근거가 더 확실해야 하니까요."**(235쪽) 엎치락뒤치락 인물들마다 복잡하게 연애가 얽혀 있는 가운데 이런 멋진 말을 할 수 있는 사람은 소설 전체에서 엘리자베스뿐이다.

사실 언니 쪽은 별 문제가 없다. 제인은 예쁘고 착해서 어떤 남자라도 다 좋아할 만한 스타일이다. 그리고 빙리는 꾸밈이 없고 친절하다. 게다가 무도회에서 빙리는 줄곧 제인에게 관심을 드러내지 않았던가. 걸림돌은 의외로 다아시였다. 다아시가 빙리에게 가문의 수준이 서로 맞지 않는다며 제인과 교제하지 말 것을 권유한 사실이 엘리자베스의 귀까지 흘러든다. 빙리는 절친인 다아시에게 이끌려 급기야 마을을 떠나고 만다. 그러는 사이 신사다운 품성을 지닌 군인 위컴이 등장하여 엘리자베스의 마음을 흔든다. 위컴은 다아시를 어릴 때부터 알고 지냈는데 자신과 계급이 비슷한 사람이 아니면 상대를 하지 않는, 질이 나쁜 사람이라고 일러준다. 지난날 자신에게 못된 행동을 한 적이 있다는 것도 폭로한다. 위컴에게 호감을 갖고 있던 엘리자베스는 더욱 다아시를 용서할 수 없고 그에 대한 편견은 믿음으로 굳어진다. 이런 상황에 다아시는 갑자기 엘리자베스를 찾아와서 청혼을 한다. 사실 다아시는 오래전부터 엘리자베스를 마음에 두고 있었던 것이다. 당연히 이 청혼은 단박에 거절당한다.

"당신의 태도를 보고 당신이 오만하고 잘난 체하며 다른 사람들의 감정을 무시하는 이기적인 사람이라는 인상을 받았어요. 그게 당신을 못마땅하게 여기게 된 근거가 되었고, 이후에 이어진 여러 사건들이 쌓여서 너무나 확고부동한 혐오감이 만들어졌죠."(291쪽)

엘리자베스는 다아시 앞에서 성격대로 단호하고 확실하게 청혼을 거절하는 이유를 설명한다. 다아시는 영문도 모른 채 너무도 완강하게 거절하는 엘리자베스 앞에서 그만 돌아서야 했다.

이후부터 이야기는 더욱 흥미진진해진다. 다아시 때문에 헤어진 제인과 빙리는 다시 합쳐질 수 있을지, 그보다 다아시의 청혼을 거절했던 엘리자베스는 위컴과 어떤 관계를 이어갈지, 다아시와 위컴의 알려지지 않은 과거 사건에 대한 이야기도 역시 독자들을 잠 못 들게 한다. 앞서 말했듯이 제인 오스틴은 인물들이 어떤 성격인지, 무슨 생각을 하고 있는지 일일이 독자에게 말해주고 있음에도 불구하고 소설 읽기를 멈출 수 없게 만드는 재능이 있다. 소설 속에 펼쳐지는 사건 하나하나가 너무나도 사실적이어서 혹시 이런 일을 실제로 본인이 겪은 게 아닌가 싶은 의문이 들 정도다.

어쩌면 그랬을 수도 있다. 제인 오스틴은《오만과 편견》을 1796년에 쓰기 시작했는데, 바로 1년 전에 소설 속에 나오는 것과 비슷한 연애 경험이 있었다. 시골 마을에 살았던 제인 오스틴은 옆 동네로 이사 온 멋진 아일랜드 청년 토머스 르프로이를 보고 첫눈에 반한다. 르프로이 역시 제인 오스틴에게 반한다. 둘은 여러 번 무도회에서 만나 춤을 추고 서로를 사랑하게 되었다. 그러나 르프로이는 런던으로 돌아가 변호사가 되어야 했는데, 그러려면 막대한 돈이 필요했다. 평범한 중산층 자녀였던 르프로이는 결국 가족의 권유로 부유한 가문의 여성과 결혼했다. 《오만과 편견》에 나오는 베넷 가처럼 막대한 지참금을 준비할 여력이 없었던 제인 오스틴의 집안 형편은 두 사람을 갈라놓고 말았다. 물론 소설의 내용과 이 실제 작가의 사랑 이야기가 완전히 같지는 않더라도 경험에서 우러나온 소재라는 점은 의심의 여지가 없다. 나중에 제인 오스틴은 다른 부유한 남자에게 청혼을 받았지만 고민 끝에 거절했다. 당시 사회적 분위기를 생각하면 여자가 돈 많은 남자에게 팔려가듯 결혼하는 건 평범한 일이었다. 하지만 그녀는 끝내 사랑 없는 결혼보다는 작가로서의 삶을 택했다. 결국 제인 오스틴은 죽을 때가지 독신으로 살며 소설을 썼다.

200년 전에 살았던 여성 작가가 작가로 활동하는 데에는 여러 가지 제약이 따랐다. 제인 오스틴은 집필실도 따로 가지지 못했다. 오랜 시간이 지난 뒤 버지니아 울프는 여성이 작가로 활동하기 위해서는 '돈'과 '자기만의 방'이 필요하다고 말했다. 하물며 그보다 100년이나 전에 살았던 여성 작가에게는 더 큰 불편함이 있었으리라. 제인 오스틴은 늘 사람들이 오가는 거실에서 소설을 썼다. 그녀가 소설을 쓴다는 사실은 가족 외에 아는 사람이 거의 없었다. 가족들도 설마 직업으로 소설을 쓰고 있는 거라고는 생각하지 못했다. 그저 무엇을 끄적거리는 취미가 있는 걸로만 생각했다. 그나마 제인 오스틴에게 가장 힘이 되었던 것은 아버지였는데, 마치《오만과 편견》에 나오는 베넷 가의 가장처럼 사려 깊고 믿음직한 인물이었다. 아버지는 딸이 쓴 몇몇 원고를 출판사에 우편으로 보내주기도 했다. 아마 아버지의 이런 노력이 없었다면 이 시대의 명작은 탄생하지 못했을 수도 있다.

《오만과 편견》이 처음 우편 봉투에 넣어져 출판사 사무실에 배달되었을 때 제목은《첫인상》이었다. 물론 소설 내용이 어느 정도 사람의 첫인상에 대한 이야기를 다루고 있지만 그 제목은 너무 직설적이고 진부한 느낌이었다. 몇몇 출판사에서 원고를 반송한 다음, 드디어 토마스 에거튼 출판사에서 긍정적인 회신이 왔다. 출판사는 소설 제목을《오만과 편견》[04]으로 바꿔볼 것을 권유하여 작품은 빛을 볼 수 있게 되었다. 만약 이 소설이 그대로《첫인상》이라는 밋밋한 제목으로 출판이 됐더라면 분명히 지금과는 다른 인기를 누렸을 것이다.

제인 오스틴의 소설은 처음 나왔을 때부터 어느 정도 인기를 누렸지만 후에 등장하는 찰스 디킨스 등에게 밀려서 찾는 사람이 점점 적어졌다. 하지만 이상하게도 이 연애소설 작가는 20세기 들어 다시금 폭발적인 인기 작가가 됐다. 현대인들이 날마다 겪고 있는 인간관계의 문제점과 그 해결의 어려움을 200년 전에 제인 오스틴은 이미 간파했기 때문이다. 지금 다시 생각해보니 십수 년 전, 회식 자리에서 그 재수 없는 녀석이 하려고 했던 말이 바로 그게 아니었을까 하는 생각이 들 때가 있다. 인류의 역사를 통해 지금처럼 발전된 때가 없지만 한편으론 인간이 가장 오만한 정신을 가지고 사는 것도 요즘이다. 다시금 읽어본 《오만과 편견》의 이 대목은 손이 닿지 않는 어느 곳을 쿡쿡 찌르는 듯 미묘한 자극을 준다.

"허영과 오만은 다른 것이지만 두 말은 종종 비슷한 뜻으로 사용되곤 해. 사람은 허영심이 없어도 오만할 수 있지. 오만은 우리가 우리 자신을 어떻게 생각하느냐와 더 연관이 있고 허영은 다른 사람이 우리를 어떻게 생각해 주었으면 하는 것과 더 연관이 있어."(35쪽)

하루라도 인간관계를 떠나서는 살지 못하는 게 우리들이다. 사람과 엮여 산다는 것은 즐거울 때도 있지만 고통스러운 경우가 더 많다. 그런 스트레스 때문에 병을 얻기도 한다. 스트레스를 받지 않으려고 아예 자기 주위에 벽을 쌓는 사람들도 있다. 외부로부터 들어오는 공격을 막는 것이라고 변명할 수도 있겠지만 대부분의 경우 그것들은 오만과 허영심의 장벽이 되어 오히려 자신을 그 안에 가둬버린다. 제인 오스틴은 가볍게 치부될 수도 있는 연애소설이라는 방법을 통해 사람들에게 많은 것을 경고하고, 또 아픈 상처를 지닌 사람들을 위로한다. 200년 전 출판된 이후 지금까지 한 번도 절판된 적이 없다고 하는《오만과 편견》은 그만큼 유명한 책이지만, 앞으로도 많은 이들에게 삶과 사랑의 소중함을 일깨워주는 값진 책으로 기억될 것이다.

분신Двойник:Петербургская поэма

표도르 도스토예프스키 지음, 석영중 옮김

열린책들, 2010년

The First Sentence

9등 문관 야꼬프 뻬뜨로비치 골랴드낀이 긴 잠에서 깨어나 하품을 하고, 기지개를 켜고, 마침내 눈을 번쩍 치켜 뜬 시각은 아침 여덟 시쯤이었다. 하지만 잠에서 깬 건지 아직 자고 있는 건지, 자신의 옆에서 지금 일어나고 있는 모든 일이 꿈인지 현실인지, 그것도 아니면 어지러웠던 간밤 꿈자리의 연속인지 아직 알아차리지 못한 사람처럼, 그는 한 2분 동안 꼼작 않고 이불 속에 누워 있었다.

표도르 도스토예프스키
분신

우리가 시작하지 않은 것은, 우리가 끝낼 수 없다 01

첫 번째로 발표한 소설이 큰 성공을 거두자 도스토예프스키는 우쭐한 기분이 들었다. 이 야심찬 젊은 작가는 여세를 몰아 두 번째 소설에서 확실히 위대한 작가가 무엇인지 보여주고 싶었다. 그리고 실제로 그런 소설을 썼다. 도스토예프스키는 두 번째 소설 《분신》이야말로 세계에서 가장 위대한 작품이 될 만한 자격이 충분하다고 믿었다. 자신만만한 기분에 들뜬 신인 작가는 자신이 쓰고 있는 《분신》은 위대한 작품이 될 거라고 주변 사람들에게 떠벌리고 다녔다.

많은 사람들의 기대를 안고 드디어 두 번째 소설이 발표됐을 때, 미래의 '대문호'는 자신이 내린 판단이 완전히 빗나갔다는 걸 인정해야만 했다. 독자들은 이 우습지도 않은 소설을 읽고 당황했다. 과연 이 소설이 얼마 전까지 촉망받던 최고의 루키가 쓴 작품이 맞는지 의심할 수밖에 없었다. 평론가들도 마찬가지였다. 장편이라고 부르기에는 모호한 분량에 개연성 부족한 엉성한 내용, 게다가 주인공의 성격과 행동도 이야기 진행에 따라 일관성 없이 자꾸만 바뀐다며《분신》을 혹독하게 비판했다.

그러나 당시는 작가의 진면목이 드러나기에는 이른 시기였다. 만약 독자와 평론가들이 앞으로 도스토예프스키가 어떤 작품을 써내게 될지 미리 알았더라면《분신》이 나왔을 때 그렇게 나쁜 평가를 내리지 않았을 것이다. 그로부터 오랜 시간이 지났지만 여전히《분신》은 연구의 대상이다. 당시의 평가는 틀리지 않았다.《분신》은 실제로 좀 엉성한 면이 있는 작품이다. 하지만 좀 더 넓은 시각으로 본다면 충분히 이 작품을 구해낼 수 있다. 불쌍한 우리들의 친구 골랴드낀 씨를 무작정 매장당하게 놔둘 수는 없다. 골랴드낀 씨는 사실상 도스토예프스키의 거의 모든 소설 속 주인공들의 모티브가 될 만한 충분한 요건을 갖추고 있다. 좀 더 칭찬을 해보자면《분신》은 앞으로 쓰일 대문호의 작품 앞에 놓이는 위대한 서문에 해당한다.

첫 시작은 늘 중요하다. '첫 단추를 잘 끼워야 한다'는 옛말이 있듯 시작은 무슨 일을 하든지 가장 심각하게 고려해야 할 대상임에 틀림없다. 그런데 이건 야속하게도 도스토예프스키의 소설에 접근하기 어렵게 만드는 첫 번째 장벽이기도 하다. '도끼선생'[02]은 본격적으로 소설이 시작되기 전에 그런 이야기가 있게 된 계기라든지 암시 같은 것을 앞쪽에 장황하게 써놓는 게 특징이다. 그런데 이 부분이 지독하게도 재미가 없다. 여기만 넘어가면 다음부턴 도끼선생 특유의 재미있는 이야기가 전개되는데, 여길 넘어가는 게 진짜 힘들다. 그렇다고 건너뛰기도 뭣하다. 도끼선생의 소설을 여러 편 읽어보면 알겠지만 이 앞쪽의 지루한 부분에 대한 이해가 결국 마지막에 가서야 풀리기 때문이다. 이것도 대작가의 능력이라면 능력이겠다.

그러니 도끼선생의 소설을 볼 때는 특히 맨 앞부분을 유심히 관찰한다. 그 앞부분 중에서도 가장 처음에 나오는, 첫 문장은 더 얘기할 필요도 없다.《분신》은 이제부터 쓰일 대문호의 작품세계를 여는 첫 시작과 같다고 말했다. 이렇게 말해둔다면 다소 이상하고 엉성한 이 소설을 참고 읽는 데 도움이 될까? 물론 그렇다. 그럼, 지금부터 비밀스런 도끼선생의 첫 문장을 향해 들어가보도록 하자.

도끼선생의 소설이 늘 그렇듯 우리들의 주인공은 9등 문관, 그러니까 하급 관리다. 이름은 좀 어렵다. 야꼬프 뻬뜨로비치 골랴드낀.

이야기는 골랴드낀 씨가 아침에 잠에서 깨어 "**하품을 하고, 기지개를 켜고, 마침내 눈을 번쩍 치켜 뜬**" 것으로부터 시작한다. 평범한 주인공에게 매일 일어날 만한 더없이 평범한 아침 풍경이다. 기대조차 하지 않았지만 소설의 중요한 장치인 '분신'은 아직 등장하지 않았다. 분신은 자기와 똑같이 닮은 사람, 아니 완전히 똑같은 사람을 뜻하는데 독자 입장에서는 이런 분신이 빨리 등장하기를 기대할 것이다. 하지만 도끼선생의 스타일을 잊었는가? 분신이 나오려면 멀었다. 총 13장으로 구성된 소설에서 분신이 처음으로 등장하는 곳은 제5장이니까 참고 기다려야 한다.

그런데 도끼선생은 앞으로 분신이 나오게 됨으로써 겪게 될 이상한 사건들을 평범하게 보이는 첫 시작에서 암시를 해두고 있다. 바로 이런 곳을 찾아내며 읽는다면 지루한 첫 부분도 그리 힘들지만은 않을 것이다. 보라, 골랴드낀 씨는 '눈을 번쩍 치켜'떴다. 아침에 눈을 뜰 때 눈을 번쩍 치켜뜨는 경우는 뭔가 불안한 느낌 때문이다. 회사에 출근해야 하는데 늦잠을 잔 것 같다든지, 혹은 전역한 지 10년이 지났음에도 군대에 재입대하는 꿈 같은 걸 꿨을 때 그렇다. 어쨌든 골랴드낀 씨는 무언가 불안한 느낌이 들어서 그렇게 갑자기 잠에서 깨어난 것이다.

그 이유는 바로 다음에 이어진다. 그리고 이 부분은 놀랍게도 《분신》이라는 소설 전체를 한마디로 정리하는 멋진 문장이다. 눈을 뜬 골랴드낀 씨는 잠에서 깬 건지 아직 자고 있는 건지, 자신의 옆에서 지금 일어나고 있는 모든 일이 꿈인지 현실인지, 그것도 아니면 어지러웠던 간밤 꿈자리의 연속인지 아직 알아차리지 못한 사람처럼 몽롱한 기분이다. 소설 내용을 보자면 당연히 현실과는 거리가 있다. 어느 날 갑자기, 아무런 이유도 없이 자기와 똑같이 생긴 사람이 나타나서 골탕을 먹는다는 게 줄거리의 전부인데, 골랴드낀 씨는 이렇게 될 것을 이미 예감하고 있는 것이다. 골랴드낀 씨 입장이라면 당연히 이런 사건들이 **긴 잠에서** 겪은 꿈이었다면 좋았을 것이다. 하지만 그건 꿈이 아니다. 그렇다고 현실이라고 믿기도 어렵다. 차라리 **간밤 꿈자리의 연속**이라며 억지 생각을 집어넣고 싶다.

소설은 이렇게 꿈인지 현실인지 모를 이상한 일들을 겪는 골랴드낀 씨가 그런 사건들을 어떻게 대처하고 있는지 보여준다. 만약 소설이 아니라 정말로 이런 희한한 일을 실제로 겪게 된다면 어떨까? 생각만으로도 머리가 지끈지끈하다. 당연히 어떻게든 피하고 싶은 일이다. 하지만 골랴드낀 씨는 이 안 좋은 예감을 그대로 받아들인다. 마치 이 예감이 오래전부터 자신에게 예비된 운명이라도 되는 것처럼.

“골랴드낀 씨는 자신에게 뭔가 안 좋은 일이 틀림없이 더 일어나리라는 것을, 그 낯선 사람을 다시 만나게 된다든가 하는 등의 기분 나쁜 일이 머리 위로 쏟아

질 것이라는 사실을 알고 있었다. 느끼고 있었다. 아니 전적으로 확신하고 있었다. 하지만 이상한 일이었다. 그는 그 만남을 원하고 있었다. 그것을 피할 수 없는 일이라 여겼고, 다만 모든 것이 빨리 끝나기를 바랄 뿐이었다."(75쪽)

짝사랑하는 끌라라 올수피예브나의 파티에서 수모를 당하고 돌아오는 길에 골랴드낀 씨는 비로소 자신과 똑같이 생긴 사람, 분신과 마주친다. 그는 분신에게 아직 이렇다 할 감정이 없다. 분신이 자신에게 나쁜 짓을 한 것도 아니고, 그렇다고 좋은 친구처럼 생각할 수도 없지만 좀 이상한 예감이 드는 것도 어쩔 수 없다. 잠에서 깨어났을 때 들었던 바로 그런 찜찜한 예감이 현실로 다가왔다. 그러나 골랴드낀 씨는 나쁜 예감에도 불구하고 그것을 받아들이기를 원한다. 왜일까? '그것'은 다른 게 아니라 바로 골랴드낀 씨 자신이기 때문이다.

'분신' 혹은 '도플갱어'라는 소재는 사실 소설뿐만 아니라 다른 예술 장르에서도 자주 쓰이는 장치 중 하나다. 태초의 예술이 전설과 주술에서 비롯되었다고 한다면 우리가 지금까지 알고 있는 대부분의 예술 소재는 거기에서 찾을 수 있다. 도플갱어 역시 오래된 전설 중 하나인데 단어 자체는 독일어 '도펠갱어Doppelgänger'[03]에서 온 것이다. 도플갱어에 관한 이야기는 수도 없이 많지만 그중에 가장 널리 알려진 것은, 도플갱어를 만나면 둘 중 한 사람은 반드시 죽는다는 것이다. 도플갱어는 외모로만 보면 말 그대로 자신과 완전히 똑같은 사람이다. 하지만 성격이나 가치관은 판이하게 다르다. 자신의 분신은 평소에 자기가 이루고 싶은 이상적인 성격을 가지고 있다거나 감히 엄두를 내지 못할 만큼 폭력적인 면, 유머러스한 면, 이성에게 호감을 주는 면 따위가 있기 때문에 연구자들 중에서는 이것을 인간이 가지고 있는 '욕망'의 한 측면으로 보는 견해도 있다.

문학작품은 아주 오래전부터 인간이 품고 있는 욕망에 대해서 말해왔다. 사람으로 태어난 이상 어떤 식으로든 욕망이 있기 마련이다. 인간들은 이런 욕망을 때로는 계몽해야 할 대상으로 삼았고, 억압을 통해 국가 질서를 잡아야 한다고 믿기도 했다. 그럴 때일수록 작가들은 갖가지 은유적인 방법으로 이런 폭력에 대항해왔다. 또는 눈에 보이지 않는 욕망이라는 것이 개인과 공동체에게 얼마나 무서운 일을 저지를 수 있는지 폭로하는 수단으로 소설을 선택했다.

도플갱어가 등장하는 소설이라면 러시아 작가 니콜라이 고골의 《코》가 가장 먼저 떠오른다. 재미있게도 《코》에 등장하는 주인공도 골랴드낀 씨와 마찬가지로 하급 관리다. 그리고 아침에 잠에서 깨어나며 시작하는 첫 부분도 닮았다. 다만 《코》의 도플갱어는 곧장 등장한다. 자고 일어나보니 주인공의 '코'가 감쪽같이 없어진 것이다. 처음엔 어이가 없었지만 알고 보니 이 코가 변신하여 자기 행세를 하고 다니는 걸 발견한다. 참으로 기가 막힐 노릇이다. 자신과 완전히 똑같이 생긴 사람이 거리를 활보하고, 사람들을 만나고, 거만한 행동도 서슴지 않는다. 주인공은 자신의 코를 만나서 따져보려 하지만 그것도 쉽지 않다. 코는 자신보다도 계급이 높은 관리이기 때문이다.

비교적 최근 작품으로는 《롤리타》의 작가 블라디미르 나보코프가 쓴 《절망》[04]이 있다. 이 소설은 '범죄소설'에 속한다. 나보코프는 이 이야기의 소재를 베를린에서 망명생활을 하고 있을 때 구상했는데, 1931년 독일에서 이 소설에 나오는 것과 같은 살인사건이 실제로 발생했던 일이 있었다. 주인공은 어느 날 길에서 자신과 놀랍도록 똑같이 생긴 사람을 만난다. 그는 지금 사업이 잘 풀리지 않아서 경제적으로 어려운 상태이기 때문에 분신을 만나고 난 뒤 한 가지 획기적인 아이디어를 생각해낸다. 길에서 만난 이 사람을 마치 자신인 것처럼 가장해서 사고를 일으켜 죽게 한다면 부인 앞으로 들어놓은 엄청난 금액의 생명보험을 타낼 수 있으리라는 계산이다. 보험금을 타낸 다음에는 아내와 함께 다른 나라로 도망가서 신분을 숨긴 채 제2의 인생을 즐기겠다는 게 계획이다. 물론 이 계획은 뜻대로 되지 않는다.

세 작품은 모두 도플갱어 소설이지만 그렇다고 똑같은 주제의식을 갖고 있다고 말할 수는 없다. 우선 소설을 쓴 시기가 다르기 때문에 거기에 따라 달리 보는 것도 흥미로운 방법이다. 그리고 소설에 나오는 도플갱어들의 행동이나 모습도 같지 않다. 천천히 읽으며 따져보면 다른 점이 보이는데 바로 이 부분이《분신》을 더욱 재미있게 만든다.

《코》의 도플갱어는 주인공 코발료프의 눈으로 보기에는 완전히 나와 다른 사람이다. 하지만 다른 사람들은 둘을 같은 사람으로 본다. 이것을 인정하기 어렵다. 외모뿐 아니라 계급도 차이가 나서 하고 다니는 옷차림새부터 다른데 어떻게 같다고 할 수 있겠는가. 코발료프는 자신의 분신이 나와 전혀 다른 사람이라는 걸 말하고 싶지만 믿어주는 사람이 없다. 하지만 분명한 사실은 도플갱어의 정체가 애초에 코발료프 신체의 일부라는 것이다. 그걸 아는 사람이 주인공 혼자뿐이라는 게 문제지만 말이다.

《절망》의 도플갱어는《코》와는 반대다. 주인공 게르만이 길에서 펠릭스를 만났을 때, 그는 펠릭스의 외모에 완전히 빠져버렸다. 자신과 너무나도 똑같았기 때문이다. 이를 계기로 게르만은 치밀한 범죄를 계획한다. 그리고 멋지게 실행한다. 하지만 완전범죄라고 믿었던 계획은 어이없는 착각 때문에 실패로 돌아간다. 사실은 게르만과 펠릭스가 전혀 닮지 않았기 때문이다. 어찌된 영문인지 게르만 본인만 펠릭스가 자신과 똑같이 생겼다고 믿고 있었다.

《분신》에 등장하는 도플갱어는 어떤가? 이 사람은 골랴드낀 스스로 보기에도 완전히 같은 인물이고 심지어 다른 사람이 보기에도 이 둘은 완전히 같은 사람이다. 앞서 두 작품과는 달리 어디다 호소할 곳도 없다. 오해를 살 일도 없다. 왜냐하면 머리부터 발끝까지 두 사람은 거울처럼 똑같은 하나이기 때문이다. 이 사실이 골랴드낀을 절망에 빠뜨린다. 코발료프는 자신의 분신을 거부할 수 있었다. 게르만은 펠릭스를 이용해 먹을 궁리를 한다. 그러나 골랴드낀은 어떻게 할 수가 없다. 분신은 완벽하게 똑같은 자기 자신이기 때문에 그를 거부할 수도, 어떻게든 이용할 수도 없는 것이다.

그렇다면 한 가지 남아 있는 방법이 있다. 분신과 친구가 되어 화해를 하는 것이다. 만약 그렇게만 된다면 두 사람이 하나인 듯 생활하면서 오히려 즐거운 일을 많이 만들 수도 있지 않을까. 골랴드낀의 분신은 그가 가지고 있지 않은 다른 점들을 갖고 있다. 진지하게 얘기를 해보면 분신도 골랴드낀에게서 몇 가지 좋은 점을 발견할 수 있을 테다. 일이 잘 풀려서 서로가 서로를 도우면서 산다면 – 물론 그리 현실적인 이야기는 아니지만 – 분명히 장점이 많을 것이다.

정말로 이 두 사람은 골랴드낀의 집에서 만나 서로 화해를 하는

데 성공한다. 이 장면은 공교롭게도 총 13장으로 이루어진 소설의 딱 중간인 7장에 나온다. 하지만 이 시도는 헛된 것이었다. 이상이 시에 썼듯이 거울 속에 있는 골랴드낀의 분신은 귀가 있지만 듣지 못하고 악수의 손을 내밀어도 그것을 받을 줄 모르는 왼손잡이다. 거울 속의 나는 완전히 같은 사람이고 똑같이 행동하지만 화해가 불가능하다.

화해의 시도가 있던 7장 이후로 골랴드낀은 좀 더 자주, 더 적극적으로 분신이 자신의 생활과 사회적 위치를 대체하고 있다는 걸 깨닫는다. 진지한 독자들은 바로 이것이 '현대사회'라는 이름의 큰 문제에 대해 말하고 있다는 걸 예감한다. 도끼선생의 놀라운 점은 바로 여기에 있다. 계몽과 '권선징악' 같은 것이 문학의 주제로 쓰이던 시절에 도끼선생은 개인의 사회화, 그리고 그 안에 있는 인간의 소외에 대한 문제를 지적했던 것이다.

이러한 문제는 수십 년이 흐른 후 소설에서 흔하게 볼 수 있는 소재가 되었다. 나보코프는《절망》에서 보다 직설적으로 말한다. "그곳에서는 모든 사람이 게르만과 펠릭스처럼 서로서로 닮았을 것이다. 겔릭스들과 페르만들의 세상. 장비 곁에서 쓰러져 죽은 노동자를 그의 완벽한 분신이 평온한 사회적 미소를 지으며 즉시 대체하는 세상." 게르만이 절망하는 건 신체가 억압되어서가 아니다. 자유를 빼앗겼기 때문이 아니다. 독재국가에 살기 때문이 아니다. 한 인간이 아무런 고통도 없이 곧장 다른 것으로 대체될 수 있는 세상이 바로 지금이기 때문이다.

얼마 전 읽은 이반 일리치의 책《누가 나를 쓸모없게 만드는가》05의 메시지도 이와 다르지 않다. 현대사회, 발전된 사회, 선진국, 이런 것은 우리가 아주 오래전부터 선망의 대상으로 삼았던 국가의 모습이다. 한국전쟁 직후의 모습을 굳이 떠올리지 않더라도 지금 우리가 사는 세상은 분명히 발전했다. 그러나 무엇으로부터 발전했다는 것인가? 발전의 대가로 저당 잡힌 것이 혹시 수많은 사람들의 자유와 인간 고유의 정체성이 아니었을까. 예술가들은 예민한 감정을 더듬이처럼 늘어뜨리고 계속 이런 점을 지적하고 있다.

그러나 이 모든 것도 결국엔 인간이 만들어낸 것이다. 만들었다면 그것을 해체하는 일도 가능하다. 문제는 하나다. 그 일을 누가 할 것인가? 게르만이 절망한 이유는 펠릭스를 발견하고 나서, 그 사람을 완전한 자신의 대체품으로 생각했고 그를 이용하여 세운 계획이 완전무결하다고 믿는 데서부터 시작됐다. 지금껏 남에게 피해 준 일도 별로 없이 착하게만 살아온 골랴드낀 씨는 어떤가? 다시 소설의 첫 부분으로 돌아가보면 그 잘못된 첫 단추를 발견할 수 있다. 골랴드낀 씨는 잠에서 깨어나 약간 부은 얼굴로 책상 위에 있는 둥근 거울을 본다. 거울 안에 있는 자신을 본다.

"무슨 일이 터질지도 몰라. 내가 만약 뭔가 중요한 것을 간과하고 일이 생각했던 대로 풀리지 않게 되면……그땐 진짜 무슨 일이 터질지도 모른다고. 하지만, 아직은 괜찮군, 아직은 만사형통이라고!"(8쪽)

이때 거울 속엔 이미 골랴드낀의 분신, 끝내 화해할 수 없는 자신을 대체품으로 전락시켜버릴 또 다른 골랴드낀 씨가 버티고 서 있다는 걸 그는 모르고 있었다. 골랴드낀 씨가 본 것은 그저 무한한 가능성과 긍정, 만사형통이라는 거울의 속임수일 뿐이다. 이것을 무력화시킬 수 있는 사람은 오직 한 사람, 거울 속의 주인공, 바로 우리들 자신이다.

잃어버린 시간을 찾아서 *Du Cote de chez Swann*
마르셀 프루스트 지음, 민희식 옮김
동서문화사, 2010년

The
First
Sentence

나는 오래 전부터 일찍 잠자리에 들었다. 이따금 촛불을 끄자마자 바로 눈이 감겨와 '아, 잠이 드는구나' 느낄 틈조차 없었다. 그러면서도 30분쯤 지나면 이제 잠들어야지 생각하면서도 눈이 떠진다.

마르셀 프루스트
잃어버린 시간을 찾아서

사랑의 원인이 될 만큼 강한 관념의 연상[01]

나는 아주 어릴 적부터 죽음에 대한 생각이 많았다. 정확히 언제인지 기억은 못하지만 죽음에 대한 고민이 생겨나던 그 순간 처음으로 했던 생각은, 모르긴 해도 내가 여든 살까지 살지는 못할 거라는 거였다. 어째서 여든 살이라고 했는지도 모르겠다. 그 정도가 적당한 숫자라고 무의식적으로 믿고 있었던 것 같다. 마흔 살이 된 지금도 그 생각에는 변함이 없다. 아무런 근거도 제시할 수 없지만, 나는 여든 살까지 살지는 못할 것 같다. 여든 살 이전에 죽든지 혹은 살아 있어도 거동이 불편할 만큼 병들어 있을 것 같다.

그런 생각은 스무 살을 넘기면서 더욱 심각하게 다가왔다. 인생의 선배들이 이런 얘기를 듣는다면 바보 같은 놈이라고 혀를 차겠지만 나는 이미 그때부터 삶을 희망적으로 보기보다는 한 걸음씩 죽음에 가깝게 다가가는 것으로 이해했다. 맞는 말 아닌가? 우리는 태어날 때부터 아무것도 확정된 것이 없는 삶을 살지만 단 한 가지 확실히 예정된 것은, 누구나 할 것 없이 어떻게든 죽는다는 사실이다. 이것이야말로 모든 사람에게 공평한, 아무도 피해갈 수 없는 막다른 길이다.

대학생 때는 쇼펜하우어[02]에게서 해답을 구해보려 한 적도 있다. 그때까지만 해도 나는 쇼펜하우어가 염세주의적인 세계관을 갖고 있었다는 것만 알았기 때문에 그의 책을 읽으면 내가 삶 자체를 비관적으로 보고 있는 것에 대한 의미와 원인을 알 수 있을 것만 같았다. 하지만 좀 우습기도 한 단순한 이유 때문에 쇼펜하우어 읽기는 그만두었다. 철저한 무신론자에, 삶을 부정하고 죽음을 찬양했던 쇼펜하우어가 알고 보니 라이벌인 헤겔보다도 오래 살았기 때문이다. 심지어 자기가 사는 동네에 전염병이 돌았을 때는 누구보다 먼저 마을을 빠져나와 도망갔던 일화도 나를 실망시켰다.

여전히 죽음은 내가 극복하지 못한 가장 큰 고민이다. 이제 마흔 살이 된 나는 죽음에 이르기까지 절반이나 달려온 셈이다. 긍정적으로 생각해보면 '아직 반이나 더 남았다'라고 할 수도 있겠지만, 현실은 냉정한 법이다. 오히려 지금까지는 좋은 시절이었고 앞으로 남은 절반은 점점 죽어가는 것만 남은 게 아닌가 하는 생각이 늘 머릿속에서 떠나지 않는다.

여든 살이 될 때까지 건강하게 살 수 있는 확률은 통계적으로 보더라도 그리 많지가 않다. 나는 건강을 잘 챙기는 편인데도 몸 여기저기가 벌써부터 불편하다. 군대에 있을 때 다친 허리는 이십 년이 지났지만 아직도 회복이 안 되었다. 중학생 때부터 시달리는 두통, 군대에서 다친 허리, 직장에서 얻은 위궤양까지 나를 괴롭힌다.

매일 그런 것은 아니지만 밤에 잠자리에 들 때면 '이대로 내일 깨어나지 못할 수도 있겠지'라는 생각을 한다. 아침에 일어날 때면 거의 어김없이 이제 내가 살아있게 될 날은 'n-1일'이라는 허망하고 찜찜한 느낌으로 눈을 뜬다. 상쾌한 기분으로 잠에서 깨어본 것은 내 기억으로 그렇게 많지 않다. 그리고 잠에서 깨어 반쯤 뜬 눈으로 항상 이런 생각을 한다. '좋은 기분으로 잠을 잘 수 있다면 깨어날 때도 그 기분 그대로이지 않을까…….' 이건 거의 뫼비우스의 띠다. 깨어나서 가졌던 기분은 온종일 계속될 때가 많기 때문에 아무리 피곤한 날이라도 잠자리에 들 때면 눈을 감기조차 두렵다. 어떻게 하면 나쁜 생각을 하지 않고 잠자리에 들 수 있을까. 이런 고민은 몇 년 동안 계속됐다.

잠자리에 들기 전에 차를 마신다거나 편안한 음악을 들어보기

© Justin Mclean, Old Bed, 2005

나는 오래 전부터 일찍 잠자리에 들었다. 이따금 촛불을 끄자마자
바로 눈이 감겨와 '아, 잠이 드는구나' 느낄 틈조차 없었다.
그러면서도 30분쯤 지나면 이제 잠들어야지 생각하면서도 눈이 떠진다.

Marcel Proust

도 했지만 여전히 쉽게 잠들기 어려웠다. 그나마 한 가지 도움이 됐던 것이 소설책 읽기다. 지쳐 잠들기 직전까지 책을 붙들고 있으면 머릿속에서 복잡한 생각이 점차 사라지는 것 같다. 소설 속 내용들을 상상하면서 잠들면 아침에 깨어날 때도 그런대로 기분이 괜찮다. 그러던 중 여느 때처럼 '지루할 것 같은' 책 한 권을 보게 됐는데 첫 문장을 보는 순간 이건 마치 신이 나를 위해 예비한 책이라는 느낌을 받았다. 그 책이 바로 마르셀 프루스트가 쓴 《잃어버린 시간을 찾아서》다.

프루스트의 소설은 예전부터 관심을 갖고 있었다. 하지만 1977년에 능성출판사에서 펴낸 완역본[03]은 이미 절판되어서 구할 수가 없었다. 소설이 워낙 길어 모두 일곱 권이기 때문에 헌책방에서도 전권을 본 기억이 없다. 그나마 종종 눈에 띄는 게 1985년 정음사판이었는데 이 역시 구하기 어려운 건 마찬가지였다. 그러다 1998년에 국일미디어에서 열한 권짜리 완역본을 새롭게 출간했다는 소식을 듣고 곧장 서점으로 달려가 몽땅 사버렸다. 당시 나는 군대에서 전역한 지 얼마 되지 않았던 시기라 딱히 할 일도 없었을 뿐만 아니라, 지금이 아니면 이런 소설을 언제 읽어보겠느냐 하는 마음도 한몫 거들어 더욱 반가운 마음으로 그 긴 소설책을 읽을 수 있었다.

그때도 그랬지만 지금도 나는 글 읽는 호흡이 짧다는 핑계로 '대장편'이라고 불리는 소설들은 거의 읽지 않았다. 《잃어버린 시간을 찾아서》는 내가 지금껏 봤던 소설 중에서 분량이 가장 길다. 아마 앞으로도 이렇게 긴 소설은 다시 못 읽을 것 같다는 무서운 생각이 들 정도로 힘들게 봤던 책이기도 하다. 대학 시절, 선배들은 《아리랑》, 《태백산맥》, 《한강》으로 이어지는 조정래 작가의 작품을 읽어보라고 했다. 그런데 이런 대 장편을 읽으려면 무엇보다 어떤 계기가 필요한데 나에게는 그런 게 없었다. 계기가 아니라 계시가 있었더라고 해도 나는 읽지 못했을 거다. 《잃어버린 시간을 찾아서》를 읽을 수 있었던 큰 이유는 확실히 '잠'과 관련된 첫 문장 때문이다. 만약 그런 장면이 처음에 나오지 않았더라면 나는 이 소설에 처음부터 흥미를 가지지 않았을 것이다. 그리고 그 다음엔 나를 더욱 흥분상태로 이끌었던 내 기억 속 '콩브레'가 있었으니…….

모두 열한 권, 3,000쪽에 이르는 방대한 소설의 첫 문장은 주인공이 잠자리에 드는 것으로 시작한다. 어쩌면 나처럼 잠자는 걸 두려워하는 걸지도 모른다. 주인공, 마르셀은 거의 습관적으로 일찍 잠자리에 들었다. 나 역시 초저녁에 잠을 청했던 때가 있는데 그럴 때 괴로운 점은 다음날 새벽 서너 시에, 내 몸 어딘가에 자명종이라도 있는 것처럼 느닷없이 잠에서 깨버린다는 것이다. 경험해본 사람이라면 알겠지만 이건 정말이지 고통스럽다. 불과 몇 시간 후면 진짜 자명종이 울릴 것이기 때문이다. 마르셀은 무엇 때문에 잠에서 깼을까? 어린 시절에 겪었던 일들이 갑자기 생각났기 때문일까? 그런 생각 때문에 잠에서 깨어났다기보다는 잠에서 깨어났기 때문에 문득 지나온 삶이 생각났을 것 같다. 조용한 새벽시간에 홀로 깨어나본 경험이 있는 사람이면 안다. 그때는 별 이상한 생각이 다 든다. 만약에 그렇다면, 이 소설은 완벽하게 내 얘기를 하고 있는 거나 마찬가지다. 과거를 추억하고 자꾸만 되살려내는 일, 내게는 그것만이 유일하고도 안전한 수면제였다.

그러나 마르셀은 한밤중에 깨어났을 때 여기저기서 떠오르는 기억들이 무엇을 뜻하는지 아직 정확히 모르고 있었다. 경우에 따라선 평생 그런 기억 속에 이끌려 다니다가 그게 뭔지 끝내 밝혀내지 못하고 생을 마감할 수도 있다. 우리가 기억하고 있는 과거의 실체는 무엇일까? 신은 왜 사람이 지나간 과거를 추억하도록 만들어놨을까? 누구라도 지난날을 되돌아보면 생각하고 싶지도 않은 기억이 있다. 만약에 우리가 기억을 마음대로 되살리고 지울 수도 있다면 좋은 기억만을 가지고 살 수 있을 것이다. 무한한 가능성을 가진 인간이라면 어떤 훈련을 통해서 충분히 가능한 일이라고 믿는다. 이 우스운 생각은 내가 초등학생이었을 때 나름 골똘히 연구하던 주제였다.

프루스트는 기억이 주는 의미가 어떤 사물에 깃들어 있다고 말한다. 찾아내야 할 것은 눈에 보이지 않는 심오한 철학이 아니라 지금 눈앞에 있는 어떤 것 중에 하나다.

"지나가 버린 우리들의 과거를 되살리려는 노력은 헛수고이다. 우리가 아무리 의식적으로 노력을 해도 되살릴 수 없기 때문이다. 과거는 우리의 의식이 닿지 않는 아주 먼 곳, 우리가 전혀 의심해 볼 수도 없는 물질적 대상 안에 숨어 있다. 그리고 우리가 죽기 전에 이 대상을 만날 수 있을지 없을지는 순전히 우연에 달려 있다."(1부 13쪽)

그리고 바로 이어서 저 유명한 '마들렌 사건'이 일어난다. 아, 이처럼 심오한 과거로 들어가는 문을 여는 열쇠가 흔해빠진 간식 따위에 숨어 있을 거라고 어느 누가 예상했겠는가!

과거를 추억하고 거기에 빠져 있는 사람들의 특징은 대개 현재 자기 삶을 못마땅하게 여기기 때문이라고 한다. 맞는 말이기도 하다. 그러나 삶의 가장 밑바닥에 있는 조각들이 갖는 의미를 모른 체하고 산다면 현재가 아무리 행복하다 해도 결국 언젠가는 마음속에 쓸쓸한

낙엽이 쌓여가는 걸 보게 될 것이다. 지금껏 삶에 커다란 문제없이 살아온 마르셀도 어느 날부터인가 이런 쓸쓸함이 더 이상 두고 볼 수 없을 정도로 커지고 있는 걸 알아차렸다.

소설의 주인공이자 작가의 이름이기도 한 마르셀, 그가 놓치고 있었던 기억의 조각은 어떤 것이었을까? 무엇이 그를 거의 40년 전 어린 시절로 돌아가도록 만들었을까? 마들렌. 나에게도 마들렌이 있었다면 내 기억을 다시 찾아볼 수 있었을까? 마르셀이 어릴 적 이모님을 만나러 갔던 작은 마을 '콩브레'를 떠올릴 때 나는 오래 전 떠나온 '정릉'을 향해 가는 버스에 올라타고 있었다.

가족이 모두 강남으로 이사 온 지 10년이 넘도록 나는 다시 정릉에 가볼 엄두를 내지 못했다. 집안에 여러 일들이 있었고 나는 나대로 대학을 졸업하고 회사를 다니느라 정릉에 대한 생각은 거의 할 수 없었다. 그러다 어느 날, 마르셀이 마들렌을 먹었던 것과 마찬가지로 오직 우연이라고밖에 설명할 수 없는 이유로 삼성동 무역센터 앞에서 710번 버스가 지나가는 걸 보게 됐다. 그 순간을 아직도 생생하게 기억한다. 마르셀이 '희열'이라고 표현했던 그 느낌이 내게도 찾아온 것이다. 그 자리에 서서 한동안 움직이지 못했다.

정릉이 차고지인 710번 버스는 시내를 지나 강남과 개포동까지

한 바퀴 돌고 오는 제법 긴 노선을 갖고 있었다. 나는 그 버스를 타고 개포동까지 가본 적이 없다. 북한산 언저리에 살던 내게 강남은 완전히 미지의 세계였다. 그러던 내가 어른이 되어 강남에 와서 살면서 10년 동안이나 710번 버스를 모르고 있었다니, 어쩌면 이리도 삶에 찌들어 있었나. 그 자리에 우두커니 서서 이런 생각을 했다. 그리고 돌아오는 주말에 710번 버스를 타고 정릉으로 가야겠다고 다짐했다.

정릉으로 말하자면 거북바위가 콩브레 성당의 종탑 꼭대기나 마찬가지다. 거북바위는 정릉 3동 거의 한복판에 있는 작은 바위동산인데 그 꼭대기에 있는 바윗덩어리가 마치 거북이모양을 닮아서 그 동산 이름이 거북바위가 됐다. 정릉에 사는 사람치고 거길 모르면 진짜 정릉에 살았다고 할 수 없다. 나도 다른 애들과 마찬가지로 거의 매일 같이 그 위에 올라가서 놀았다. 아니, 놀았다고 하기는 힘들다. 그 위엔 애들이 놀 수 있는 것이 아무것도 없으니까. 그 대신 나는 거북이 등에 올라타서 마을을 몇 번이고 둘러보는 걸 더 즐거워했다. 거북바위에 올라서면 정릉 3동 전체가 다 한눈에 들어온다. 거북바위 바로 아래, 불안하게 어깨를 붙이고 늘어선 작은 집들은 물론이고 저 멀리 '산장아파트'가 손에 잡힐 듯 가깝게 느껴진다. 뒤를 바라보면 비밀스러운 수녀원 담장이 있고 앞쪽 더 먼 곳으로는 서경대학교와 대원외국어고등학교 건물까지도 보인다. 내겐 이런 정릉이 콩브레보다 더 사랑스럽게 느껴진다. 콩브레에는 마르셀의 추억이 있지만 정릉엔 나만의 기억들이 여기저기 흩뿌려져 있기 때문이다.

마르셀의 이야기는 길고 복잡하지만 읽어나갈수록 나와 많이 닮은 걸 발견한다. 콩브레에서 지낸 어린 시절 이야기도 그렇지만 거기서 만난 '스완' 씨와 그의 아내인 '오데트'에 관한 이야기는 특히 아름답다.[04] 마르셀이 어릴 적에 이미 두 사람은 부부였는데 그 이전, 그러니까 마르셀이 태어나기 전(혹은 아주 어렸을 때) 스완 씨와 오데트가 사랑을 키워가던 이야기는 따로 뽑아내 독립적인 부분으로 만들어놨을 정도로 작가는 정성을 들였다. 나는 평소에 만났던 사람 얼굴을 잘 기억하지 못하기 때문에 내가 봤던 어떤 그림에 특징을 대입시켜서 그 사람 모습을 기억해내는 방법을 쓰고 있다. 그런데 스완 씨가 오데트를 볼 때 딱 그렇게 하고 있는 것이 아닌가?

스완 씨가 처음으로 오데트를 보고 느낀 것은 보잘 것 없는 외모였다. **"옆얼굴이 너무나 날카롭고, 살갗은 지나칠 만큼 여리며, 광대뼈가 너무 불쑥 나오고, 전체적인 얼굴 모습이 지나치게 수척했다."**(스완의 사랑, 248쪽) 그러나 조금씩 가깝게 지내면서 스완 씨는 오데트의 얼굴에서 신성한 기운마저 발견하게 된다. 거기에 완전히 몰입하게 되고 나서는 오데트를 위대한 르네상스 화가의 명화 속 주인공과 같은 자리에 올려놓는다.[05] 그 일은 보고 싶다고 하던 판화작품을 갖고 오데트의 집에 찾아갔을 때 처음 일어났다. 똑같은 사람을 다시 봤음에도 불구하고 이번엔 **"흐트러진 머리털을 두 볼을 따라 그대로 늘어뜨리고, 판화 쪽으로 몸을 편히 기울일 수 있게 춤추는 듯한 자세로 한쪽 다리를 굽히고, 생기가 없을 때면 무척 피로하고도 침울해 보이는 큰 눈으로, 머리를 갸우뚱하게 기울이고 판화를 들여다보고 있는 그녀는 시스티나 대성당 벽화에 있는 이드로의 딸 십보라를 꼭 닮아서"(스완의 사랑, 277쪽)** 스완 씨의 눈을 의심하게 만든다. 이런 장면은 스테판 외에가 그린 만화로 보면 더욱 실감난다. 스완 씨는 명화의 복제품을 집으로 갖고 와서 그게 마치 오데트의 사진인 것처럼 책상 위에 올려놓고 감상에 젖기도 한다. 어쩌면 나도 나이가 들어서 누군가를 마음에 두고선, 이런 행동을 할지도 모른다고 생각하며 혼자 웃었다. 내겐 정말로 있을 법한 일이다.

《잃어버린 시간을 찾아서》는 너무도 방대한 소설이기 때문에 오래 읽을 수 있어 즐겁지만 한편으론 그런 이유 때문에 읽기가 곤란하기도 하다. 이 소설만큼 많은 사람들이 도전했다가 포기하는 책도 드물 것이다. 내 경우엔 운이 좋았다고 말해도 괜찮을 것이다. 어쨌든 책을 처음 집어들어 몇 장을 읽었을 때 '이건 읽을 수 있겠다'라는 알 수 없는 확신이 들었으니까 말이다. 그리고 그건 마치 내 얘기를 하고 있는 것 같은 첫 문장의 힘이 컸다.

살아오면서 그렇게 긴 책을 집중해서 읽었던 적이 거의 없다. 너무도 재미있고 내 마음에 와 닿는 이야기들이 많아서 심지어 몇 년 동안 여러 번 다시 읽었고 신기하게도 그때마다 늘 새로운 것들을 몇 가지씩 발견하곤 했다. 처음 읽을 때는 마르셀의 사랑 이야기에서 매력을 발견했지만 다음 번, 또 그 다음 번에는 조금 더 작은 부분까지 마음이 쓰였다. 나중엔 마르셀이 어렸을 적 살던 동네 길가에 핀 꽃들을 묘사하는 장면에서 보았던 사소한 풀이름 하나까지도 가슴을 설레게 만들었다.

내겐 여전히 '잠'에 관한 문제가 남아 있다. 소설 속 주인공 마르셀, 작가와 같은 이름의 마르셀은 마들렌 과자를 입속에 넣을 때 지금의 나와 비슷한 나이였다. 《잃어버린 시간을 찾아서》의 마지막 장은 '되찾은 시간'이다. 그 멀고 먼 어린 시절의 추억을 더듬고 다시 재구성한 다음 결국에는 '잃어버린 시간'을 찾는 데 성공했다(이렇게 긴 소설을 끝까지 읽었는데 마지막에 잃어버린 시간을 못 찾았으면 화가 날 뻔했다). 마르셀은 더 이상 잠이 들지 않아 괴로워할 일은 없을 것 같다.

실제로도 그렇다. 프루스트는 아마도 되찾은 시간을 통해 자신이 앞으로 작가로서 해나가야 할 일들에 대한 명백한 목표를 이해했다. 물론 현실적으로 남은 문제, 아홉 살 때 처음으로 발병한 심각한 천식은 평생 짊어지고 살아야겠지만 삶의 퍼즐조각을 맞추는 데 성공한 것만큼 멋진 일이 또 있을까. 나에게도 이런 일이 일어날 수 있을까? 프루스트는 그런 일이 일어날 수도 있고 그렇지 않을 수도 있다고 말했다. 그리고 그것은 순전히 우연에 맡겨야 할 일이기 때문에 노력해서 될 일도 아니라고 한다. 나도 그 말을 믿는다. 사람의 노력은 때론 부질없는 방향으로 뻗어나가는 때가 많다. 솔직히 나는 잃어버린 시간을 찾는 데 성공한 프루스트가 좀 더 오래 살았다면 어땠을까 상상해본다. 내가 늘 걱정하고 있는 나이, 여든 살 정도라면 좋았을 텐데, 프루스트는 결국 천식 합병증으로 51세라는 젊은 나이에 세상을 떠났다. 이 또한 운명, 아니면 우연이라고 할 수 있을까.

무엇을 발견하기 위해 노력하지는 않겠다. 그렇다면 다른 방법이 있다. '우연'이라는 친구가 언젠가 나를 발견할 수 있도록 내가 그 주변에 서 있으면 된다. 다행이도 내게 그런 일이 벌어질 수 있는 곳을 알고 있다. 바로 정릉이다. 콩브레처럼 부잣집들이 있는 멋진 풍경은 아니지만, 내가 잃어버린 시간을 찾을 수 있는 우연이라는 것이 존재한다면 바로 여기 어딘가에 있을 것만 같다. 거미줄처럼 엮인 골목길, 굴러떨어질 듯 위험한 높은 계단들, 흙으로 쌓아올린 축대, 담이 없는 대문, 넓은 마당이 있었던 내 어릴 적 살던 집, 거기서 얼마 떨어져 있지 않은 교회, 교회 마당에 있던 커다란 나무, 나무 위에 앉아 있던 참새, 그리고 또……. 오늘은 이런 기분 좋은 생각을 하면서 잠에게 인사를 청한다.

내가 사랑한 첫문장

나무를 심은 사람 *L'homme qui plantait des arbres*

장 지오노 지음, 마이클 매커디 그림, 김경온 옮김

두레, 2005년

The
First
Sentence

한 사람이 참으로 보기 드문 인격을 갖고 있는가를 알기 위해서는 여러 해 동안 그의 행동을 관찰할 수 있는 행운을 가져야만 한다. 그 사람의 행동이 온갖 이기주의에서 벗어나 있고, 그 행동을 이끌어 나가는 생각이 더없이 고결하며, 어떤 보상도 바라지 않고, 그런데도 이 세상에 뚜렷한 흔적을 남겼다면 우리는 틀림없이 잊을 수 없는 한 인격을 만났다고 할 수 있다.

홀로 철저한 고독 속에서[01]

책은 즐겁게 읽어야 할 필요가 있다. 무엇보다 책이라는 건, 학자가 아닌 이상 일단은 재미로 읽어도 된다. 비단 책뿐만이 아니다. '재미'라는 것은 우리가 살아가면서 겪는 모든 것의 기본이 된다. 재미가 없으면 그 다음은 잘 풀리지 않고 자꾸만 꼬이게 된다. 언젠가 한 번은 그렇게 꼬여버린 실타래를 풀어야 할 때가 있는데, 아마도 그 순간이 가장 고통스러울 것이다. 어떤 사람은 엉킨 것을 풀지 못하고 어쩔 수 없이 가위로 잘라내기도 한다. 그렇게라도 해야 거기에 무언가를 이어 붙일 수 있기 때문이다.

나 역시 처음엔 순전히 재미로 책을 읽었고, 돌아보면 그런 경험이 지금까지 책을 좋아하게 된 중요한 이유다. 당연히 지금은 책을 재미로만 대하지 않는다. 재미있을 것 같은 책을 골라서 읽기도 하지만 그보다 많은 시간을 신문과 잡지에 보낼 서평 원고를 쓰거나 강연이나 발제 등을 위해 읽는다. 그런데 그게 괴롭다는 생각은 들지 않는다. 마치 어렸을 때 책에 대한 백신을 맞은 것처럼 책만큼은 어쨌든 견딜 수 있는 체력이 생긴 것 같다.

초등학교 다닐 때는 추리소설을 많이 읽었다. 이유는 단 하나. 재미있었기 때문이다. 나는 천성이 그렇게 타고난 것인지 무엇을 하든 좀 느린 면이 있다. 나는 그게 잘못인 줄 알았다. 학교 선생님들도 대부분 나를 그렇게 대했다. 달리기도 잘 못하고 말 하는 것도 느리니까 가끔은 그것 때문에 꾸중을 들을 때도 있었다. 사람마다 특유의 신체리듬이 있다는 것은 한참 후에나 알았다. 그래서 나는 책을 좋아했다. 책은 글자를 읽어야 하는 매체이기 때문에 TV나 전자오락보다 느리다. 지금도 장면전환이 빠른 영화 스크린을 보고 있으면 멀미가 날 때가 있는데, 어렸을 때는 그게 더 심했다. 그러나 책은 천천히 읽을 수 있어서, 읽으면서 그 내용을 천천히 머릿속에 그려볼 수 있어서 좋았다. 그러니까 또래 아이들이 재미로 TV를 보고 전자오락실에 갈 때 나는 그와 똑같은 이유로 책을 읽었다.

뭔가 쓸모 있는 걸 좀 얻어야겠다는 목적으로 책을 읽기 시작한 것은 중학교 2학년 때, 학교 도서관 청소하는 일을 맡으면서부터다(내가 방금 '청소'라고 했다는 것을 주의 깊게 기억해두길 바란다). 나는 3년 내내 반에서 도서부장을 맡았다. 생각만 해도 귀찮은 일이 많이 생길 것 같은 '반장' 따위는 관심도 없었다. 중학생 때도 반정선거에는 아예 나가지 않았다. 그 대신 도서부장을 맡았다. 부장이라고 해도 1학년 때는 특별히 할 게 없었다. 고작 교실 뒤에 몇십 권 정도 비치한 궁색한 학급문고를 관리하는 일이 전부였다. 2학년 때 드디어 가슴이 두근거리는 멋진 기회가 찾아왔다. 학교 도서관을 관리할 사람을 뽑았는데, 통상 이 일은 2학년이 도맡아했기 때문이다.

나는 별로 힘들이지 않고 그 일을 맡게 됐다. 왜냐하면 아무도 그 일에 지원하는 사람이 없었기 때문이다. 오직 나 혼자만 들떠 있었다. 나는 기대에 부풀어서 벌써부터 머릿속에는 선생님께 퍼부울 질문들로 가득 찼다. 도서관에는 어떤 책이 얼마나 있고 분류는 어떻게 했으며 책들은 어떤 방법으로 관리를 하는지 모든 것이 궁금했다.

그러나 선생님은 아주 단호하게 내 설렘을 깨버리셨다. 도서부장이 할 일은 매일 아침에, 1교시 수업이 시작되기 전에 학교에 도착해서 도서관을 청소하는 일, 그것 외에 다른 일은 전혀 없었다. 머릿속에 있던 여러 질문들이 와르르 무너졌다. 청소는 곧장 다음 날부터 해야 했다.

그러나 '모든 일이 연합하여 선을 이룬다'는 말이 있지 않나. 그렇게 청소를 했기 때문에 얻은 것도 많다. 무엇보다 청소하는 시간만큼은 그 큰 도서관이 모두 내 차지이기 때문에 구석구석 돌아다니면서 내키는 대로 책을 볼 수 있으니 좋았다. 그때 처음으로 '세상엔 책이 이렇게나 많구나!'하고 실감했다. 초등학생 시절 시내 대형서점에 갔을 때는 오히려 그런 생각이 크게 들지 않았다. 그런 걸 보면 책이 너무 많아도 생각이 없어지는 것 같다. 도서관엔 그야말로 별별 책이 다 있었다. 그런 책을 읽고 쓰는 행위들이 단순히 재미에만 달려 있는 문제가 아닐 거라는 결론에 다다르기까지 그리 오래 걸리지 않았다.

매일 아침 도서관 청소를 하면서 갖가지 생각에 빠져들었다. 지금은 그때 무슨 생각을 그렇게 골똘히 했는지 모르겠지만 어쩌면 그때가 내 인생에서 가장 고독한 시간을 보낸 것만은 틀림이 없다. 어떤 것에도 방해받지 않고 책과 나 그 자체만으로 단 둘이 마주앉아 있을 때의 그 신비로운 느낌은 말이나 글로 표현하기 어렵다. 그래서 무슨 책을 봐도 그 안에서 어떤 비밀스러운 감각을 얻어내려고 노력했던 것 같기도 하다. 아마 다른 사람이 그런 나를 봤다면 '중2병에 단단히 걸렸다'고 했을 것이다. 그래도 상관없다. 어쨌든 그때 나는 정말로 중학교 2학년이었으니까.

이렇게 말하고 있지만 내가 당시에 수준 높은 책을 봤다는 뜻은 아니다. 여전히 기억에 남아 있는 책들을 떠올려보면, 트리나 폴러스의 《꽃들에게 희망을》, 쉘 실버스타인이 그림과 함께 쓴 우화 《아낌없이 주는 나무》, 너무나도 유명해서 명절이면 TV에서도 간혹 봤던 리처드 바크의 《갈매기의 꿈》, 조반니노 과레스키의 '신부님 시리즈' 정도다. 신부님 시리즈는 한창 재밌게 읽다가 그만둘 수밖에 없었다. 엄마 손에 이끌려 어렸을 때부터 교회에 다녔는데, 교회 선생님 중 한분이 "그 소설은 우리하고 종교가 다른 사람이 주인공으로 나오는 책이니까 읽지 마라."고 했기 때문이다. 나는 그 말을 찰떡같이 믿고 따랐다. 결론적으로 나는 그 책을 가장 재미있게 읽을 수 있는 시기를 놓치게 된 것이다.

이런 경험은 내게 '재미'를 넘어서는 무엇을 느끼게 해주었다. 그리고 드디어 그 모든 책들을 압도하는 단 한 권을 만났으니, 바로 장 지오노가 쓴 짧은 이야기 《나무를 심은 사람》이다. 도서관에는 외국어로 된 책들도 몇 권 갖추고 있었다. 외국어라고 해봤자 전부 영어뿐이긴 했지만 그중에서 흥미를 끄는 책을 발견했다는 건 지금 생각해보니 거의 운명에 가까운 일이었다. 원서를 술술 읽을 줄 모르는 내가 선택할 수 있는 범위는 일단 제목이라도 읽을 수 있느냐 하는 거였다. 거기에 있던 영어 제목 중에서 내가 읽고 뜻을 대강 헤아릴 수 있었던 건 단 두 권뿐이었다. 지금 말한 장 지오노의 《나무를 심은 사람The Man Who Planted Trees》과 사무엘 베케트의 희곡인 《고도를 기다리며Waiting for Godot》가 그것이다.

운명의 문은 장 지오노 쪽으로 열렸다. 두 권 모두 짧은 분량이었지만 《고도를 기다리며》는 희곡이라 익숙하지 않았는데 비해 《나무를 심은 사람》은 본문에 그림도 여러 장 들어있어서 쉬워 보였다. 카투사 출신인 아버지 덕분에 나는 학원을 다니지 않았음에도 간단한 문장 정도는 더듬더듬 읽을 만한 수준이었다. 그리고 그때는 아직 아버지가 살아계실 때였다. 읽다가 모르는 단어나 문장이 있으면 아버지께 물어보면 되겠다 싶어서 무작정 그 책을 집으로 가져왔다.

부끄러운 얘기지만 나의 거창한 계획은 오래가지 못했다. 아버지는 바빠서 큰 도움이 안됐고 문장은 내가 짐작했던 것보다 어려웠다. 나름 노력했지만 결국 소설의 첫 문장 정도만 해석할 수 있었다. 우리말로 된 책을 구해 전체 이야기를 읽은 것은 고등학생이 되고 나서다. 그러나 내가 그렇게 애써서 해석해내려고 했던 그 첫 문장만큼은 수십 년 동안 묵묵히 나무를 심었던 한 남자의 위대한 이야기보다 더욱 가슴 깊이 와 닿았다.

첫 시작은 좋았다. "**한 사람이 참으로 보기 드문 인격을 갖고 있는가를 알기 위해서는 여러 해 동안 그의 행동을 관찰할 수 있는 행운을 가져야만 한다.**" 조금은 고지식한 면이 있었던 내게 이 첫 문장은 너무나도 멋있게 들렸다. 그렇다. 우리는 흔히 누군가를 좋은 사람이라고, 혹은 나쁜 사람이라고 말 할 때가 있다. 그건 어디에 근거를 두고 하는 말인가? 그 사람이 몇 번 좋은 일을 한 것을 봤거나 전해 들었을 때, 혹은 그 반대의 경우에 그렇게 말한다. 그러나 단지 몇 번 좋은 일을 했다고 그를 좋은 사람이라고, 혹은 나쁜 일 몇 번 했다고 나쁜 사람이라고 단정할 수는 없다. 그렇게 말할 수 있으려면 장 지오노의 말 대로 그 사람을 최대한 오랫동안 관찰해야만 한다. 하지만 그게 어디 쉬운 일인가? 말 그대로 그건 '행운'의 범주에 속한다.

특히, 나는 장 지오노가 '좋은 인격' 혹은 '좋은 사람'이라고 쓰지 않고 **보기 드문 인격**이라고 표현한 것이 마음에 든다. 정말 훌륭한 인격을 가진 사람을 만나본 적이 있다면 이해한다. 그를 단지 '좋은 사람'이나 '착한 사람' 같은 이름으로 부를 수 없다는 것을. '좋다-나쁘다', '착하다-밉다' 따위는 지극히 주관적인, 좀 더 거칠게 말하자면 편견에 지나지 않는다. 그런 의미에서 처음부터 섣불리 무어라 단정 짓지 않고 '보기 드문 인격'이라고 쓴 것은 알맞은 첫 시작이다. 만약 '좋은 사람'처럼 단정적인 표현을 썼더라면 독자 입장에서는 들어가는 문 앞에서부터 이미 맥이 빠진다. 주인공임에 틀림이 없는 '나무를 심은 남자'가 '좋은 사람'이니까 뒤에 나오는 이야기는 읽어봐야 빤하다. '나무를 심은 것 = 좋은 일'이라는 걸 굳이 읽어보지 않고도 짐작할 수 있다. 그런데 **보기 드문 인격**이라고 썼기 때문에 비로소 독자는 궁금증이 생긴다. 당연히 나무를 심는 것은 좋은 일이긴 한데, 과연 어떤 인격이기에 **보기 드문 인격**이라고 하는 것일까?

작가는 뒤이어서 몇 가지 단서를 제공한다. 그런 인격이란 우선 **온갖 이기주의에서 벗어나** 있어야 한다. 다음으론 그가 가진 생각이 **더 없이 고결**해야 하는데, 이 문장은 내가 원서로 읽었을 때 처음으로 막힌 부분이다. 영어 원문은 'one of unqualified generosity'라고 되어 있었다. 애석하게도 나는 여기에 나온 단어를 전혀 이해할 수 없어서 아버지께 물어봐야 했다. 아버지는 문장을 보자마자 멋진 발음으로 읽어주셨다. 그런데 뜻은 해석해주기 곤란하다고 하셨다. 이게 뭘 뜻하는지는 알겠는데 우리말로 뭐라고 해야 할지 모르겠다는 거였다. 고민 끝에 아버지는 그 부분을 '어디에도 비교할 수 없이 훌륭한' 정도로 해석해주셨다. 끝내 정확한 뜻은 알지 못한 채로 그 부분을 얼버무리며 넘어갔고 아버지는 다음 해 갑자기 돌아가셔서 더 이상 그것에 대해서는 물어볼 수도 없게 되었다.

그러나 사실 이것은 난센스라고 할 만한 일이다. 나중에 알고 보니 《나무를 심은 사람》의 작가는 프랑스 사람이었고, 당연히 작품도 영어가 아닌 프랑스어가 원문이다. 내가 학교 도서관에서 찾아 읽은 책은 어떤 외국 사람이 프랑스어로 된 책을 영어로 번역한 것이었다. 그러니까 굳이 영어 단어에 매달릴 필요도 없었다. 아버지가 돌아가시고 난 후 한참을 잊고 있다가 고등학생 때 문득 그 일이 생각나서 프랑스어 원서를 찾아 봤다. 그 단어는 본래 'générosité'이었고 우리말로는 보통 '관대함' 혹은 '너그러움' 정도를 뜻한다. 그렇구나. 생각에는 관대함과 너그러움이 있어야 하는구나. 그런데 우리말로 번역된 책에는 '고결'이라고 되어 있어서 또 한참을 그 문장 주변에서 서성여야 했다.

시간이 한참 흘러, 우연한 기회에 장 지오노의 작품에 대한 한 평론 기사를 보고 나는 그 문장을 이해하게 되었다. 그 단어는 '고결함'이라는 뜻도 함께 가지고 있으며 《나무를 심은 사람》의 주인공인 부피에의 성품을 표현하는 중요한 단어로 본문에서 사용된다는 것이다. 관대하고 너그러운 성품이 곧 고결한 인격이다. 그렇게 이해하고 소설을 다시 읽으니 부피에 노인이 전에 알았던 것과는 다른 사람처럼 다가왔다. 아니, 정확히 말하자면 전에는 내가 미처 몰랐던 다른 면을 보게 됐다고 하는 게 옳다.

고결한 성품 뒤에 나오는 문장 역시 꽤나 현실적이다. 자기가 한 일에 대해서 **어떤 보상도 바라지 않아**야 하는 게 세 번째 조건이다. 그러나 그 모든 성품을 다 지녔다고 하더라도 그 사람이 **잊을 수 없는 한 인격**이 되는 것은 아니다. 장 지오노가 말하는 마지막 단서는 좀 더 단호하다. 오랫동안 실천한 이런 고결한 생각과 행동으로 말미암아 **이 세상에 뚜렷한 흔적**이 남아야 한다. 아무것도 남겨놓은 것이 없는 인격은 그저 바람처럼 흩어져 사람들 사이에서 무용담 정도로 남을 뿐이다.

소설이 시작되면 먼저 '관찰자'인 '나'가 등장하고 '나'는 정확히 이 첫 문장에 기록한 것에서 조금도 벗어나지 않은 냉정하고 차분한 감정으로 그 황폐한 마을의 첫인상을 말한다. 관찰자는 제1차 세계대전이 일어나기 바로 전인 1913년에 처음으로 그 마을을 방문했고 거기서 운명처럼 – 그러나 첫 문장에 쓴 것을 생각해본다면 '행운'처럼 – '나무를 심은 사람' 엘제아르 부피에를 만났다. 그리고 부피에가 편안히 눈을 감은 1947년까지 30년 넘도록 때때로 마을에 다시 방문하여 그가 한 일, 그가 보여준 행동, 그리고 그 사람이 가진 생각을 오랫동안 관찰했다. 이런 과정에서 '나'는 부피에가 세 가지 조건 즉, '이기심이 없고', '자기가 한 행동으로 인한 어떠한 보상도 바라지 않고', '뚜렷한 흔적을 남긴 것'을 확인했다. 이야기는 이처럼 짧고 간결하게 마무리된다.

소설을 다 읽는 데는 한 시간도 채 걸리지 않았다. 너무도 단순한 이야기라서 당시엔 그저 프랑스 어느 산골마을에서 있었던 한 편의 아름다운 일화라는 느낌 외에 다른 생각은 들지 않았다. 그러나 십수년이 지나 다시 부피에를 만났을 때는 확실히 다른 것을 깨달았다. 왜 그때는 미처 그 부분을 발견하지 못했을까? 이제 부피에는 단순히 착한 성품을 가진 사람이 아니었다. 그가 그처럼 고결한 인품을 가질 수 있었던 힘을 어렴풋이 알아차렸다. 그 힘은 팔다리의 근육이 아니다. 누군가에게 배워 머릿속에 들은 지식이 아니다. 자연과 함께하며 얻은 **철저한 고독**이 그 중심에 있었다.

장 지오노는 **"이런 뛰어난 인격을 가진 사람을 더 깊이 이해하려면 우리는 그가 홀로 철저한 고독 속에서 일했다는 것을 잊어서는 안 된다"**(48쪽)고 말한다. 부피에는 말년에 이르러서는 말하는 습관을 잊어버릴 정도로 고독한 생활을 했다. 어떤 사람들에게는 이것이 반드시 옳은 것인가, 라는 궁금증이 생길만도 하다. 그래서 관찰자는 다시 말한다. 부피에는 외부적인 원인 때문에 고독해진 것이 아니다. 굳이 **말할 필요를 느끼지 못했던 것**이다. 내 생각에 부피에는 당시에 이미 놀라운 진리를 깨달은 상태였던 것 같다. 오랜 시간 자연 속에서 살면서 나무와 이야기하고, 바람과 이야기하고, 소로우가 월든 호숫가에서 그랬던 것처럼[02] 밝아오는 아우로라의 여명과 대화하며 그 안에 조용히 숨어 있는 신의 음성에 귀를 기울였다.

사람들은 때로 자신이 하고 있는 행동이 참으로 가치가 있고 고결한 것이라 믿는다. 대단한 일이 아니더라도 그렇게 드러내는 걸 즐기는 사람들이 적지 않다. 마을에서 문화 활동가로 일하거나 사회복지 쪽 일을 직업적으로 하는 사람들 중에 그런 믿음이 투철한 분들을 가끔 만날 때가 있다. 그럴 때 나는 무섭다. 그 강한 믿음이 맹수처럼 느껴진다. 실제로 그런 분들이 많아지면 공동체 내에선 경쟁이 일어나고 그것은 곧장 폭력으로 옮아간다. 저마다 자기가 하고 있는 일에 최상의 의미를 부여하고 있으니 다른 곳에는 눈길이 가지 않는 것이다. 물론 내게 지극한 행운이 깃들기 전에는 이런 일에 대해서 섣불리 판단을 할 수는 없는 노릇이다. 그러니 내게도 오랫동안 꾸준하게 세상을 지켜볼 수 있는 행운이 있기를 소망한다.

하지만 여전히 나는 부피에가 실천했던 방법과 그 생각이 더욱 옳은 길이라고 말하는 데는 부끄러움이 없다. 우리들의 삶을 아름답게 만드는 데에는 강한 믿음보다 때론 철저한 고독이 더 필요한 법이다. 나무와 풀들이 고독한 시절을 이겨내며 결국엔 황폐한 마을을 아름다운 숲으로 뒤덮었듯이 조금 더 천천히, 고독하게 여기를 지켜내야만 한다. 그렇게 고독한 시간이 흐른 다음 문득 눈을 떠 고개를 돌리면, 어느새 주위에는 셀 수도 없이 많은 **잊을 수 없는 한 인격**들이 함께하고 있는 것을 본다. 이것이 바로 철저한 고독 속에서 고결한 아름다움을 피워내는 방법이다.

The
First
Sentence

가장 좋은 방법은 그날그날 일어나는 일들을 적어두는 것이다. 그런 일들을 명확하게 보기 위해 일기를 쓸 것. 아무리 하찮아 보이는 일이라도, 느낌들과 자잘한 사실들을 놓치지 않을 것. 특히 그것을 분류할 것. 내 눈에 이 테이블, 거리, 사람들, 내 담뱃갑이 어떻게 보이는지 이야기해야 한다. 왜냐하면 변한 것은 '그것'이기 때문이다. 그 변화의 범위와 성질을 정확하게 밝혀낼 필요가 있다.

장 폴 사르트르
구토

어제의 하늘은 무척 마음에 들었었다[01]

노벨문학상에 대해서 사람들이 흔히 잘못 알고 있는 것이 한 가지 있는데, 상을 받는 사람은 '반드시' 소설가나 시인 같은 문학가여야 한다는 것이다. 물론 1950년대 이후 지금까지 그런 성향이 뚜렷했기 때문에 오해를 살만도 하다. 게다가 'Nobel Prize in Literature'라는 영문 명칭을 우리나라말로 옮기면서 '문학상'이라는 이름이 붙었으니 사람들은 자연스럽게 훌륭한 문학작품을 쓴 작가에게 주는 상이라고 믿어왔다. 그러나 이 상은 글쓰기 전반에 걸쳐 인류에 지대한 공헌을 한 사람에게 수여하는 것이라고 보는 게 정확하다.

대다수 수상자들이 문학 쪽에서 나오긴 했지만 더러 역사학자나 철학가들 중에서도 노벨문학상을 받은 이가 있다. 잘 알려진 사람

가운데서 예를 들자면 버트런드 러셀이 있다. 그는 세계대전으로 전 유럽이 시끄러웠던 시기에 반전을 주장한 의식 있는 지식인으로 여러 중요한 철학 저서들을 펴냈다. 여전히 어느 서점을 가더라도 인문학서가 한 자리를 차지하고 있는《러셀 서양철학사》(서상복 옮김, 을유문화사, 2009년)는 전공자뿐 아니라 일반 독자에게도 오랫동안 사랑받은 그의 대표작품이다. 그 외에도 1927년에 철학가 앙리 베르그송이, 1953년에 윈스턴 처칠도 노벨문학상을 받았다.

몇몇 해에는 전쟁 등의 이유로 수상자를 내지 못했던 때도 있었다. 특히 제2차 세계대전의 포화가 정점으로 달아올랐던 1940부터 1943년까지는 노벨상을 발표하지 못했다. 한편, 글 쓰는 사람이 받을 수 있는 최고의 명예로 불리는 노벨문학상을 거부한 경우도 있다. 1901년부터 지금까지 딱 두 번 있었는데, 그중 한 명이《닥터 지바고》의 작가 보리스 파스테르나크다. 그는 러시아 제국에서 소련으로 넘어가는 격동의 시기를 살았던 작가로, 혁명의 시기에 러시아를 떠나지 않은 몇 안 되는 지식인 중 한 명이다. 1958년, 스웨덴학술원은《닥터 지바고》를 쓴 작가에게 노벨문학상을 수여한다고 발표했다. 그러나 러시아 정부는 그 작품에 혁명 조국을 비판하는 내용이 담겨 있다는 이유로 작가에게 압력을 넣었다. 파스테르나크에겐 두 가지 선택권이 있었다. 노벨문학상을 받고 국가에서 추방당하거나 수상을 포기하고 소련에 계속 머무는 것이다. 소련 작가 동맹까지 합세하여 작가를 비난하기에 이르자 결국 파스테르나크는 노벨문학상을 거부하고 소련에 남기로 결정한다. 이렇게 그는 최초의 노벨문학상 수상 거부자로 이름을 올렸다.

잘 알려진 대로 보리스 파스테르나크의 수상 거부는 자기가 원해서 그랬다기보다는 정치적인 외압이 그 이유였다. 본인 스스로 의지를 가지고 수상을 거부한 사람은 단 한 명, 장 폴 사르트르뿐이다. 스웨덴학술원은 1964년의 노벨문학상 수상자로 철학자이자 소설가, 극작가로 활동하며 다양한 저작을 펴낸 사르트르를 지목했으나 그는 즉시 이 상을 거절했다. 문학에 등급을 매기는 행위와 자신의 작품이 제도권에 들어가는 걸 반대했던 사르트르는 비오는 날 길을 걷다가 노벨문학상 발표 소식을 먼저 전해 듣고 몰려든 기자들을 만나 즉석에서 다음과 같이 말하며 수상 거부 인터뷰를 했다. “정치적이거나 사회적 혹은 문학적으로 그 어떤 태도를 가진 작가는 자기 스스로의 수단, 즉 쓰는 일로만 행동해야 한다. 작가가 어떤 영예를 받게 될 경우 독자들을 바람직하지 않은 압력에 노출시키게 된다. ‘장 폴 사르트르’라는 이름으로 인쇄된 작품과 ‘장 폴 사르트르 노벨문학상 수상자’라는 이름으로 인쇄된 작품은 다르다.”

철학적 소설인《구토》에서 반복해서 말하고 있는 것처럼, 인간은 하나의 실존적 존재이며, 모든 실존은 본질에 앞서기 때문에 실존이 곧 주체성이라고 주장한 내용을 되새겨본다면 사르트르는 충분히 노벨문학상을 거부할 만한 확고한 의지를 가진 인물임에는 틀림없다. 게다가 그는 노벨문학상 이전, 1945년에 프랑스 최고의 영예라고 일컬어지는 레지옹 도뇌르 훈장도 비슷한 이유를 들어 거부한 전력이 있기 때문에 놀랄 만한 일도 아니다.

사르트르는 사는 동안 철학자로서는 물론 문학, 연극, 정치에 이르기까지 폭넓게 활동하며 다양한 논쟁거리를 만들어낸 흔치 않은 지식인이기 때문에 그에 대한 연구가 아직까지도 활발하게 진행되고 있다. 여기에 보부아르까지 끌어들인다면 얘기는 더욱 복잡해진다. 사르트르는 1929년에 교수자격시험에 수석으로 합격하는데, 당시 2위를 차지한 이가 바로 보부아르다. 이를 계기로 의미 있는 만남을 시작한 두 사람은 사르트르가 제시한 2년간의 '계약결혼'[02]에 합의하기에 이른다. 지금 들어도 생소하고 진보적인 이 결혼방식은 2년마다 갱신되는 것으로, 사실상 두 사람이 죽을 때까지 계약이 파기되지 않고 이어졌다. 물론 둘 사이에 여러 가지 문제가 생겼던 시기도 있었지만 여전히 사르트르와 보부아르는 금세기 최고의 지식인 커플이라는 수식어를 지니고 있다. 두 사람은 지금도 파리의 몽파르나스 묘지에 나란히 잠들어 있다.

《구토》는 철학서인 《존재와 무》를 제외하면 소설로서는 대중적으로 가장 성공한 사르트르의 작품이다. 사르트르가 글을 쓰는 데는 삶의 동반자이자 정치적 동지인 보부아르의 도움과 조언이 많은 영향을 끼쳤다고 알려져 있는데 《구토》 역시 마찬가지다. 이 책은 애초에 고리타분한 철학적 단상을 모은 원고였지만 이것을 읽어본 보부아르가 이대로라면 독자들에게 흥미를 줄 수 없으니 차라리 형식을 소설처럼 바꿔보라고 권유해서 처음부터 새로 썼다고 전한다.

사르트르가 살았던 시절은 그때까지 유럽을 지탱하고 있었던 모든 역사와 정치, 철학들이 뒤흔들리는 때였다. 특히 제1차 세계대전 후 프랑스는 알제리 문제 등으로 더욱 복잡한 정치국면으로 접어들었다. 따라서 많은 예술가들이 이런 상황 속에 직접 들어가 그들만의 목소리를 내기 원했다. 이런 움직임을 '앙가주망Engagement' 즉, 현실참여 운동으로 발전시켰다. 그 중심에 사르트르 같은 사람이 있었다. 하이데거[03]에게서 철학을 이어받은 그는 인간이 스스로 자신과 공동체의 역사를 써나가야 한다고 주장했다. 인간은 그저 이 세상에 태어났기 때문

© Justin Kiner, Le Recrutement Cafe, 2010

가장 좋은 방법은 그날그날 일어나는 일들을 적어두는 것이다.
그런 일들을 명확하게 보기 위해 일기를 쓸 것.
아무리 하찮아 보이는 일이라도, 느낌들과 자잘한 사실들을 놓치지 않을 것.
특히 그것을 분류할 것. 내 눈에 이 테이블, 거리, 사람들,
내 담뱃갑이 어떻게 보이는지 이야기해야 한다.
왜냐하면 변한 것은 '그것'이기 때문이다.
그 변화의 범위와 성질을 정확하게 밝혀낼 필요가 있다.

Jean Paul Sartre

에 어떻게든 적응해서 살아가는 게 아니라 적극적으로 행동하여 그 자신은 물론 역사까지 변화시킬 수 있다는 것이 사르트르의 믿음이었다. 그렇게 행동하는 것이 참된 자유를 획득하는 유일한 길이다. 이를 위해서 모든 사람은 자신이 속한 공동체에 영향을 줄 수 있는 정치적, 사회적 행동을 해야 한다. 사르트르가 쓴 여러 책들을 이해하기 위해서는 이런 프랑스의 시대적 상황과 실존주의 사상을 먼저 들여다봐야 한다.

이렇게 생각하면 《구토》의 조금 이상한 첫 문장이 어째서 유명해졌는지 이해가 된다. 《구토》는 '앙투안 로캉탱'이라는 한 남자의 일기를 그대로 엮어 책으로 만든 것인데, 작가 자신이 그런 취지를 명확히 밝혀두고 있다시피 발견된 일기원고에서 **아무것도 손대지 않고 이것을 간행한다**[04] 는 것이 이 작품의 기본 장치다. 그러나 발행인은 이 사적인 일기를 왜 책으로 엮었는지에 대해서는 설명하지 않는다. 따라서 그것은 독자가 스스로 밝혀내야 할 임무다.

로캉탱은 일기를 시작하기에 앞서 스스로에게 다짐하듯 이렇게 쓴다. **가장 좋은 방법은 그날그날 일어나는 일들을 적어두는 것이다.** 그가 일기를 쓰는 이유는 **일들을 명확하게 보기 위해서**이다. 다음과 같이 뚜렷한 지침까지 설정해두고 있다. **아무리 하찮게 보이는 일이라도, 느낌들과 자잘한 사실들을 놓치지 않을 것.** 그리고 이건 꽤 중요한 것인데, 이렇게 세세하게 기록한 **그것을 분류할 것**이라고 쓴다. 그 이유는 곧바로 설명한다. **변한 것은 '그것'이기 때문이다. 그 변화의 범위와 성질을 정확하게 밝혀낼 필요**가 있기 때문이다. 여기까지 읽었다면 발행인이 일기를 책으로 엮으면서 왜 독자에게 굳이 그 이유를 설명하지 않았는지 명확해진다. 발행인 –사실은 사르트르 자신– 은 로캉탱의 행동을 면밀하게 기록해놓은 일기를 통해 독자들 –이 시대를 사는 사회의 구성원들– 이 실천해야 할 것들을 보여주려고 이 책을 펴냈다.

철학자가 쓴 소설이라고 생각하면서 책장을 열기 전부터 읽기 어려울 거라 겁먹고 있던 독자들에게 사르트르는 전혀 그럴 필요 없다고 말한다. 말했듯이 사르트르가 쓰는 글은 명확한 목적이 있다. '참여문학'을 지향했기 때문에 책 속에는 확실한 주제가 드러난다.

《구토》에서 사르트르가 말하려고 하는 것은 친절하게도 이미 첫 문장에 다 나와 있다. 하지만 이 문장을 처음 대하는 독자들은 뭔가 이상한 느낌만 들 뿐, 도대체 로캉탱이 무얼 하려는 건지 전혀 감이 오지 않을 것이다. 사르트르는 애초에 대중에게 발표할 목적을 갖고 있지 않은 일기라는 형식을 통해 로캉탱의 내면을 더 잘 보여줄 수 있을 거라고 봤다. 처음부터 목표를 가진 글은 아무래도 솔직하지 않을 가능성이 많기 때문이다. 발행인이 책 앞에서 이 원고를 전혀 수정하지 않았다고 말하는 것도 이와 같은 맥락이다. 실제로 원고를 보면 문장 중간에 단어가 빠진 것이나 나중에 로캉탱이 수정하여 다른 글자로 대치된 것 등을 그대로 편집 없이, 그러나 충분히 의도적으로 보여주고 있다.

앙투안 로캉탱은 한때 세계 여러 나라를 여행한 사람이었는데 3년 전부터는 부빌이라는 한 마을에 살면서 별다른 사회적인 관계도 갖지 않고 지낸다. 생계는 매달 나오는 연금으로 이어간다. 그가 하는 일은 거의 매일 시립도서관에 가서 프랑스 혁명 시절 즈음에 살았던 롤르봉 후작이라는 인물에 대해서 연구하는 게 전부다. 그 외에는 동네 식당에서 밥을 먹거나 오후에 카페로 나가 커피를 마시는 정도다. 도서관에 있을 때 만난 한 독학자가 그에게 접근해서 이따금씩 시시콜콜 질문을 하는데 로캉탱은 그 정도 인간관계도 귀찮게 여긴다.

그런 그에게는 몸에 한 가지 이상한 증상이 있는데, 소설의 제목이기도 한 '구토'다. 실제로 먹은 것을 토해내는 것은 아니고 마치 식도역류질환 같이 어느 순간 갑자기 속이 울렁거리는 때가 있다. 역겨운 것을 봤을 때, 혹은 비위가 상하는 음식을 앞에 두었을 때 우리가 흔히 토할 것 같은 느낌이라고 말하는데, 로캉탱은 바로 그런 증상이 시도 때도 없이 나타나는 것이다. 해변에서 조약돌을 주우려고 했을 때, 유리컵에 있는 맥주를 봤을 때, 어떤 사람의 허리띠가 윗옷의 주름 속에서 보일 듯 말 듯 할 때, 공원에 있는 마로니에 나무의 드러난 뿌리를 봤을 때 등 특별히 역겨운 상황이 아닌데도 로캉탱은 구토 증상이 나타났다. 발작적인 구역질을 가라앉히는 방법은 딱 한 가지 밖에 없다. 카페에 가서 'Some of these days'[05]라는 재즈 음악을 듣는 것이다. 그러면 이내 기분이 나아졌다.

로캉탱은 계속해서 롤르봉 후작에 관한 연구를 하고 있지만 어느 날부터는 진도가 전혀 안 나가는 상태가 이어진다. 차라리 자신에게 더 시급한 문제, 구토가 일어나는 원인에 대해서 연구하는 게 더 나아 보인다. 과거의 인물을 연구함으로 해서 로캉탱이 얻을 수 있는 것은 무엇인가? 무엇을 해결할 수 있는가? 지나간 과거를 통해 얻을 수 있는 것은 아무것도 없어 보인다. 삶은 계속되는 현재의 연속일 뿐이다. 롤르봉 후작을 연구한다는 것도 사실은 현실을 회피하기 위한 수단이 아닐까?[06] 로캉탱은 딜레마에 빠진다. 그럴수록 구토는 더욱 그를 괴롭힌다.

"도대체 내 과거는 어디에 간직하지? 과거는 호주머니 속에 들어가지 않으니 과거를 넣어두기 위해서는 집이 한 채 있어야 되는데. 나는 내 육체밖에 가진 것

이 없다. 자신의 육체만 가지고 있는 아주 고독한 사람은 추억을 간직할 수 없다. 추억은 그를 거쳐 지나가 버린다. 그런 것을 슬퍼하면 안 되겠지. 나는 그저 자유만을 원했으니까."(102쪽)

어느 날, 여느 때처럼 식당에 갔다가 로캉탱은 가게 벽에 걸린 여러 가지 물건들을 보며 과거라는 것은 관념이나 감상 속에 머무르면 안 되고 존재하도록 드러내야 한다는 데까지 생각이 이른다. 인간의 의지로 그것을 과거로부터 끄집어내서 해석해놓았을 때 비로소 과거는 우리에게 쓸모 있는 것이 된다. 끊임없이 계속되는 현재를 살아가는 인간이 과거를 만날 수 있는 유일한 방법은 그것을 존재하도록 만드는 것이다. 이렇게 '존재'라는 문제는 끊임없이 로캉탱 주위를 맴돈다. 그럴수록 구역질 증상은 더 자주 그를 찾아온다. 이제 구토는 더 이상 미뤄둘 수 없는 로캉탱 자신의 존재에 관한 문제로까지 발전됐다.

"'구토'는 내 안에 있지 않다. 나는 그것을 '저쪽에서' 느낀다. 벽에서, 멜빵에서, 내 주위의 곳에서, '구토'는 카페와 하나를 이루고 있고, 그 속에 내가 있는 것이다."(41쪽) 처음에 로캉탱은 '구토'를 좀 더 큰 범위 안에서 이해하려고 했다. 세계 전체가 애초에 구토를 일으키도록 이루어져 있기 때문에 그 안에 있는 '나'에게 구토 증상이 찾아오는 건 명백해 보인다. 그러나 시간이 지날수록, 구토에 대해 깊이 파고들수록 이 신기한 증상은 무언가 더 큰 의미를 가진 실체로 드러난다.

"변한 것은 아무것도 없지만, 모든 것이 평소와 다른 형태로 존재하고 있다. 그것은 '구토' 같지만, 그것과는 또 전혀 다르다. 요컨대 어떤 모험적 순간이 내게 일어나고 있는데, 스스로에게 물어보고 나서야 그것이 무엇인지 알았다. '내게 일어나고 있는 것은, 내가 나라는 것과 내가 여기에 있다는 것'이라는 사실을. 어둠을 헤치며 나아가고 있는 것이 '나'이다."(87쪽)

일기가 진행됨에 따라 로캉탱이 느끼는 구토 증상의 실체가 점점 뚜렷해진다. 그는 이것을 발가벗겨진 실존이 드러나는 순간 닥쳐오는 역겨움이라고 생각했다. 실존이라고 하는 것은 무엇이 실제로 '지금, 여기에' 존재하는 것이다. 그러니까 로캉탱이 느낀 역겨움은 어떤 것이 아무런 이유도 없이 거기 그냥 존재한다는 것을 알았을 때 발작적으로 찾아오는 것이다. 마로니에 나무뿌리가 역겨운 모양이기 때문에 그런 것이 아니라 그냥 거기 있다는 것 자체가 로캉탱에게는 무서운 감정을 느끼게 만든 것이다. 이것이 만약 나무뿌리나 조약돌이 아니라 로캉탱 자신이라면 어떨까? 그 역시 다른 모든 사물과 마찬가지로 세상에 그저 아무런 이유도 없이 존재해야 하는 것일까? 하지만 그는 의지를 가진 인간이기 때문에 이런 존재의 부조리함을 파괴해야 할 의무가 있음을 깨닫는다. 식당에서 어떤 사람이 과거의 경험에 대해서 이야기하며 너스레를 떨 때 로캉탱의 실존주의적 태도는 더욱 강해진다.

"그렇소, 나는 경험에 대해 얘기하고 있어요. 나의 지식은 모두 인생에서 얻은 것이라오." '인생'이 그들 대신 생각하는 일을 떠맡아 주었단 말인가? 그들은 새로운 것을 옛것으로 설명한다. – 그리고 옛것은 더 옛것으로 설명한다. …… 그들은 실체 없는 허상이 차례차례 지나가는 것을 본다."(107쪽)

그렇다고 과거를 아무것도 아닌 것처럼 취급하고 삶에서 모두 밀어내버릴 수는 없는 노릇이다. 과거는 현재만큼 중요하고, 미래를 구성하는 대부분도 우리는 과거로부터 배운 것을 토대로 만들어간다. 프루스트는 잃어버린 시간을 찾기 위해 자신의 과거 속으로 뛰어 들어갔다. 그것은 과거를 추억하는 것에서 끝마치는 게 아니라 오히려 현재와 미래를 위한 행위였다. 파트릭 모디아노는 수십 년 동안 기억과 추억에 관한 소설을 썼다. 모디아노에게 추억을 완성하는 일은 자신의 삶과 정체성을 완성해나가는 과정에 있다.

하지만 사르트르가 살았던 시절에는 무엇보다 '지금, 여기'가 중요했던 때다. 우리나라에서도 학생운동이 정점에 달했던 시기가 있었는데, 그때 이런 목소리를 내는 사람이 많았다. 그리고 여전히 지금도 신문이나 잡지에서 '지금, 여기'를 말하는 칼럼을 심심찮게 발견할 수 있다. 치열하게 돌아가는 역사의 현장에 서 있는 바로 지금, 여기에서 우리는 무엇을 해야 할 것인가? 당시 유럽의 사상을 이끌던 지식인은 이런 질문을 던져야 할 필요가 있었다. 그리고 사르트르는 질문과 동시에 스스로 그것을 실천하던 사람이었다. 그 때문에 1950년대 이전까지 유럽에서 활동하는 좌파 젊은이들에게 사르트르의 말과 글은 거의 경전에 가까운 취급을 받았다.

사르트르는 철학자치고는 저작 읽기의 벽이 그리 높지 않다. 흔히 사르트르를 두고 '카페 철학자'라고 말하는 것을 봐도 그렇다. 그는 책을 쓸 때 늘 거리의 카페에 앉아서 지인들과 의견을 주고받으며 초안을 작성한 것으로도 유명하다. 철학서《존재와 무》를 보면 카페에서 오고가는 사람들이나 종업원을 관찰하면서 썼을 것 같은 일화들이 많이 등장한다.《구토》 역시 그 내용은 로캉탱이 도서관이나 식당, 그리고 카페에 갔을 때 직접 겪거나 관찰하는 일이 대부분을 차지한다.

실존주의는 수십 년 전 유럽에서 일어났던 구식 사고체계가 아니라 지금도 여전히 유효한 삶의 철학이다. 왜냐하면 그것이 어두컴컴한 학자의 연구실 책상에서 탄생한 것이 아니라 격동의 역사 그 한가운데서 뛰쳐나온 것이기 때문이다. 카페에 앉아서 자연스럽게 이야기를 나눌 수 있는 게 또한 '실존'이다. 아직 해결되지 않은 역사적 숙제를 많이 안고 있는 우리나라의 상황이라면 더욱 이런 삶의 태도가 필요하다. 내일이 아니라 지금 당장, 다른 곳도 아닌 바로 여기에서, 나는, 당신은 무엇을 해야 하는가?

내가 사랑한 첫 문장

안나 카레니나 АннаКаренина
레프 니콜라예비치 톨스토이 지음, 연진희 옮김
민음사, 2009년
The
First
Sentence
행복한 가정은 모두 모습이 비슷하고, 불행한 가
정은 모두 제각각의 불행을 안고 있다.

레프 니콜라예비치 톨스토이
안나 카레니나

모든 것은 빛과 그림자로 이루어져 있기 마련이야[01]

'작가'와 '성자'라는 두 가지 이름으로 모두 불리는 사람이 있다. 러시아의 대문호 레프 니콜라예비치 톨스토이다. 시대를 불문하고 톨스토이만큼 위대한 작품을 많이 남긴 작가는 찾아보기 힘들다. 보통 작가들은 평생 동안 남긴 작품을 통틀어 한두 편 정도만을 가지고 평가받는데 톨스토이는 우리가 익히 알고 있는 대 장편[02] 모두는 물론이고 후기에 쓰인 종교적인 이야기와 산문집, 심지어 방대한 분량의 자서전까지 전부 최고라는 찬사를 받는다.

작가여서가 아니라 어떤 직업을 가졌더라도 한 사람이 살아서는 물론이고 다음 세대에서도 이만한 평가를 받는 일은 쉽지 않다. 심지어 톨스토이는 작가를 넘어서 성자라는 말을 들을 정도로 문학은 물론 사상에 이르기까지 한 시대에 많은 영향을 끼쳤던 인물로 기억된다.

톨스토이는 인간 내면 가장 깊숙한 곳까지 내려가 도저히 말로 설명될 수 없을 것 같은 부분까지도 소설을 통해 펼쳐보였다. 그래서 톨스토이가 쓴 소설을 읽으면 긴 분량임에도 전혀 지루하지 않은 느낌을 받는다. 때론 이야기가 너무 흥미진진해서 책장을 넘기는 것이 아깝다는 생각이 들 정도다. 그만큼 작가의 소설 속에 나오는 인물들은 하나같이 우리 속에 있는 어떤 부분들과 알게 모르게 닮아 있다.

위대한 작품 속에 나오는 등장인물들은 독자들에게 큰 감명을 준다. 한 인물이 다양한 감동을 주는 게 아니라 마지막 책장을 덮었을 때 지금까지 나온 모든 등장인물들이 마치 한 폭의 그림처럼 가슴속으로 한꺼번에 밀려드는 멋진 경험을 선물한다. 그렇기 때문에 잠깐 등장했다 사라지는 인물이라고 해서 쉽게 지나칠 수 없다. 놀랍게도 톨스토이는 독자들 앞에 놓인 책이 바로 이런 소설임을 첫 문장에서부터 선언하듯 보여준다.

세계적으로도 유명한, 그러니까 한 번 들으면 누구나 알 만한 소설 첫 문장 중에 하나를 꼽으라는 투표를 한다면 단연《안나 카레니나》가 1위를 차지하지 않을까? 사실은 꽤 긴 책이기 때문에 누구든 완독할

엄두를 내지 못하는 책이기도 한데, 이 거대한 서사시를 시작하는 첫 문장만큼은 외우고 있는 사람이 많다.

솔직히 고백하건대, 나는 전혀 다른 이유 때문에 이 첫 문장을 알게 되었다. 그 전까지는《안나 카레니나》라는 작품에 대해서 딱히 관심이 있지 않았다. 내용이 긴 책은 딱 질색이기 때문이다. 호흡이 짧은 게 날 때부터 가지고 있는 습성인지 아무리 재미있는 소설이라도 600쪽 정도가 넘어가면 읽고 있는 도중에도 덜컥 겁이 난다. 이런 이유로 대장편은 여태 제대로 읽어보지 못했다. 우선 끝까지 읽을 용기가 나지 않는다. 하지만 블라디미르 나보코프의 책은 단숨에 읽었다.《롤리타》말이다. 이 책도 길다고는 하지만 앞서 말한 대하드라마 정도는 아니어서 일단 도전이 쉬웠다.

조금만 더 옛날이야기를 하자면, 나는 어찌된 영문인지《롤리타》를 만나기 전에 그의 다른 책《아다》[03]를 먼저 읽었다.《아다》역시《롤리타》만큼 긴 소설인데《롤리타》에 비하면 아는 사람이 별로 없을 만큼 잘 알려지지 않은 책이다. 다행히 나와 궁합이 맞았는지 책장은 술술 넘어갔다. 책을 읽다 보면 책이 책을 부르는, 꼬리에 꼬리를 물고 새로운 책들이 줄줄이 엮여 나오는 신기한 경험을 할 때가 있다.《아다》에서《롤리타》로, 그리고《안나 카레니나》까지 이 모든 이야기는 재미있게도 각 소설을 시작하는 첫 문장과 관련이 있다.

《아다》의 첫 문장은 이렇다. "러시아의 한 위대한 작가가 유명한 소설《안나 아르카디에비치 카레니나》의 서두에서 '모든 행복한 가정들은 상이한 점이 많지만 모든 불행한 가정들은 비슷한 점이 많다'고 말했다. 이 말은 이제 전개하고자 하는 이야기와는 거의 상관이 없지만 이 이야기의 제 1부는 톨스토이의 다른 작품《유년시대와 조국》과 상당히 밀접한 관계가 있다."[04] 나보코프는 자신의 소설 첫 문장에 톨스토이의 작품 속 첫 문장을 그대로 인용했다. 내가《안나 카레니나》를 처음 만난 장소가 바로 여기,《아다》의 첫 문장이다.

나중에 어딘가에서《안나 카레니나》의 첫 문장이 문학 역사상 가장 위대한 문장 중 하나라는 말을 듣고 그 책을 당장 읽어보기로 했다. 그런데 막상 읽기 시작하고 보니 처음부터 덜컥 빗장이 걸렸다. 너무도 익숙해서 그랬는지 마음을 다잡고 읽으려는데 그 위대한 첫 문장이 이해가 되지 않는 것이다. 다시 말하자면 역사상 가장 위대한 소설이라는 명성에 걸맞지 않게 그 첫 문장이 조금은 유치하다는 생각마저 들었다.

그래서 나는 소위 말하는 '잉여력'을 발휘해보기로 했다. 톨스토이는 어떻게 문장을 써놨는지 궁금해져서 원서를 찾아보기로 했다. 작가는 당연히 러시아말로 소설을 썼겠지만 나는 그 나라 말을 모르니까 아쉬운 대로 영어로 번역한 책을 찾아 읽어본다. "All happy families are like one another; each unhappy family is unhappy in its own way." 여기서 'family'는 영어를 배웠던 사람이라면 다 아는 단어, '가족(혹은 가정)'이다. 그래서 우리말로 번역된 책을 보면 보통 이렇게 되어 있다. **"행복한 가정은 대개 비슷한데, 불행한 가정은 모두 제각각의 이유로 불행하다."** 《안나 카레니나》가 대 장편이라고는 하지만 큰 틀에서 보자면 가정, 혹은 한 가문의 불행에 관한 이야기이기에 우리는 아무런 거부감 없이 이 위대한 첫 문장을 쉽게 읽고, 기억하고, 또 다른 사람들에게 전한다.

하지만 인류 역사상 최고 걸작이라고 뽑히는 소설의 주제를 '가정불화' 정도로 읽으면 좀 부끄럽지 않나. 곰곰이 생각한 끝에 나는 약간 다르게 이 첫 문장을 이해하기로 했다. 틀렸을 수도 있지만 이제 와서 톨스토이에게 물어볼 수도 없는 일이니 어쩌겠나. 어떤 사람은 소설 읽기의 진정한 재미가 독자마다 다르게 읽을 수밖에 없는 '오독誤讀'에서 나온다고 하지 않던가. 어쨌든 책을 다 읽고 난 후 내가 생각했던 그 해석을 더욱 믿게 되었다. 그 해석이란 사람이 모여 이룬 '가족'을 이유들이 모인 '조건들'로 받아들인 것이다. 바이올린과 비올라, 첼로 등을

© 클로드 모네, 점심 식사

행복한 가정은 모두 모습이 비슷하고,
불행한 가정은 모두 제각각의 불행을 안고 있다.

Lev Nikolayevich Tolstoy

한데 모아 말할 때 '바이올린 가족Violin Family'이라고 하는 것처럼. 그러니까 내가 이해한 대로 다시 첫 문장을 조합해보면, '사람이 행복을 느끼는 조건은 대개 비슷한 것들인데, 불행하게 만드는 조건은 모두 다르다.' 정도다.

우리가 행복하다고 말할 때 그 이유는 무엇 때문일까? 잘 생각해보면 그 이유는 아주 단순하다. 시험에 합격했거나 돈을 많이 벌었을 때, 사랑이 이루어졌을 때, 건강할 때 등등 여러 가지가 있겠지만 결국은 무언가를 얻었을 때 우리는 행복하다고 느낀다. 반대로 불행한 경우는 어떤가. 행복과 비교하자면 무엇을 잃었을 때 그것을 불행이라 표현할 수 있을까? 우리 모두가 이해하듯 불행은 그렇게 단순하지 않다. 《안나 카레니나》가 행복에 관한 소설이라면 그렇게 이야기가 길어질 이유가 없다. 주인공 안나와 그 주변을 살펴보면 어찌 그렇게도 복잡하고 다양한 불행의 조건들이 사람들 둘레를 감싸고 있는지 가슴이 답답할 정도다. 그것들을 하나하나 만날 때마다 몸이 오싹해질 정도로 두려움을 느낀다. 이 소설 속에서 행복의 조건을 찾는 건 쉽지 않다. 그래도 한 가지 꼽자면, 나는 '추억'이라고 말하겠다.

좋은 추억을 간직하고 사는 사람은 행복하다. 하지만 그것을 어떻게 기억하는가는 또 다른 문제다. 기억은 추억보다 앞선다. 기억은 추억보다 앞서 아직 여물지 않은 파릇한 꽃잎을 흩뿌려놓는다. 이제부터는 시간이 필요하다. 시간은 연약한 꽃잎을 보듬어 갖가지 추억이 태어나도록 돕는다. 어떤 추억은 아련하고 또 어떤 것은 강렬하다. 시간이 충분히 흐르고 나면 추억이 기억을 감싸 안는다. 결국 이 둘은 서로가 서로를 도우며 사람들 마음속을 꽃밭으로 만든다. 혹은 가엾게도 황무지로 남겨두기도 한다.

오래전에 절판된《아다》를 헌책방에서 발견해서 읽었듯이《안나 카레니나》를 처음으로 봤던 곳도 신촌의 어느 헌책방에서였다. 꽤 두툼한 분량에, 책에서는 오래된 나무 남새가 났다. 싼값에 들고 나왔지만 진도가 좀처럼 나가지 않아서 거의 반년 동안 조금씩 읽었다. 그렇게 읽고 난 다음 남은 기억이란 온통 불행을 암시하는 묘사와 상황 설정들 뿐이었다. 그런 기억을 가만히 놔뒀더라면 그 뒤에 아무것도 남지 않았을 것이다. 그래서 어떤 책은 한번 읽고 끝내는 게 아니라 여러 번 읽어야 할 필요가 있다. 전에 읽었던 기억이 아무리 생생하게 남아 있을지라도 그걸 다시 읽으면 또 느낌이 달라지기 마련이다. 그런 게 고전이라 불리는 작품의 매력이다.《안나 카레니나》 역시 처음엔 인물들의 불행한 삶이 더 크게 보였지만, 다시 읽으니 각자에게 처한 상황을 어떻게 삶을 통해 이해하려고 노력하는지가 더 마음에 와 닿았다.

그럼 《안나 카레니나》 등장인물 중에서 가장 행복에 가까웠던 인물은 누굴까? 소설에 나오는 인물들은 각각 우리 마음속에 있는 어떤 상태를 가리킨다. 그러니까 누구든 마음속 어느 구석에는 안나 같은, 오블론스키 같은, 키티 같은, 혹은 브론스키 같은 구석이 있기 마련이다.

우선 소설의 제목이기도 한 주인공 안나 카레니나는 행복을 위해 자신이 갖고 있던 모든 것을 내던졌지만 끝내 아무것도 얻지 못했다. 사람은 늘 자신이 믿는 것을 향해 걸어가지만 그 믿음이라고 하는 것은 또 얼마나 부질없던가? 한 사람의 믿음이 온전한 행복의 지름길인 경우는 그리 많지 않다. 오히려 자기 믿음만을 보고 질주하다가 더 큰 불행을 만나는 일이 많은데 안나 카레니나가 이런 쪽이 아닐까. 안나는 목숨까지 내걸었지만 결말은 결코 행복하다고만 볼 수 없다.

재미있게도 주인공 안나 카레니나는 소설 초반에는 등장조차 하지 않는다. 대신 이 길고 복잡한 이야기의 시작은 안나의 오빠인 스테판 오블론스키가 담당한다. 오블론스키는 돈 많고 유흥을 즐기는 전형적인 말썽꾼이다. 결혼했지만 불륜을 저지른 것이 부인에게 발각되어 가정에 위기가 닥쳤다. 이를 중재하기 위해 안나가 지금 이곳으로 오고 있는 중이다.

소설은 안나가 기차역에 도착하기 전까지 주변 인물들을 조금씩 소개하는데 특히 순수한 모습이 매력적인, 어찌 보면 오블론스키와는 완전히 반대인 세계관을 갖고 있는 레빈에 대한 설정을 작가가 더욱 신경을 쓴 흔적이 보인다. 레빈은 마침 오블론스키의 처제에게 사랑의 감정을 느껴 언제 청혼을 할지 기회를 엿보는 중이다. 오블론스키는 친구이지만 자신과는 영 딴판인 레빈의 이런 순진한 구석을 흥미롭게 생각한다.

오블론스키가 레빈에게 하는 말을 그대로 옮겨보면 마치 톨스토이가 내 앞에서 직접 이런 말들을 조용히 읊조리고 있는 인상을 받는다. **"자네는 매우 순수한 사람이야. 그건 자네의 미덕이자 결점이기도 하지. 자네는 순수한 성격이라 인생 전체가 순수한 현상으로 이루어지길 바라지만, 그런 일은 있을 수 없어. 자네는 공무公務 활동을 경멸해. 자네는 행위와 목적이 언제나 일치하기를 바라니까. 하지만 그런 일은 있을 수 없어. 또 자네는 한 인간의 활동이 언제나 목적을 갖기를, 사랑과 가정생활이 언제나 일치하기를 바라지. 하지만 그런 일은 불가능해. 인생의 변화, 인생의 매력, 인생의 아름다움, 그 모든 것은 빛과 그림자로 이루어져 있기 마련이야."(99쪽)** 오, 이것은 마치 이 긴 소설을 한마디로 정리하는 주제와도 같다. 이제부터 소설에 등장하는 많은 사람들이 겪어야 할 복잡한 일들을 오블론스키는 다 알고 있었던 걸까?

천성이 낙천적인 사람은 불행도 피해가는 법인지, 오블론스키가 늘 제멋대로 행동하는 면이 있긴 해도 그렇게 불행한 삶을 살진 않았다. 안나는 앞서 말한 것처럼 불행한 조건을 스스로 만들었고, 안나와 불륜에 빠진 브론스키 역시 키티와 맺어지지 못했다. 키티는 오로지 브론스키의 사랑만 바라보면서 레빈의 구애마저 거절했지만 안나와 브론스키의 관계를 알아차리고는 절망에 빠진다. 레빈 역시 키티를 사랑하고 있지만 끝내 키티의 마음을 얻지는 못했다. 이렇게 얽히고설킨 인간관계 속에서 인물들은 소설 첫 문장이 말하는 것처럼 각각 다른 방식으로 불행을 향해 걸어간다.

다만 레빈의 경우는 톨스토이 자신이 가장 이상적이라고 생각하는 곳으로 향하면서 다른 인물들과는 비교되는 성찰 과정을 겪는다. 바로 '자연'이다. 레빈은 키티와의 관계에서 상처를 받고 시골로 떠난다. 여기서 소설은 완전히 다른 분위기로 바뀐다. 어찌 생각하면 전체 내용과 어울리지 않는 레빈의 시골 생활이 지루할 정도로 이어진다. 하지만 이 부분이야말로《안나 카레니나》의 백미다. 시골에서 레빈이 고민하는 여러 내용들을 주의 깊게 들어보면 앞으로 작가가 어떤 방향으로 나아갈지 짐작할 수 있다.

실제로 톨스토이는 《안나 카레니나》를 다 쓰고 난 후 종교적인 고민을 담은 작품을 연이어 발표한다. 《안나 카레니나》와 다음에 나올 장편 《부활》 사이에 쓰인 《이반 일리치의 죽음》, 《사람은 무엇으로 사는가》, 《사람에게는 어느 만큼의 땅이 필요한가》 등이 바로 이런 작품이다. 그리고 이 시기에 톨스토이는 육식을 포기하고 술과 담배도 끊었다. 심지어 《부활》을 쓰기 시작하면서부터는 자신이 쓴 책에 대한 수입조차 비도덕적인 것으로 간주해서 지금까지는 물론이고 앞으로 쓸 작품에 대해서도 저작권을 포기한다고 선언했다. 이 일로 인하여 재정적으로 궁핍해져서 가족들까지 많은 고통을 당했지만 톨스토이는 이 도덕적인 판단을 끝까지 고수했다.

그렇다고 해서 톨스토이가 모든 면에서 정말 성자라는 소리를 들을 정도로 뛰어난 삶을 살았던 것은 아니다. 누구라도 그렇지만 신이 아닌 이상 실수도 하고 잘못된 판단도 하면서 사는 것이다. 톨스토이 역시 그런 점을 여러 작품들에서 밝히고 있다. 《전쟁과 평화》 같은 장편도 간결하게 말하자면 사람이 역사를 계획하는 건 불가능하다는 주제를 드러낸다.

어쩌면 모든 일은 그것을 어떻게 받아들이느냐에 따라서 좋고 나쁜 면을 동시에 갖고 있는지도 모르겠다. 옛 가르침은 삶에서 겪는 모든 일을 선과 악, 행복이나 불행으로 단정 짓지 말라고 권한다. 어떤 것이든 내 모습에 비추어 반성하는 자세로 바라본다면 행복의 길은 그 즈음 어딘가에서 찾을 수 있을지도 모른다. 오블론스키가 레빈에게 했던 말대로, 세상은 모두 빛과 그 빛에 닿은 그림자로 볼 수 있다. 문제는 그림자를 보기 전에 먼저 그 너머에 있는 아름다운 빛으로 눈을 돌릴 수 있는가에 달렸다.

죽음의 한 연구

박상륭 지음

문학과지성사, 1997년

The
First
Sentence

공문空門의 안뜰에 있는 것도 아니고 그렇다고 바깥뜰에 있는 것도 아니어서, 수도도 정도에 들어선 것도 아니고 그렇다고 세상살이의 정도에 들어선 것도 아니어서, 중도 아니고 그렇다고 속중俗衆도 아니어서, 그냥 걸사乞士라거나 돌팔이중이라고 해야 할 것들 중의 어떤 것들은, 그 영봉을 구름에 머리 감기는 동녘 운산으로나, 사철 눈에 덮여 천년 동정스런 북녘 눈뫼로나, 미친 년 오줌 누듯 여덟 달간이나 비가 내리지만 겨울 또한 혹독한 법 없는 서녘 비골로도 찾아가지만, 별로 찌는 듯한 더위는 아니라도 갈증이 계속되며 그늘도 또한 없고 해가 떠 있어도 그렇게 눈부신 법 없는데다, 우계에는 안개비나 조금 오다 그친다는 남녘 유리美里로도 모인다.

박상륭
죽음의 한 연구

저 간교한 암호의 풀이는 어떻게 되는 것인가[01]

내가 운영하는 헌책방에서는 몇 해 전부터 독서모임을 하고 있다. 이 모임에서는 주로 우리가 '세계문학'이라고 부르는 작품들을 읽는다. 밀레니엄이라는 말로 요란했던 2000년이 되면서 출판사들은 세계문학 시리즈를 출간하고 있다. 그 유행에 힘입어 독서모임에서 고를 수 있는 책의 범위도 넓어졌다. 지금까지 가장 많은 책을 출간한 민음사부터 문학동네, 창비, 열린책들, 을유문화사, 그 외에 몇몇 출판사들까지 합치면 우리나라에서 번역된 외국 문학작품은 이미 엄청나게 많은 수다.

출판전문가는 아니지만, 출판사들이 외국문학 번역하는 일에 열을 올리는 걸 살펴보면 희한하게도 얼추 20년 주기가 생긴다. 2000년 이전에는 1980년대에 세계문학 유행이 있었다. 지금과 다른 점이 있다면 그땐 책이 주로 문고본이었다. 지금처럼 인터넷이 없던 시대였고 대형서점이라고 해도 지금과 비교하면 보잘 것 없는 수준에 머물렀던 그때, 출판시장을 움직인 사람들은 외판원들이었다. 출판사 외판원은 동네를 돌아다니다가 아무 집이나 들어가서 "회장님 댁 거실에 놓으면 딱 좋을 책을 소개하겠습니다(물론 그 댁 주인이 진짜로 무슨 회사의 회장님은 아닐지라도)."라거나 "자녀들이 있으실 텐데 이 정도 책은 봐야겠지요?" 하면서 세계문학전집이 차곡차곡 늘어서 있는 사진이 들어간 종이 전단을 내밀었다.

더 밑으로 시대를 거슬러 내려가면 1960년대 세계문학이 유행했었다. 그때 가장 앞에 서서 번역서를 출판하던 곳이 '을유문화사'다. 잠시 멈췄던 시기도 있었지만 지금도 그 특유의 고동색 표지로 된 세계문학을 계속 발간하고 있다. 그 아래 시대로 더 내려가면 일제강점기 시대이고, 그때도 물론 세계문학을 읽었지만 그 대부분은 우리보다 먼저 외국에 문을 연 일본 책들을 거의 그대로 가져온 것이었다.

다시 지금 시대로 거슬러 올라와보면, 바야흐로 서점이 온통 세계문학으로 뒤덮였다고 말해도 좋을 정도다. 십여 개 출판사에서 펴내는 세계문학 번역서들이 눈 가는 곳마다 제 매력을 내뿜으며 손짓을 보내는 시대에 우리는 살고 있다. 헌책방 독서모임도 절반은 출판사들

끼리의 경쟁이며 절반은 유행이라면 유행일지도 모를 세계문학의 빼곡한 숲을 헤집으며 그럭저럭 운영하고 있다.

헌책방 독서모임에서 내가 가장 좋아하는 시간은 각자가 자신이 좋아하는 부분을 돌아가며 낭독하는 시간이다. 책을 읽는다는 행위는, 보통은 혼자서 하는 일이기 때문에 입 밖으로 소리를 내서 읽는 일은 흔치 않다. 내 경우를 생각해보더라도, 소리 내서 책을 읽어본 경험은 언제가 마지막이었을까? 확실히 떠오르는 기억으론, 중학교 수업시간이 마지막이었다. 중학교 다닐 때 수업 방식은 거의 이랬다. 수업이 시작되면 교과서에 나온 작품을 누군가 일어나서 읽었고 다른 친구들은 그걸 들었다. 나는 그 시간이 참 좋았다. 모두 다 같은 부분을 눈으로 보고 있지만 읽는 사람 목소리에 따라서 그 작품이 다르게 보였다. 한없이 진지한 장면이더라도 우스운 목소리로 읽으면 우습게 들리고, 재미있는 장면이지만 감정 없이 읽으면 그 장면이 머릿속에 그려지지 않는 게 신기했다. 수업을 마치고 집에 와서 혼자 교과서를 소리 내어 읽어보곤 했다. 고등학생이 되고부터는 학교에서도 그런 수업을 받아보지 않았다. 그렇게 어른이 된 후로 소설책을 소리 내어 읽은 기억은 점점 희미해졌다.

그래서 독서모임에 낭독시간을 넣고 싶었다. 결과는 아주 만족스러웠다. 참여하는 사람들도 처음에는 좀 어색해하지만 이내 적응하고 소리 내어 읽는 것에 재미를 느낀다. 문장이라는 것은 이렇게 입 밖으로 소리를 내어보기 전에는 그 매력을 통 알 수 없다. 세상엔 쉬운 일인데도 불구하고 해볼 기회가 없거나 '한 번 해봐야지' 하는 단순한 결심이 서지 않아서 재미를 놓치는 때가 많다.

독서모임의 낭독시간은 한동안 즐거웠다. 그래, 한동안만이다. 열흘 붉은 꽃 없다고 했던가? 낭독하는 게 조금 시들해질 무렵 과연 그게 무엇 때문이지 곰곰 생각해봤다. 결론은 늘 그렇듯 먼 곳에 있지 않았다. 헌책방 독서모임은 지금껏 세계문학만을 대상으로 했다. 말 그대로 우리나라 소설이 아닌 외국 소설만 읽은 것이다. 외국 소설은, 당연한 말이지만 본디 외국말로 쓰인 것이고 나중에 어떤 사람이 우리나라말로 옮긴 것이다. 그러니까 낭독의 참맛을 느끼기엔 뭔가 부족한 부분이 있었던 것이다. 낭독의 최고 묘미는 그 내용을 읽어서 이해하는 것이 아니라 글자가 품고 있는 소리의 울림과 리듬감을 감지하는 데 있다. 그러니 외국 소설이라고 하면 원래 쓰인 언어로 읽어봐야 제대로 된 낭독이라 할 만하다.

아일랜드 작가 제임스 조이스[02]는 이런 분야에서라면 따를 자가 없는 권위자다. 문장을 읽었을 때 느껴지는 율동감까지 염두에 두고 글을 썼다고 하니 무엇에 더 비할까. 이렇게 소설을 쓰다 보니 온종일 걸려 얻을 수 있는 분량이 고작 문장 한두 개 정도였다고 한다. 평론가들로부터 금세기 최고의 소설이라는 소리를 듣는《율리시스》를 우리말로 번역한 것이 1,000쪽을 훌쩍 넘는 대작인 걸 감안하면 조이스가 얼마나 치열하게 작업에 몰두했는지 상상이 된다. 연구자는 또 얼마나 많은지. 조이스 작품을 많이 번역한 고려대 김종건 교수로 말하자면 거의 평생 조이스의 작품만 연구했다고 해도 과언이 아니다. 노벨상을 수상한 같은 아일랜드 작가 사뮈엘 베케트는 영어를 쓰는 나라 사람이지만 대부분 작품을 프랑스말로 썼는데 그 이유를 묻는 사람에게 '영어로 할 수 있는 것은 이미 제임스 조이스가 모두 다 이뤘기 때문'이라는 재치 있는 대답을 했다고 전한다. 우리말로 번역된 조이스의 소설《율리시스》나《피네간의 경야》를 제대로 이해하며 읽은 사람은 거의 없을 것이다. 도대체 그 책들 두께를 보는 순간부터 읽고 싶은 욕구가 꺼져버리니까 말이다. 그렇다면 내용이나 이해는 접어두고 조이스가 얼마나 운율을 중요하게 여기며 작업했는지 알아보려거든 다는 아니더라도 일부분만이라도 영어로 된 원서를 훑어보기를 권한다.[03]

서론이랍시고 잡설 비슷한 것이 좀 길었다. 내가 도달한 최종 질문은 이것이다. "그러면 우리나라에도 조이스 같은 작가가 있을까?" 외국 소설들이 홍수처럼 쏟아지는 시대라서 그런지 우리나라 작가들은 크게 주목을 못 받고 있는 것 같다. 당연히 세계적인 대가들의 수준에 견주어봐도 손색없는 작품이 많은데 외국 소설은 노벨문학상, 퓰리처상, 콩쿠르상 등등 화려한 이름이 붙어서 실제보다 더 커 보이는 것은 아닌가 싶다.

누군가 내게 이러한 세계문학과 견줄만 한 우리나라 작가 이름을 한 명만 대보라면 두말할 필요 없이 '박상륭'이라고 말할 것이다. 물론 내가 박상륭에 대해서, 박상륭의 작품에 대해서 뭐라 평가할 만큼의 깜냥은 아니다. 그렇지만 한 가지 자신 있게 말할 수 있는 것은 앞서 얘기한 문장의 운율에 관한한 최고라는 것이다. 제임스 조이스 얘기를 달리한 것이 아니다. 박상륭의 소설은 제임스 조이스에 비교해도 될 만큼, 아니 어쩌면 그 이상으로 뛰어난 문장을 가지고 있다.

자, 여기 《죽음의 한 연구》라고 하는, 좀 이상하고 제목만 들어서는 별로 읽고 싶지도 않은 책이 한 권 있다. 박상륭의 소설이고, 읽어봐도 무슨 내용인지 잘 모르겠다. 이런 점에서는 우선 조이스와 완벽하게 동급이라고 해도 되겠다. 내가 조이스보다 박상륭에 조금 더 후한 점수를 주는 이유는 박상륭은 우리나라 말로 글을 쓴 작가이기 때문이다.《죽음의 한 연구》는 무엇을 번역한 게 아니라 처음 쓸 때부터 한글로 썼다. 별것 아니라고 할 사람도 있지만 내겐 이런 소설을 읽을 수 있다는 것 자체가 축복이다. 우리나라 작가 중에 이 정도로 읽는 맛이 '찰진' 작품을 써내는 사람이 또 있을까.

6년이라는 시간을 들여 완성한 작품《죽음의 한 연구》첫 문장은 과히 충격적이다 싶을 만큼 아름답다. "**공문의 뜰 안에 있는 것도 아니고……**"로 시작하여 "**……남녘 유리로도 모인다.**"까지가 한 문장인데, 시작부터 독자는 커다란 벽을 만난다. 한 문장이라고 치기엔 너무 길다. 400글자에 이르는 이 긴 문장은 우선 어디서 어떻게 숨을 끊어가며 읽을지부터 고민해야 한다. 문장이란 모름지기 짧고 경쾌하게 써야 읽기 쉬운 법인데 박상륭에게 그런 것은 기대하면 안 된다. 다만 한 가지 중요한 암시만은 기억하자. 많은 소설가들이 그렇듯, 박상륭도 지금부터 펼쳐질 이상한 이야기가 과연 어떠할지 첫 문장에서 그럭저럭 맛을 보여주고 있는 것이다.

한 문장을 이처럼 길게 쓴다면, 그것을 읽게 될 사람도 그렇지만 무엇보다 작가에게 큰 부담이 된다. 문장을 길게 쓰면 쓸수록 틀린 문장이 될 가능성이 그만큼 높기 때문이다. 길게 쓰면서도 문법에 잘 들어맞도록 쓴다는 건 여간 노력해서는 잘해내기 힘들다. 《죽음의 한 연구》 첫 문장은 완벽한 한 문장이다. 게다가 문장을 읽었을 때 입안에서 맴도는 감칠맛이 일품이다. 긴 첫 문장은 마치 흰 쌀밥을 입안에 넣고 오랫동안 씹어 단맛이 날 때처럼 읽는 맛이 좋다.

여기서 일일이 박상륭 소설의 문장을 하나하나 분석하는 일은 별로 의미가 없을 것 같다. 나 역시 그런 일은 능력 밖이다. 단지 《죽음의 한 연구》를 잘 읽기 위해서 누구나 《죽음의 한 연구 깊이 읽기》(임금복 지음, 푸른사상, 2000년)같은 책을 함께 봐야 하는 건 아니다. 게다가 이 연구서는 대상이 되는 소설책보다 두 배는 비싸다. 비싸지만 그래도 한번 오기로라도 읽어봐야겠다면 단단히 준비를 하는 게 좋을 것이다. 그걸 읽는 순간 《죽음의 한 연구》는 더 어려워질 테니까.

박상륭이 도대체 무슨 말을 하고 싶은 것인지 모든 독자가 굳이 알 필요는 없다. 알아야 할 의무도 없고. 그렇게 생각하면 책 읽기가 좀 편해진다. 즐거운 마음으로 읽어야 하는 게 책인데 그 책이 올무가 되면 안 된다. 어쨌든 소설의 의미는 일단 접어두고 입 밖으로 소리를 내어 낭독을 해보자는 거다. **"공문의 안뜰에 있는 것도 아니고……."** 되도록 천천히 읽는다. 그리고 머릿속으로는 지금 읽고 있는 부분을 그림으로 그린다 생각하며 상상한다. 그러면 문장 속에서 묘한 어울림을 발견할 수 있다. **공문의 안뜰**과 **바깥뜰**은 다음 문장 **수도도 정도, 세상살이의 정도**와 맞물린다. 그 다음으로 나오는 **중**과 **속중**은 따라오는 문장 속 **걸사, 돌팔이 중**으로 이어진다. 여기서 쉼표를 따라 조금 쉬었다가 이어지는 문장은 지금까지 나왔던 내용을 동서남북으로 흩어놓는다. **구름에 머리 감기는 동녘, 천년 동정스러운 북녘, 혹독한 법 없는 서녘, 안개비나 조금 오고 그친다는 남녘**까지 읽어나가면 자연스럽게 소설의 등장인물과 배경이 눈앞에 그려진다.

여기서 주위 깊게 살펴볼 점은 흔히 우리가 말하듯 '동·서·남·북'이 아니라 박상륭은 소설의 무대가 되는 '유리'라는 동네까지 오는 길을 '동·북·서·남'으로 설명하고 있다는 것이다. 이유는 당장 알 수 없지만 소설을 다 읽고 책장을 덮으면 이 난해한 작품의 주제와 어딘지 모르게 닮아 있음을 느끼게 한다. 바로 '태극'의 문양이다. 우리나라 국기 한 가운데도 빨간색과 파란색이 뒤엉켜 있는 문양이 있는데 다들 알다시피 이것이 태극이다. 그래서 '태극기'라고 부른다. 태극의 모양을 유심히 관찰하면 '동 → 북 → 서 → 남'의 방향으로 회전하고 있다. 그것은 바로 작가가 소설에서 말하고자 하는 삶과 죽음의 커다란 순환 고리를 뜻한다.

소설 뒤에 간단한 소감을 적은 문학평론가 김현도 역시 이 첫 문장에 대한 찬사를 아끼지 않았다. 그러면서 《죽음의 한 연구》는 '눈으로 읽는 것보다는 입으로 읽어야 할 소설'이라고 말한다. 비단 《죽음의 한 연구》만 그런 것이 아니다. 이런 글쓰기 방법은 박상륭의 특징이라고 할 만큼 거의 모든 소설에서 나타난다. 나는 특히 작가가 1990년대 후반 캐나다에서 고국으로 영구귀국을 한 후에 엮은 소설집 《평심》(문학동네, 1999년)을 좋아하는데, 여기선 박상륭의 글맛을 제대로 볼 수 있는 단편을 골라 읽을 수 있다. 물론 이 소설집에 실린 단편들도 모두 박상륭이 처음부터 일관되게 탐구하고 있는 '삶과 죽음'에 관한 깊은 사유를 담아놓았다.

《죽음의 한 연구》는 서른세 살 먹은 한 중이 '유리'라고 불리는 어떤 마을에 들어와서 40일 동안 구도한 후 도를 깨우치는 내용이다. 주인공이 중이지만 '서른세 살', '40일' 같은 설정을 미루어보아도 알 수 있듯 깨우치는 도의 배경은 기독교 신앙을 기본으로 하고 있다. 그런데 박상륭의 사유가 놀라운 것은 기독교 경전인 성경으로 시작으로 불교, 도교, 밀교, 연금술에 이르기까지 인간이 만들어놓은 모든 종교 원리를 녹여내 결국 우리네 전통신앙에 기반을 둔 결말을 끄집어냈다는 데 있다. 이런 시도는 위험하다. 일일이 책을 읽고 오래 연구해보지 않고는 참으로 이해하기 힘들 뿐 아니라 잘못 썼다가는 허접한 괴변으로 뒤덮인 이상한 소설이 나올 수도 있다.

박상륭은 이러한 시도를 소설 거의 중간에, 그러니까 주인공이 유리를 나와 유리와 견주어봤을 때 타락한 장소로 비춰지는 읍내의 무너진 교회당에서 사람들에게 설교하는 장면으로 대신했다. 이 장면은 소설의 앞과 뒤를 나누는 중요한 부분이다. 마른 늪에서 물고기 낚는 의미 없는 노동을 해온 주인공은 설교를 마친 후 해탈을 향해 조금씩 나아가기 시작한다. 이 장면은 전체 40일의 기간 중에 제 17일에 해당하며 작가는 스물다섯 쪽에 걸쳐 설교 내용 전부는 물론 설교를 하며 흑판에 그린 도식들도 빠짐없이 기록해두었다. 소설 전체가 500쪽이 조금 안 되는데 박상륭은 이 장면에 모든 이야기의 10분의 1을 편집 없이 할애한 것이다.《죽음의 한 연구》가 너무 길고 어렵다는 이유로 도전할 마음조차 생기지 않는다면 이 부분만 따로 읽어보아도 좋을 것이다.

박상륭은 한 잡지와의 인터뷰에서 이런 말을 했다. "우리들이 되도록 독자를 작가 쪽으로 끌어올려야지, 작가가 독자 쪽으로 내려가지는 말아야죠. 우리 작가들도 데모 한 번 해야 돼요. 독자를 상대로."[05]

그만큼 박상륭은 독자가 뒤따라가도 좋을 만한 작가다. 그렇다고 박상륭의 소설을 애써 꽁무니 쫓고 해석하며 읽을 필요는 없다. 작가가 《죽음의 한 연구》를 쓰는 데 모티브를 얻었다고 말한 제시 웨스턴의 《제식으로부터 로망스로》 같은 작품을 찾아 읽는다든지, 《티벳 사자의 서》를 본다면 분명히 더 혼란스러울 것이다. 이것이야말로 마른 늪에서 물고기를 낚는 것과 다르지 않다. 박상륭 읽기에 필요한 것은 긴 호흡으로 천천히, 조금씩 읽어나가는 것이다. 《죽음의 한 연구》도 바로 그런 매력이 있기 때문에 한번 도전해볼 만한 작품이다. 도무지 무슨 소리인지 내용 파악조차 안 되지만 입으로 소리 내어 읽다 보면 멈출 수가 없다.

책 읽기는 우리들의 삶과 맞닿아 있다. 짧게 놓고 보아서는 인생의 오묘한 섭리를 알아차리지 못 하듯 책도 마찬가지다. 인스턴트 라면을 먹듯 후루룩 입안에 털어넣을 것이 아니라 현미 쌀밥을 지어 먹듯이 어금니로 자근자근 씹어야 좋다. 모든 책이 그러하겠지만 박상륭 책은 특히 그렇게 읽어야 맛있다. 책 읽기도 한 걸음씩 내딛는 삶의 수행이니까 지금 당장은 무엇도 알 수 없는 게 당연하다. 묵묵히 읽어나가다 보면, 어느 순간 뒤 돌아봤을 때 비로소 내가 얼마큼 왔는지, 지금 여기가 어디쯤인지 알아차린다. 서두를 것 없다. 천천히 입으로 소리 내어 다시 그 첫 문장을 읽는다. “**공문空門의 안뜰에 있는 것도 아니고 그렇다고 바깥뜰에 있는 것도 아니어서, 수도도 정도에 들어선 것도 아니고 그렇다고 세상살이의 정도에 들어선 것도 아니어서…….**” 그렇게 40일이 지나면 그 끝에 **옴마니팟메훙(마지막 문장)**을 만나게 될지 누가 또 알겠는가.

어느 작가의 오후*Nachmittag eines Schriftstellers*
페터 한트케 지음, 홍성광 옮김
열린책들, 2010년

The
First
Sentence

언젠가, 거의 1년 동안 언어를 잃어버렸다고 생각하며 살았던 이래로 작가에게는 자신이 과거에 썼고, 앞으로 쓸 수 있다고 느낀 문장 모두가 하나의 사건이 되었다.

페터 한트케
어느 작가의 오후

나는 아무런 속셈이 없는, 있는 그대로의 나라오[01]

페터 한트케는 내가 좋아하는 오스트리아 작가인데, 고등학생 때 대학로 소극장에서 연극 〈관객모독〉을 본 뒤로 이 사람에게 관심이 생겼다. 사실 연극 대본을 쓴 작가가 이 사람인지도 몰랐지만 어디 가서 알은체를 하고 싶었기 때문에, 나는 굳이 연극 소개 책자 속에 있던 그 이름을 근거로 삼아 도서관을 들락거리며 정보를 찾았다. 지금과 달리 그때는 유럽 작가에 대한 정보를 어디서든 쉽게 얻을 길이 없었다. 더구나 잘 알려져 있지 않은 페터 한트케에 관한 자료는 더욱 그랬다.

나는 그의 짧은 소설 《어느 작가의 오후》를 다른 무엇보다 좋아한다. 이 소설은 페터 한트케 자신을 주인공으로 삼은 것 같다. 소설 속에서 작가는 어느 날 오후 글 쓰는 일을 멈추고 늘 그랬듯이 집 밖으로 나와 산책한다. 뭔가 대단한 사건을 기대한 독자에겐 좀 싱거운 얘기일 수도 있는데, 중편 분량의 소설 내용은 지금 말한 이 내용이 전부다. 이 날 작가에게는 어떤 특별한 일도 일어나지 않았고, 날이 저물 때까지 근처를 걷다가 마을을 한 바퀴 돌아 다시 걸어서 집으로 돌아온다는 것이 줄거리 전부다. 소설에 나오는 가장 극적인 일이라고 해봐야 그해 첫눈이 내렸다는 것뿐이다. 그 역시도 작가나 그 주변 일상에 대단한 영향을 주지는 못한다.

작가는 외로운 존재다. 글을 쓰고 펴내면 적지 않은 사람이 책을 보겠지만 작가가 그 사람들을 실제로 알거나 만나는 건 아니다. 작가는 전혀 모르는 대상과 끊임없이 소통해야 하는 직업이다. 그 소통은 일방적이다. 독자가 글을 읽어주기 전까지 그런 일은 계속된다. 아무도 없는 밤중에 혼자 차를 운전해서 고속도로를 내달리는 것처럼 두렵기까지 하다. 소설 속에 등장하는 '어느 작가'는 이 외로운 싸움에서 결국 이길 수 있을까? 계속 외로운 길을 하염없이 가다가 막다른 벽에 다다르면, 그것을 끝이라고 생각하며 멈춰야 하는지도 모른다. 작가는 집을 나서서 산책을 하는 동안 끊임없이 이런 생각에 사로잡힌다. 작가 곁에 머물고 있는 계절은 아무런 감정을 전해주지 않는다. 언젠가 떠날 것이 분명하지만 지금은 그저 머물고 있을 뿐이다.

꼭 글을 쓰는 작가가 아니라도 소설 속으로 한 걸음 들어가 보면 주인공이 가졌던 고독과 외로움을 함께 느낄 수 있다. 모든 사람은 삶이라는 작품을 써내려가는 작가라고 하지 않던가. 우리는 인생이라는 거대한 무대 위에 서 있는 배우이기도 하고 동시에 작가이며, 연출가, 한편으론 관객이기도 하다. 다만 자신을 돌아보며 스스로를 다독일 수 있는 배우이자 관객은 많지 않다. 어떨 땐 이 넓은 무대 위에 배우와 관객이 단 한 명뿐이라는 생각 때문에 밤잠을 설친다. 그 배우와 관객은 다름 아닌 바로 나 자신이기에 더더욱 그렇다. 이 소설 속 어느 작가 또한 영원히 혼자일 수밖에 없다는 생각 때문에 문득 외로운 산책길에 나선다.

내가 생각하기에 소설은 기본적으로 외로움과 소외의 문제를 담는다. 아무리 즐거운 내용이라고 하더라도 나는 그 안에서 늘 고민에 빠진 인물을 찾아내고야 만다. 때론 완전히 코미디라고 생각했던 소설이 정반대로 쓸쓸한 감정을 무더기로 안겨주는 경우도 있다. 그 자신이 블랙코미디 같은 삶을 살다 간 존 케네디 툴의 소설 《바보들의 결탁》[02] 같은 작품이 그렇다. 그런 의미에서 페터 한트케는 현대인들이 겪는 말

못할 고민을 속속들이 짚어내는 탁월한 능력이 있다.《어느 작가의 오후》보다 앞서 발표한 소설《페널티킥 앞에 선 골키퍼의 불안》은 유치하다고 생각될 만큼 노골적인 제목만으로도 내용을 짐작하게 만든다. 그리고《소망 없는 불행》역시 길게 말해 무엇하랴. 감정의 흐름을 작가에게 맡기고 느릿한 걸음으로 함께 산책하듯 책을 읽어나가다 보면 페터 한트케가 들려주는 고민이 다름 아닌 우리 모두의 어깨 위에 올라가 있는 짐이라는 걸 깨닫게 된다.

《어느 작가의 오후》를 시작하는 첫 페이지에는 괴테가 쓴 한 문장이 있다. 르네상스 시대를 살다간 한 이탈리아 시인의 삶을 그린 희곡〈토르콰토 타소〉에 나오는 의미심장한 말이다. "……**모두가 있는 곳에서, 난 아무것도 아니다.**" 그리고 이어서 페터 한트케는 다음과 같이 소설을 시작한다. 어쩌면 그 자신의 넋두리일 수도 있는 그런 말로.

"언젠가, 거의 1년 동안 언어를 잃어버렸다고 생각하며 살았던 이래로 작가에게는 자신이 과거에 썼고, 앞으로 쓸 수 있다고 느낀 문장 모두가 하나의 사건이 되었다."

이 혼잣말은, 더구나 이야기를 시작하는 첫 시작이기 때문에 아무런 기대 없이 지나치기보다 가장 깊이 생각해봐야 할 주제다. 작가들은 때론 가장 잘 보이는 곳에 은근슬쩍 자기가 하고 싶은 말의 결론을 드러낼 때가 많다.

사실상 페터 한트케는 작가로서 이룰 수 있는 성취를 대부분 이룬 것처럼 보인다.《어느 작가의 오후》를 발표했을 때만 하더라도 그렇고, 그 이전이나 이후, 심지어 지금까지도 여전히 마르지 않는 샘처럼 작품을 쏟아내고 있다. 많은 문학상을 받았고 소설가로는 드물게 연극과 영화 대본으로도 높은 평가를 받았다.[03] 게다가 잘생기기까지 했으니 더 이상 무슨 말로 더 꾸밀 수 있을까.

20대 젊은 나이에 파란을 일으키며 권위 있는 문학가 모임인 '47년 그룹'에 데뷔한 이후《관객모독》,《말벌들》,《페널티킥 앞에 선 골키퍼의 불안》,《소망 없는 불행》등을 연이어 펴냈고 페터 로제거상, 실러상, 뷔히너상, 프란츠 그릴파르처상, 잘츠부르크 문학상, 그리고 오스트리아 국가상 등 거의 모든 상을 받으며 유럽에서 가장 유명한 작가가 되었다. 1979년에는 처음으로 신설된 카프카상의 수상자로도 선정되었으나 더 젊은 작가들이 받아야 한다며 이 상을 넘겨주기도 했다.

오스트리아 국가상[04]을 수상한 1987년 당시, 말하자면 나이 마흔 중반을 조금 넘어 한창 전성기를 누리고 있던 그때 나온 책이 바로 이 짧은 책인데, 그런 작가의 고백 치고는 앞뒤 사정이 들어맞지 않는 느낌이다. 나는 우선 이 점을 따라가며 전체 내용을 짜 맞추는 방법을 선택했다. 책을 읽을 방법에는 여러 가지가 있지만 이렇게 사소한 단서를 잡아두는 게 유용할 때가 많다. 게다가 이 소설로 말하자면 누가 봐도 작가 자신을 주인공으로 내세우고 있음은 의심의 여지가 없다.

그래도 모르겠다면 책날개에 있는 작가 소개를 보라. 편집자는 하필이면 페터 한트케가 심각한 표정으로 하늘을 올려다보고 있는 사진을 썼다. 사진 속 장소는 어떤 집 안인 것 같다. 작가 자신의 집일 수도 있다. 창밖이 보이는 걸로 봐서 밤은 아니다. 작가는 한쪽 다리를 다른 쪽에 올리고, 창문 앞에 있지만 창밖을 보는 게 아니라 고개를 위로 들어올린 채 작은 의자에 등을 의지하고 있다. 눈은 감았다. 무언가 깊은 생각에 잠긴 표정이다. 쓰고 있는 소설이 잘 풀리지 않는 것인지, 다른 일 때문인지 알 수 없지만 지금 상황이 편안해 보이지는 않는다. 당장이라도 일어나 방을 이리저리 돌아다니다가 그마저도 안 풀리면 문을 열고 밖으로 나가 산책이라도 할 것 같다.《어느 작가의 오후》는 바로 그렇게 시작한다.

첫 시작부터 몇 단락동안 작가는 소설에 등장하는 주인공인 작가가 지금 어떤 고민을 하고 있는지 보여주는데, 이 역시 페터 한트케의 당시 상황과 비슷하다. 젊은 시절 문단에 나온 이후 여기까지 쉼

없이 달려왔고 발표한 대부분 작품이 좋은 평가를 받았다. 보통 작가라면 평생 한두 번 선정되기도 쉽지 않은 유력한 문학상을 연거푸 받았다. 페터 한트케라는 이름을 아는 사람이라면 그가 대단한 작가라는 사실을 인정할 수밖에 없다. 하지만 작가 자신은 어떤가? 소설 첫 시작에서 말하고 있듯이 정작 자신은 **영원히 글쓰기가 중단될 가능성에 대한 두려움이 이미 평생 존재해**[05]왔다. 작가에게 작가라는 **직업의 문제는 존재의 문제**로까지 커다란 부담을 안겨준다. 혼란스러운 상태다. 지금까지 **작가로서의 나**가 아닌 **나로서의 작가**를 보여준 것은 아닐까. 그런 생각에 다다른 작가는 평소 습관과는 달리 아직 밖이 어두워지지 않았는데도 산책에 나선다.

페터 한트케가 그리는 주인공은 이렇게 서로 닮은 구석이 많다. 세상 모든 것으로부터 소외되었지만 구원받을 수 있는 여지는 전혀 없다. 작가는 독자에게 행복한 결말을 선물하는 대신 현실을 그대로 보여줄 뿐이다. 어쩌면 그 편이 더욱 작가다운 방법인지 모르겠다.《페널티킥 앞에 선 골기퍼의 불안》은 우리 모두가 겪는 외로움에 대해 이야기한다는 면에서《어느 작가의 오후》에 나오는 주인공과 닮았다. 두 책에 등장하는 주인공은 모두 첫 시작부터 불안을 안고 있다.

《페널티킥 앞에 선 골기퍼의 불안》은 한 남자가 회사에서 해고 되는 장면으로 시작한다. 그는 회사로부터 아무런 해고 통보를 받지도 않았는데 회사에 출근했을 때 상관이 자신을 쳐다보는 눈빛에서 '당신은 해고야'라고 말하는 느낌을 강하게 받고 그대로 회사를 뛰쳐나온다. 글이 풀리지 않아서, 더 이상 어떤 문장도 쓸 수 없을 것 같은 강박에 문을 열고 밖으로 나온 작가와는 달리, 세상 누구와도 연결 고리가 없던 주인공 블로흐는 아무것도 보기 싫어 캄캄한 극장 안으로 숨어든다. 거기서 한 여자를 만나 하룻밤을 지내는데, 이 여자 역시 어떠한 위로도 되지 못한다. 블로흐는 아침에 일어나서 아주 사소한 이유 때문에 여자를 죽이고 국경 근처 마을로 도망친다. 물론 거기서도 아무런 도움을 받지 못한 채 불안한 일상을 보낸다. 블로흐는 점점 강박적이 되어서 모든 물건과 사람들의 행동, 심지어 소리와 냄새까지도 모두 자신을 공격한다고 느낀다. 축구 경기장엔 모두 스물두 명이 뛰지만 페널티킥을 하는 순간만큼은 아무도 골키퍼를 도와주지 않는 것처럼 말이다. 이 넓은 골대를 혼자 지킨다는 건 현실적으로 불가능하다. 골키퍼는 그저 우연히 자기가 움직이는 곳으로 공이 날아오길 기대할 수밖에 없다.

흔히 운명은 자신이 개척해나가는 것이라고 하는데 페터 한트케는 생각이 다르다. 물론 인간에게 저마다 주어진, 태어날 때부터 결정된 운명이 있는 것은 아니다. 그렇다고 해서 운명을 스스로 만들어나갈 수도 없다. 그저 있는 그대로 살면서 나에게 주어진 삶을 알게 모르게 오가는 계절처럼 자연스럽게 받아들일 수 있다면 그것이 옳은 방향이 아니겠는가?

집을 나선 어느 작가는 소설 마지막 부분에 와서 잠깐 흩뿌리다 그친 첫눈을 뒤로 하고 동네 선술집으로 향한다. 그곳엔 미국에서 온 번역가가 작가를 기다리고 있다. 아마도 작가의 책을 영어로 번역해서 펴내기로 얘기가 된 모양이다. 여기서 페터 한트케는 상당히 짧은 분량인 이 작품에도 불구하고 나이 지긋한 번역가가 작가에게 들려주는 말에 꽤 긴 호흡을 할당한다. 번역가는 자신도 젊었을 때는 위대한 작품을 쓰기 위해 노력했던 일이 있었다며 앞에 앉아 있는 작가에게 연설을 시작한다. 작가 시절엔 외톨이라는 강박에 시달렸지만 번역을 하면서 새로운 눈으로 세상을 보게 되었다고 말한다. 그가 말한 새로운 시선이란 다름 아닌 그저 자신을 있는 그대로 받아들일 줄 아는 사소한 용기였다.

이제 남아 있는 문제는 깊은 상처처럼 흉터를 남긴 삶이라는 아픈 길 위를 어떻게 걸어가야 하는지에 대한 것이다. 다시 소설 속으로 들어가면 그곳은 서늘한 바람이 부는 겨울이다. 특별한 것은 없다. 어쩌면 오늘 하루도 아무런 일이 일어나지 않을 것 같다. 다만 아직 첫눈

언제가, 거의 1년 동안 언어를 잃어버렸다고 생각하며 살았던 이래로
작가에게는 자신이 과거에 썼고,
앞으로 쓸 수 있다고 느낀 문장 모두가 하나의 사건이 되었다.

Peter Handke

이 내리지 않았다는 것만이 오늘이라는 시간을 조금 들뜨게 할 뿐이다. 과연 오늘 첫눈이 올까? 하지만 눈이 온다는 건 이제 곧 진짜 겨울이 시작된다는 얘기다. 그럼에도 불구하고 우리는 한참 후에나 다가올 봄을 기대해도 좋은 것일까?

이야기가 끝나도 결론은 없다. 이 또한 우리들이 매일 겪는 일상 아닌가. 계절은 우리에게 허락을 맡지 않고 그저 머물다가 흘러가고 또 다시 새로운 기분으로 어느 날 갑자기 찾아올 뿐이다. 그 사이에 우리는 '봄'이라고 부르는 어떤 날들을 두근거리는 가슴으로 기다린다. 내게 봄은, 수줍은 여자애가 내 볼에 입 맞추려 입술 모양을 조그맣고 동그랗게 오므려 다가오는 느낌이다. 그렇게 봄은 뜻하지 않게, 꾸밈없이 다가온다. 그걸 알아차리려면 온 신경을 봄맞이에 집중해야 한다. 요즘은 어떤 계절이든 좀처럼 뚜렷하게 느껴지지 않기 때문에 더욱 그렇다. 모든 게 예전 같지 않다.

요즘 신문을 보면 여전히 추운 겨울이다. 여기저기서 삶이 힘들어 신음소리를 내는 사람들 목소리가 들리고, 경제와 정치는 물론 우리 사는 곳 어디라도 딱 부러지게 가리킬 수 없이 엉망이다. 제주도 강정마을에서, 서울시청 광장에서, 그 건너 대한문 옆에 설치한 분향소에서, 학습지 노동자들이 모인 곳에서, 그리고 광화문에서, 수요 집회에서, 높은 굴뚝 위에서……. 여기저기 둘러보면 여전히 칼바람이 불어닥치는 한겨울이다. 그것을 바라보는 사람들의 마음이 외로움으로 가득 차 있는 동안 아무리 많은 이들이 모여도 거기서 찾을 수 있는 것은 외로움뿐이리라.

이러니 제주에 유채꽃이 만발했다고 한들 그곳이 어찌 봄이겠는가. 서울시청 광장에 스케이트장을 걷고 파릇한 잔디를 깔았다고 해서 봄이 온 것은 아니다. 윤중로에 벚꽃이 활짝 피어서 사람들이 발 디딜 틈 없이 그곳을 찾는다고 하더라도, 여의도 한쪽 어느 곳은 여전히 한파가 몰아닥치는 겨울이다. 마음 아픈 일들이 해결되지 않고서는 결코 봄이라고 부를 수 없다.

사람들은 봄이 오면 겨울에 입던 옷을 세탁소에 맡기고 새 옷을 꺼내 입는다. 다이어리를 새것으로 장만하거나 집 안 구석구석 대청소를 한다. 많은 사람들이 자기, 혹은 자기 주변을 새것으로 만들면서 봄을 맞는다. 하지만 꽃 한 송이 핀다고 봄이라고 부를 수 없듯이, 창문을 열고 좀 더 먼 곳을 내다볼 필요가 있다. 옆집은 봄을 맞았는가? 옆 동네는 어떤가? 큰 길 건너 시장 사람들은? 그보다 더 먼 곳까지 봄의 기운이 충만하게 가득 찼을 때 비로소 나는 그 날을 봄이라고 하겠다. 봄은 어느 것 하나 만을 위한 봄이 아니기 때문이다. 첫눈이 내리고 한동안 세상을 얼어붙게 만든 다음 봄은 혼자서 오지 않는다. 이런 느낌을 간직하고 어느 작가는 늦은 오후, 다시 왔던 길을 되돌아 집으로 돌아간다.

말테의 수기 *Die Aufzeichnungen des Malte Laurids Brigge*

라이너 마리아 릴케 지음, 김재혁 옮김

펭귄클래식코리아, 2010년

The
First
Sentence

그래, 이곳으로 사람들은 살기 위해 온다. 하지만 내 생각에는 이곳에 와서 죽어가는 것 같다.

라이너 마리아 릴케
말테의 수기

우리는 모두 사랑의 고통을 면제받았다[01]

프라하에서 태어난 최고의 작가 두 명을 말하라고 하면 나는 당연히 프란츠 카프카와 라이너 마리아 릴케를 꼽겠다. 카프카의 소설을 처음 읽었을 때 나는 카프카가 일각수의 기다란 뿔, 혹은 이마 한가운데 솟아 있는 신비한 세 번째 눈을 가졌을 거라고 느꼈다. 그런데 릴케는 전혀 달랐다. 특히 《말테의 수기》에서 발견한 릴케는, 예를 들면 천수관음보살의 팔처럼 사방으로 뻗어 있으면서도 그 몸통은 하나인 어지러운 모습이었다. 유럽 근대 문학사를 돌아봤을 때 릴케를 가장 위대한 시인의 자리에 올려놓는 데 반대할 사람은 별로 없을 것 같다. 당시에도 그 명성은 대단해서, 노벨문학상이 제정된 초창기에 릴케가 상을 받지 못한 것을 두고 평론가들 사이에서 논란이 일기도 했다.

시인 릴케는 소설을 단 한 권 남겼는데 그것이 바로《말테의 수기》다. 그런데 그 소설이 여전히 세계 각국의 릴케 학회에서 많은 연구가 이뤄지고 있는 이유는 아직까지 밝혀지지 않은 많은 수수께끼를 품고 있기 때문이다.

우선 주인공인 말테가 다름 아닌 릴케 자신을 가리키고 있다는 점에서 흥미롭다. 이것은 의심의 여지가 없다. 말테는 덴마크의 한 귀족 가문에서 자란 젊은이인데 나름은 커다란 꿈과 희망을 가슴에 품고, 아마도 그것을 이뤄줄지도 모를 거대한 도시 파리로 오게 된다. 하지만 말테 역시 릴케와 마찬가지로 도시에 적응하지 못하고 계속되는 고독 속으로 자신을 몰아간다.

흔히 사람들은 시골은 사방이 막혀 있고 도시는 열려 있다고 믿는다. 그러니까 도시에 가면 무엇이든 할 수 있고, 시골에서는 누릴 수 없는 생활의 편리함이 기다리고 있을 거라고 짐작한다. 하지만 실제로는 어떤가? 지금 도시에 살고 있는 나만 하더라도 누군가 그런 믿음을 갖고 있다고 하면 비웃을 것이다. 파트리크 쥐스킨트는 단편《비둘기》에서 도시는 한 번도 제대로 어두워진 적이 없다고 의미심장하게 말한다. 그만큼 모든 것이 타인이나 관리들을 향해 환하게 공개되어 있으며, 행동은 물론 말과 생각 또한 자유롭게 드러내지 못하는 곳이 도시다.

라이너 마리아 릴케

말테의 수기

순진한 믿음을 갖고 있는 사람이 도시에 오면 오히려 그 믿음 때문에 몸과 마음을 강탈당하기 쉽다. 그렇다. 그건 아무래도 '강탈'이라는 말밖에 표현할 길이 없다. 옛사람의 말에 '서울 가면 눈 뜨고 코 베인다'고 했다. 좀 우습긴 해도 이 얼마나 적절한 표현인가. 더 심각한 건 도시는 코뿐만 아니라 정신을 갉아먹는 해충이다. 그러니 뇌 속에 주기적으로 방부제를 뿌려두지 않으면 말테, 혹은 말테였던 릴케처럼 되는 것이다.

《말테의 수기》가 정상적인 소설처럼 보이지 않는 이유도 그렇게 설명할 수 있다. 릴케가 쓴 소설은 시대를 앞서가도 한참이나 앞서갔다. 1900년대 초에 나온 소설인데 일단은 줄거리라는 게 없다. 소설이라고 하면 학교에서는 '줄거리가 있는 꾸며낸 이야기'라고 배웠고 시험에 나오면 그렇게 써야 동그라미를 받았다. 그런데 이 소설은 그런 게 일절 없다. 특정한 사건이 일어나긴 하지만 소설 전체를 보더라도 그 사건이 다른 부분에 미치는 연속성이 없을뿐더러 사건들이 딱히 시간의 순서에 따라 배치된 것도 아니다. 물론 소설이 아니라 '수기' 형식이라고 하더라도 이해가 어렵긴 마찬가지다. 도대체 이것을 어떻게 정리해야 할까? 내 손은 두 개뿐이고 릴케는 손이 천 개인 천수관음보살이다. 모든 손이 동시에 나를 향해 악수를 청하는데 나는 어떤 손을 잡아야 할지…….

시인은 고독하다. 예술가는 고독한 직업이다. 오늘날을 사는 우리 모두는 각각 삶이라는 작품을 만드는 예술가다. 그래서 우리 모두는 외롭고 고독하게 산다. 이것은 현대를 사는 사람이라면 비켜갈 수 없는 현실이다. 인간의 신체 한계를 뛰어넘고도 남을 정도로 발전한 기계문명은 사람들 마음속에서 여유와 평화를 강탈해버렸다. 어쩌면 이런 사실 때문에 1900년대 초반보다는 지금 더 말테에게 공감이 가는지도 모르겠다. 릴케는 카나리아처럼 예민한 시인의 감수성으로 닥쳐올 일에 대해 예언을 하듯 글을 썼다. 말테는 마치 은둔한 예언자처럼 자기가 보고, 듣고, 느낀 모든 것을 글로 남겼다. 현대사회를 향한 예언은 이제 막 하나씩 실현되고 있다.

"태초에 하나님이 천지를 창조하시느니라." 이것은 성경을 시작하는 첫 시작이다. 신은 태초에 우리가 사는 '이곳'을 만들었다. 릴케는 고독한 예언자 말테의 입을 빌려 대도시의 비극을 알리는 소리 없는 외침을 이렇게 시작한다. **"사람들은……이곳에 와서 죽어가는 것 같다."**(9쪽) 그리고 자신의 예감을 확신하는 일화를 이어가는데, 이 암울한 시대를 각종 냄새와 갖가지 소음들로 채워놓다가 문득 정적이 흐르는 순간을 포착한다. 세상엔 각종 기괴하고 공포를 암시하는 소리가 있지만 정작 가장 무서운 것은 아무런 소리도 없는 정적이다. 그러고 나서 시선은 곧 처음 요오드포름 냄새를 맡았던 거대한 병원으로 향한다. 병원은 병을 치료하는 곳이면서 동시에 거대한 죽음의 공간이다. 이곳 병원에는 침상이 559개나 있는데, 말테는 각 침대마다 사람들이 누워 있는 모습을 보며 마치 사람이 죽어나가는 공장 같다고 일기에 적는다.

이 예언은 적중했다. 생명의 탄생과 더불어 죽음은 인간에게 가장 고귀한 순간임에 틀림이 없다. 하지만 대도시에서 이런 일은 상품이 생산되는 것처럼 대량화됐다. 어딘가에서 수많은 생명이 태어나고 또 어딘가에서 그와 같은 규모로 죽어가고 있지만 도시 사람들 대부분은 그런 순간에 관심이 없다. 시골에서는 사람이 태어나거나 죽는 것은 축제나 다름없었다. 우리나라만 하더라도 새로운 생명이 탄생하면 집 밖에 여러 표시를 해두었다. 다른 사람들은 오래전부터 이 집에서 생명이 태어날 것을 알고 있다가 표시가 내걸리는 순간 찾아와 축복해주었다. 죽음은 더 말할 것도 없다. 한 사람의 죽음은 온 동네 사람들의 슬픔이었다. 그러나 도시는 이 모든 게 공장에서 찍어내는 것과 같았다. 이것이 말테가 대도시에서 처음으로 공포를 맛본 침묵의 순간이다. 아무도 관심을 가지지 않는 죽음보다 더 큰 두려움이 또 있을까.

처절한 죽음의 공포와 싸우면서도 말테는 파리에 도착한 이후 줄곧 **보는 법을 배우고 있다**고 고백한다. 시인이 되고 싶다면 당연히 '쓰는 법'을 배워야 할 텐데 말테는 쓰기보다 보는 법을 먼저 알고 싶어 한다. 이것은 릴케가 확립한 독특한 시 쓰기 기법인 '사물시Dinggedicht, 事物詩'를 암시하는 듯하다. 릴케는 1903년 파리로 건너가 조각가 오귀스트 로댕과 함께 생활하며 자서전인《로댕론》을 쓴다. 집필이 끝난 후 1906년엔 아예 로댕의 비서가 되어 활동한다. 릴케는 이때 로댕의 작품에 많은 영향을 받아 이것을 시로 표현하려고 했다. 이런 노력의 산물이 유명한 작품《신시집新詩集》에 포함된《메리고라운드》,《표豹》 등에 드러난다.

눈에 보이는 것을 풀어 설명하는 것은 그리 어렵지 않다. 하지만 문제는 거기에 '존재'라든지 '형상'이라는 철학 개념이 들어갈 때다. 로댕의 작품은 조각이라는 방법을 통해 눈에 보이는 형상을 만들어내는 것인데, 물론 그렇게 단순한 작업이었다면 로댕이 지금까지 위대한 예술가로 기억되지는 않았을 터다. 릴케는 로댕과 그의 손이 빚어내는 모든 것을 면밀히 관찰하면서 비로소 눈에 보이는 것을 제대로 **보는 법**에 대해 깊게 파고들었다.

이렇게 보는 법을 연습하지 않았다면 파리에 도착한 다음 '살려고 여기에 오는 것이 아니라 죽기 위해 오는 것 같다'라는 해석은 불가능했을 것이다. 말하자면 이 첫 문장은 끝도 없이 깊은, 죽음과도 같은 고독의 끝에서 마지막에 건져 올린 단 하나의 진실된 고백이다.

위대한 시인을 꿈꾸는 한 젊은이가 전원을 떠나 대도시 파리에 와서 겪는 정신적 고통을 그린《말테의 수기》는 릴케가 요양을 마친 이듬해인 1904년에 쓰기 시작했다. 파리와 다른 도시를 오가며 강연과 시 쓰기를 반복하는 생활은 계속됐다. 작품을 완성해서 출판한 것은 1910년의 일이다. 그러니까 이 수기는 말테라는 내성적인 젊은이 뒤에 숨어 있는, 시인 릴케 자신의 고백록이라고 해도 좋다.

시인이 쓴 이런 장문의 고백록이 가지는 파급 효과는 굉장한 것이다. 가끔은 시인이 자신의 시와 삶에 대해서 글을 쓰기는 하지만 이렇게 긴 책을 쓴 것은 지금도 찾아보기 힘들다. 이 정도라면 평범한 독자보다 다른 시인이 읽었을 때 더 큰 공감을 얻었을 것이다. 예를 들어 윤동주 시인이라면 말이다.

윤동주 시인이《말테의 수기》를 읽었는지는 알 수 없지만 당연히 위대한 시인 릴케의 시는 읽어봤을 것이다. 윤동주 시인이 쓴 〈별 헤는 밤〉은 너무나도 잘 알려진 시다. 감수성 예민했던 시절 누구라도 한번 쯤 폼 잡고 암송해봤을 구절이다. 시인은 이렇게 운율에 맞춰서 쓰다가 갑자기 어머니에 대한 그리움을 이야기한다. 그리곤 하늘에 뜬 별 하나마다 아름다운 이름을 하나씩 붙이는 것이다. 그렇게 그리운 이름들을 하나씩 써나가다가 끝에 가서 또 느닷없이 외국인인 프랜시스 잠, 라이너 마리아 릴케를 말하곤 끝을 맺는다. 어머니를 추억하다가 등장한 두 외국 시인 이름이 사뭇 낯설기까지 하다.

시 속에 등장한 프랑시스 잠과 라이너 마리아 릴케, 이 두 시인은 무슨 관계일까? 단서는《말테의 수기》에 있다. 말테는 파리 시내 이곳저곳을 돌아다니다가 국립도서관에 들어간다. 소설에서 이 부분은 작가가 특별히 '국립도서관에서'라는 소제목을 붙였다. 말테는 거기서 어느 시인의 책을 읽고 있다. 말테가 존경해 마지않는 시인이다. 될 수만 있다면 그런 삶을 살고 싶다. 시인이면서 동시에 자연에 속한 사람. 말테는 그 시인을 이렇게 표현한다. "**나의 시인은 파리에 살지 않는 전혀 다른 시인이다. 깊은 산속에 조용한 집이 있는 시인이다. 그의 목소리는 맑은 대기 속에 울리는 종소리 같다. 그는 자기 방의 창문에 대해서 이야기하고, 다정하고 쓸쓸한 먼 풍경을 조심스레 담아내는 책장 유리문에 대해서 이야기하는 행복한 시인이다.**"(44쪽) 이 사람은 의심의 여지없이 프랑시스 잠이다.

프랑시스 잠은 프랑스 남서부 피레네 산맥 아래에 있는 한적한 산촌에서 평생 살았다. 복잡하고 상징만 가득한 당시 유행하던 시에 반대하여 단순함과 순수함, 자연을 노래하는 시를 썼다. 이렇게 생각을 따라가다 보면 윤동주가《말테의 수기》를 읽었을 것이라는 추측을 하게 된다. 고향을 떠나 도쿄라는 대도시에 홀로 와 있는 시인은 말테의 이야기에 더 깊이 공감했을 것 같다. 물론 그 자신도 릴케와 같이 위대한 시인이 되고 싶다는 생각도 있었을 테지만 단번에 그렇게 될 수 있는 것도 아니다.

프랑시스 잠과 릴케를 떠올리고 난 후 윤동주는 그들이 별과 같이 자신에게서 멀리 떨어져 있다는 생각에 이른다. 그리고 다시 현실세계로 돌아온다. 사실은 이런 시인을 떠올리는 것보다 중요한 단 한 사람이 있다. 바로 어머니다. 멀리 북간도에 계신 어머니의 이름을 다시 떠올린다. 고국은 바다 건너에 있고 그마저도 지금은 빼앗긴 땅이다. 더구나 의지하고픈 어머니는 멀리 북간도에 계신다. 어느덧 내 머릿속에는 도쿄 시내 어느 찻집에서 시인 윤동주가《말테의 수기》를 펼쳐들고 앉아 있는 모습이 아련히 그려진다.

백석의 시 〈흰 바람벽이 있어〉의 마지막 부분에서 역시 뜻 모를 외국인 이름이 등장한다. 백석이 불러낸 시인은 프랑시스 잠과 도연명,

그리고 라이너 마리아 릴케다.

말테는 국립도서관에 가서 어느 시인의 책을 보다가 그 시인을 닮고 싶다고 하며 다음과 같은 내용을 말한다. "나도 소녀들에 대해 그처럼 많이 알았으면 좋겠다. 그는 백 년 전에 살았던 소녀들에 대해서도 알고 있다…… 그는 소녀들의 이름을 소리 내서 불러본다." 그리고 윤동주 역시 시에서 비슷하게 썼다. 윤동주가 가을 밤 떠오른 별 하나마다 붙여준 아름다운 말들은 패, 경, 옥 같은 이국 소녀들의 이름이었다. 이런 생각을 하고 있으면 윤동주, 프랑시스 잠, 그리고 릴케에 이르기까지 한평생 외롭고 쓸쓸했던 시인의 삶이 그대로 전해오는 것 같아 마음 한구석이 아련하다.

윤동주는 자기가 쓴 시가 책으로 엮여 나오는 것을 보지 못하고 일본에서 숨을 거뒀다. 공부를 하러 일본에 건너갔던 윤동주는 독립운동에 가담했다는 혐의를 받고 친구와 함께 체포되었다. 시인은 후쿠오카 형무소에 수감되었다가 1945년 2월, 해방을 불과 몇 달 앞둔 겨울 여러 가지 의혹을 남긴 채 그곳에서 쓸쓸한 생의 마지막을 맞았다. 시인의 나이 불과 스물아홉이었다.

시대와 장소를 초월해 많은 이들에게 삶과 죽음에 관한 예술적 영감을 선물한 릴케 자신도 마지막엔 스스로 죽음을 예감하듯 숨을 거두기 몇 달 전 이런 시를 썼다. "장미여, 오, 순수한 모순이여/ 겹겹이 싸인 눈꺼풀 속/ 익명의 잠이고 싶어라." 릴케의 묘비에 새겨지기도 한 이 시에 대한 해석은 지금까지도 논란이 많다. 문학사 그 어디에도 릴케의 죽음처럼 극적이고 낭만적인 이야기는 찾아보기 힘들다. 릴케는 장미 가시에 찔려 그 상처가 악화되어 죽었다고 전한다. 이 죽음은 릴케가 썼던 시와 놀랍도록 일치한다. 어떤 이들은 릴케가 워낙 위대한 업적을 남긴 시인이기 때문에 죽음에 대한 일화도 신화처럼 과장됐다고 말한다. 백혈병에 걸려 건강이 극도로 악화된 상태에서 장미 가시에 찔려 입은 상처가 마지막으로 면역력을 떨어뜨리는 역할을 했던 것일지도 모른다.

죽음마저도 신화가 된 시인 릴케. 과연 릴케는 살기 위해 세상에 태어난 것이 아니라 죽음을 준비하러 왔던 것일까. 사랑마저 쉽게 소비되는 현대사회를 바늘 끝처럼 예민한 감성으로 누구보다 먼저 예감했던 시인 릴케는, 그런 업적을 이뤄낸 것과는 별개로 너무도 고독한 삶을 살다 떠났다. 펴낸 시집이 성공했고 여러 여인들에 둘러싸여 사랑받는 인생을 산 것처럼 보이기도 했지만 시인이 원했던 진짜 사랑은 그런 것이 아니었다. 가시에 둘러싸여 고통 속에서 피어나는 한 송이 장

미처럼 모순투성이인 삶을 끝내 이해하려고 노력했던 릴케는, 여전히 사람들의 가슴을 두드리며 진정한 사랑이 무엇인지에 대해 끊임없이 질문을 던진다.

내가 사랑한 첫문장

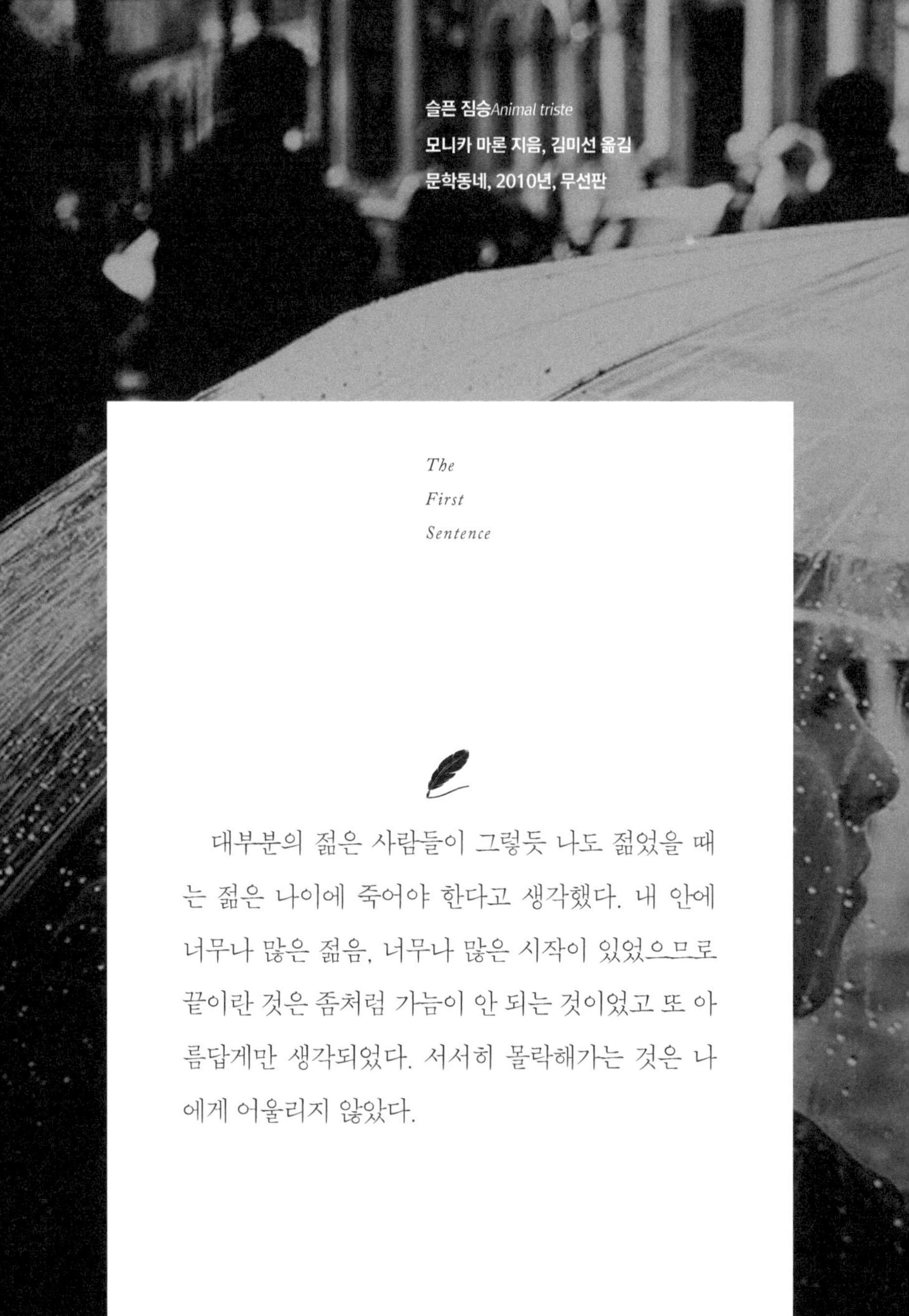

The First Sentence

대부분의 젊은 사람들이 그렇듯 나도 젊었을 때는 젊은 나이에 죽어야 한다고 생각했다. 내 안에 너무나 많은 젊음, 너무나 많은 시작이 있었으므로 끝이란 것은 좀처럼 가늠이 안 되는 것이었고 또 아름답게만 생각되었다. 서서히 몰락해가는 것은 나에게 어울리지 않았다.

모니카 마론
슬픈 짐승

우리는 아직 거리의 끝에 와 있지 않다 01

지금 백 살이 된 한 여성이 무언가를 기억해내려고 애쓰고 있다. 혹은 기억을 지우기 위해 벌써 몇십 년째 시시포스의 노동을 자처하고 있다. 소설은 그 지긋지긋한 기억이 무엇인지 처음부터 정확히 말한다. '사랑' 때문이다. 사랑에 대해서 말할 때는 단호하다. **"나의 마지막 연인, 그 남자 때문에 나는 세상을 등졌다."**(10쪽) 세상을 등질 정도로 깊이 빠져 있던 사랑인데 한편으로 이율배반적인 말들이 끊임없이 쏟아진다. 대부분의 기억이 부정확하다는 것이다.

기억의 미로를 헤매고 있는 '나'는 언제나 단호하게 말한다. **"나는 내 연인을 또렷이 기억하고 있다."**(10쪽), **"가을이었다. 그것은 정확하게 알고 있다."**(10쪽) 그러나 이후의 내용은 확실하지 않다. 연인에 대해서 또렷이 기억하고 있다고 했지만 이름만큼은 기억나지 않는다. 가을에 한 여자로부터 전화를 받았던 것은 정확하게 기억하고 있지만 그게 언제였는지, 30년 전 가을이었는지, 혹은 40년 전, 아니면 50년 전이었는지 알지 못한다. 또 전화기 건너에 있던 여자가 자기 연인과 같은 성을 쓰고 있었던 것 같기도 하지만 그 역시 정확하지 않다. 확실한 기억은 단 하나다. 어느 비 오는 날 밤에, 평소와 다름없이 밖으로 나갔던 연인이 수십 년째 다시 돌아오고 있지 않다는 사실이다. 그래서 '나'는 그가 돌아오지 않는 이유를 계속해서 꾸며내 스스로를 이해시켜야 하는, 영원히 끝나지 않는 가혹한 형벌에 처해졌다.

이런 소설은 어떻게 이해해야 할까? 왜 이런 소설을 이해하며 읽어야 하느냐고 반문하는 독자도 있을 것 같다. 내 대답은 하나다. 물론 이해하려고 노력해봐야 한다. 그 이유 역시 한마디로 말할 수 있다. 작가가 말하고 싶어 하기 때문이다. 예술가는 작품을 통해 어떤 의견을 드러내는 사람들이다. 때론 아무것도 드러내지 않는 걸 목적으로 하는 예술도 있긴 하지만 결국 그것 역시 '아무것도 드러내고 싶지 않다는 의견'을 말하려는 의도가 있는 것이다. 화가는 그림으로, 음악가는 소리로 말한다. 소설가는 글자로 자기 얘기를 하려는 사람들이다.

모든 예술가들이 그런 기질을 갖고 있지만, 특히 소설가는 이야기를 하고 싶어서 안달이 났거나 완전히 그 반대인 삶을 산다. 좀 이상하게 들릴지도 모르지만 어떤 소설가들은 자신이 아무 말도 하고 싶지 않거나 할 필요가 없다는 걸 얘기하고 싶어서 소설을 쓴다. 그 외 대부분의 작가들은 책을 통해 무엇이든 얘기를 한다. 그러니까 소설을 읽는다는 것은 누군가의 얘기를 듣는 일이다. 이것이야말로 모든 인간관계에서 가장 유익한 행위다. 그러니까 이해가 잘 안 되는 책이 있거든 그대로 던져버리지 말고 한번쯤 깊이 생각해볼 일이다. 누군가 진지하게 하는 얘기를 들어주는 훈련이라고. 게다가 소설가는 친절하게 자신이 지금부터 무엇에 대해서 얘기하는 건지 제목까지 붙여놓았다. 독일이 아직 통일되지 않았던 시절 동독에 속한 베를린에서 태어난 작가 모니카 마론은 지금 '슬픈 짐승'이라는 주제로 말하려고 한다.

이렇게 말하는 나도 책을 읽었을 때 작가가 무슨 말을 하는지 전혀 알 수 없을 때는 난감하다. 듣긴 들어야겠는데 그게 그저 소음뿐이라면 오히려 골치만 아플 뿐이다. 이럴 때 쉽게 들을 수 있는 방법이 있다. 우선 소설을 두 가지로 분류해본다. 첫 번째 부류는 소설 속에서 진행되는 이야기가 술술 풀리고 공감이 간다. 이런 경우라면 고민할 게 없다. 그저 읽고 나름대로 이해하면 된다. 문제는 두 번째 부류다. 대체 무슨 소리를 늘어놓고 있는지 모르겠다. 줄거리라는 게 있기는 한데 전혀 공감이 가지 않는다. 《슬픈 짐승》을 읽으면서 그 내용에 깊이 공감을 하는 사람도 있을 것이다. 내 경우는 전혀 그렇지 않다. 아무리 사랑하는 사람이었다고 해도, 내 상식으로는 그 사람을 백 살이 될 때까지 하루도 빠짐없이 매일 기다리며 추억을 되새긴다는 건 가능하지 않다.

하지만 이렇게 생각하고 책을 덮어버리면 거기서 끝이다. 더 이상 작가가 하는 얘기를 들을 수 없다.

이럴 때 요긴하게 써먹는 나만의 방법이 있다. 줄거리 자체가 없거나 있더라도 객관적인 상식으로 전혀 이해할 수 없는 내용이라면, 대부분의 경우 작가는 소설 속에 있는 무언가에 상징적인 의미를 부여해서 말을 하려는 것이다. 사람마다 말하는 방법이 다르듯이 작가들도 그렇다. 좀 희한한 방법으로 말을 거는 작가가 있기 마련이다. 자, 이렇게 되면 독자는 책 속에 숨어 있는 상징들을 보물찾기 하듯 건져 올리면서 색다른 재미를 발견하면 된다. 겁먹을 필요는 없다. 무엇이든 찾아보자. 책 읽기엔 정답이 없는 것이니까 깜깜한 소설 속을 더듬다가 무얼 찾아내더라도 나름의 가치는 다 가지고 있다. 내가 《슬픈 짐승》에서 찾아낸 것은 다음 세 가지다. '거울', '기다림', 그리고 '이름'. 작가는 이것 외에도 많은 얘기를 하고 있지만 내게 가장 크게 들렸던 울림은 지금 말한 세 가지에 들어 있었다.

'거울'은 내가 가장 좋아하는 상징물이다. 무슨 책을 읽더라도 거울이 나오는 장면은 좀 더 유심히 본다. 그런 의미에서 작가 이상을 나는 무척 높이 평가하고 있다. 우선 '거울'이라는 시 때문에라도 그렇다. 1933년에 발표한 그 시는 이렇게 시작한다. "**거울 속에는 소리가 없소. 저렇게까지 조용한 세상은 참 없을 것이오.**" 시라고 생각하며 읽으니까 꽤 괜찮은 것 같지만 문장을 보면 그냥 평범하다. 거울 저 너머에 무슨 소리가 있단 말인가. 아무 소리도 없는 세상이다. 그러나 그 속엔 엄연히 이쪽과 좌우만 바뀌었을 뿐 똑같은 세상이 존재한다. 출발은 여기서부터 해야 될 것 같다.

우리는 하루에 몇 번 씩은 거울을 보며 산다. 화장을 하는 사람이라면 거의 매일 거울 앞에 앉아 자신을 비춰볼 것이다. 아침에 일어나서 세수를 하거나 잠들기 전 이를 닦을 때는 무의식적으로라도 거울을 보기 마련이다. 우리 생활에서 이렇게 익숙한 것이 거울인데, 더 이상 무슨 할 말이 있어서 작가들은 거울을 끄집어내는 걸까?

익숙하고 사소한 물건 같지만 거울이 중요한 소재로 등장하는 문학작품은 얼마든지 있다. 백설공주를 싫어하는 여왕이 자기 자신의 미모를 비춰보며 "세상에서 가장 아름다운 사람은 누구지?" 하며 물어보는 장면을 떠올려보자. 여왕은 진실을 말해주는 마법 거울 앞에 서 있다. 루이스 캐럴이 쓴 《이상한 나라의 앨리스》의 후속 작품인 《거울 나라의 앨리스》의 주인공 소녀는 토끼를 따라 굴속으로 들어가는 대신 이번엔 집 안에 있는 거울 속으로 들어가서 신비한 모험을 펼친다. 오스카 와일드의 《도리언 그레이의 초상》도 넓은 의미에서 보면 거울의 이미지를 상징적으로 차용한 것이다. 그림 속의 젊고 매력적인 모습과 자신의 신체를 맞바꾼다는 것은 본래 거울의 용도와는 정반대다. 보다 재미있는 것도 있다. 어릴 적 TV에서 즐겨본 만화영화 〈캔디〉 주제곡을 기억하는가? "외로워도 슬퍼도 나는 안 울어……." 이렇게 시작한다. 벌써 짐작한 독자도 있겠지만, 중간 부분에 거울이 나온다. "나 혼자 있을 땐 어쩐지 쓸쓸해지지만, 그럴 땐 얘기를 나누자. 거울 속의 나하고." 매일 쓰다 보니 익숙하고 별것 아닌 것 같지만 거울은 이렇게 다양한 모습으로 모습을 바꿔가며 여러 작품 속에 숨어 있다.

《슬픈 짐승》의 주인공 '나'의 집엔 거울이 없다. 처음부터 없었던 것은 아니다. **"그 당시, 오십 년 전이나 사십 년 전, 아니면 육십 년 전 …… 내 생애의 에피소드에 또 다른 에피소드를 추가하지 않겠다고 결심했던 그때 나는 거울을 모두 깨뜨려버렸다."(10쪽)** 그러니까 사랑에 실패했다고 느꼈던 그때, 그 무엇도 아닌 거울을 모두 깨뜨렸다. 거울은 그 앞에 있는 것이 무엇이든 그대로 재현하는 기능을 하는 물건이다. 아름다운 것이든 추한 것이든 거울은 상관하지 않고 그대로 보여줄 뿐이다. 우리 주변에 있는 물건들 중에서 가장 솔직하다고 할까? 그런 거울을 깨뜨려버렸다는 건 쉽게 상상할 수 있는 문제다. 거울을 봤을 때 자기 자신이 너무도 추해 보였기 때문이다. 거울 속에 있는 사람을 똑바로 바라볼 수 없을 만큼 두려웠기 때문이다. 소설 제목에 비추어 생각해본다면, '나'는 거울 안에서 '짐승'의 모습을 발견했다.

거울은 또한 좌우를 바꿔서 보여준다. 이런 성질은 가만히 생각해보면 참으로 아이러니하다. 무엇이든 정확히 흉내 내지만 한편으론 완전히 반대 이미지를 보여준다. 일상생활에서 거울을 사용할 때 이것은 크게 문제될 것 없다. 게다가 우리는 아주 오랫동안 그렇게 좌우가 뒤바뀐 모습에 익숙해진 상태다. 그러나 문학적 상징세계에서 보자면 얘기가 좀 복잡해진다.

《슬픈 짐승》의 전체를 지배하고 있는 큰 줄거리를 '기억'이라고 볼 때, 그 기억은 화자가 직접 겪은 일이기 때문에, 게다가 한 사람을 사랑했던 기억은 너무나도 깊이 머릿속에 박혀 있는 것이기 때문에 어느 것보다 명징해야 하지만 현실은 반대가 된다. 기억을 떠올릴 때마다 그 기억은 전혀 현실과 맞지 않는다. 굳이 말하자면 지나간 과거의 일은 현실이 아니다. 그저 머릿속에 남은 형상일 뿐이다. 마치 거울 속의 세계가 현실이 아닌 것처럼. '나'는 벌써 수십 년 동안 이 기억과 화해하기 위해 노력해왔다. 기억 속의 연인과, 연인과 함께 했던 아름다운 날들과, 결국 떠나고 다시 돌아오지 않는 사랑과 화해하고 평온한 마음을 가질 수 있을까?

그러나 이 노력은 영원히 헛될 뿐이다. 이상의 시에 등장하는 거울 속의 내 모습과 같다. 거울 속엔 완전하게 나와 똑같이 생긴 이가 있다. 그러나 그 사람은 나와 똑같이 두 귀가 있어도 듣지 못하고 팔이 있지만 악수를 할 수 없는 처지다. 거울 속의 나는 '악수를 모르는 왼손잡이'다. 서로가 맞닿은 쪽에 있는 손을 내민다면 영원히 '악수-화해'는 할 수 없다.

'나'의 이런 평생에 걸친 노력은 첫 문장에서부터 드러난다. 나는 **젊은 나이에 죽어야 한다**고 생각한다. 그러나 '나'의 현실은 백 살이나 된 노인이다. 젊은 나이에 죽는 것을 흔히 '요절'이라 하고 백 살까지 살았다면 '장수'라고 부를 만하다. 우선 '요절'과 '장수'로 시작되는 소설의 첫 부분을 보면, 이야기를 따라가더라도 끝까지 화해가 불가능할 것을 우리는 짐작할 수 있다. 이런 아이러니는 예상대로 마지막까지 수 없이 반복된다. '나'는 매번 **"그것은 정확히 알고 있었다."**(10쪽), **"내 연인을 또렷이 기억하고 있다."**(10쪽), **"그것은 정확하게 알고 있다."**(10쪽) 라고 말하지만 그렇게 기억하고 있는 것은 다음 순간 부정확해진다. '요절'이 '장수'가 되듯 계속해서 반대편 손을 내밀 뿐이다.

그럼에도 불구하고 '나'는 계속해서 연인을 기다린다. 악수를 받지 못하는 거울 속의 왼손잡이에게 계속 손을 내미는 이유는 뭘까. 다시 한 번 이상의 시를 인용하자면, 오직 거울을 통해서만 **거울속의 나를 만나보기라도** 할 수 있기 때문이다. 그래서 '나'는 매번 거절당할 줄을 알지만 손을 내밀고 기다린다. '기다림'은 소설의 줄거리를 한 단어로 요약한다. 언제인지 확실히 알 수 없지만 중년이었을 거라는 암시는 곳곳에 있다. '나'는 한 남자를 만났고 사랑에 빠졌다. 그때 '나'는 이미 결혼한 상태였고 아이도 있었다. 가정생활에 큰 불만이 있었던 것도 아니다. 하지만 단 한 번의 시작은 지금까지 누리던 모든 것을 떠나게 만들었다. 마지막엔 연인도 떠나갔다. 무슨 이유인지도 모른다. 그래서 기다린다. 언젠가 또 아무 이유 없이 돌아올지도 모르는 일이기 때문이다. 그렇게 수십 년의 세월이 지나갔다. '나'는 지금 백 살, 혹은 그 즈음이 되었다.

기다림은 만나기 위한 과정이다. 어쩌면 우리는 태어나면서부터 죽을 때까지 이 한 가지만을 위해서 살고 있는 것일지도 모른다. 어렸을 땐 사랑이 담긴 엄마의 손길을 기다리고, 나이가 들어서는 죽음을 준비하며 그 순간을 엄숙하게 기다린다. 너무도 젊고 건강하기 때문에 흔히 청년 시절에는 죽음을 기다리지 않는다. '나' 역시 그렇다. 첫 문장은 이것에 대해 말한다. **"내 안에 너무나 많은 젊음, 너무나 많은 시작이 있었으므로 끝이란 것은 좀처럼 가늠이 안 되는 것이었고 또 아름답게만 생각되었다."** 그러나 떠나간 연인을 기다리는 일이 삶의 과정이 되면서부터는 서서히 '끝-죽음'을 준비하는 자신을 발견하게 된다.

이야기의 마지막 부분에서도 강력하게 암시를 하고 있듯 기다림의 결과는 행복한 '만남'이나 활력으로 충만한 '생명'이 아니라 지난하게 이어온 기억과의 '헤어짐'이고 짐승 같은 신체의 '죽음'이다. 오랜 기다림의 결과가 '죽음'이라고 한다면 비극일까? 꼭 그렇지만은 않다. 박상륭의 소설《죽음의 한 연구》는 사실 진정한 삶을 찾아 떠나는 구도의 여행이자 참된 '도道'와 만나기를 희망하는 치열한 기다림에 대해서 말한다. 그러니 소설에서 말하는 죽음은 결국 '해방'을 뜻한다. 백살이 될 때까지 벗어나지 못한 기억의 굴레에서, 기다림이라는 감옥에서의 해방이며 짐승을 닮은 긴 팔로 자신과 연인을 묶고 있던 슬픈 올무로부터의 해방이다.

마지막 상징은 '이름'이다. 처음부터 끝까지 1인칭시점으로 이야기를 끌고 가지만 '나'는 이름이 없다. '나'와 더불어 가장 핵심적인 인물인 '돌아오지 않는 연인' 역시 이름이 없다. 아니, 이름이 있다. 연인의 이름은 '프란츠'다. 《변신》을 쓴 소설가 '프란츠 카프카'와 같다. 그런데 그 이름은 진짜 이름이 아니다. 사실 '프란츠'의 실제 이름은 '나'도 기억하지 못한다. 여기서 또다시 아이러니를 발견한다. 너무나도 사랑했고 백 살이 된 지금까지도 생생하게 추억하고 있는 연인인데 오직 이름만큼은 전혀 기억이 없다니. 마치 청문회장에 불려나온 정치인 같은 모양이 아닌가.

'나'는 연인의 이름을 잊어버렸을 때 비로소 '프란츠'라는 이름을 만들어냈다. 그 이름을 선택한 이유는 '프란츠'가 **"'무덤'이나 '관'처럼 멋진 저음의 단어"(17쪽)**이기 때문이다. '나'의 세계 속에서 이미 연인은 '관'에 넣어져 '무덤'에 매장된 상태다. 이름은 사람이든 사물이든 무엇을 막론하고 눈으로 보이거나 기억하고 있는 것을 몽상이 아닌 현실세계와 연결 짓기 위해 꼭 필요한 것이다.

우리에게 익숙한 김춘수 시인의 〈꽃〉이라는 시는 이름이 어떤 역할을 하는지 잘 보여준다. 이름을 불러주기 전까지는 아직 꽃이 아니다. 다만 한들거리며 피어있는 많은 꽃들 중 하나일 뿐이다. 그러나 이름을 불러주었을 때 비로소 나에게 특별한 의미를 주는 꽃이 되었다. 시인은 이름이 없다. 아름다운 빛깔과 향긋한 냄새를 가지고 있지만 그에 알맞은 이름을 불러주는 이가 없으니 아직 '꽃'이라는 실체가 되지 못했다. 실체 없이 떠도는 삶을 살고 싶은 사람은 아무도 없다. 시인이 말하듯 우리들은 누구든지 특별한 무엇이 되고 싶은 존재다. 무엇이 되기 위해서는 이름이 있어야 한다. 스스로 지은 이름이 아니라 누군가가 불러줄 이름이 필요하다.

다시 《슬픈 짐승》으로 돌아오면, 이름을 잊어버린 연인을 되살려내기 위해서는 이름을 지어내야 할 필요가 있다. '프란츠'는 연인의 실제 이름이 아니지만, 죽음의 때를 기다리는 '나'의 입장에선 아주 그럴듯한 작명이다. '무덤' 속에 있는 '관', 그 안에 그토록 되살려내고픈 연인이 있다. 그것은 뫼비우스의 띠처럼 불가능한 노력이다. 늘 실패하면서도 매번 거울속의 나에게 손을 내미는 이유는 영원히 화해할 수 없다는 것을 누구보다 '나' 스스로가 가장 잘 알고 있기 때문이다.

어쩔 도리가 없는 일을 끈질기게 해나가고 있는 '나'를 보면서, 어떤 사람들은 멍청한 짓이라고 하며 고개를 저을지도 모른다. 살면서 사랑의 상처 한두 번 겪어보지 않은 사람이 어디 있나? 그것 때문에 백 살이 될 때까지 그 기억 속에 매몰되어 산다는 건 상식적으로 판단해

보면 참으로 바보짓이다. 하지만 이것은 하나의 상징이고 그것이 우리들의 삶에 대해서 말하고 있는 것이라면 어떨까? 많은 철학자들이 "왜 사느냐?"는 단순한 문제에 대한 해답을 찾으려고 오랜 시간을 허비했다. 사람은 태어난 이상 누구든지 죽을 수밖에 없다. 어렸을 때 병으로 죽는 경우, 갑자기 사고로 죽는 경우, 자살을 하는 경우, 그리고 이런 일이 평생 없더라도 결론은 한 가지, 늙어서 죽는다. 이렇게 어쨌든 죽을 수밖에 없는 운명을 타고난 것이 인간인데, 우리 인간들은 왜 죽을 것을 알면서도 살아 있는 동안 의미 있는 일들을 하려고 노력하는 것일까? 어차피 죽으면 모든 게 끝인데 말이다. 왜 그렇게 아등바등 살고 있느냐는 거다.

이건 '한가로운 걱정들을 직업적으로 하는'[02] 사람들이 아니고서는 아무 짝에도 쓸 곳이 없는 밑 빠진 독에 물 붓기 식 고민이다. 어차피 죽을 것이기 때문에 막 살아도 되냐고 반문하면 할 말이 없어진다. 그렇지만 '생년불만백生年不滿百 상회천세우常懷千歲憂'[03]라는 오래된 시처럼, 무엇을 그렇게 많이 얻으려고 짧은 생을 허비하는가를 생각하면 마음 한편이 답답해진다.

이 모든 게 쓸모없는 것처럼 보이더라도 살면서 이런 고민은 꼭 필요한 법이다. 마치 소금만 먹고 살 수는 없지만 음식을 맛있게 하려

대부분의 젊은 사람들이 그렇듯
나도 젊었을 때는 젊은 나이에 죽어야 한다고 생각했다.
내 안에 너무나 많은 젊음, 너무나 많은 시작이 있었으므로
끝이란 것은 좀처럼 가늠이 안 되는 것이었고 또 아름답게만 생각되었다.
서서히 몰락해가는 것은 나에게 어울리지 않았다.

Monika Maron

면 소금이 들어가야 하듯이 말이다. 우리들은 인간으로 태어났기 때문에, '슬픈 짐승'이 되어야 할 운명에서 벗어나지 못한다. 때론 마지막까지 슬퍼하다 죽을 수도 있다. 만약 죽기 전에 이 괴로운 고민에서 벗어날 방법이 있다면 천금을 주고서라도 얻어낼 것이다. 종교에 기대고 말솜씨 좋다는 '힐링 강사'들 뒤를 쫓아다니는 이유도 그럴 것이다. 그러나 때론 짧은 소설 한 편이 위안을 줄 때가 있다.

'죽음'을 '깨달음' 혹은 '해방'이라고 생각하며 다시 《슬픈 짐승》의 첫 문장을 천천히 읽어본다. 작가가 건네는 말이 무엇인지 조금 더 가까이 다가온다. "**대부분의 젊은 사람들이 그렇듯 나도 젊었을 때는 젊은 나이에 깨달아야 한다고 생각했다…….**" 그리고 많은 젊은이들이, 나 역시도 그랬던 때가 있지만 어리고 건강한 시절이 삶을 깨닫게 해줄 수 있는 시기라고 믿었다. 하지만 내가 깨달은 것이 한 가지 있다면 거울처럼 반대의 것이다. 힘차게 펄떡이는 심장이나 매끈한 피부로는 삶의 비밀을 찾아내지 못한다. 문제는 '나'가 그랬던 것처럼 화해를 시도하는 것이다. 영원히 불가능할지도 모르지만 매 순간 내 속에 있는 나에게 화해의 악수를 건네는 것만이 나를 용서할 수 있는 길이다. 내 속의 나를 용서하고 부둥켜 안아주는 일, 나는 그것이 진정한 해방이라고 믿는다.

1 변신, 프란츠 카프카

01 《변신》 110쪽. 벌레로 변한 자신의 모습에 역겨움을 느끼던 그레고르는 다음 순간 갑자기 지금껏 자기가 해오던 외무사원이라는 일을 한탄한다. 매일 출근해야 하는 그레고르에게 오늘 아침, 인생 최대의 위기가 닥쳤다.

02 니콜라이 바실리예비치 고골Николай Васильевич Гоголь, 1809~1852. 러시아 리얼리즘 문학의 시조로 인정받는 작가. 도스토예프스키는 '러시아 작가 모두는 고골의 외투 안에서 나왔다'라는 말을 했을 정도로 러시아에서 고골이 차지하는 위치는 높다. 마지막 작품인 《죽은 혼》을 다 쓰고 난 뒤 정신착란을 일으켜 열흘간 단식을 하고 끝내 자살했다. 《죽은 혼》의 원고는 이때 일부를 고골이 스스로 불에 던졌기 때문에 지금은 미완성인 채로 전한다. 우리나라에서도 몇몇 번역본이 있는데 을유문화사에서 2010년에 펴낸 판본은 고골의 마지막 필사 원고를 토대로 번역한 것이라 불타서 사라진 실제 원고 내용을 어느 정도 짐작할 수 있다.

03 오 헨리O. Henry, 1862~1910. 본명은 윌리엄 시드니 포터William Sydney Porter. 우리에게 잘 알려진 대표작으로는 《마지막 잎새》가 있다. 필명인 '오 헨리'의 알파벳 이니셜 'O'가 무엇을 뜻하는지는 몇 가지 설이 있지만 작가가 〈뉴욕타임즈〉 인터뷰에서 밝힌 내용에 따르면 여러 가지 필명으로 글을 쓰던 중 '오 헨리'로 발표한 작품이 인기를 얻게 되자 그 후로는 오 헨리 이름으로 계속 작품을 썼다고 한다. 'O'는 '올리비에Olivier' 혹은 '올리버Oliver'를 뜻한다.

04 기 드 모파상Guy de Maupassant, 1850~1893. 20대 나이에 처음으로 정신질환이 시작되었고 43세 때 파리의 한 정신병원에서 발작을 일으켜 삶을 마감했다. 짧은 인생이었지만 300여 편의 단편소설을 남겼다. 우리나라에선 단편 《목걸이》가 잘 알려져 있는데, 그보다도 데뷔작인 《비곗덩어리》와 장편 《여자의 일생》 등이 문학사에서는 더 중요한 위치에 있다.

05 프랑스의 철학자이자 작가인 장 그르니에Jean Grenier, 1898-1971는 카뮈가 10대였던 시절에 그의 글쓰기 재능을 발견해 오랫동안 지원하고 우정을 나눴다. 장 그르니에의 《섬》은 카뮈가 쓴 서문으로 시작한다. 카뮈는 이 원고를 읽고는 너무도 벅찬 감동을 느낀 나머지 그대로 뛰어서 집까지 돌아와 글을 마저 읽었다고 말한다. 카뮈가 《섬》 앞에 쓴 이와 같은 소개 글은 문학역사상 가장 뛰어난 서문으로 꼽힌다.

06 보리스 레오니도비치 파스테르나크Бори́с Леони́дович Пастерна́к, 1890-1960. 화가 아버지와 음악가 어머니 사이에서 태어났다. 1958년에 《닥터 지바고》로 노벨문학상 수상자로 결정됐지만 러시아 혁명을 비판한 내용을 담고 있다는 이유로 정부가 작가에게 압력을 가해 결국 노벨문학상을 포기했다.

07 미하일 아파나시예비치 불가코프Михаи́л Афана́сьевич Булга́ков, 1891-1940. 러시아 키예프 대학교에서 의학을 공부하고 의사로 활동하다가 작가로 전업했다. 러시아 정부를 비판하는 내

용의 작품을 주로 썼기 때문에 스탈린 치하에서는 그의 작품이 대부분 빛을 보지 못했다. 마지막 혼신의 힘을 다해《거장과 마르가리타》를 완성한 후 한 달 뒤 생을 마감했다. 그러나 이 작품도 작가가 죽고 나서 무려 37년이 지난 다음에야 출판될 수 있었다.

08 최인훈의 작품《광장》은 지금까지 열 번이나 개정판을 냈고 그때마다 작가가 조금씩 소설 내용을 수정한 것으로도 유명하다. 절판된 것도 있으니 웬만한 노력이 아니고서는 모든 판본을 다 찾아 읽어 보긴 힘들 것이다. 최인훈과《광장》에 대해 더 알고 싶은 독자라면 소설과 함께《광장을 읽는 일곱 가지 방법》(김욱동, 문학과지성사, 1996년)을 읽어보길 권한다.

2 날개, 이상

01 《날개》 290쪽. 일할 줄도 모르고 매일 집에서 잠이나 자는 처지인 소설 속 주인공 '나'는 돈이 갖고 싶다. 하지만 주머니에 돈이 있는 날엔 쓰지도 못하고 모두 아내에게 줘버린다. 그리고 다시 자정 즈음에 밖으로 나와 경성 시내를 돌아다니다가 또 돈이 없어서 비참한 생각에 잠긴다. 그러나 아무리 궁리해도 돈 버는 방법을 모른다. 그런 생각을 하면서 또 이불 속에 들어가 눈물을 흘리는 게 내가 할 수 있는 전부다.

02 '사월은 잔인 한 달April is the cruellest month'. 미국계 영국인 시인 T. S. 엘리엇Thomas Streams Eliot, 1888-1965의 시 〈황무지The Waste Land〉의 첫 행이다.

03 일본에서 건너온 개념이다. 의사의 진단은 필요 없지만 너무 심하면 인간관계가 어려울 수도 있으니 스스로 주의해야 한다. 일본의 한 개그맨이 방송에 나와서 '중학교 2학년생이라면 할 법한 이상한 행동'이라는 소재로 '공감개그'를 했던 것이 원조다. 지금은 원래 의도가 많이 변해서 우리나라에선 딱히 사춘기 나이가 아니더라도 중학생이나 할법한 행동을 하고 있는 어른을 비꼬는 말로 주로 사용하고 있다.

04 일본 소설가 다자이 오사무太宰 治, 1909-1948의 1948년 작품. 이상의《날개》는 1936년에 발표됐다.《인간실격》을 탈고한 것은 5월, 다자이 오사무는 한 달 뒤인 6월에 자살을 했기 때문에 이 소설은 작가의 유서와 같은 작품이 되었다.《인간실격》의 주인공은 실제 다자이 오사무와 많이 닮았다. 특히 지독히 내성적인 성격으로 사회에 적응하지 못한 소설의 내용은 작가 자신을 떠올리게 한다. 다자이 오사무는 살아 있을 때 무려 네 번이나 자살 시도를 한 끝에 38살 나이에 애인과 함께 강에 몸을 던져 동반 자살했다. 그의 시체가 발견된 날은 6월 19일로 아이러니하게도 다자이 오사무의 생일이다.

05 손창섭孫昌涉, 1922-2010의 소설로 1958년에 잡지 〈사상계〉를 통해 발표했다. 작가는 1973년에 갑자기 일본으로 떠난 후 완전히 잠적했다. 그 후로 손창섭이 어디서 무얼 하고 있는

지 누구도 알 길이 없었는데 국민일보의 기자가 2009년에 일본의 한 병원에서 드디어 손창섭을 찾아냈다. 안타깝게도 작가는 다음 해에 삶을 마감했다. 행적을 조사한 결과, 손창섭은 1998년에 일본에 귀화했고 죽기 전까지 알츠하이머병을 앓은 것으로 알려졌다.

06 노르웨이 작가 크누트 함순이 초기에 쓴 자전적 소설이다. 함순은 노벨상을 받기 전까지 완전히 최악의 삶을 살았다. 여러 직업을 전전했고 아무것도 되는 일이 없었다. 《굶주림》은 단지 그런 생활의 일부분만 보여줄 뿐이다. 소설에서 그는 거의 아사 직전까지 가는 일이 빈번하다. 하지만 신의 도움이 있었던 것인가? 실제 크누트 함순은 삶의 여러 역경 속에서도 90세가 넘도록 장수했다.

07 NIGHTHAWKS. 호퍼의 1942년 작품. 1941년에 일본이 진주만을 공습하는 사건이 터지자 미국인들은 불안한 상태에 빠져들었다. 젊은이들은 전장으로 징집되었고 넓은 바다를 가운데 두고 있다고는 하지만 미국 본토 역시 안전하지 않을 거라는 무서운 생각이 온 나라를 휘감았다. 이 작품은 호퍼의 그림 중에서도 유독 많은 패러디가 등장할 정도로 인기를 얻었다. 미국 방송국 〈FOX〉 사에서 제작하는 인기 만화프로그램인 〈심슨The Simpsons〉에서도 이 작품의 오마주를 방영했다.

08 〈날개〉, 295쪽. 주인공은 밤에 비를 흠뻑 맞고 돌아 온 다음 날 감기에 걸린다. 아내는 아스피린이라고 하면서 약을 준다. 감기가 나아졌는데도 아내는 한 달 동안 그 약을 주었다. 그런데 어느 날 박제가 되어버린 천재는 역시 아내가 갖고 있는 약상자 중에서 최면제(진정제) 성분인 아달린이 있던 걸 발견한다. 아내는 지금껏 천재 씨에게 아스피린대신 아달린을 주고 있었던 걸까?

3 나는 고양이로소이다, 나쓰메 소세키

01 《나는 고양이로소이다》, 40쪽. 알다시피 12간지 중에 '고양이 해'는 없다. 고양이의 주인은 새해가 되어 여러 선물이 들어오자 흔하게 있는 고양이 문양 따위를 보고 이렇게 말하는 것이다. 주인은 남들이 불러주기를 '선생'이라고는 하지만 고양이보다 늘 한 수 아래인 것 같다.

02 원래 이름은 에른스트 테오도어 빌헬름 호프만Ernst Theodor Wilhelm Hoffmann, 1776~1822. 모차르트를 존경하여 이름 중간의 '빌헬름'을 '아마데우스Amadeus'로 바꾸어 그 뒤로 'E.T.A 호프만'이라는 이름으로 통한다. 음악과 미술에도 재능이 있었고 젊었을 때는 사법시험을 통과해 쾨니히스베르크에서 관직 생활을 했다. 기괴한 분위기의 소설을 주로 썼고 에드거 앨런 포에게 영향을 주었다. 우리나라에는 일부 마니아층을 제외하면 잘 알려지지 않은 작가여서 차이콥스키가 작곡한 곡이자 유명한 발레 공연 〈호두까기 인형〉의 원작 소설을 쓴

사람이 호프만이라는 사실도 아는 사람이 많지 않다.

03 《수고양이 무어의 인생관》(E.T.A. 호프만 지음, 박은경 옮김, 문학동네, 2014년) 15쪽 서문. 사실상 이 서문은 너무도 조악하여 작가(고양이) 스스로 빼버렸던 내용인데 무어의 원고를 넘겨받은 편집자가 실수로 책에 삽입했다.

04 원제목은 《The Silent Miaow》(1964년). 이 책 서문은 실제로 고양이가 어떻게 원고를 직접 작성했는지 자세하게 설명하고 있다. 고양이가 어떻게 타자기로 글자를 쳤는지 궁금하다고? 의심이 많은 독자들이여! 신의 섭리로 가득한 위대한 경전에는 이런 말씀이 있다. '믿는 자에게는 능치 못할 일이 없다.' 고양이는 여러분이 알고 있는 것보다 더 많은 일들을 할 줄 안다. 다만 고양이가 그것을 인간들에게 굳이 보여주려 하지 않을 뿐이다.

05 작품 대부분이 단편이다. 대표작으로는 우리나라에도 잘 알려진 《라쇼몽》, 《지옥변》 등이 있다. 나쓰메 소세키가 매주 목요일마다 후배들을 집으로 초대해 만든 모임인 '목요회'의 일원이기도 하다. 작가의 이름을 딴 '아쿠타가와 상'을 제정해서 매년 시상하고 있다. 아베 코보, 무라카미 류, 히라노 게이치로, 미야모토 테루, 그리고 재일동포 작가인 이양지, 유리리 등이 아쿠타가와 상을 받았다. 다자이 오사무는 아쿠타가와 상이 처음 만들어진 1회부터 연속 세 번 후보에 올랐으나 상을 받지는 못했다.

4 노인과 바다, 어니스트 헤밍웨이

01 《노인과 바다》, 79쪽. 벌써 며칠째 커다란 물고기와 사투를 벌이고 있는 노인. 잠도 못 자고 몸은 만신창이가 되었지만 그에겐 여전히 꿈이 있다. 그것은 곧 인간이기 때문에 꿀 수 있는 꿈이다.

02 우리나라에는 《또 다른 숲을 시작하세요》라는 제목으로 소개됐다.

5 눈먼 부엉이, 사데크 헤다야트

01 《눈먼 부엉이》, 141쪽. 화자는 지금 죽어가고 있다. 죽어가고 있는 사람에게 삶이란 어떤 의미를 가질까? 아무런 희망도 없이, 이제 곧 자신이 겪었던 삶의 모든 부분을 단번에 어두운 심연 속으로 던져버려야 할 운명이다. 아무것도 죽음을 피하도록 도울 수 없다. 그러나 아이러니하게도 오직 죽음을 앞에 두고서야 삶에 대한 가장 진지한 고백을 할 수 있다.

02 사뮈엘 베케트Samuel Barclay Beckett, 1906-1989. 프랑스에서 영어강사를 하던 시절 제임스 조이스, 마르셀 프루스트 등에게 영향을 받아 소설을 쓰게 되었다. 대표작으로는 희곡 《고도를

기다리며》, 3부작 연작 소설인 《몰로이》, 《말론은 죽다》, 《명명하기 힘든 것》 등이 있다. 1969년 노벨상을 수상했지만 대중 앞에 나서는 것을 싫어해서 수상식에는 참석하지 않았다.

03 '반야바라밀다심경'에 나오는 말로, 우리가 보고 듣고 느끼는 모든 것이 사실은 실체가 없으나 또한 그 실체 없음이 각각의 실체를 의미한다는 뜻.

04 '형이상학' 철학 중 모순율 부정을 설명할 때 아리스토텔레스가 사용한 논리.

6 어두운 상점들의 거리, 파트릭 모디아노

01 《어두운 상점들의 거리》, 110쪽. 사건의 전모를 밝히는 탐정이지만 정작 자신의 과거를 알지 못하는 기 롤랑은 이제 다른 사람이 아닌 본인의 과거를 추적하기로 한다. 자신을 증명해줄 것 같은 여러 사람을 만나고 기억이 닿는 대로 장소를 옮겨보지만 그 안에서 과연 '나'를 찾을 수 있을지는 아무도 알 수 없다.

02 스웨덴의 과학자이자 발명가. '다이너마이트'라고 불리는 고체 폭탄을 발명한 사람이 바로 노벨이다. 노벨은 처음에 이 발명품이 국가의 산업 발전을 위해 쓰일 거라고 생각했지만 그보다 더 많은 양이 전쟁에 이용되었다. 평화주의자였던 노벨은 이런 사실을 평생 고통스러워했다. 그는 죽기 직전 자신이 벌어들인 특허 수입 전액을 기부했고, 유언에 따라 '노벨상'을 제정하여 1901년부터 현재에 이르기까지 매년 수상자를 발표하고 있다.

03 스탈린 시대 강제 노동 수용소의 비참한 현실을 다룬 《이반 데니소비치의 하루》를 잡지에 연재하여 세계적인 명성을 얻었다. 그 후에 펴낸 소설 《암병동》과 《연옥 1번지》도 역시 스탈린 시대를 비판한 작품인데, 자국에선 출판이 금지되어 다른 나라에서 펴내야 했다. 1973년, 《수용소 군도》를 썼을 땐 서독으로 추방당했다. 솔제니친은 소련이 붕괴되고 난 후인 1994년이 되어서야 러시아로 돌아갈 수 있었다.

7 비둘기, 파트리크 쥐스킨트

01 《비둘기》, 106쪽. 1984년 어느 날, 평범한 삶을 살던 은행 경비원 조나단에게 일어난 비둘기 사건. 그것은 수십 년 만에 찾아온 재앙인 한편, 지금껏 살면서 한 번도 진지하게 고민해보지 않았던 자유라는 낯선 이름과 만나게 되는 계기이기도 했다.

02 최근 미국에서 발표된 소식에 의하면 하퍼 리가 《앵무새 죽이기》보다 먼저 완성했던 소설 원고가 분실됐다가 얼마 전 발견되어 전 세계에서 동시 출간될 예정이라고 한다. 제목은 《Go set a Watchman》. 집필 순서로 보자면 첫 번째 작품인 이 소설이 실제로 출간된다면 하

퍼 리는《앵무새 죽이기》이후 무려 55년 만에 두 번째 소설을 펴내는 것이다. 출판사는 이 소설 초판을 200만 부로 계획하고 있다니 하퍼 리의 영향력이 얼마나 큰지 상상이 된다.

03 인터뷰는 물론 사진 촬영조차 하지 않는 토머스 핀천이 딱 한 번 세상에 자신의 존재를 확인시켜준 일이 있는데, 재미있게도 그 매체는 미국 TV 만화〈심슨The Simpsons〉을 통해서였다. 2004년 핀천은 자신이 등장인물로 나오는 에피소드에서 실제로 목소리 연기를 했다.

04 '좀머'라는 이름은 독일어로 'Sommer', 우리말로 '여름'을 뜻한다.

8 뉴욕 3부작, 폴 오스터

01《뉴욕 3부작》, 150쪽. 모든 것이 우연으로 만들어진 거대한 도시. 그 안에서 어딘가에 숨지도 못하고 늘 방황해야만 하는 존재가 있다. 우리에겐 그를 찾아야 하는 임무가 주어졌다.

02《The Music of Chance》, 폴 오스터가 1990년에 발표한 소설.

03 지금은 폴 오스터의 책이 전부 열린책들 출판사에서 나온다.

04 바벨탑. 성경〈창세기〉에 나오는 거대한 탑으로 사람들이 신과 같아지려는 욕심을 품고 만들게 됐다. 신은 사람들의 교만함을 꾸짖으며 탑의 건설을 막는다. 이때 신이 사용한 방법은 각 사람들의 언어를 서로 알아듣지 못하도록 뒤섞어버린 것이다.

9 롤리타, 블라디미르 나보코프

01《롤리타》119쪽. 롤리타를 캠프에 보내고 난 뒤 험버트는 롤리타를 가지고 싶은 마음에 그녀의 어머니와 결혼하기로 마음먹는다. 오직 롤리타만을 위해서. 하지만 이 행동과 기록은 감정에 치우친 기록이 아니라 진실한 마음에서 우러나오는 것이다.

02 도나시앵 알퐁스 프랑수아 드 사드Donatien Alphonse François de Sade, 1740~1814. 방탕과 신성모독 때문에 삶의 대부분 시간을 감옥에서 지내야 했다. 프랑스대혁명 당시 바스티유 감옥에 있다가 감옥이 함락되면서 함께 석방되었지만 그 후로도 여러 죄를 지어 수감생활은 끊이지 않았다.《소돔의 120일》,《미덕의 불운》등은 우리말로 번역되었다가 외설적인 내용 때문에 한동안 금서가 되기도 했다.

03 레오폴트 리터 폰 자허마조흐Leopold Ritter von Sacher-Masoch, 1836~1895. 소설가 초기에는 주로 역사소설을 썼지만《모피를 입은 비너스》에서 스스로 한 여성의 노예가 되어 성적인 쾌락을 느끼는 주인공의 이야기를 다뤄 유명해졌다. 심지어 이 소설은 자허마조흐 본인의 실제 경험에서 나온 내용을 바탕으로 썼다.

04 님프Nymph. 그리스 신화에 등장하는 요정. 나보코프는 《롤리타》에서 처음으로 '님펫Nymphet'이라는 말을 만들어 사용했다. 험버트에게 어린 소녀 롤리타는 요정, 님프, 현실에서는 님펫이다. 지금은 딱히 정신분석에 관련된 곳이 아니더라도 '성적인 매력이 있는 어린 여자아이'를 뜻하는 말로 님펫이라는 단어를 쓰는 일이 흔하다.

05 험버트는 님펫의 요건을 소설 속 여러 곳에서 자세히 설명한다. 그에 따르면 님펫의 나이는 9세에서 14세까지다. "실제로 나는 독자들이 '아홉 살'과 '열네 살'을 일종의 경계선으로 생각해주길 바라는데"(1부 5장, 29쪽)

10 모비 딕, 허먼 멜빌

01 《모비 딕》572쪽. 소설 후반부, 열병에 걸려 배 위에서 죽어가던 퀴퀘그가 미리 준비한 관 속에 누워본다. 편안한 죽음을 마음속으로 준비한 퀴퀘그에게 핍이 다가와서 노래를 부른다. 그러나 퀴퀘그는 자신이 들어갈 관이 편하다는 것을 확인하고 난 다음 놀라울 정도로 빠르게 기력을 회복한다. 나중에 주인공 이슈메일은 퀴퀘그가 미리 만들어놓은 관 때문에 혼자 살아남을 수 있었다. 죽음의 상징인 관이 오히려 삶을 가져다준 셈이다.

02 피카소와 콕토, 사티는 공동 작업을 한 적도 있다. 사티가 음악을 담당한 발레 공연 〈퍼레이드Parade〉를 예로 들면, 피카소가 출연자의 의상을 디자인하고 콕토는 무대디자인을 하는 식이었다.

03 《피카소와 함께 한 어느 날 오후》(빌리 클뤼버, 창조집단시빌구, 2000년)는 장 콕토가 피카소를 비롯한 여러 친구들과 함께 카페에서 점심 식사를 하고 오후를 보냈던 일을 시간 단위로 정확하게 재구성한 책이다. 이 놀라운 책이 탄생할 수 있었던 이유는 두 가지다. 장 콕토는 이날 있었던 일을 29장의 사진으로 남겼다. 파리의 길거리 풍경이 그때와 비교해서 많이 달라지지 않은 것도 한몫했다. 작가는 콕토가 찍은 사진을 면밀히 검토해서 어느 날 몇 시에 이 사진을 찍었는지는 물론, 촬영자가 어디에 서 있었는지까지 알아냈다.

04 1977년에 창간된 미국 서평지 〈아메리칸 북 리뷰〉에 대해서는 다음 웹사이트를 참고하길 바란다. http://americanbookreview.org

05 칠레 연안의 모카 섬 근처에서 처음으로 발견된 거대한 향유고래. 이 악명 높은 고래에게 당해 목숨을 잃은 사람이 셀 수 없이 많기 때문에 선원들 사이에게 이 고래는 '모카 딕'이라는 별명으로 통했다. 1838년, 드디어 한 포경선이 칠레 부근을 지나다가 모카 딕을 발견하고 필사의 사투를 벌인다. 결국 사람들은 모카 딕을 죽이는데 성공했고 이 이야기는 다음 해인 1839년에 〈니커보커 매거진Knickerbocker Magazin〉에 실린다. 멜빌은 실제로 포경선에 탔던

경험이 있었고 1820년에 나온 《포경선 에섹스 호의 놀랍고도 비참한 침몰기》에 나온 고래 이야기에서도 큰 관심을 가지고 있었다.

06 멜빌이 쓴 원문은 "I would prefer not to."이다. 우리말 번역은 책마다 차이가 있다. 보통 다음 두 가지로 나뉜다. "그렇게 안 하고 싶습니다." 그리고 "안 하는 편을 택하겠습니다." 《모비 딕》의 첫 문장 번역과 마찬가지로 많은 생각을 하게 만드는 문장이다.

11 두 도시 이야기, 찰스 디킨스

01 《두 도시 이야기》, 23쪽. 프랑스 귀족의 부패를 들췄다는 이유로 18년 동안이나 감옥에 갇혔던 마네트 박사는 드디어 풀려났다. 이와 대조적으로 프랑스의 귀족들이 감옥에 가야 할 시대가 다가온다. 소설은 이렇게 휘몰아치는 역사의 소용돌이 안에서 늘 선택의 길 위에 놓인 여러 사람들에 대한 이야기를 흥미롭게 풀어낸다.

02 미국 소설가. '리플리The Talented Mr. Ripley' 시리즈로 유명하다. 이 작품은 알랭 들롱이 주연인 영화 〈태양은 가득히〉로 만들어졌다. 〈열차 안의 낯선 자들Strangers on A Train〉은 히치콕 감독의 연출로 크게 성공했다. 미국에선 환생한 에드거 앨런 포라는 명성을 얻었다.

03 프랑스 소설가. 대표작 《고리오 영감》은 40일 만에 써냈다. 발자크는 이 기간 동안 겨우 80시간만 자고 나머지는 글만 썼다고 전한다. 평소에 커피를 하루 40잔 이상씩 마시며 정력적으로 글을 썼다. 짧은 기간 동안 엄청나게 많은 작품을 남겼지만 문학성도 뛰어나서 후에 에밀 졸라를 포함한 여러 작가에게 영향을 미쳤고 지금까지도 전세계의 많은 연구자들이 발자크의 소설을 연구하고 있다.

04 《레 미제라블Les Misérables》과 《두 도시 이야기》는 모두 프랑스혁명이 주된 사건이고 우리나라에서 완역이 된 시점도 비슷하기 때문에 둘 다 '프랑스대혁명'이라고 일컬어지는 1789년의 사건을 다루고 있는 것으로 아는 독자가 많다. 바스티유 감옥이 공격당한 것을 시작으로 마리 앙투와네트와 루이 16세가 처형당한 사건이 프랑스대혁명이고 《레 미제라블》은 그것과 다른 시기인 1830년에 일어난 혁명이다. 이는 일명 '바리케이트 혁명'이라는 이름으로 알려졌다. 절반은 성공했고 절반은 실패했던 이 짧은 사건은 몇 해 전 개봉한 같은 제목의 할리우드 영화에서도 자세하게 나온다. 젊은이들이 가재도구로 쌓아 만든 바리케이트 위에 올라가서 부르는 합창곡은 우리나라 일부 시위 현장에서 불리기도 했다.

12 도리언 그레이의 초상, 오스카 와일드

01 《도리언 그레이의 초상》, 154쪽. 초상화에 영혼을 담보 잡힌 청년은 영원한 젊음을 통해 최고의 선함, 즉 아름다움을 추구할 수 있을 것인가? 여배우 시빌을 마음속에 두고 있는 도리언은 삶을 완성시킬 진정한 아름다움이 무엇인지 알고 있을 것 같은 해리에게 조언을 구한다.

02 이탈리아 출신의 학자. 우리나라에서는 《장미의 이름》을 히트시킨 소설가로 많이 알려졌지만 그에게 붙어 있는 수식어는 기호학자, 미학자, 언어학자, 철학자, 역사학자 등 한두 가지가 아니다. 현재 볼로냐 대학의 교수로 기호학과 건축, 미학을 가르치고 있다.

03 영국 소설가 로버트 루이스 스티븐슨Robert Louis Stevenson, 1850-1894이 1886년에 발표한 소설. 원제목은 《Strange Case of Dr. Jekyll and Mr. Hyde》로 창비 번역판에서는 이를 따라 《지킬 박사와 하이드 씨의 기이한 사례》라고 제목을 뽑았다.

04 헨리 경이 도리언 그레이를 처음 봤을 때 그의 모습을 표현한 말이다. 이는 오스카 와일드가 사진을 찍을 때 늘 짓던 표정이다.

13 인생 사용법, 조르주 페렉

01 《인생 사용법》 345쪽. 소설 속에 등장하는 수많은 등장인물 중 아델 플라세르는 날마다 정확하게 정리한 가계부를 쓴다. 하지만 소설에 나온 생활비 계산은 페렉의 실수일지도 모르지만 합계가 틀린 상태로 남아 있다.

02 정반합正反合 이론은 헤겔을 시작으로 니체, 마르크스에 이르기까지 널리 발전했고 지금도 변함없이 쓰이고 있다. 이 이론의 핵심은, 우리가 늘 두 가지 이상의 갈림길 속에서 무언가를 선택하고 그 결과 앞으로 나아가며 발전한다는 것이다. 그렇게 특별한 생각 같지 않지만 당시로서는 획기적인 철학이었다.

03 우리에게는 소설 《장미의 이름》으로 친숙한 움베르토 에코는 사실 소설가가 아니라 학자다. 기호학과 미학 관련한 연구를 많이 썼다. 《포스트모던인가 새로운 중세인가》(조형준 옮김, 새물결, 2005)는 움베르토 에코가 여러 신문사와 잡지에 기고한 철학칼럼을 엮은 시리즈 중 한 권이다. 이 책에서 에코가 분석한 현대사회는 야만의 시대를 탈피해 점점 과학적인, 그리고 인간 중심적인 모습으로 발전하는 것이 아니다. 오히려 더 크고 복잡한 수단으로 민중의 눈을 가리고, 감시하며, 폭력을 휘두르는 게 지금이다.

04 Ouvroir de Literature Potentielle. 1960년부터 시작한 울리포의 회원은 문학 작가뿐만 아니라 수학자, 미술가 등도 포함되어 있다. 페렉은 1965년에 《사물들》로 르노도상을 받았고 울리포 활동은 1967년부터 했다. 문학에 있어 울리포의 특징은 '형식적 제한'에 있다. 즉, 자유로

운 글쓰기가 아닌 제약을 둔 작품 활동을 통해 더욱 창의적인 아이디어를 얻을 수 있다고 믿었다. 예를 들어, 알파벳 가운데 특정한 어떤 글자를 배제한 단어만을 가지고 소설을 완성하는 식이다. 이렇게 글자를 일부러 빼거나 넣는 방식을 '리포그람Lipogramme' 이라고 부른다.

05 독일에서 태어난 유대계 학자 발터 벤야민Walter Benjamin, 1892~1940이 마지막까지 갖고 있었지만 나치스 정부의 압력을 피해 스페인으로 향하던 중 자살로 인해 끝맺지 못한 방대한 연구 프로젝트. 미완성으로 남은 방대한 아케이드프로젝트 연구는 지금도 후대 학자들에 의해 계속되고 있다. 우리나라에도 연구서 일부분이 번역되어 책으로 나왔다.

06 리처드 필립스 파인만Richard Phillips Feynman, 1918~1988. 아인슈타인 이후로 가장 똑똑한 사람이라는 평가를 받았다. 딱딱한 물리학 분야에서 최고 위치에까지 올라갔지만 유머도 풍부했던 사람이었다. 그에 대한 여러 가지 일화는《파인만 씨, 농담도 잘하시네!》(김희봉 옮김, 사이언스북스, 2000년)에서 찾아볼 수 있다. 파인만을 천재라고 쓴 신문기사를 발견한 그의 어머니가 한 말은 꽤 유명하다. "맙소사, 이런 녀석이 세상에서 제일 똑똑한 사람이라니!"

07 우리에겐 '대머리 여가수', '코뿔소' 등 희곡으로 유명한 루마니아 출신 작가 외젠 이오네스코Euge'ne Ionesco, 1909~1994가 남긴 유일한 소설《외로운 남자》(이재룡 옮김, 문학동네, 2010년)에 등장하는 주인공. 엄청난 유산을 상속받자 그는 다니던 회사도 그만두고 도시 외곽에 아파트를 얻어 거의 아무것도 하지 않는 생활을 한다. 이 엄청나게 외로운 남자는 나라에서 혁명이 일어났을 때도 아랑곳하지 않고 '아무것도' 하지 않았다.

08《모비 딕》의 작가 허먼 멜빌Herman Melville, 1819~1891이 쓴 단편《필경사 바틀비》에 나오는 주인공. 사무실에서 서류를 작성하는 업무를 맡은 바틀비는 윗사람이 시키는 일을 아무것도 하지 않으려고 한다. 일을 거부할 때마다 주인공이 대답하는 "안 하는 편을 택하겠습니다."는 문학을 통틀어 가장 문제적인 말이다. 들뢰즈, 지젝 같은 철학자들이 이 무덤덤하고 짧은 대답 한마디를 근거로 삼아 현대 사회가 안고 있는 모순을 해석하려고 시도했다.

09《인생 사용법》의 마지막 장면은 바틀부스의 죽음으로 끝을 맺는다. 사실 이 긴 소설의 시간적 배경은 1975년 6월 23일, 저녁 8시가 되기 얼마 전부터 저녁 8시가 되기 직전까지 아주 짧은 순간이다. 소설을 다 읽고 난 다음 처음부터 다시 읽어봐야겠다는 생각을 한 독자가 있다면 – 일단 그 결심에 존경의 박수를 보낸다. – 이야기가 처음 시작할 때 바틀부스가 이미 죽어가고 있는 중이라는 사실을 염두에 두고 읽어보면 새로운 느낌을 받게 될 것이다.

14 오만과 편견, 제인 오스틴

01《오만과 편견》, 235쪽. 허영심과 오만함이 가득한 사람들과의 관계 속에서 지칠 대로 지친

엘리자베스. 과연 그녀는 진정한 사랑을 발견할 수 있을까? 그저 그런 사랑 이야기의 한계를 뛰어넘은 '연애의 고전'을 만나는 일은 일일드라마보다 흥미진진하다.

02 이 독학자는 로캉탱을 매번 귀찮게 한다. 그는 시립도서관에 있는 책을 알파벳 순서대로 읽으면서 세상의 모든 지식을 섭렵하겠다는 야심찬 계획을 갖고 있다.

03 프랑스 8대학의 문학교수이자 정신분석가인 피에르 바야르는《읽지 않은 책에 대해 말하는 법》(김병욱 옮김, 여름언덕, 2008년)이라는 재미있는 책을 썼고 곧바로 우리말로도 번역됐는데, 사실 이런 식의 '썰'이라면 피에르 바야르보다 내가 선구자라고 할 수 있다.

04 우리말로 번역하면 맛이 덜하지만 영어로는 'Pride and Prejudice'이기 때문에 시처럼 각운이 있다. 이 작품 바로 전에 펴낸 책 제목도 우리말 번역으로는《이성과 감성》이지만 원제목은《Sense and Sensibility》로 첫 글자를 'S'로 맞췄다.

15 분신, 표도르 도스토예프스키

01 《분신》, 222쪽. 자신과 똑같이 생긴 사람 때문에 계속해서 난처한 일을 겪고 있는 주인공이지만 마지막 희망인 끌라라 올수피예브나와의 만남을 생각하며 마음을 진정시킨다. 그러나 과연 이 만남은 이루어질 수 있을 것인가? 완전히 똑같지만 한편으로 전혀 다른 두 골랴드낀 씨들은 이 골치 아픈 해프닝을 어떻게 마무리 지을 수 있을까?

02 러시아 작가들의 이름은 우리에게 익숙하지 않고, 읽거나 쓰는 것도 어렵기 때문에 많은 독자들이 흔히 이름을 줄여서 사용한다. 여기서는 '도스토예프스키'를 쓸 때 맨 앞과 뒤 한 글자씩을 뽑아낸 '도끼'라는 애칭을 쓰겠다. 실제로 많은 사람들이 이런 식으로 부르고 있다.

03 Doppel은 '둘Double', Gänger 는 '다니는 사람goer'이란 뜻이다.

04 《절망》(블라디미르 나보코프 지음, 최종술 옮김, 문학동네, 2011년), 177쪽.

05 느린걸음 출판사에서 2014년에 출판했다. 번역은 출판사 대표인 허택 씨가 직접했다.

16 잃어버린 시간을 찾아서, 마르셀 프루스트

01 《잃어버린 시간을 찾아서》 제 2부, 248쪽. 전체 7부로 구성된 이 방대한 소설 중에서 두 번째에 위치한 '스완의 사랑'은 전체 내용과 상관없이 독립적인 이야기로 읽어도 괜찮다. 주인공 마르셀은 어쩌면 누군가로부터 전해 듣게 된 스완 씨와 오데트의 이야기를 통해 본인이 추구하는 사랑이라는 관념을 보다 철학적인 위치에서 바라볼 수 있었다. 마르셀에게는 사랑 또한 다른 것과 마찬가지로 짜 맞추어야 할 기억의 중요한 조각이다.

02 쇼펜하우어Arthur Schopenhauer, 1788-1860. 독일의 철학자. 우리에겐 어쩐 일인지 '염세주의'를 주장한 철학자로 유명하다. 하지만 그의 철학은 철저한 '생生의 철학'이었다. 동양철학에서 많은 영감을 받았기 때문에 쇼펜하우어가 살아있을 당시에는 사람들로부터 거의 무시당할 만큼 활발히 연구되지 않았다. 반면에 동시대 철학자인 헤겔은 대단한 인기인이었다.

03 1977년에 우리나라에서 처음으로《잃어버린 시간을 찾아서》를 번역한 사람은 시인 김창석이다. 이 판본을 오랫동안 손질하여 1985년 정음사에서 개정판을 펴냈다. 프루스트 특유의 길고 고풍스러운 문체의 맛을 보려면 요즘 번역본도 있지만 정음사판 정도를 구해서 읽어보는 것도 좋다. 그러나 정음사판은 출간한 직후 출판사가 문을 닫았기 때문에 곧바로 절판됐다. 심지어 정음사에 화재까지 나서 번역 원판이 사라졌다. 김창석 시인은 당시 일흔이 넘은 나이였음에도 자신이 갖고 있던 번역 초고를 바탕으로 수년간 다시 수정작업을 했고 이렇게 나온 것이 1998년 국일미디어판이다. 시인의 열정과 특유의 감수성을 갖고 번역한 프루스트는 여전히 찾는 독자가 끊이지 않아서 국일미디어판 같은 경우는 아직도 서점에서 구입할 수 있다. 김창석 시인은 지난 2013년에 노환으로 조용히 눈을 감았다.

04 작가의 의도와는 전혀 상관없이 나는 소설 속에 나오는 두 사람 '스완'과 '오데트'를 차이코프스키의 발레극인 '백조의 호수'에 빗대어 상상하곤 했다. 발음 나는 그대로 보면 '스완'은 '백조swan'를 뜻하고 '오데트'는 마법에 걸린 백조여왕이다.

05《잃어버린 시간을 찾아서》에는 유독 그림에 관한 이야기가 많이 나온다. 그림이 나오는 부분만 따로 떼어서 해설한 책도 있기 때문에 소설 원작과 함께 보면 도움이 될 것이다.《프루스트의 화가들》(유예진 지음, 현암사, 2010년)과《그림과 함께 읽는 잃어버린 시절을 찾아서》(에릭 카펠리스 지음, 까치글방, 2008년)를 권한다.

17 나무를 심은 사람, 장 지오노

01《나무를 심은 사람》, 48쪽. 젊은이는 거의 매년 부피에를 찾아가서 그가 어떻게 생각하고 행동하는지 관찰했다. 황무지였던 곳에 나무가 많이 자라고 있을 즈음, 놀랍게도 부피에는 더욱 고독하고 외로운 사람처럼 느껴졌다.

02 미국의 사상가이자 사업가, 작가이기도 했던 소로우는 '월든' 호숫가에서 홀로 지낸 2년 여의 시간을 회상하며《월든》이라는 책을 썼다. 그 역시 자연과 함께 하는 고독한 삶이 최선이라고 말한다. 소로우는《월든》의 한 부분은 아예 '고독'이라는 제목을 붙인 장으로 따로 할애해놓았다.

18 구토, 장 폴 사르트르

01 《구토》, 33쪽. 일기이며, 자서전이고, 철학 노트이기도 한 사르트르의 책들은 전부 '실존'의 문제를 다루고 있다. 사물이나 인간이 지금 여기에 존재한다. 그것처럼 명백한 사실이 또 있을까? 하지만 이것은 어딘가 크게 잘못됐다.
02 계약결혼의 내용은 다음 네 가지로 요약 할 수 있다. 첫째, 서로의 자유를 구속하지 말아야 한다. 둘째, 둘 사이에 어떠한 비밀도 없어야 한다. 셋째, 경제적으로 각자 독립해야 한다. 넷째, 다른 사람과 사랑에 빠지는 것을 허락한다.
03 하이데거Martin Heidegger, 1889-1976. 실존주의 철학자들에게 많은 영향을 주었지만 정작 본인은 실존주의자라는 이름표를 좋아하지 않았다. 히틀러가 집권하던 때 나치 독일을 옹호했기 때문에 전쟁 후 청문회자리에 서야 했다. 한나 아렌트의 증언에 힘입어 처벌은 면했지만 그로 인해 5년 동안 공식적인 학문 활동을 금지당했다.
04 작품을 시작하기 전 사르트르는 이름을 밝히지 않은 발행인이 쓴 '일러두기' 페이지를 통해 짧게 이 일기원고에 대해서 말한다. 이런 기법은 이미 18세기부터 종종 사용되었다.
05 'some of these days'는 소피 터커Sophie Tucker가 1910년에 발표한 앨범에 수록된 재즈곡이다. 사르트르는《구토》에서 이 노래의 제목만 말하고 있을 뿐 다른 정보는 알려주지 않는다. 다만 이 노래를 부른 가수가 흑인이라는 것이 단서다. 소피 터커는 흑인이 아니기 때문에 1920년대에 같은 노래를 부른 에델 워터스Ethel Waters가 로캉탱이 들었던 노래의 주인공인 아닐까 추측해본다. 이 곡은 후에 루이 암스트롱과 밥 딜런 같은 많은 유명가수들의 음반에도 수록됐다.
06 롤르봉 후작이라는 인물 실제로 과거에 존재하지 않았던 가공의 인물이다. 로캉탱은 과거라는 신기류를 잡으려하고 있다.

19 안나 카레니나, 레프 니콜라예비치 톨스토이

01 《안나 카레니나》 1부 11장. 스테판 아르카지치가 레빈에게 들려준 인생의 충고.
02 톨스토이가 생전에 남긴 장편소설은《전쟁과 평화》,《안나 카레니나》,《부활》이며 모두 역사상 위대한 작품이라는 평가를 받는다. 한 작가가 쓴 모든 소설이 위대한 작품으로 평가받는 일은 흔하지 않다.
03 《아다》의 우리말 번역본으로는 1981년 모음사에서 펴낸 초판이 유일하다. 번역은 잡지 〈시사IN〉 대표인 표완수가 맡았다.
04 《아다》, 블라디미르 나보코프, 모음사, 1981년.

20 죽음의 한 연구, 박상륭

01 《죽음의 한 연구》233쪽. 주인공이 마을로 들어와 한 교회에서 사람들을 모아놓고 성경에 관한 이야기를 풀어놓는다. 기독교 신자가 아닌 중의 입장에서 볼 때 성경은 수많은 수수께끼를 모아놓은 두꺼운 책이다. 글자 하나 마다 거기에 깃든 수수께끼를 풀어가는 과정은 또한 삶과 죽음으로 나뉘는 인간 존재 그 자체의 암호를 해독하는 과정이다.

02 제임스 조이스James Augustine Aloysius Joyce, 1882-1941. 아일랜드 더블린에서 태어났다. 성인이 되고 나서는 더블린을 떠나 살았지만 조이스의 작품은 대부분 고향인 더블린에 대한 내용을 담고 있다. 대표작으로는《율리시스》,《피네간의 경야》,《더블린 이야기》,《젊은 예술가의 초상》 등이고 모두 우리나라 말로 번역된 책이 있다. 1979년에 김종건 교수가 주도하여 우리나라에 조이스학회가 창설됐고 지금에 이른다. 관심 있는 독자는 다음 웹사이트를 참고하기 바란다. http://www.joycesociety.or.kr/

03 예를 들어, 조이스 최후의 소설 〈피네간의 경야〉의 중요한 장면 중에 번개가 치는 소리는 번역으로 읽을 때 그 맛을 느끼기 어렵다. 원문은 이렇다. "Bababadalgharaghtakamminarronnkonnbronntonner-ronntuonnthunntrovarrhounawnskawntoohoohoordenenthur- nuk!"《피네간의 경야》에는 이렇게 번개 치는 소리가 총 열 번 나온다. 실제로 번개 치는 소리를 상상하며 알파벳 소리 나는 그대로 읽어보자.

04 〈문장 웹진〉 2008년 9월호에 실린 박상륭vs 한창훈 대담

21 어느 작가의 오후, 페터 한트케

01 《어느 작가의 오후》 7장. 첫눈이 그치고 난 후, 작가가 선술집에서 만난 미국인 번역가를 만난다. 그는 자신의 글이 아닌 다른 사람이 쓴 작품을 매번 다른 나라 말로 옮기는 일을 해왔다. 하지만 그 안에도 역시 '나'의 모습은 들어 있다.

02 원제는《A Confederacy of Dunces》(1980년)이다. 우리나라에서는 소설가이자 탁월한 번역가인 안정효 작가가《저능아들의 동맹》이라는 제목으로 옮긴 것이 처음이다. 존 케네디 툴은 이 작품으로 퓰리처상을 수상했지만 정작 작가는 살아서 그 상을 만지지 못했다. 작품의 배경과 같은 1960년대 소설을 완성했지만 어떤 출판사도 이 우스운 소설을 출판해주지 않았다. 여러 출판사에서 퇴짜를 맞은 작가는 가족과의 불화도 깊어져서 끝내 1969년 자살로 생을 마감했다. 원고는 한참 후인 1980년에 출판할 수 있었고 즉시 퓰리처상을 받았지만 작가인 존 케네디 툴은 이미 이 세상을 떠난 뒤였다.

03 영화 제목은 〈Der Himmel über Berlin〉. '베를린 하늘 위에서' 정도가 되겠지만 우리나라에

서는 먼저 개봉한 일본에서 쓴 제목을 옮겨 〈베를린 천사의 시〉라는 제목을 썼다. 1987년에 개봉한 독일 영화로 감독은 빔 벤더스가 맡았고 페터 한트케가 감독과 함께 각본을 썼다.

04 뛰어난 유럽 정신을 드러낸 공로를 인정해 지급하는 상으로, 같은 오스트리아 출신 작가로는 토마스 베른하르트가 이 상을 받았다.

05 이하 인용은 《어느 작가의 오후》 12쪽 참조.

22 말테의 수기, 라이너 마리아 릴케

01 《말테의 수기》, 133쪽. 이 알쏭달쏭한 말은 수기의 내용을 두 부분으로 나누었을 때 두 번째 단락이 시작되고 얼마 있다가 등장한다. 사랑이란 기쁨이기도 하지만 때론 고통스럽다. 오히려 고통이 지나간 후 진정한 사랑을 깨달을 수도 있다. 하지만 도시를 관찰한 말테는 더 이상 도시에서 그런 진지한 사랑을 발견할 수 없다고 선언한다. 그러니 도시에 사는 사람들은 역설적이게도 사랑의 고통을 면제받은 셈이다.

23 슬픈 짐승, 모니카 마론

01 《슬픈 짐승》, 193쪽. 끈질긴 사랑의 기억은 떠나버린 연인이 영원히 돌아오지 않는 것으로 끝을 맺는다. 아니, 어쩌면 그가 돌아오지 않았기 때문에 애초에 이 기억이 시작됐는지도 모른다. 연인이 어느 날 다시 나타났더라면 어땠을까 상상해본다. 그럼에도 기억의 주인공은 여전히 짐승으로 남게 될까? 이 길의 끝엔 무엇이 기다리고 있을까?

02 작가 복거일이 쓴 소설 《한가로운 걱정들을 직업적으로 하는 사내의 하루》(문학동네, 2014년)에 의하면 '한가로운 걱정들을 직업적으로 하는 사람들'은 주인공 '현이립'과 같은 '지식인'이다. 현이립은 작가 자신의 분신이기도 하다. 복거일이 현재 암투병중인 것을 감안하면 이 소설은 "한가로움도 그만하면 성취다"라는 말이 어울릴 정도로 차분하고 담담하게 쓰였다. 이 소설을 끝으로 《높은 땅 낮은 이야기》(1988년), 《보이지 않는 손》(2006년)으로 이어진 '현이립 3부작'은 끝을 맺는다.

03 '살아도 백년을 다 채우지 못하면서 어찌 늘 천 년 후의 일까지 근심 하는가'라는 뜻으로, 흔히 '김삿갓'의 시로 전해지지만 실제 작가가 누구인지는 확실치 않다.